成一文集

散文随笔·长旅浅痕

成一◎著

山西出版传媒集团
北岳文艺出版社·太原

图书在版编目（CIP）数据

长旅浅痕 / 成一著 . — 太原：北岳文艺出版社，2019.1
（成一文集）
ISBN 978-7-5378-5656-0

Ⅰ . ①长… Ⅱ . ①成… Ⅲ . ①散文集 – 中国 – 当代 Ⅳ . ① I267

中国版本图书馆 CIP 数据核字 (2018) 第 189417 号

书名：长旅浅痕
著者：成一
出 版 人：续小强
责任编辑：陈学清
书籍设计：张永文
印装监制：巩　璠

出版发行：山西出版传媒集团・北岳文艺出版社
地址：山西省太原市并州南路 57 号　邮编：030012
电话：0351-5628696（发行部）　0351-5628688（总编室）
传真：0351-5628680
网址：http://www.bywy.com
E-mail：bywycbs@163.com
经销商：新华书店
印刷装订：山西人民印刷有限责任公司

开本：787mm × 1092mm　1/16
总字数：3886 千字　总印张：271
版次：2019 年 1 月　第 1 版
印次：2019 年 1 月山西　第 1 次印刷
书号：ISBN 978-7-5378-5656-0
总定价：698.00 元（全 12 卷）

1985年作者在晋南夏县司马光故里

1986年作者在海南儋县苏东坡故居

2009年作者在绍兴鲁迅故居

2009年作者在杭州西泠印社石碑前

2015 年作者重返《顶凌下种》写作地：原平县施家野庄原大队部客房（现已废弃）

各地出版社收录有作者作品的部分选集

目　录

散　文

随　笔

苦涩的东行

——访日随笔

柳絮片片红

——文化随笔

读史札记

看球随笔

落花拾零

友作品评

悼念师友

说晋商

创作谈

跋

附：

散　文

看 海

二十年前第一次看海，是在北戴河海滨。今夏第三次看海，又是在北戴河。三次看海，要算这一次看得最从容了。只是，仍不知道是否真的看到了一点什么。

山与海

久居于一个小小的盆地中，看山简直是太容易了。只要高兴，任凭朝哪方望去，都会看到山，那连绵起伏的山，像天一样蓝的山。不必专门去爬山，出城下乡什么的，稍不留意，常常就近了山了。和山厮守惯了，自觉得山很美。它秀拔，它雄浑，它粗犷，它博大。它贫瘠，它也富饶；它坦荡，它也神秘。青山不老，绿水长流。山，又是永恒与坚贞的象征。它雄视人间，无论秦时明月汉时关，从容屹立，难得动容。我们那小城之东，有一座小小的山峰峙立着，颇有几分峥嵘秀丽之色。名儿也叫得颇有几分诗意，曰：天涯山。多少年来，人们争相赞美之，以至引得文人骚客也来穿凿附会，挑了“天涯扫雪”“风吹石鼓”之类美名，列入本地八景之一。几朝县志，都忘不了题润一笔。然而,它亦为此更俏一分,更高一寸,依然故我,静立至今。这便是山之所以为山吗?

从山中忽然来到海边,在感觉上就生了强烈的对比。海,又看到了海,那也是像天一样蓝的海,却是无边无涯的海。纵目望去,浩浩渺渺,坦坦荡荡,无遮无拦,辽阔得多么彻底!海也有连绵的起伏:海波的起伏。但海是太辽阔了,这起伏简直就显现不出来。它分明是平平坦坦地开阔而去了,与那广阔的蓝天连接了起来。然而,如此一个辽阔的大物,却又分明在涌动,不停地涌动,像富有生命的灵性,活跃着神秘莫知的情感、欲望和生机。如此寥廓博大,又如此不息地在活动,这便是海吗?

海给我最突出的印象,一是它的开阔,二是它的灵动。这印象,怕是拿山来做对比而产生的吧。于是,我忽然想到:山,壮美的山,似乎也有它的不足呢。

山挺拔,山高大,山壮观,山也毕竟太容易给人以界限感了。登山而能望远,可我们毕竟不能总立于山巅,如一座塔。面山而居,山便成了某种阻隔。在大山的腹地,头顶上便只有窄窄的一线天了。如我所居的小盆地呢,环而四望,在天与地之间,都有山做界限。它蓝得可爱,它起伏得有韵律,它也不乏秀丽的姿色,可它毕竟限制了天地的开阔。这正如城东那座小小秀峰的名儿所示的意义:山真做了天之涯、地之边了。久在这山的环绕中,总是看到一个有边有涯的天地,似乎并不觉得被拘束,倒无形中有了一种安稳感。忽然来到海边,那一种难有的开阔感是太强烈了。开阔,这样彻底的开阔,我几乎都有些恐慌了。不,还是开阔的好。

开阔的海,又是活着的、有情的。这似乎也与山不同。站在海边,海浪就不停地朝你涌来,一波才去,一波又来。波来波去,殷勤中更有亲昵的喧哗。是欢迎你,问候你,撩逗你,甚至是嘲笑你?在你不小心之间,一排白浪放肆地冲到你的脚下,冷不防拍打你一下,在你四周撒下一片雪浪花,湿了你的裤脚,丢下几声戏语,跑走了:它跟你开了一个亲近的玩笑。你挺舒服,你挺快乐,你的惶恐感已被海浪带走了,你甚至会有一种受宠若惊的兴奋。你怎么还会站立在海边,不欣然投入海的怀抱?放松自己吧,快跃入海波中去戏闹！此刻，我不由想到，山是太威严了，太静默了。攀登它，常常使你紧张。你爱它，赞美它，崇拜它，钟情于它，它却很难有什么分明的表示。天若有情天亦老。山不易动情，是怕变老吗？有情的海，似乎也不会老吧？你看，那活跃着的生机，不是总在涌动吗？有山盟之说，也有海誓之比。活着的海，有情的海，也是永恒与坚贞的象征。

在山与海的对比中，我去游了山海关。呵，山海关！这是一个多好的名儿。只是，这个“关”字，我愿做“关联”解，而不是那“关隘”的原意。你看，此处不正是居高山而临大海吗？它不应将山与海阻隔，而当将山与海相维系，兼山海之性，容山海之情。若如是，它就真不愧当那“天下第一关”的美名了。是的，山自有山的美，海也自有海的美。要有山的高峻，也要有海的开阔；要有山的威严，也要有海的多情。只是两者兼而有之，是太难得了。

海与天

在海边瞭望天空，天也开阔得多了。晴朗的时候，海与天之间虽有一条相接的界线，但这界线似乎更叫人感到海与天的开阔，开阔得无边无涯，无遮无拦，直到海天相接。朦胧的时候，海与天便是浑然一体了，分不出哪是天，哪是海。而在这朦胧混沌中，就能做无限的想象，想象为怎么开阔都成，真所谓海阔天空了。

海上的天，便只是空阔吗？我忽然想起了泰戈尔的两句诗：

> 哦，大海你在诉说什么？
> 哦，蓝天你在沉思什么？

这两句诗，我第一次读到就喜爱上它了。为什么会喜爱它呢？实在也说不清楚。那时，还不太懂得天地的广大和生活的深沉。此刻，面对大海，仰望蓝天，虽然仍有一种不能说清的感触，但这感触却是如此强烈，又如此具体。于是，就想到了这两句诗。是这两句诗正好道出了那不能说清的感念吧，抑或是在那感念里品出了这诗的一点新味？

是的，大海分明是在诉说什么。从海的深处，从海的心里，不断地荡来声波，那可见的声波，有力而又从容地传递到岸边，最后发出了一声深沉的咏叹，便消逝了。然后，又是深沉的一声，一声。它在诉说什么呢？关于我们的什么？还是全不与我们相干？或是我们还不能听懂？这也许是个永恒的谜，永恒的疑问吧。屈原有天问，泰翁有此海问。我们不过是凡夫俗子，可面对如此博大又如此深沉的大海，也不由会有一声小小的询问：

呵，你是在诉说什么？

当倾听着大海这神秘的诉说，抬头去看那高不可测的蓝天，是的，我们看到一种沉思。呵，高蓝的天，你在沉思什么？是忧郁，还是欣慰？是数点今朝，还是预卜未来？这也许同样是一个永恒的疑问。

我忽然也沉思起来了。海是难得相见的。可天呢？我们谁人头上没有一片蓝天呢？当我们仰望自己的那一片蓝天时，是否也看到一种沉思呢？小院之上的天，是方方的一块。街市之上的天，又是长长的一条。窗外的天，被窗框切割开了。树顶的天，被遮挡得斑斑点点。烟囱林立，匆匆吐着黑云：天不甚蓝了。电线密密，在天上织起了网。而在拥挤而喧闹的都市，那天也变得拥挤而喧闹。哦，只有在海之上，天才会沉思，也才能沉思吧。于是，我猜想，蓝天的沉思，当是由大海而生的吧：海的广阔，海的博大，海的深厚。狭隘而浅薄，大约是不会产生沉思的。

生活也是大海。生活之海也在不断地诉说，引发我们去沉思。而只有懂得生活的博大与深厚，我们也才会沉思。生活在诉说什么？人们在沉思什么？这大约也是文学的永恒课题。

海　浪

涌向海边沙滩来的浪，是很美的。真可以说一声：美极了。你看，那高阔的天是蓝的，辽远的海也是蓝的。而在离岸的近处，那蓝海又绿起来了，绿得多么亲切。就在这亲切的绿之上，那从容涌来的浪，忽然在浪峰上亮出了雪白的冠冕。这冠冕雪白得那样净洁，又跳荡得那样热烈，分明地泄露出那浪是满怀了一种神圣而又神秘的激情。浪愈近，那雪白就愈扩大，愈丰满，也愈热烈。当它扑上暖热的岸，整个地就全化作一堆热烈的雪白了，同时，也终于喊出了那久蓄的一声畅叹。它似乎满足了，轻松地收起那满地雪白，退进绿之中，融到蓝之内。于是，又有一排白浪涌来。蓝，绿，白，都不是热烈的色彩。可这由蓝而绿，由绿而白的海浪，却分明是热烈的。热烈得那么净洁，那么内在，那么从容，那么坦荡。这热烈，不是浅薄的热烈吧。

可我不久就看出，能够推出这雪白的浪花的，还常是在海的浅滩，海的岸边。而在海的深处，岸的远方，那浪便是本色的波纹了，挺文静的。即使在有风之时，潮涨潮落之际，深海的浪，往往也是沉着的，本色的，涌起落下，从容起伏，并未有白的浪花放出。自然，在遇狂风暴雨的时候，它也会激动和发怒：它太深沉了，不会轻易激动。但这深海的一个小小起伏，涌到浅滩，都会掀起不能按捺的骚动，形之于色，成为白浪；发之于声，成为喧哗。因为浅薄，才常常会有声有色泄露于外吗？

唔。即使是这样吧，那雪样银色而又热烈多情的白浪，还是叫人喜爱的。说不定，这抒情于外的白浪，正是带来了蕴情于内的深海那一片深情呢。你看，海岸弯弯，那排排白浪也趋之弯弯。是了，深海自有它的深沉，浅滩也自有它的热烈。深海的巨浪，能给渔佬和水手以征服的快乐；浅滩的白浪，也给了普通游人以愉悦的享受。海浪是宽厚的。

海浪也是平等的。你看，无论是滔天巨浪，还是微波细浪，都是此起彼伏，彼起此伏。你升高了，他又落下；谁也会跃上高峰，谁也会步入谷底；谁也不会把谁遮挡，谁也不会把谁压倒。风息潮止之时，大家都在轻松地荡漾，微波粼粼，银光点点，一同悠然抒情，一同仰望蓝天，一同反射太阳的光辉。风狂潮发之际，大家又齐心协力奋起拼搏。你推起一个巨涛，他掀起一个大波。你跃上一个高度，落下喘口气；他接着已跃上那高度，奋力而继。

你怒号，他也怒号，声声不息。大家在把海的深厚无比的潜力，轮流传递、爆发，显示着生命的伟力。这便又与山峰不同。起伏的山峰也很像海浪，自然比海浪壮伟得多了，只可惜它们是凝固的。高峰总是高峰，低丘也总是低丘。高峰可以遮挡低丘，低丘却难以同高峰比肩。“会当凌绝顶，一览众山小。”山峰原是有高低、大小之分的。低丘的草木，岁岁都在这里枯荣。高峰的冰雪，又年年只在那里堆积。它们倘若也像海浪那样不断此起彼伏，那么，大约就都会承受冰雪的洗礼，也都会享受草木的繁荣了。

海边浪大的时候，我们曾去戏浪玩耍。听任它把你涌起抛下，抛下涌起，有趣得很。只是，稍不小心，就会尝一口海水。海水的那味儿，是挺苦涩的，不像玩耍那么有趣。

海 贝

到海边来的人，似乎都少不得这个节目：早起去捡海贝。

海贝有何珍贵呢？珍贵者当然有，如珍珠贝、夜光螺之类。只可惜，这类珍贵者在一般人是极难有幸捡得的。尤其在这个游人如云的海滨胜地，就是极平凡的贝壳，也捡不到多少呢。也许正因为如此吧，游人便更注重了这个节目。黎明之初，天水还都在灰暗迷蒙中，海滩就熙熙攘攘，有如闹市了。大家赤脚涉水，俯首弯腰，匆忙而专注，辛劳而带劲，拥挤着在寻觅。大家恐怕都怀着一个挺高的企望：嗐，能捡到虎皮螺、鸳鸯贝就好啦。而拾取的标准又挺低：凡是见到的贝螺，都捡起来丢入网兜儿了。甚至是非贝壳类，如海菜、海草之流也捡起来了。即便如此。每有所得，也同样会多一分欣喜。于是，人们就似乎专为了一个十分功利的目的，来此寻觅什么宝贝哩。

黎明之际的海，那是多美呀。海天由迷蒙而清晰。海浪的涛声也最清亮了。海边的空气呢，分明也含了更多的负离子，清爽得沁人肺腑，怡人心神。太阳出来了，那大海便更加壮观。一向是蓝得宁静的海天，此时忽然给泼上了一层绚丽的热色:深沉的海也会露出这样的妩媚之色呵!可惜,那些拾贝的人们,却顾不得直起腰来,抬起头来,去拾取海那难得的美色。甚而正当这海的良辰美景,人们却兜着那些辛劳捡得的平常宝贝,十分疲惫地离海滩而归去了。真是可惜。

那些平常的海贝,有何珍贵呢?如果它们不是来自那海,壮美的,神秘的大海,谁又会稀罕它们?它们不过如同山中的一颗石子,林中的一片树叶,实在是太平常了。捡几枚海贝,不过是为了留一点海的纪念,海的留恋,海的回味罢了。若置海的美而不顾,专心于那被海抛弃的贝壳,不是犯了一个很可惋惜的错误吗?

不知是不是因了这个错误,海滨贝壳市场是很兴隆的。街里有专门兜售贝壳的集市,规模相当可观,终日热闹非常。而在海滩上还有出售贝壳的早市和晚市。捡不到贝螺者,或懒于辛劳者,大约可在此得到补偿,只是多掏几枚小钱罢了。其实,许多极平凡的贝螺,售价也昂贵得可以。稍有姿色者,更贵得吓人。谙熟生财之道的人,还贩来南海的异方贝类,在此北海高价售奇。哈哈。被海抛弃的贝壳,就这样获得价值了。但这是它们真正的价值吗?在贝市上,就是出再高的价钱,买到再别致的海贝,又能获得多少珍贵的对海的纪念,对海的留恋,对海的回味呢?

我没有去捡海贝,也没有去买贝螺。但我却苦涩地想到,在生活中,自己不是也常常犯这样的错误吗?

我抓紧在海边小住的有限时间,尽量多的去看海。看,黎明的海,月夜的海,宁静的海,激动的海,迷蒙的海,明朗的海,多情的海,神秘的海,甚至是发怒的海……为了拣得更多更珍贵的纪念、留恋和回味,更不易淡漠、不易计量的东西,如疑问、活力和启迪。

写于1983年7月

河　声

那年,《黄河》在河曲开笔会,每临傍晚,大家都不免要到城边去看黄河。《黄河》在黄河边上开会,这条大河自然要做主角,不去看它又去看谁呢。

其实,在晋陕峡谷中,除了壶口、龙门很特别的几处,黄河在多数地段实在也没有什么看头。这里没有青山绿水那样的诗情画意,也少有波涛浩荡那种壮观气势,两岸对峙的高原与中间流去的河水,全是一样单调的黄色。这些年中间,曾经多次来晋陕峡谷看黄河。有一两回是怀了特别的兴致专程前往,多数则是就下乡或开会之便,也算是久识黄河了。可每次前来途中,似乎都要落入一种朝圣似的心境里,及临近,由高原上远望卧于峡谷底的大河,又每觉其形状不够伟岸,不过就是这样一条寻常水流哪?下至谷底,它近在眼前了,它沉静地流淌着,似未现惊人之处。它是混浊的,细观之下,才忽然发现其色是那么类似我们华夏人种的肤色。于是,不由地严肃起来了:这就是黄河。

在晋陕峡谷,黄河实在也并不宽阔。隔河相望,陕北高原那厢,树、草、路、庄稼,偶现的农人、羊群、牧羊狗,都历历在目,清晰可见细部。当然更多落入目中的还是裸露的黄土坡和干石坡。只是,峡谷两厢的高原,少见巉岩陡立之势，倒大多做浑圆状，很亲近地凹出一条通路，护送大河南去。默默看它流淌不息，想及它的古老，我不敢有亲昵之感。而环视两岸的苍凉，想到沿岸的县份似乎多为现今的贫困地区，更有一种说不出的感慨。于是，便觉黄河的水流的确是沉重的。远远地跑来游玩，就是为寻这一份古老和沉重吗？细想也觉多情太甚了。

这次来河曲，便想专心于景色。河曲虽是晋西北一座临河而立的边城，过去也是颇为苦焦的地面，但改革开放以来经济日渐放活，种树保土、治理小流域又创了一套有效办法，而外面世界的时髦在城里街中也随时可见。河曲又是民歌之乡，盛产优美的“二人台”。“二人台”曲多高亢苍凉，与这边城的色调相谐和，而词则多婉约缠绵，很有一唱三叹的多情。初听，似觉曲词有所相悖，细品了去，才悟出那多情原渗着于严酷生存天地大胆享受人生的旷达，是独有味道的。主人特别选了些民歌高手，在晚间演出。只是，这似乎也未减弱去看黄河的兴致。那独特的民歌倒更激发了新的探寻兴趣。

傍晚常去看河的地方，是城边一座古旧的戏台。它显然已颓败不堪，久弃不用，做现代戏场也的确太局促了。然而，它背河而立，身后便是沉静地流淌着的黄河，它的古旧和由这古旧而得到的寂静。正十分适宜看河，加之，这座“鸡鸣三省”的边城，在近晚时候也沉静下来了，几乎没有现代城市那种喧嚣日夜的市声相扰。在戏台的背面，又与一般戏台不同，竟有门窗临河而开，不知是否本来就有供人凭栏眺望大河的用意。

立在这样一座戏台背面的门窗之外，台沿狭窄，黄河就在脚下。一路的话题仍继续着，话题又多关乎现实，似有惯性，被其吸附了，一时难以脱开。但不久，话题终于落到眼前的河景上了。又不久，什么也没有了。

一片静穆。

暮色中，对岸的陕北高原已一片朦胧，落日的最后一抹余晖也渐渐消失去了。只有将满的圆月开始照亮起来，给暗色中沉静地流淌着的河面，投去几许闪动的亮纹。当时，没有记起这是初秋的月亮，全给那一片静穆融化了。

至今想起来，那仍是一种难得的静穆。暮色中面对这样一条古老的大河，日间看惯了的单调的黄色隐去不显，日常无法逃避的喧嚣纷扰也似乎远去了，一切都是那样的宁静。这宁静又不是死寂，大河分明在沉静地流淌，月光又分明在河波上闪动，一片难得的静穆。有这一片静穆享受，来此一走的兴致乃至朝圣似的心境，似乎全可得到酬报了。

就在这一片静穆中，听到了河声。

它仿佛专选了这样静穆的氛围，从沉静的细波中涌出，一声，一声，从容登场。初听之时，这河声的确是那样的从容，甚至带了几分的轻快。它似飘然而至，又分明发自脚下，近在耳畔。渐听下去，它又似深沉有力的，发自于深邃的细波底层：但并不像叹息，也不像有所倾诉。谛听既久，终于无以形容了，轻重远近，幽怨欢欣，全不相类的。在幽静的月光下，在沉静的流淌中，就那么兀自作响，一声，一声，声声不息。忽然中间，生出了一种感悟，这声声不息的河声，是在传达什么悠远的消息吗？

全力倾听，到底也无可捕获的：我们现代人的耳力，实在也只能去收听机械光电所复制的种种声响了，对这古老的河声，早丧失了解码的能力。然而，由此却进而醒悟到，这近在耳畔的河声，真是发自远古的声响哪？

这河声始于洪荒时代，就这样千古不息地发声至今吗？

这远古的河声，远古到超越了我们华夏文明的悠久历史。

这不息的河声也该是未来的声音，就这样一声接一声，将未来的岁月同样化为历史！

忽然感悟到亲耳谛听到的竟是一种万古不息的声音，于油然而生的敬畏中，便又感受到一种超越时限的体验。对于身为终日深陷于急剧变化的生存环境里为充满复制品的世界所苦累的现代人，这真是一种难得的体验。而对于我们常以悠久历史自豪又时为历史悠久所累的华夏子孙，这远古的河声，却更有难以说清的意味。历史已远逝了去，其形色早难以追寻，只有这不息的河声，仍近在耳畔。正如黄河的古老、深邃、独特、沉重，它的生命力，乃至它的无情有情，似乎都尽在这不息的河声中了。

只是，刚刚觅得一点超越的体验，却又陷落回古老和沉重，这真不由你。

又一日傍晚，去看河中孤岛娘娘滩。娘娘滩有不少古老的传说，又听说新近果然从岛上发掘出汉时砖瓦。不过，对于黄河，秦砖汉瓦实在也不能算怎么古老。于是乘了农民摆渡的老式木船，荡入河心，仍专心于景色。

落入河心，东西两厢的高原才显得高耸起来，河面也觉宽阔了许多，只有凝重的水流却依然沉静地流淌着。回首南望，忽见一幕多么辉煌而又静穆的景观！落日火红却不耀眼，正悬于西岸陕北高原之上；而东岸晋北高原上方，则已升起将满的圆月，明亮而又恬静。其间大河中流。披满金波银浪，涌动闪烁。日月同辉，高原对峙，大河中流，又由红火与银亮、涌动与凝重，将辉煌与静穆那么自然地相融一处，这是怎么壮观的景色。回想多次看黄河，还是第一次得见这样壮美的景色，落日圆月，高原大河，又赋予这样一种辉煌静穆的格调，谁有这番大手笔？在这壮美画卷中，当然黄河是主角。

于是，又听到了那亘古不息的河声。

这一次，不再多做痴想，只专心饱览壮美景色，静心谛听不息的河声。不久，还是感动莫名了。落日渐渐隐没到高原背后，明月也慢慢升高，只有大河在暗色中涌动依旧，其声不息。船回人归，重回到现实生活中，不管从那河声中所获的感悟是否能久存，壮美的景色是终于得见了，该有所满足的。

归去许久，那不息的河声到底不曾淡忘。闲来忆及，又勾起以往到别处看黄河的许多情景，其中更特别追寻别处的河声。只是，在别处看河多数是日间时候，又是来去匆促，没有久留，对河声实在也没有多少记忆，其中仅碛口与壶口两处例外。

碛口在河曲以下，晋陕峡谷中段。那年赴吕梁采访，曾就便匆促一游。碛，为河中大石。黄河在此，穿行于散落的大石中间，所以河声颇为激越，虽在日间，也听得分明。那回在碛口镇借宿一夜，入夜于枕间仍可听到激越的河声。只是在静夜枕了这激越的河声，似乎亦不曾悟到它原是发自远古。是不相信这样激越的声响会千秋不息吗？当时实在没有做此痴想，只觉这激越的河声听久了，也便似催眠曲一样，枕了它睡去。那日也是十分疲累了。

壶口又在碛口以下，已入晋南地面。因为壶口瀑布太有名了，那回是专程前往，记得由吉县城出发，乘车走了很遥远的路程。临近时，早早地就听到河声的轰响了，又远见有露气从河谷升起。壶口瀑布自是黄河中仅有的奇观，而这奇观壮景中的河声，在近处听去，真似咆哮。听这咆哮的河声，实在难以平静，你会激动莫名，因此更不会生出思古的幽情了。大河在此显现出的伟力，只会激发你去想象千军万马奔驰于旷野，做空间遐想而不会启悟那种时间感。你去做时间上遐想又会怎么呢？这河声就这样咆哮了千年万年了……

你这样的想象也委实太累人了，但谁又能说这不是真实？

写于1990年12月

冰的仪式

五月，去了一次晋南。一直没有去过晋南，多年前就去过海南了，但没有去过晋南，其实我是一直想去晋南的。今年五月，就与几位朋友结伴，去了一次晋南。

晋南古称河东，这个“河”字所代表的当然是它最本原的所指：黄河。黄河秦晋峡谷一直南下，至龙门而出，豁然开朗，好像也自由了似的，河面宽阔，很壮观。王实甫的《西厢记》里，张生就是在这一带出场的，他看了黄河的这种壮观景象，说了声“你看好形势也呵！”叫了板，接着唱了段《油葫芦》：“九曲风涛何处显，只除是此地偏。这河带齐梁，分秦晋，隘幽燕。雪浪拍长空，天际秋云卷……”董解元的《西厢弹词》里也有一句：“黄河那里最雄，无过河中府。”以前没有见过这里的黄河，不很相信真会“雪浪拍空”，这次去一看，相信了。但黄河流到这里并没有十分自由了，它依然是南向而流，直到风陵渡，才绕过中条山，很坚决地转了一个直角的大弯，东向而去，直奔大海了。河东就在黄河的这个直角大弯之内。

在这里隔河望去，西面是西安，东面是洛阳，中国最著名的两个古都与它鼎立而邻。秦汉时候一直把这里看作“肱股”重郡。直到现在，河东人还是习惯于去西安购物，到洛阳赶牡丹花会。其实，这里比秦汉时代更古老的史迹还有的是。黄帝战蚩尤，舜耕历山，禹凿龙门，后稷稼穑等远古的传说，据典籍说就发生在这里。还传说尧、舜、禹都曾在这里建过都，遗址在今永济和夏县境内。真是一不小心，就会踩着三皇五帝的遗迹。

尧舜禹之后，走出传说的著名历史人物，河东也出了不少。春秋的晋文公，战国的张仪，三国的关羽，东晋的郭璞，唐朝的王勃、柳宗元，宋朝的司马光，已经可以说是“星光灿烂”了，而闻喜一个裴氏，秦汉以来就出了五十九位宰相和五十九位大将军。欧阳修就曾感叹道：“表唐宰相世系，以裴为首，宰相至十有七人，岂不盛哉！”

说河东人杰地灵，可能太显得偷懒了。但我也只能说，这里是太古老了。就像所有的中原文化的发祥地，它的古老，它的成熟，甚至它曾经有过的辉煌，已经难以使我们惊叹不已，因为我们既习惯了这一切，又隔膜了这一切。

这次，我们去看了河津的龙门，就是大禹开凿的那个龙门，或者是鲤鱼跳龙门的那个龙门。还去了芮城的大禹渡，那里有棵古柏，当年大禹在它的绿荫里乘过凉。在芮城，当然去永乐宫看了著名的壁画，三百位道廷巨神，衣带飘舞，仪态雍容，从一三二五年一直潇洒至今。在去芮城之前，去了永济。在永济，游了因《西厢记》而出名的普救寺。重建的这座名寺，比我们想象的要脱俗得多，可能因为国内的《西厢记》专家参与了重建，同时旅游系统也投入了足够的资金。《西厢记》中描述过的蒲津古渡，近年也发掘出了“辉煌”，唐开元年间铸成的四尊大铁牛，重见天日。铁牛为古渡口揽系浮桥铁索的桥头地锚，每尊重达数十吨，铸造渡口两岸八尊铁牛，要用去当时全国铁产量的四分之一。今天看这当年全为实用的铁牛造型，竟然有那么耐看的艺术意味，我想这魅力应该来自漫漫岁月。在解州关帝庙里，现代的香火正掩蔽住历史的漫漫岁月。在这座中国最大的也是最正宗的关帝庙外，我们看到停车场里停着“奔驰”牌高级车子。忠勇的关老爷在海外的华人商界，就像在他的故里一样，也有至尊的地位。而夏县的司马光家庙，就要冷清得多。但在那一份冷清中，我们听司马光的第二十九世孙讲他们的“家史”，同样有一种耐听的韵味。

在万荣，有一座临大河而立的秋风楼，据说那是汉武帝登临作《秋风辞》的地方。但我们没有去。还有许多这样的地方，我们都没有去。我们的时间，我们的旅费，还有我们的惊叹，到底是有限的。但有一个地方，我为它准备了足够的惊叹，可惜也没有去，这个地方就是匼(Ke)河。

匼河在风陵渡附近，也就是九曲黄河转最后一个直角大弯的地方。从永济去芮城的路上，我们经过了风陵渡，可惜没有去匼河。匼河的风景不在五月，这里也没有辉煌的历史名胜。但这里的历史却要比尧舜禹还要古老得多。一百五十万年前的西侯渡文化就是在这一带点火，照亮了黄河，照亮了华夏。而匼河人至少在五十万年以前，就在这里开始渔猎生活了。这悠远得令今人难以想象的漫漫岁月，还不会使我过分惊叹。

我准备给予足够惊叹的，是匼河人至今还保留的一种习俗，而且很可能是从五十万年前就开始了的渔猎生活中所形成而又保留至今的一种习俗。我想，这种习俗应该被称为一种仪式。匼河人的这种仪式，其实就是在我们中国人的春节里，保留了一个奇特的带着严酷色彩的节目。这个节目，就是在丰年的正月初一和二月二，匼河男子以扛石角力、背冰亮膘的方式，来闹“红火”。

扛石角力，就是强壮的男子们扛着碌滚、磨扇等沉重的石器，参加闹“红火”队伍的游行。这种扛石角力的习俗，在其他地区的农村中，有时也能见到，虽然列入年节的“红火”中并不多见。而背冰亮膘，我想很可能是匼河人独有的保留节目，而且也更像一种仪式。在这种仪式中，所背之冰，是大约厚一尺、宽二尺、长三尺的很规则的取自黄河的冰块；背冰的男子，在北方的正月只穿了一条短裤，“亮”出了强壮的肌肉；冰的背法，则是用一口锋利的铡刀，挑了沉重的冰块，而将刀刃朝向背冰者的脖子；这种背冰亮膘的游行，从河岸到山坡，当然也是按着一定的节奏和程式进行。

在一年之始，用黄河的冰做主要道具，进行一种带严酷色彩的自强仪式，而且显然是从久远得难以想象的渔猎时代延续至今，我不能不惊叹不已！最初，我听说了这样的习俗，又看了真实的录像，第一感觉是：这样的习俗或者仪式不像是我们汉民族的。但匼河却是真实地位于中原腹地，在秦晋豫的交界处，而其本身就是关于黄河的一种仪式！这种仪式，究竟是怎样穿越了我们华夏民族后来那样成熟、那样辉煌，又是那样“文弱”的漫漫岁月，而没有被“开化”掉，我实在难以想象。

我只是想，如果这一关于黄河之冰的仪式，不是仅仅在偏僻的小小的匼河，而是在我们整个汉民族保留下来，那我们这个民族现在会是怎样一种面貌呢？我们还会是在曾经具有了那么早的成熟和那么多的辉煌之后，仍然那样容易满足、那样容易冲动、那样容易忽冷忽热、那样容易跟着潮流走吗？我们还会把所有的节日或仪式，统统变成一次辉煌的美食节吗？在漫长得难以想象的岁月中，我们这个民族并不是只有辉煌而没有苦难，也不是只有美食而没有饥饿，但我们为什么没有把冰的仪式保留下来呢？

匼河所在的河东，也没有冰的仪式。河东在唐宋之后，就不再那样辉煌了，我不敢说这两者之间有什么关系，但我想，我仍然应该为匼河保留足够的惊叹。

写于1994年8月

原来是这么漂亮的森林

那一年的夏天，我借《天津文学》编辑部的光，曾经跑到遥远的大兴安岭去看森林。那时候，我不知道芦芽山原来也有这么漂亮的森林。

后来我从地图上发现了，芦芽山的森林，其实就与原平的西北界相交接。我在原平生活了那么多年，一直不知道原来有这么一片漂亮的森林，就近在咫尺。

后来是道新对我说，芦芽山的林子真不错。

他还说，我也算是走过一些地方的人吧？但我很少说什么地方的风景怎么好。

他又说，我不断拿芦芽山的森林来招待客人，见过世面的客人，还没有叫谁失望过。

他真把我打动了。同时我也感到很羞愧：你真是枉在原平生活了那么多年，怎么就没有发现这一片漂亮的森林？“美在于发现”，这可能真是一句名言。

那年到河曲参加笔会，归途决定去看芦芽山那漂亮的森林。

好像是从五寨翻上山，在山上行驶了很久，等到驶入山谷中时，就已经进入森林了。

道新说,这里离芦芽山还很远。

不过,我和同行的几位朋友,已经觉得见到了漂亮的森林。

浓密的森林,沿着公路两厢的山坡舒展地蔓延开来,一时已经望不到边际。我记得那一段山谷很狭窄,车子两厢的森林,好像都伸手可触似的。也许是因为两山的森林使空间变小了,或者是森林使人产生的亲近感造成了错觉。向森林望去,森林深邃无言。森林中真是静谧极了。路边,一直有一条细细的清冽的溪流,它奔流的声音很清晰。

后来知道了,这里离汾河的源头不远。

那时正是夏天。去大兴安岭的时候也是夏天。但我觉得这里的森林,似乎要比大兴安岭的森林绿得浓郁,绿得深重。这可能又是错觉。因为从河曲归来,一直看惯了晋西北高原那黄土的颜色。或者还因为,我早已被激起了对漂亮的森林的期望。

果然又走了很久,才到了芦芽山。芦芽山隐没在浓郁的森林中,看不见它是怎样险要,都说它山势险要得很。我只看到了更漂亮的森林。可能山势真的险要吧,森林就常常像是一幅幅巨大的壁挂,绿得浓郁,但似乎不再绿得沉重了。因为这壁挂中的落叶松或者是云杉,那么均匀地分布着,每株都在相同的空间中展现出相同的身姿,就像是有意这么精心做了安排,那一份均匀和平等就像是图画一样虚假——这里的森林,漂亮得简直有些虚假了。

那一年,我养的马蹄莲开了花,可能开得太美丽了,许多人赞美说:就像假花似的。有时候,我们赞美假花,也会说:就像真花一样。这是一种极端的修辞法。

正是夏天,芦芽山的森林里当然是清爽的,仍然是一片静谧。空气里负氧离子也很丰富。我们的感觉都好极了。

在一个护林员的小屋前,我们决定野餐后去登隐没在森林中的芦芽山。

在野餐中,我和道新喝干了一瓶“北方烧”。道新说他不喝“北方烧”,但那天野餐他喝了半斤“北方烧”,我也喝了半斤。因为那天我们买不到别的烧酒。可能还因为当时是在那么漂亮的森林中喝酒。

我可能有些喝醉了，跟着朋友，钻进迷人的森林去登芦芽山，没走几步，就开始扶东倒西。我没有登上芦芽山，那天我只是在迷人的静谧的森林里，摇晃了几步。

我有些后悔，我决定再来，我必须登上芦芽山。

这一年的国庆节，我又和几位朋友来登芦芽山。公历十月初的天气，芦芽山仍然隐没在浓密的森林中，而浓密的森林已经覆盖了一场很厚的白雪。那一幅幅巨大的壁挂，色彩是又一种漂亮了；仍然绿得浓郁的松树杉树，变得金黄的白桦树，经霜的红叶，耀眼的白雪。

但我们已经无法登上芦芽山。

又一年，又来登芦芽山，又是在国庆假期。这一次同行的朋友同仁更多，还有妻和子。这一次，都以为没有下雪，很幸运地钻进森林开始登山。没有登上多高，就发现下雨了。最初似云，似雾，似毛毛细雨，愈往高处走，雨点愈大，雨脚也愈密了。再往高处，雨就变成了雪。等到疲惫不堪地登上了芦芽山的顶峰，已经是雪花漫天飞舞了。

我们一直就在浓密的森林中间登山，差不多用去两个小时，才钻出森林，登上顶峰。

那时的芦芽山隐没在雨雪云雾中，我们没有怎么感觉到是在不胜寒冷的高处，因此仍然不知道它是怎样的险要，甚至不很知道它是怎样一个模样。就这样，我们下山了。雨雪中，我很滑跌了几跤，被妻和子嘲笑。

我三来芦芽山，都没有看清它是什么模样，我有些懊丧。看着烟雨中的森林，忽然想开了：也无须懊丧吧，你原来就是为看森林。在这上山下山将近四个小时的时间里，你一直就在森林里。你终于看够了这一片漂亮的森林，就像饱餐了一顿美食，痛饮了一回好酒。当然没有好酒时，还可以再喝“北方烧”。

我终于觉得，这已经足够了：芦芽山原来有这么漂亮的森林。

写于1992年6月

清明次日记

清明后第一日，天气晴朗了。从书房的窗口望出去，见到的仍然是一片灰色。清明前，有风也有雨，但天色也没有给洗得青蓝了多少，在不蓝的天色下，就是嚣张的水泥那种永远的灰色。其间，只有几棵柳树摇晃着一团清淡的绿。

很可能是受了这点弱绿的引诱，午后我没有再囚于书房。我当然也知道，在这座城市里是无处可以消受春光的，那天的风也不小，间忽还夹着城里的黑尘和城外的黄沙。街面两厢的色彩，是更斑斓浓艳了，几乎成功地掩盖了那永远的灰色。我知道，这也是为了引诱。

本来想去买一盒新颜料。最近一直想以三合板或吹塑纸做版，学做套色水印画消遣。我知道，这也同样是为了引诱，引诱自己不要去羡慕更新观念后的斑斓和浓艳。同时，近来看书写字久了，总觉得眼睛有些累，可能是书页纸页上一直没有可视性的色彩吧。我知道，也没有黄金屋。

但在骑车被一次风沙袭击过之后，忽然想到最近在一篇文章中，见有人引用了《剑桥中国晚清史》上的话，于是就到了尔雅书店。期间，还受到几次风尘或风沙的袭击，没有再被激发出其他念头。

“尔雅”的老板小文正好在，他穿着一件红色的夹克衫。他说《晚清史》还没有到，有新到的《剑桥中国明代史》和《剑桥中国秦汉史》。我发现，这两本新书的封面底色，正好同小文穿的那件夹克衫是一样的颜色，都是那种很流行的红色。如果要调配这种红，是不是得在西洋红里稍微加一点赭色呢？后来请教了妻子，她说这叫铁锈红。我想，这样叫太没有诗意了。不过，我还是很喜欢这种红的，它用赭色或是锈蚀，把西洋红的鲜亮给压下去了。而且它正流行。所以，我决定把这两本书买下来。

这是两本大部头，一本一千多个页码，精装，又有很流行的铁锈红底色，所以每本定价二十元左右。早两年买的同样“剑桥牌”的《隋唐史》《民国史》《中华人民共和国史》，每本规模、规格都与这两本相仿，价格在十二三元，当然它们的封面没有现在漂亮。多花点钱，买几分漂亮，这是现在流行的一种潇洒。所以，我决定买下这两本书了。

如果没有流行色，也没有流行的潇洒，你买不买呢？我想，我还是得买。不过，既然在像“剑桥史学著作”这样难以流行的书籍上也附着了流行的引诱，我为什么不被引诱一下呢！

小文又推荐了两本新书，福尔斯的《收藏家》和克尔恺郭尔的《勾引家日记》。相比之下，这算是两本小书了，我决定买下来。

小文说，最近也没有什么好书。

他说，《晚清史》已经订书了，过一段就会来。

小文是省城作家们的朋友。他的书店一直卖读书人认为值得买的那类书籍，当然他也卖流行或畅销的书，他有眼力，又会经营，所以他比作家们潇洒。他图书馆系毕业后，在省图书馆整理了几年古籍，很早就辞去公职，开起了自己的书店。所以，他比现在清谈“下海”的文人们潇洒得真切，也超前。当我把这套“剑桥史”买齐的时候，小文的书店会更潇洒到什么程度呢？他的书店，一直没有那种花枝招展式的引诱。

从小文的书店出来，见到迎泽大街街心花坛中的连翘，满枝明黄，那一份灿烂的色彩，即使在浓艳的街面中也很醒目。于是，我又被引诱，转到了附近的花市。

这里的花市已经有些凋落了，卖鱼、虫、鸟者居多，独独卖花木者不多。一定是做花木生意已无厚利可图了，或者是受着重污染的太原，难以推动花木的流行潮？短暂的花期，永远的灰色。正是清明时节，这里依然冷落。我从一位洛阳来的农妇手里，买了一株据说是五色梅的苗木。我没有养过五色梅，过去在太原的花市上也似乎没有流行过。所以，我买了一株。远远地从洛阳贩运来，一株才卖一元钱，可见没有厚利可图。农妇的地摊上，还有牡丹、月季的苗木，据说都是好品种，每株报价也只三、五元。牡丹，又自洛阳来，也不贵，但我没有买。国色天香，我知道我无法消受它。月季，我养过，在有限的阳台上，想月月有花期，很难。所以我只买了一株五色梅。

也许。那并不是一株五色梅，那农妇也并不来自洛阳。这是很可能的。

不过在回家的路上，我受风尘的激发，还是发现了一个巧合：买书花去五十元，又买到一株五色梅，两个“五”。但“五”是一个吉数吗？

我忽然想起，那年在“特价”书市，只花五角钱，就买下一本顾炎武的《音学五书》，也有两个“五”数。

那本《音学五书》，是中华书局一九八二年据“观稼楼仿刻本”重印的影印本，十六开，五百五十五页，（又是三个“五”！）比三十二开本的“剑桥史”页码还多。当然，不是精装，封面灰底，黑字，不漂亮。但顾氏说：“予纂辑此书几三十年，所过山川亭障无日不以自随。凡五易其稿，而手书者三。”足见他为成此书，殚精竭虑，很不容易。周祖谟先生在重印“前言”中说，这书是清代研究古音韵的一部开创性的著作。可惜音韵学是一门太冷僻的学问，将古刻本变成印刷品，就难免沦落到“特价”书市了。“特价”，就是廉价大拍卖。原定价只六元四角，用现在的标准看已够很廉价了，结果竟然“特”到五角之廉，顾氏殚三十年心血成就的这本书，在市场中沦落为弃儿了。

我正是带着几分收留弃儿的恻隐之心，买下了这本书。因为音韵学于我也很遥远，我更没有“玩”藏书的奢想。福尔斯写的那个“收藏家”，是收藏漂亮女人，因为他忽然有了钱。我收留这个弃儿，等于白捡，五角钱，即使在前几年，也只能买一支不一定有奶油的奶油冰棒。反过来说，顾氏的《音学五书》，是值得收藏的书，因为它有真学问，但流落到我手里，也只能插在书架里，吓唬吓唬人。偶尔也翻翻。还产生不出多少引诱。

在此前后，我还收留了顾氏的另一本《历代宅京记》。这也是中华书局出的，也比较冷僻，专门研究古代都城，包括地理、城建、重要史迹。读起来比“音学”有趣些。其中对北魏时洛阳城建的描述，很使我惊叹了一番。以至在后来的一篇小说中，我忍不住把背景放到了北魏时的洛阳，并破例地写了人物死后的灵魂，让他飘荡在都城的上空，以便有机会扫视一下那时京都的恢宏。日本一位吃中国文学饭的朋友说：你要不写死后的灵魂，这篇小说可能会更好些。我知道我是在做浅薄的显露。其实我买这本书，并不是为了帮助自己写小说，它当时挤在公家书店的“社科”书架上，我认为挤它的多不是好书，它孤零零的只一本，已有些脏和旧。我只是觉得它有点可怜，就把它买下来了。买时没有“掉价”，不过那时这本有三百页码的书，原价也只一元多钱。我想不到我会因此而写了古代的洛阳。

洛阳，我用塑料袋兜着的这株五色梅苗木，据说也来自洛阳。

回来，我查了养花的书，知道了五色梅花期甚长，其间发生色变，由淡黄而深黄，而红，而紫，而白，故名。说它也不娇贵。今天由窗外的一片弱绿引诱，如果真引回了一盆幻化五色的新花，也不错。花比画的色彩，毕竟鲜活。但它是不是五色梅，是不是来自洛阳，还是个疑问。它仅有发达的根系，干枝，新芽。

但清明总是植花的时节。

买回的几本新书，也不会有假。

写于1993年4月6日

遥远的森林

我生活的黄土高原也有树，也有林，也可见到树林献出的那一片绿色。然而，这绿色太珍贵了，因为它太稀少。这里的春天，是很晚很晚了才见绿色艰难地泛起，又总被深厚的黄土本色所稀释。不成比例地稀释了。所以，想见一见森林，真正的大森林，是想了很久了。

终于有了机会，又是在最富绿色的夏天，又是去最富森林的大兴安岭，就像终于牢牢拽住了少时的梦：地理和童话混合成的梦。

终于真实地启程了，去见森林。只是，不曾想到森林会那么遥远。我们下飞机、上火车，日夜兼程，不知过了多少城市、多少乡村。终于到了牙克石。牙克石是大兴安岭林区的首府吧，可在林城依然不见森林。当然，见到了木材，无数的木材。那是被伐倒的森林吧，因为已经失去了绿色。

从牙克石到克一河，到阿里河，一步步接近着大森林。可在这些林业局所在的城镇，仍然同样见不到森林。多么难见的森林呵，不过，这里的空气分明是清新得多了。天很蓝、云朵很白。河水清澈得泛出墨绿颜色，流淌之声也响得格外清脆。纵目小望，已是一片绿色世界，虽然多是翠绿之上浮了鲜花的草甸子。他们说：这草甸原先都是森林。远处，那平缓的山包，是覆盖了毛茸茸的绿色，那大概就是森林吧。他们说：那是伐后再生的幼林。森林，森林，才闻到些森林的气息，望见点森林退去的影子。

森林，大森林，原始的大森林，呵，终于见到了。又乘了汽车，又跑了遥远的路程，越过草甸子，穿过次生的新林，到底见到了真正的大森林。只是，那如愿以偿的兴奋，似乎已被另一种沉重的思绪给冲淡了许多。天蓝日丽，只有几朵白云悠然而缀，没有风，大森林深邃无语，我也无语。

在大森林面前，人似乎显得很渺小。森林磅礴而深邃，神秘而富有生机。大兴安岭原来多是些平缓的山包，就因为有这森林，它变得磅礴而神秘。磅礴的绿色、神秘的绿色，这是生命的颜色呵，世间最迷人的颜色。到了现代，人类发现自己居住的这个地球，也许是太阳系中唯一的绿色星球。所以，它有生命，有人类。森林是人类的摇篮。可人却正在将森林驱赶到越来越遥远的地方。

据说，中央电视台的电视信号传送到大兴安岭林区，只有0.3秒的时差。现代科技是正在缩小着我们生活的空间。可靠了现代科技武装的工具，也正在加快采伐有限森林的速度。于是森林是离我们越来越遥远了。森林也在缩小！可森林不只富有木材。人类除了需要木材，还需要蓝的天、白的云、清新的空气、清澈的流水，还有那生命之色——宇宙中最美的绿色。

黄土高原大约也不是天生就这么缺少绿色吧，否则怎么会孕育那么久远而又那么灿烂的中原文化。可那么悠久灿烂的文化景观与如今这么单调而贫瘠的自然景观，形成了多么巨大的反差。这反差，是历史对人的嘲讽吧。但愿这苦涩的嘲讽能留在历史中而不再重现。

可庆幸的是，大兴安岭林区在营林蓄林方面，正在走着一条新路。我们看到无数的新林，正将磅礴而神秘的绿色献出。但愿我国这片珍贵的林海，能闪着生命之光，与人类长存下去。

可除此之外，我们还有更辽阔的国土。所以，还得呼唤遥远的森林向我们返回。

写于1987年3月

形式美乱弹

近年，想换换口味，准备写点有关近代山西商人的小说。搜罗素材中间，诱猎到金石篆刻——商人做得大了，也会由俗入雅，把玩艺术吧。这是为了抬高身份，附庸风雅，如当今所谓提高层次，还是欲到艺术迷阵中磨炼智力，以入化经商之道，或什么也不为，这里不去谈它。可看了许多古印谱，倒忽然觉得发达于秦汉又风靡于明清的金石篆刻，似乎很近于现代艺术。于是便觉有趣。

篆刻本不过是先人治制名章的技法吧。这技法发达起来，超越了名章本初的实用价值而具备了独立的美学价值，便升华做艺术了。这本是艺术生成的一般规律。只是，篆刻这门雕虫小技，其艺术形式对艺术内容的超越或离弃，却是如此之彻底，印章中的姓氏名号已变得完全不重要了，只有刀笔的功夫、情趣才具欣赏价值。许多皇上的玉玺往往不及普通臣民的闲章美妙，便是证明吧。后来的吉语印、词句印等杂印，干脆就离弃了名章本体，而专现刀笔的奇绝。那印中的吉语词句，与其说是篆刻技艺的载体，不如说只是它随意驱使的道具。“江风山月”，“树影摇窗”，意境何其清雅淡泊，而在文何派刀下却呈苍劲古朴形态，到别派刀下又可能是骨刚锋健之状。其形式与内容，全不统一。这种淡化内容而强调形式几乎到了随心所欲的程度，正是现代艺术的一个鲜明的特征。

篆刻又分明是一种典型的抽象艺术。它同中国书法一样，以书为画，纯粹以抽象的汉文字符号做绘画语言，在既定的笔画组合中寻求无穷的变化，赋予刻板的笔画线条以灵动鲜活的生命，创造出一种非具象的形式美。西人的抽象派绘画，从写实具象一路走来，似乎有其艰难历程，中国的书法篆刻倒显得似自然天成的抽象艺术了。

当然，两者的文化背景不同，其哲学美学意蕴也大异。西方现代艺术具有叛逆传统的强烈指向，而包括篆刻书法在内的东方原生艺术，却显示着传统的顽强。这种对各自传统的相反取向，恰又交叉聚汇于相通的一处，即艺术形式在对艺术内容的漠视中追求着自身尽可能大的自由度。这又是很有趣的。似乎可以说，艺术内容是客观外部世界的一种限定和约束，而艺术形式却是艺术家主观智慧的一种外射和张扬。两者的搏斗、消长也便不可避免。

与篆刻书法相近的中国画，显然也是写意优于写实，形式大于内容。山水、花鸟乃至人物，在中国画家自由挥洒的笔墨之下，往往面目全非，变形、象征、时空出格，随处可寻。传统画论虽有“形似”与“神似”之说，其实是只讲“神”，不讲“似”。神在，画家的主观意象也。画家在兴之所至，神之所驱之际，恐怕不会顾及“似”与“不似”的。浓墨泼向高丽纸，似什么便成什么了。笔墨役使形象、意趣更在形之上，作画人何其自由。民间剪纸、泥塑、牙雕、玉雕，其精品佳作也无不充溢着这种自由，很少受时间空间、形体比例、光线透视等等限制，创作对象实在也不过是体现形式美的一种借题发挥。一件《玉山——大禹治水》的玉雕，对这一尽人皆知的古老题材有什么新开掘吗？艺术家不过是借此传说给那块大型玉石赋予一种美的生命形态而已，奇绝之处只在于创造之形式的技艺。

中国戏曲，历来是曲大于戏，从整体看叙事的“戏”其实并不发达，似乎亦不重要。而发达的“曲”，又是规范化了的，也即形式化了。戏曲唱来唱去就是那么些本子，唱腔曲牌也既定，但唱家、名角、流派却层出不穷。可见中国戏曲之美也在其形式，艺术高下不在唱什么，而在怎样唱。中国人看戏，往往也不是看内容（因为内容早烂熟了），而是看演员的演技，从唱腔做派到一声一字一举一动。演技与内容的分离，似乎也以中国戏曲为最彻底吧。所谓程式化，正是形式美的经典化。目下戏曲的衰落，吃了形式僵化的亏正是其中原因之一。形式凝固之后，创新的自由势必也就很有限了。这从反面证明形式是艺术存在的生命。

中国文学中，诗歌先于叙事散文而发达至辉煌峰头，这好像合于常规的。但在中国诗歌中，叙事性的史诗却从未发达起来，便又显得例外了。从《诗经》始，便由言志、比兴、抒情、写意这一路发展而来，其形式美也愈来愈讲究。到唐宋时代，诗和词已由五言七言、格律韵律及定型词牌将形式美推向极致了，叙事写实的小说还未真正成形。叙事写实的不发达，是否同中国艺术偏爱形式美有点关系，抑或是作家艺术家不愿为客观现世所累而一味沉溺于主观意象的自由营造中呢？晚至明清，才有真正的小说出现，其时江河日下，现实世界早失去诗意了。不过，爬上中国古典文学顶峰的《红楼梦》，恐怕其艺术性要大于思想性的，它的美仍在其形式。《红楼梦》首先是小说，这理当成为评价和研究它的前提。只是，百年来的“红学”，无论是索隐派、考据派，还是阶级斗争派，好像都将它当作“大说”、当作历史文件来看待似的，多少饱学大家皓首穷经地做考证、钩沉、推理、假设、辩论的功夫，欲求一个盖世的定论。“红学”之为显学，走入学术研究的正途。学术研究是在寻求事物一般规律，而艺术则以独特为生命。在这样独特的一部小说奇书中，寻求一般规律，是否可能走入误区呢？据说，西人的“莎学”似乎与此路数不同，好像是将莎翁之作视为艺术完美的典范来研究。前提是完美的艺术，研究也便是求其出众之异，而非与众之同即一般规律。

这里，又是一个有趣：一方面我们传统的艺术实践一向不乏大胆的创新，在形式美的创造中尤有特色；另一方面艺术研究又难入“正途”正统，向来崇尚文以载道、微言大义之类，不入经史者便归于雕虫小技。叙事文学的重头戏之一的小说，便以“小”字当头，恐怕亦是“中国特色”。于是，西方艺术以写实写生为主流，第一次大举东渐后，我们的传统艺术似乎很快就失去了抗衡之力。自由体新诗取代了古典诗词，西画威逼着国画，话剧电影更分去了戏曲观众，就文学的小说则几乎全然以西人笔法作底，并没有直接与“三言二拍”“红楼西游”相承接。近十年开放中，也可以说是西方艺术的第二次大举“入侵”吧，其主流即是现代派。这一次，我们是试图以西方艺术第一次“入侵”而来的写实写生派即所谓现实主义来与之相抗衡。抗住与否另说了，这一次“入侵”的现代艺术，却与我们原生的传统艺术有着诸多相通之处，这的确颇有趣味和意味。

不过，西人的现代艺术与东方的原生艺术毕竟是两码事。西方科学发达，其艺术既有科学做依托，同时也不免受科学之累。现代艺术好像便是极力要挣脱科学的负累，也可视为是一种对工业文明异化艺术的反拨，它要顽强地保全自身。它对形式的极端强调，其实是对自身存在的强调，显示着面对现实世界的勇气，敢于审“丑”。东方艺术则是在科学相对不发达的环境里生长着，它天生少有科学的管束，呈现着自由的形式。但对客观的外部世界毕竟有一种混沌莫测的神秘感和敬畏感，道家玩世、佛家避世、儒家谐世，主流文化中缺少科学适世的一面，艺术上便自然趋向营构避实就虚的意象美和形式美。因此，即使如我们现代东方人，对外部世界的认知也远远不同于先人了，完全因袭先人的艺术已不可能。首先，外部世界在先人眼中的那一份神秘感和敬畏感早已不复存在。当然，对于西人的现代艺术，也同样不必惧怕如洪水猛兽的，因为我们也是现代人。

是的，应当记住我们也是现代人。当我们自信自己也是现代人之后，便可能平静而大度地看待西方现代艺术和东方传统艺术了，更可能从两者交汇之处加深对艺术的体悟，切实而从容地推动我们自己的现代艺术走向极致。

“美在形式”，这好像是康德所言。他是哲学家，喜欢用死的概念来分解活的事物。其实,在艺术品中形式与内容是难以剥离的,两者相融于一个有机的生命体。艺术形式不过是艺术品存在的生命形态吧,它的重要也不言而喻。

写于1991年5月

片刻静穆

最近去大同,有半天时间没有事儿,就又去游了一回云冈石窟。因为已经游过几回,如果没有空闲,肯定不会去了。

中秋节刚过,正是不热了也还不冷的时候,但那天的游人不算多。老外不少,只是没有很多我们自己的老乡,不可能形成一个人多的局面。其实,人不多很好,可以真正保持了闲适的心境,做真正的游玩。在许多名胜处,人如潮涌,陷入其中的游人,就形同参加一种激进的游行,非常的辛苦。这大概不能叫游玩。几次来云冈,好像都没有遇到这种激进的游行盛况,我以为自己很幸运。

仍然是从东而西,一窟一窟地看下去。

仍然是静静地仰视着各窟的佛像,就像他们静静地俯视着我们。

仍然能够遇到这里的导游小姐,在给老外或港澳台同胞或海外侨胞们,指点着造像、浮雕、壁画,讲解着佛界的故事。

仍然能够听到一两声惊叹,可能是惊叹它的艺术价值,或者仅仅是惊叹它的高大。

仍然随处可见风蚀之迹,它是时间之迹,历史之迹。

总之，一切都是依旧的。

我也没有什么新的发现，甚至没有哪怕是一点新的感受。因为面对着这个近乎永恒的世界，我们的任何新发现、新感想几乎都可以省略不计。

都说这里是世界级的艺术宝库，这是不错的。

只是，我在此更多地享受到的是一种体验：从我们熟知这个世界向另一个完全不同的世界眺望、凝视。

在那个世界里，时间和空间的尺度，与我们多么的不同——高大如山冈的佛身，千古不变的一种微笑，那的确是一个不同的世界。将冰冷的山岩化成了鲜活的生命，瞬间的表情又凝结为永恒，这也真是一种奇特的统一。我知道这是靠艺术创造出来的世界，但在凝视它、眺望它的时候，它还是让你忘记了这个前提——可能那一份高大，那一份永恒，有一种太强大的威慑力，迫使你相信它是一个存在，一个世界，一个与我们的现世不同的世界。而北魏前期那种没有完全汉化的造像风格，似乎更强化了这种不同。一个真切存在着而又难以同我们沟通的世界，“迫使”我们去眺望、凝望。

在这样的凝视和眺望中，我没有及时发现自己已经忘记了现世的重负，可能太投入了，这是一种难得的体验，心中一片静穆。

不过，我知道我看到的不是佛的世界，或者说不是我们现世所指的佛的世界。在云冈并没有沟通现世和佛界的中介物——香火。我觉得，可能正是因为少了香火，在这里才更容易看到一个超越于我们的世界。这里的香火，显然被时间的帷幕遮在后面了。随处可见的风蚀之迹，就是时间帷幕吧。它似乎也想遮住那个近于永恒的世界。但透过这道无情的帷幕，超越于我们的那个世界，分明还是依旧的，佛身高大依旧，佛容平静依旧，那平静的微笑自然也是依旧的。就是在帷幕之后已经显出几分模糊的飞天，她不受地心引力的约束而自由飞翔于天地间的那一份灵秀，也还是依旧的。它只会被遮挡，而不会消失——可见它的永恒也是依旧的。

永恒感，就是一种超越感吧！云冈给予我们的这种超越感，虽然明知是宗教、艺术和历史共同创造出来的，但我还是愿意将它当作一种真实的体验去体验。我们身陷在一个日益使人紧张、焦虑的现代社会，能有片刻超越的体验，多好，只是很难得。所以，来这里不需要新发现，只要重新再体验一次就够了。

似乎可以说，云冈是一处“耐读”的名胜。现在越来越多的人下海发财去了，也仍有不少人在忙于升官，不知是不是因此使这里不再拥挤？

这使我想到了另一处常去的名胜：五台山佛家圣地。

那里也是一个与现世不同的世界，一个佛家的世界，那里也有艺术，也有历史，而且是延绵不断的历史——那里的香火一直延绵至今，于今似乎更进入了一个新的兴旺期。建于唐代的佛光寺，至今仍有不息的香火；金刚寺中那高大不逊于云冈的金身大佛前，也有很盛的香火。更不必说台怀的中央寺庙群了，那里常常香客如潮。

香火使那里的佛界与现世沟通起来了。如潮的香客们五体投地于佛祖的脚下，他们心中往往祈祷着入世的成功，虔诚地求佛保佑自己得到现世的功利——想发财者求财，想做官者求官，想得子者求子，可能也有作恶者想求得庇护吧。不知道面对这如潮涌动的入世者的激情，佛会怎样想——那里的佛也一样的平静，一样平静地俯视着脚下的膜拜者，一样千年不语。

但那里却比云冈拥挤多了。随着现代旅游业的发展，商业大潮也逼近了这处远离尘世的佛家圣地。那里就更加拥挤了。

在这样的拥挤中，可能难以投入地体验到宗教赐予我们的那片静穆，无心去享受佛教所带来的辉煌艺术，更寻不到历史留下的耐人寻味的踪迹。当然，这一切遗憾可能都是过时的情趣了。

也许应该说，相对于云冈的“耐读”，五台山可能更“通俗”。

不过，我只是希望在拥挤的世俗生活中，能常有片刻的静穆。

写于1992年9月

共享生命

今年，清明过了，天气又忽然寒冷起来，预报的最低气温跌到了零度之下。这是天象，我们不必问为什么。

我想了想，还是决定把这盆黄荆树桩，移到了室外。

我想，它本来是应该在室外越冬的，现在经受一下春天的寒冷，也许对它还有好处。它本来是属于北方荒野上那种极有生命力的灌木。既然要披荆斩棘，它不可能很娇贵，不可能很脆弱。当然，它可能也没有想到，会给我来做盆景。

前年秋末了，一位朋友托人从郑州给我捎来了这株黄荆树桩。那时，他热衷于盆景不久，有次开会见了，大肆向我布道，极言其中天地、境界、意趣、情感，不是一般玩意儿可比，也不是一般人可能领悟和消受。他还讲了郑州盆景界几位高人的故事。我已经不记得这些故事了，只记得他后来把这些故事写进了一篇小说，参加天津《小说家》的擂台赛。小说我也不大记得了。但他讲过的一个细节，我还记得。

他说，某人养的一盆“人见人爱”的盆景，终于答应以高价卖出了，原来是一直舍不得的。定了交割的日子，买主回去筹钱。是夜，此公守着他的盆景，尝到了生离死别的滋味。他后悔了。那天，钱物交割完毕，买主将盆景搬走的那一刻，他突然扑地痛哭，就像卖掉了自己的亲生骨肉。

我所以能记得，可能因为这不是太高深的“艺境”。还因为我也养过花木，虽然是极其普通的花木，也没有取得养花艺术的任何“段位”，但还是多少也有过类似的感情体验。譬如，一盆养成了的花，忽然被自己养死了，虽不至扑地大哭，也是相当沮丧的，几天里若有所失，痛快不了。

在得到这株黄荆树桩之前，我养过一盆五针松。五针松是比较名贵的盆景树种。这株名贵的五针松，也是一位朋友送给我的。可能正是因为它的名贵，我终于没有能把它养活。它一直生活在温度和湿度都很相宜的温室里，所以跟了我之后就很没有情绪，总是蔫蔫的。特别是原来娇小而鲜绿的针叶，一天比一天暗淡起来，那一份憔悴，让人受不了。我以为是湿度不够，不断地给它洒水，仍然没有多少起色。又借来有关盆景的书看，按它的脾气习性伺候它，也仍没有讨得它的高兴。它就那样蔫蔫的，一天一天暗淡下去，两年之后，死了。我虽然知道这是必然的结局，还是不痛快了几天。

我把这个经历告诉了正迷于盆景的那位朋友。他说，养盆景，不在于名贵不名贵。

于是，他就托人捎来这株黄荆树桩！

他在附信中说，黄荆的生命力极强，将树桩埋于沙土中，置于室外，不要缺水，就能过冬了，来年春天即可生根发枝。

那时已是秋末，树叶快落尽了。我已经将阳台上的花木，移入室内。但我还是遵朋友所嘱，将树桩安置于室外了。我所有可供花木存身的室外，不过是一方阳台而已。我居楼房四层。在太原漫长的冬日里，四楼阳台也是高处不胜寒的。但我看这株黄荆树桩，比死去的那株娇小的五针松，要粗壮得多，它其实是一苍老的树根，似乎展示着某种让人信赖的东西。所以，我也就没有像对待五针松那样，操许多的心。

在严寒的冬天，我除了不使它缺水，也间忽看看它。黄荆是落叶的，秃秃的，什么也看不出来。

早春时候，我以为它会苏醒了。但没有明显的动静，秃秃的，仍然是那种苍老、枯索的样子。

春色一天天深重，它仍然漠然不动，老练得可以。

整个春天都过去了，在初夏的炎热中，它还是那样枯索，那样漠然，没有复苏的任何消息。我除了继续使它不缺水，也没有任何办法可使。

我怀疑它是在冬天给冻死了。

到了夏天，我相信它已经死了。

又死了一株。朋友远远地把它送来，没有能让它活下来，也不可能怎么痛快得了。但这也是无可奈何的事，我也不想让它死啊。

在这年整个的夏天和秋天，我在给阳台上其他还活着的花木浇水的时候，常常把浇剩下的水，浇到这株已经死去的黄荆树桩的花盆里。这不是对它死的祭奠，也不是对它死而复生的祈祷，全是一种无意。

所以，我也全没有想到，它居然会死而复生。

又到了秋末，落叶飘零。我又准备将阳台上活的花木，移入室内。这时我发现，在那株已死的黄荆的下部，发出了一簇新芽！我以为是幻觉，又定神看了看，的确，那真是一簇新芽。

当时我真想骂它一声：你这个龟孙子！

它原来并没有死。从春到秋，它用了整个的无霜期来恢复元气。它终于适应了这与地脉地气相隔绝的水泥阳台。它果真有很顽强的生命力。

我当然也享受到了一份意外的高兴。

不过，我想不想，还是决定将它也移入室内过冬了，它虽然生命力强，但那刚刚萌发的新芽是肯定不敌严寒的。

在室内温暖的冬季里，它三处发出新枝，挂了簇簇绿叶。只是，原来的树形已经给毁了，树干的上部一直没有发芽，将来会长成一种什么形状呢？

不过，关键是它还活着，是它终于活过来了，是它像死而复生似的活过来了。

最近读董桥的散文，觉得有句话说得既幽默，又沉重："纽约人搬到宽阔青翠的加州，总喜欢对朋友说：'我家园子里种了好多会死的树！'"因为纽约人一直生活在"混凝土森林"和"塑料植物"之中，而都市的这种现代"森林"现代"植物"，是不会死的。

在自己的家园里，能有几株会死的树，几盆会死的花，这成了现代人的一种品位，几分高贵。细想想，这真不是一份轻松的享受。

人们一般把盆景称为"有形的诗，立体的画"。我养过两株盆景了，至今还没有收获到"诗"和"画"，倒是都收获了生和死。所以，似乎也可以说，盆景是"活着的诗，会死的画"吧。

太原的"水泥森林"和"塑料植物"，也在加速"种植"着。我那方高处不胜寒的小小阳台，也不是花木的家园。但有几盆会生会死的花木，毕竟能享受到几分与生命共处的甜酸苦辣，喜怒哀乐。你会多一份牵挂，多一份操心，有时多一份不痛快，有时又会多一份意外的欣喜。龟孙子，它居然起死回生了。

这是一种享受，还是一种意境，其实也不重要。

将黄荆搬到室外之后不久，天气忽然又像夏天似的炎热起来。又不久，是沙土蔽日盖天的大风。这是什么天象，我们不必问它。只是这样的气候，"会死"的花木能受得了吗？

写于1993年5月

留下几分宁静

我们居住的这座古老的城市，现在正走向繁华。平时很少上街的我偶尔上街，会有一种陌生的感觉，或者说是种“士别三日，当刮目相看”的感觉。比如，仿佛是在一夜之间，忽然发现我们太原的大街小巷里都挤满了汽车，又主要是小汽车。从“王”级的进口豪华车，到简陋的东欧车，当然还有各种等级的国产车，时不时地，还能见到国际名车，色彩斑斓，型号驳杂，形成一种到处都是车，满眼都是车的新景观。其中又以出租车的发展最为神速。现在在太原“打的”，已经可以像国内所有发达城市一样方便了。再比如，近几年太原的高层建筑物，也像雨后春笋般忽然冒出那么多。有时偶尔在迎泽大街望望，两厢高楼比肩，中间车流无尽，真有一点大都会的意思了。还有许多大商场、大酒店、高级的歌厅、配套的娱乐城等等，也不断往出冒。还有满眼的时髦装饰，满耳的流行音乐，满世界的滚滚商潮。还有街头出现频率最高的几个字：生猛海鲜。这一切可能都是走向繁华的标志。

走向繁华是很好的。一个繁华的城市，是人们所向往的吧。现代化的城市，应该都是繁华的。一个像我们这样古老的城市，如果没有现代的繁华，那一份古老可能会成为衰败、落后的代名词。谁喜欢生活在一个衰败、落后、土气的城市里呢？我也向往繁华。

我还喜欢散步。我向往的散步，是在一条幽静的林荫道上，在一种宁静的气氛里，如果能呼吸着清新而未受污染的空气，那当然更好了。在这样的林荫道上，从容地享受那一份幽静，安宁、清新，踩着深秋的落叶，或者是初冬的新雪，偶尔又发现了树上依稀泛起的新绿，或者是浓荫下的清爽——这实在是一份太奢侈的享受了。所以我也知道，作为一个大城市的居民，我的这种向往很可能是比繁华更难以企求的。所以，我只喜欢着散步，不敢有所向往。

在我居住地的附近，没有公园花园，但离杏花岭体育场不远，这已经是相当幸运了。我就常常在这个体育场里散步，虽然枯索些，还是宁静的。但在近年，这一份宁静也忽然失去了。在它周围，商店、摊贩、"露水市场"，也仿佛在一夜之间出现了。尤其是那夜以继日不肯歇息的露天"卡拉OK"，把"潇洒"留给了自己，将五音不全的噪音送给了周围的大家。后来又听说，这个体育场已经被"卖"给了海外某大亨，将用外资在这里建一座摩天大楼。

府东街在杏花岭这一段，虽也是市内的干线大街，但在先前它也是比较宁静的。街心有花坛，路边有成排的古雅的国槐。人行道呢，也相当宽敞。当然这一带也没有很"火"的商店酒店之类。所以，这一段大街也是适宜散步的地方。我也常常在这里散步。只是，这一段街面，现在也"火"起来了，它原有的那一份宁静，早已被淹没在喧嚣的商海中，商店为了生意抢眼，把商品纷纷摆设到了人行道上。

在居住地的后面，原来也是比较宁静的街巷。据说这一带是从前太原较高级的居住区，住些官员、财主、文化人。这一带大都是些相当宽敞的四合院，街巷整齐、干净，路边也有绿树。常有老人坐在树下聊天、下棋，有年轻的母亲领着幼儿学步。显然，这一带也曾经是散步者的乐园。可惜，现在这个乐园也失乐了。先是集贸市场的兴起，而且不断在这里扩大它的领地。后来,又是房地产的开发,这一带的四合院差不多全被铲平了,将要平地起高楼。同时,无尽的“小汽车流”也忽然冲进了这些已经失去了宁静的街巷。据说是因为实行了新的交通规则,市里的干线大街上有许多左右转弯的限制,为了躲避这些限制,车流就冲进了小巷。

所以,有时候为了享受一次真正的散步,就远远地到公园里去。

现在的公园里也失去了宁静。三步一岗,五步一哨的,到处都是向你兜揽生意的摊主和游商。照相吗?买家传秘方吗?你学魔术吗?你有性病吗?你要“黄带”吗?看侏儒的特技表演吗?看美人耍猴耍蛇吗?“要嫁就要嫁大款”——这是书摊上的醒目标题。穿过这一切的骚扰,你也会发现,公园里现在仍然有宁静的地方,那就是园中之园,放着花卉的叫什么什么园,放着盆景的又叫什么什么园。这些园中园宁静倒是真宁静,只是门票也有些水平了。花高价买来一刻的宁静,多少人有这样的收入水平呢?所以,这园中园的宁静,是被高价隔离出来的宁静。

总之,现在寻觅一处宁静的地方,享受一次散步,已经有些难度了。

当然,个人的散步爱好并不重要。我在散步时喜欢做沉思或遐想,其实也就是胡思乱想,于国于民都不重要。所以,为了我们这座古老城市的繁华,我愿意牺牲个人的这种散步爱好。我还有其他的爱好呢。

我不知道在当今高度现代化了的城市里,高度繁华的国际大都会里,现代化或者繁华是否可以与宁静同在。我只是想,不管我们的城市走向繁华也好,走向现代化也好,它应该变得越来越适宜“人”居住而不是相反。一个城市的“大”,除了决定于它的面积、人口、产值,恐怕还要决定于它能不能给居于其间的“人”的各种需求留下足够的空间。也就是说,公园仍是名副其实的公园,人行道也还是名副其实的人行道,体育场最好也不要“炒”了房地产。

我期望着我们所有的城市早日繁华起来,这是第一位的。其次,才希望在繁华的同时,能留下几分宁静,哪怕是九分的繁华,一分的宁静。

写于1994年3月

我们都麻木了

这是一段极其平常的经历，因为这类经历已经很多。

五月，在北京站候车。可能因为没有民工潮，也没有节假日的乘车洪流吧，那天居然不是十分的拥挤，我又居然能找到一个空着的座位。我放松地坐了下来，感到很幸运。本来应该掏出一本什么书来，翻几页，打发时间。可那天我觉得，应该就那样静静地坐一会，先享受享受那一份幸运。

只是，还没有来得及静下来，就不知从什么地方忽然冒出一个小女孩，扑通一声，跪在了我的脚下，磕起头来。之后，她好像是连连叫了几声“爷爷”，就把一个讨钱的茶缸送到了我的面前。

这是一个只有六七岁的小女孩，脸有些脏，头发有些乱，衣衫也一样有些脏乱，但并不破烂。她也并不怎样显得瘦弱，或是怎样营养不良。她在做那一切乞讨程式的时候，又是那样的熟练、自如。

我给她的茶缸里投了钱，她立刻就站起来，看也不再看我，转身跑去寻找新的目标了。

根据经验，我开始寻找这个小女孩背后的人。这样的小女孩，肯定是为站在她们背后的那些人行乞，或者是挣钱。很快，我就把这个人“捕获”

了。他坐在与我相隔四五个人的椅子上，当时正望着小女孩对我所实施的成功的乞讨，发出一种得意的笑，没有提防我忽然投去的“搜捕”目光。遇到我的目光，他慌忙收起了那得意的笑，低下头，开始玩弄手里那个很新又很时髦的打火机。

这是一个很年轻的男人，不会超过三十岁。他脸很白，甚至还有几分细嫩，眉目也似乎带着几分清秀。他的脸面是洗干净了的，衣服也是整洁的。他是一个健康的男人。他甚至还可能是有一点文化的年轻男人。他像其他旅人一样，也带着几件旅行包之类的东西。我看不出他是一个陷入危难的人，也看不出他有什么痛苦。我也实在难以将他看成一个坏人。

然而，那个小女孩就是那样在为他乞讨金钱。他就是在用这个小女孩做“原料”，制造一种伪劣的悲悯，并以此谋利。他很可能已经预支了这个小女孩一生的尊严，来为自己换取时髦打火机之类的东西。后来我发现，她乞讨时，对所有的男性都喊“爷爷”，对所有的女性都喊“奶奶”。她一律都下跪，一律都磕头。但她的成功率并不高，她向“爷爷”“奶奶”们下跪磕头所换来的，大多是呵斥和驱赶。

我不知道，这个小女孩将来会怎样回忆她的这段行乞史，因为她只有六七岁。可是，我想她是不会忘记这段经历的吧，因为这样带她进京行乞的，正是她的父亲。是的，那个白脸的年轻男人，就是这个小女孩的父亲。她每当讨到大面额的票子，就会向这个白脸男人跑去，带着几分激动和几分娇情，喊这男人“大”，或者是“爹”。小女孩的方言口音，使我分不清她是喊“大”，还是喊“爹”，不过“大”或“爹”，都是对父亲的称呼，虽然这个父亲是在伤害天良。

是的，这个父亲是在伤害天良，又是在京都候车大厅这样的堂皇之地伤害天良。但这又能怎么样？它就那样静静地在发生着，不会引起任何回响。对这种伤害天良的事，现在如果有谁表示出大惊小怪来，那倒可能会引人注目一些。

这是为什么呢？因为我们经历的这类事已经太多了，而且还在随时随地地不断经历着，所以我们早已习惯了，见多不怪了。

我自己是以写小说为职业的，可是我在经历这件事，现场“跟踪”事态发展的当时，一点都没有想到用它来做一篇小说，因为我知道，这样的小说现在谁也不会感动的，从编辑到读者，可能读也不想读这样的小说——谁愿意到小说中去读生活中早已司空见惯的东西？或者说，我对这种伤害天良的事，可能也已经习惯了。

而且，我仍然难以把这个伤害天良的年轻的父亲，看成一个坏人。我从他对伤害天良所发出的那种得意的笑中，只看到了一种厚厚的麻木。这厚厚的麻木，是那样严密而结实地将天良、父爱、人的尊严等等，都压盖住了。在这麻木的前面，只留下了对大额货币以及时髦打火机之类的敏感和热情。而今天，将天良，良知，人类的各种爱，人的尊严，人的价值这一类东西，扔到了麻木的后面，只留下对金钱、物欲的热情者，那绝不仅仅是这个白脸的父亲。比他体面、高贵又像他一样麻木的人，又有多少？随便向什么地方看看，一不小心，你准会遭遇到不止一个这样的人。

今天，麻木的人也许真是实在太多了，我们不能不习惯。

只是，习惯分明也是一种麻木。鲁迅曾经对国民的麻木，表现出一种总不肯“宽容”，总不能习惯的痛心疾首。我们呢，对麻木也已经麻木了。

我们都麻木了。

写于1995年10月

初识五台时

一九七〇年冬天，我第一次上五台山。那时，僧人都遣散了，像一片都市似的兀现在冬雪中的寺院群落，寂静异常。

去时，并没有下雪，那雪是整个冬天积累起来的。五台山海拔高，冬季严酷，冰雪不易融化，这也教冰雪留住了那一份凛然，那一份净洁和耀眼。在这样净洁、耀眼的白雪映衬下，台怀那一片恢宏的寺院群，显尽了它的富丽和辉煌。我早见过像宫殿一样富丽堂皇的寺庙了，但这样都市似的恢宏一片，还未见过。记得望见这片富丽辉煌的那一刻，黄昏还未临近，一抹薄薄的斜阳小心翼翼洒落下来。承受这抹斜阳最多的，是矗立在寺院群落中间那座雄起的舍利白塔。白雪、斜阳和富丽辉煌，就那样融合在寂静中，这更是我未曾亲临过的情境。要按现在的心性，我可能会掏出相机，轻狂地将这情境收入胶片，据为己有。当时，我正带着一架在那个年代要算最贵重的照相机，老式的罗莱弗莱双镜头德国相机，还有一本吴印咸讲摄影的书。在那个冬天我上五台山，就是为了参加一个摄影学习班。可在那一刻，我只是呆望着这一切，完全忘记了行囊中的罗莱弗莱。包容着这一片富丽辉煌的出奇的寂静，将我震慑住了。

从县城出发后，就是一路的寂静和肃杀。没有植被的山山岭岭覆盖着冰雪，望也望不尽。那条上山的路，也覆盖了碾压成坚的冰雪，却没有多少往来的车辆，更少有行人。只是路过一些村镇时，才能遇到马车、拖拉机，还有偶尔出现的村民。但路过的村镇很少，我们就一直在寂静和寒冷中行进，仿佛真是向世外走去。寂静来得这样不由分说，半路上又坏了车，所以非常地渴望过遇到车和人，可那渴望也是虚妄得不容你置说。正在走进的寂静，就这样将我们包容到其中了。不知以往跋涉在这条路上的香客，是否喜欢这一份寂静，也许络绎不绝的香客，会撑破这一份寂静吧。当然，在那个冬天是没有香客的。那时，我也没有想到佛，只是渴望到达目的地。目的地，就意味着走出了这寂静和寒冷。所以我完全没有想到，目的地会更加寂静，而且寂静得这样富丽辉煌。

在没有僧人和佛事的寺院里，守着那一份寂静和寒冷，我们开始讨论构图、用光、人物表情，讨论如何表现工农兵。然后，就到附近的村子里寻着拍摄贫下中农。他们不大好拍。除了衣衫破旧，表情也大多冷清，就像浸透了那里的寂静和寒冷，不大容易引诱出热烈一点的情调来。在寂静的寺院里，我们有时能见到兵，解放军战士，但我们不能拍摄他们，因为他们正在那里修建一项极为机密的军事工程。向我们透露这个机密的本地同志，一脸的神秘和严肃。那些行色匆匆的士兵们，神情就更加严峻，分明有种大任在身的气概。也许那气概是有拍摄头的，可我们谁敢去拍呢？

多年后机密解开，才明白了当时抢修的军事工程，原来是林彪的一座行宫。似有禅机的，是林彪的这座行宫，何以偏偏选了供奉杨五郎的太平兴国寺做地址？难道五郎庙真是占了武人的一方风水宝地？这让人难以参透。明确的只是，林彪还没有来得及享用这座行宫，他就沉沙折戟了。在那个寒冷的冬天，我们谁也不可能想到，五台山的那一份异常寂静，会同林彪的这座行宫有多少关系。

寂静的寺院，也自有它的一种风采。可在那个冬天，我们谁也没有拍摄寺院，即使是那座高踞于众寺之上的舍利白塔，也没有拍摄。它高达七十余米，每天无论在什么地方，总能望见那素身金顶，形如藻瓶的高大身影，插入蓝天，寂静无言。我们似乎也是无言相对，没有将它寂静的样子拍摄下来。

而我，于静夜听过它的风铃声后，连拍摄它的意念似乎也随风散去。

在那里度过的夜晚，当然就更加寂静，更加寒冷。禅房改做的客房，本就不胜御寒，火炉又好像沾了佛气，不爱热闹，总是那一副沉静的样子，入夜后它更像入定了，早早就无有声息。寒冷中难以睡去时，总能听到一个似近又远、动听又神秘的声音，这就是来自那座舍利白塔的风铃声。这座巨塔的塔顶和塔腰，悬有数百个音质甚佳的风铃，在那寂静的冬夜，它们闻风而动，将那种仿佛来自世外的声音，散布在寺院的上空。我第一夜听到这个声音时，真是敬畏地想到了佛。在那样寒冷的夜晚，它分明近在耳畔，又像悠远无涯，它似凄厉，又似清纯，它更让你感到寂静的深邃。每当听着这样的声音不能入睡时，依稀中真仿佛被一种超越的力量所引导，产生了企图眺望世外的幻想。在这种时候，拍摄还有什么用呢？德国造的镜头也无法向世外取景，胶片又如何能留住幻想。

如果不是那样寒冷，也不是那样萧条，或者说不是在那样的年代，在静夜听到这样的风铃声，也许应该感到很美妙，很安详吧？

那样的年代过去之后，我又多次重上五台山。因为在多古迹的晋地，那里是第一处依然"活"着的古迹。除了"文革"那样的年代，作为古老的佛教圣地，那里一直佛事延绵，香火旺盛。有外地友人来时，免不了陪了去观光。所以也眼见着那里高速繁荣，一如红尘中的市场经济。住在远比禅房舒适得多的现代化宾馆里，望望窗外的青山和隐现于青山间的古寺，那自然是令人气静心静的。只是，当你一出门，就被那些兜售假古董、伪佛物的商贩包围，逼你施发慈悲，挨宰无悔，紧接着，你企图暂时逃离的那流行风潮，灯红酒绿，滚滚红尘，又扑面而来时，你会感到离佛近了，还是更远？在日益繁荣也日益喧嚣的五台山，我再也没有见过它于寂静中显尽富丽辉煌的那一幕，夜阑时，也听不到那仿佛来自世外的风铃声了。

写于1998年3月

美不尽在名胜

也许庐山太有名了，出游之前便不由不去做一番想象。乍到山上，处处被绿荫遮拦，不能纵目张望，更生一种深邃不可穷尽的神秘之感。兴冲冲依循着现成的游览路线，去跑各个风景名胜点，却不知为何渐渐有了些不很尽兴的感觉。锦绣谷或许还有几分锦绣入眼来，什么小天池、大天池、黄龙潭、乌龙潭，还有那仙人洞等许多去处，可就似乎有点儿徒具虚名了。登望江亭，大江隐于一片混沌之中；上含鄱口，彭蠡只在云烟缝里露出一角，本预备着叹一声壮哉、美哉，也未能。巴巴儿爬上五老峰，可惜亦只是钻入了五里云雾，既未见山峰之奇峻，更难眺海天之辽阔。大汗淋漓，艰辛跋涉，到得三叠泉来，终于一睹那千万颗玉珠飞溅而下的情景，算是给游兴有所报偿了，可想想未到之前人们对此景的那许多渲染，便又不免觉得它还该更壮观些吧。

但几日小住，从容游来，便慢慢体味到庐山又是无处不动人的。它的动人之处似乎并不单在大家跑烂了的那几处名胜，而正在于它无处不美。随意朝哪里望去，都能见浓厚的秀色。即便不去寻觅，也会有新奇的情趣涌出。走一径平常的林荫道，其中那份幽静似乎是再难从别处寻得了。爬一段山荫路，本来景色平平，忽而在云烟开处，现出半壁奇峰，真要叫人醉倒了。就是不去圈定的月照松林那边，只要有月华洒下，几株绿树、一湾溪水、半边草地，也尽会有许多趣味。就是没有月华，没有丽日，没有清风，那几点野花、一座笋峰、半株秀松，也会自有它的韵味和诗情。就是躲在屋里，凭窗听那溪流潺潺，望那远山葱茏，不也会无形之中坠入一种佳境吗？

庐山或许真是从扬子江鄱阳湖中升腾而起的。那飘幻不尽的云雾似乎是它升腾而起的痕迹，那满山涂着的厚厚的秀色似乎更呈现了从大江瀚湖中带来的饱满。庐山是饱满的、富有的。来探胜寻美，看来并不一定要到那大家拥挤的去处，找那古人留下的旧迹，看那经过圈点的景儿。只要你高兴，哪里不能觅到属于你自己的美？

探寻文学的美，是否亦如此呢？

庐山此行，还不知能否偷得一点灵秀之气，然而却必须谢谢《百花洲》的同志们！

写于1982年8月

回 望

“驶出了英人在海面上布置的浮筒工事圈，香港的太平山逐渐地缩小。这情景，叫我回想起第一次乘小广东轮离港赴海防转道赴新疆的旧事。那时候我曾想，这一次离开香港，因为我有久居西北的意思，也许一时不会再来了，不料一年半之后我就又到了香港。这次的走，和上次不同，这次我走是被日本法西斯军阀强迫走的，我决心再卷土重来，依理重来的可能性，应该更大的多。——我相信我一定会在短期内再看到太平山，并且太平山顶飘扬的旗帜，将不再是代表任何帝国主义的旗帜，而是代表民主、自由的旗帜。”

这是萨空了《香港沦陷日记》的最后一段文字，记于一九四二年一月二十五日，也就是他逃出已被英方放弃而被日军占领的香港的那一天。从《日记》能够看出，在那前后逃出香港的，还有梁漱溟、范长江、邹韬奋、徐铸成、金仲华、张友渔等许多著名的进步文化人士。他们在离开香港，回望太平山的那一刻，也一定像萨空了那样，希望来日山顶飘扬着的，不但不再是日本旗，也不再是英国旗。这种深藏在他们心中的期望，或者说情结，显然是被香港的沦陷激化了。不过，即使是在沦陷前，即使是在没有战事的和平日子里，那种情结似乎也在一天天强化。香港好像一直都不是文化人愿意久居的地方，是不是因为越久居，这种情结越难以释化？

香港学者司马长风在他所著的《中国新文学史》中，写了很有意思的一句话："在平时香港文坛只是中国文坛的附庸，一到乱时香港文坛对中国文坛就发生重大影响了。"平时香港文坛的平淡，大概能说明它没有留住多少有影响的文人。只是到了抗战时期，也就是萨空了在《日记》中所记的那个"乱时"，由于北平、上海、武汉等大都市的相继沦陷，一九三八年至一九四二年，香港曾经聚集了蔚为壮观的一大批当时国内著名的文化人士。一九四二年初，随着香港的沦陷，这批人士也都离去了。这当然没有什么奇怪。只是在战后，它似乎也没有再吸引多少有影响的文化人"卷土重来"，事实上，在整个三四十年代，中国文化界、学术界有影响的人物，没有到过香港的恐怕不多，但愿意久居那里的也不多。无论战时平时，人们似乎更愿意把香港当作一个中继站，而不愿选它做旅途的终点。

香港的繁华，香港的现代，香港与世界的接近，香港生活的法治与规范，还有香港自然环境的美丽，那都是很吸引人的，但那里高悬着的英国旗帜，毕竟太沉重了。对于敏感的文人来说，特别是对于把"国"看得很重的中国知识分子来说，可能是永远也不会淡化那一份沉重的。

现在好了，在太平山顶飘扬了一个多世纪的英国旗帜，即将永远降下了，重新升起的将是自己的旗帜。进出香港的国人，终于不必对它做沉重的回望了。国人也终于可以将香港当作自己文化的家园，喜欢它，倚重它，建设它了。

写于1997年6月

《黄河》创刊琐忆

《黄河》杂志出刊已经三十年了。乍回首，有些不敢相信，筹办之时的情景，似还历历在目；回到眼下，当年那番情形确已有些遥远了。作为曾经参与筹办的一员，这份刊物能经历三十年的远行，依然走在向前的路上，毕竟是深感欣慰的。

一

《黄河》正式筹办，是从一九八四年夏天开始的。

那时正处在思想解放，改革开放的初期，而复兴大潮已蓬勃而起。文学在当时还冲在大潮的前头，不仅很快恢复了被“文革”浩劫重挫的元气，还呈现出胜于“文革”前的繁盛景象。不断涌现的优秀文学作品，很快就产生了广泛的社会影响力。省作协从省文联“分家”出来，即是在这种背景下发生的。原先的文联体制，已不足以适应文学繁盛的局面。省作协独立出来，《黄河》也就顺理成章地很快诞生了。

作协独立之后，是胡正老师出山主政，即出任作协党组书记，主持工作。胡老师曾长期担任省文联的秘书长,有卓越的组织领导能力,又思想解放,作风开明,有改革的魄力。

他主政不久,便推出诸多新举措,打开了全省文学工作的新局面。创办省内第一份大型文学期刊《黄河》,即是其中一项。

当时,国内文学繁盛的一个新现象,是中篇小说这种在以前属于并不规范的文学样式,异军突起,佳作迭出,其兴旺程度可谓前所未有。由此带动国内的大型文学期刊,即容量比较大,能刊载中篇小说乃至小长篇的文学刊物,纷纷创办。"文革"前,全国就只有上海的《收获》这样一家大型文学刊物,而到一九八四年,这类刊物已在国内全面开花。京、沪等自不必说,凡文学创作实力较强的省份,差不多都推出了这类刊物。山西当时的文学创作业已进入新的繁盛期,老中青几代作家亦都与全国同步,涉足中长篇小说创作了。而省内当时的文学刊物,还只有几份传统的以刊登短篇为主的月刊。可见创办《黄河》这样一份大型刊物,亦是形势使然。我记得,是在胡老师主政后召开的一次文学创作座谈会上,大家提出了这种呼吁,领导层当时就做出了积极的回应。

会后不久,作协党组就做出了创办《黄河》的正式决定,并成立了筹办领导小组,胡老师亲自出任组长。令我深感意外的是,我竟被包括在这个小组之中。我当时是编制刚刚调回作协,人还生活在原平,因为占用的是专业作家的编制。与我相似被纳入这个领导小组的,还有韩石山兄等两位青年作家。党组还明确由我出任未来《黄河》的主编,韩兄等二位为副主编。这更出乎我的意料。

我之所以深感意外,除了自己没有多少文学编辑的资历外,从内心深处说,还是有些自私吧,不太想接这份差事。当时更钟情的,还是专业创作。尤其对我来说,争取到专业创作的机会,并不容易。简略说是接连闯过了两关,刚刚踏实下来,忽然又有意外了。

我大学毕业后,在原平县委机关做了将近十年的文字秘书。从事那种讲究规范性、格式化的公文写作,期间又以"文革"八股居多,尤其是常年替领导代笔，不能与自己相关，实在是写腻了。"文革"结束后，一切都在发生着预想不到的变化，我也想改变自己。请求调动工作，不允许。申请回母校考研，不批准。于是就业余写起了小说，又幸运地赶上文学开始涨潮，试写的第一篇小说《顶凌下种》意外得了一个奖。这个奖虽然也算是全国奖，但县里的领导并不怎么认：你还是安心工作吧。后来还是得到马烽和西戎老师的帮助，他们出面与地区领导沟通，我才终于脱离了公文写作。而且，结果令我十分满意：在县委办公室的编制待遇不变，专心从事文学创作，不再承担其他公务。其实也就是专业创作了。这是闯过的第一关。

从一九七九底脱离公文写作，到一九八三年秋调回省作协，这将近四年的时间可以算是我文学写作的第一个丰收季。我发表出来的农村题材的短篇小说，大部分是在这个时期写出来的，包括刊出于《人民文学》和京津沪等文学名刊的一些作品、获得京津晋等省市文学奖的作品。我很想把这种脱产写作的状态，保持下去，可惜又出了波折。一九八二年秋，原平调来一位新的县委书记，年轻，有改革大志。到任后，即着手组建高学历的党政班子，因为当时刚刚倡导干部"四化"，又尤以知识化与年轻化为热点。那时所谓高学历，也主要指有大学文凭而已。而"文革"中断大学教育十年，有大学学历又尚算年轻者，也就只有所谓老五届，即"文革"前最后入学的那几届大学生了。这位新书记与我同属"老五届"，而我因写小说出点名，又在县委办工作多年，就不断有传言：新书记欲召我进班子。同事友人以为这是天赐良机，劝我接近新书记，我却往省作协求救了。我并不是看不起做官，只是觉得自己不适合做官，也不太喜欢做官。事实上在八十年代，官本位气息远没有近年浓厚。在社会上，作家与官员并没有太大的尊卑贵贱之分。当时省作协和文联尚未分家，但在马蜂、西戎、孙谦、胡正等老师的帮助下，终于在一年后调回作协，脱离了官场。这是闯过的第二关吧。

这一年，即一九八三年，我正满四十岁。在不惑之年，自己才得以真正为立身之业专心劳作，所以格外珍重的。编制回到作协，心踏实下来，就开始写一部容量较大的作品，即由多篇中短篇组成的系列小说《陌生的夏天》。经一年写作，写出了预想的一少半，正在渐入佳境的时候，被召回来筹办《黄河》，自然有些不舍。

我把这一自私的想法，委婉地向胡老师做了诉求，胡老师一句话就说得我无言以对了："作家承担作协的工作，这是南华门的传统。我和老西也想专心写东西，可工作总得有人做吧？"西戎老师当时是作协主席，也曾多年担任刊物主编。胡老师长期做文联秘书长，更是行政性繁杂工作。我由此想到，这些年来每次回到作协参加活动，总见到不少作家编辑忙前忙后，而我等基层作者却如同宾客，坐享其成。我自然无话可说了。

当然，我也知道这是领导层对自己的重用。一上来，就让你做主编，还不是重用吗？

是重用也好，是重担也好，我只好接受下来。

二

筹备之初，编辑部的成员，除了我与韩兄等三位，还有两位编辑：张发和秦溱。他们也是从下面新调回来的。稍后，又招聘来周燕远，做通联等事务。

我们这六位，可以算是《黄河》的"元老"吧。当时，除了小周家在太原，其他人都还家在外地，是单身赴任，栖息于办公室。

编辑部那时也没有正经的办公室，只是在作协院中的南小楼，即当时的小招待所，占了那么几个房间。

当时刊物也还没有"户口"，即刊号。好在胡老师说："刊号不用你们操心，我们来争取。"

经费更谈不上，只是从机关经费中给临时拨出一点钱，供起家。

纸张、印刷、发行也面临诸多困难。那时还基本是计划经济，一切都得争取指标。

总之是困难重重。

面对这重重困难，迟钝如我，到这时才悟出作协领导层，尤其是马、西、孙、胡等老一辈作家的期望：希望我们这些新人办新刊，能给山西文学界多添加一点新气息。省作协的老字号刊物《山西文学》，当时早焕发活力，办得风生水起，佳作新人迭出，编辑力量兵强马壮，作者队伍更成老中青梯队式阵势。在国内影响力日隆，已跻身佳刊之列。当时我曾想，领导层如果从《山西文学》分出一部分兵马办《黄河》，岂不是要省力些？至少在事务性的层面，不会有这么多困难吧。

悟到这一层，我才感到压力之重。有《山西文学》的标杆在身边立着，新刊至少不能办得较之逊色太多、太“生瓜蛋”吧。这是省内。

放眼省外，当时的大型文学刊物，早已琳琅满目。尤其《收获》《当代》《十月》《花城》四大名刊，用现在的话说，已将市场的大部分份额占去。新办一份同类刊物谈何容易！

困难和压力当然还不止这些，但也有不少“正能量”。

首先，处在解放思想，改革开放的大势方兴未艾、不断向上走的时期。创新出新，新人新事，大体还算顺风顺水。

其次，我们这六位筹办“元老”，都还年轻气盛，“少年不识愁滋味”，好像也不曾畏难过。当时条件艰苦，又单身赴任，生活上有诸多不便，更没有任何福利补贴。但大家快乐相处，专心事业，奔波无怨。用现在的话说，是一个精干高效的创业团队。

还有更重要的一条，是作协领导层对我们的信任、支持、放手。当时，我刚刚从县委那种党政机关出来，习惯地以为既然专门成立了筹办领导小组，虽然不至于事事请示汇报，但比较重要的方面，总得由领导组把关吧。所以，在工作之初，曾委婉向胡老师请示，哪些事由领导定，哪些事我们可以自己办。没想到胡老师是这样回答的：“不必这样拘束，你们大胆干，有什么困难、问题，我帮你们解决。”我当时觉得刊物最重要的，就是稿件处理。于是又问，创刊号及头几期的稿子，领导组把把关吧？胡老师爽快地说："刊物的大政方面已经定了，你们大胆组稿定稿就是了，领导组不审稿。"当时我只觉得，作协这种文化机关的领导方式与党政机关不大相同，到后来才知道，这其实还主要是胡正老师的领导艺术。

我记得，从开始筹办到正式出刊的半年多时间里，筹办领导小组正式开会并不多，胡老师更不曾要求我们编辑部正式汇报过一次工作。倒是我们经常带着具体的困难、问题，尤其是需要协调机关其他部门对我们的支持，去求助于胡老师。当时坚守在编辑部负责张罗筹办诸事的，主要是我和韩石山兄。我俩往胡老师处求援，不论所求事项轻重巨细，总能得愉快结果。所谓愉快结果，就是所求如愿也好，因条件所限不能圆满也好，心情总是愉快的。除谈公务，还闲聊谈笑，不拘一格，无尊卑上下之忌，大异于自己所熟知的官场。因此，我与韩兄正单身在机关，即便无公事也愿往胡老师处谈笑海聊，当然也交流些文学写作想法。在这种交往中，胡老师对筹办情形也了如指掌了。不过，在我的记忆中，胡老师对刊物的筹办，真的具体干预很少，很少。

新刊取名为《黄河》，记得也是在前面提到的那次创作会上，有作家提出的建议，后又经全省作协会员投票而选定的。

创刊号的封面设计，是向社会公开征稿，后请省城美术界的名家评选出的。

刊名沿用至今的题字，是我和韩兄从王羲之碑帖中选出的两个字。

创刊号的发刊词，是在稿件大体选定后，我依据领导组议定的办刊方略，并未十分刻意就匆促写出的。好像也未经胡老师等领导审定，因为我记得创刊号出来后，胡老师看后曾对我说，发刊词不够昂扬，不够有气魄。

创刊号的稿子，也是我们自选自定的。我记得胡老师曾经先后向我们推荐过几部篇幅浩大的长篇小说，都是与他同辈的几位老作家所著，有省内的，也有外省的。主要因篇幅太长，刊物难以容纳，也因题材较旧，与当时的改革潮流与文学潮流较"隔"，不太适宜在我们这种新刊闯牌子期间节选刊出。我们把此意思向胡老师说明后，胡老师并无不悦，爽朗地说："由你们处理，他们给我寄来稿子，我就得给你们推荐，都是老熟人了。如何处理，由你们。"

我想，在中国办一项事业，有一个好的领导环境，很重要，当然也很难得。现在想想，当年创办《黄河》的那一段时光，还是值得令人怀念的。

三

筹办这份杂志，是白手起家，一切都是从头做起，事务繁杂，难以尽数。不过，这诸多事务中，有一件是核心，也最不能将就，那就是创刊号的稿件。因为除此之外的一切事务，都是可以因陋就简，或缓慢图之的。

既为创刊号，闯牌子的，又是后来者，要闯入已高手林立的新江湖，当然要尽量推出水准高一些，特色鲜明一些的作品。

作协办这份刊物，是建设"文学大省"的一个举措，所以创刊号理所当然要请山西自己"老中青"几代作家，携力作亮相。

新刊命名为《黄河》，亦并非仅仅是借用一个响亮名字。在上述创作会上呼吁创刊时省内作家的议论，后经作协领导层认定，这份新刊是要以所谓黄河文化为底色，发挥山西文学界在农村题材创作上的传统优势，侧重刊发既有北方乡土气息，又具现代意识的厚重之作，同时对各种题材、各种风格、各种探索，取开放态势。当时，国内文学界有"寻根"潮流，农村在当时又是改革的前沿，所以新刊的办刊取向还是不错的。创刊词即阐发了这种取向和追求。

当时大型文学期刊，以中篇小说为主，似乎成为定例。新刊亦当如此。

上述这几条，单看每一条，理所当然，似乎也没有什么；可叠加起来，就成了种种限定。能符合这几条限定的作品，最理想，却也很难找。尤其是作为大型文学刊物的重头成分，即几篇中篇小说，需大体符合这几条，才能与发刊词互为表里。在创刊号的筹办过程中，最难的工作，就是征集、组织这部分稿件。我至今觉得,这部分工作完成得并不理想。

当时为体现新刊的开放态势,在组织新题材、新风格、新探索这类稿件方面,着力较多,成效也还不错。创刊号刊出的柯云路的小长篇《孤岛》,以寓言体写虚拟的世界;钟道新的中篇小说《国手》,写新奇的围棋江湖;北京诗人江河的组诗《太阳和它的反光》,较当时流行的朦胧诗更具现代色彩,即是这类作品。

文学评论方面,选定了李国涛老师的《马烽论》,还有一篇争鸣性的文论,系外省来稿。

散文方面也有西戎、胡正等老作家的作品。

当时所缺的,正是山西文学创作的长项,即与农村题材、乡土文学,或与所谓黄河文化、"寻根"意蕴相关的中篇小说。直到临近刊印的发稿期限,仍未组到这方面的理想稿子。这类稿子也不是没有,但对于我们这样的新刊,影响力无从谈起,辛苦创作出来的好稿子,不愿给我们,也完全可以理解。最后不得已,我只好把自己一个中篇《泥房子》发来充缺。

《泥房子》是当时我正在创作的一部系列小说《陌生的夏天》中的一部中篇小说。这部系列小说,是我首次尝试写一部容量较大的农村题材小说。所谓系列,即是由若干中短篇组成,每篇可独自成篇,各篇又置于同一背景,由几个人物贯穿其间。也有同一个主旨,即当时处于改革中的农村,所呈现出的变与不变相交织的生活状态。首篇《洼地》是短篇,发表在《人民文学》一九八四年七月号上。当时王蒙出任《人民文学》主编,来山西组稿,因曾同届获奖,有一面之缘吧,向我约稿。手头只有这一短篇,就交出了。其中一个中篇《云中河》,发表于《当代》一九八五年第二期。同期还有李锐兄等三位山西青年作家的中篇集中刊出,主持此期编务的章仲锷先生,在编者按语中加了"晋军崛起,令人瞩目"一句话,此话后来成了"晋军崛起"的缘起。对此,我当时比较淡然。因为《云中河》并不是我满意的中篇。章仲锷后来看了发表在《黄河》创刊号的《泥房子》,也觉得比《云中河》好。《泥房子》我当时是准备给《十月》的,该刊向我约稿很久了,一直没有给人家稿子。一九八四年夏秋就在筹办《黄河》期间，《十月》主编苏予还几次亲自来信催稿。最终把这个中篇留给了《黄河》，我自己有些不得已，老实说也不是十分情愿，而于创刊号也并不理想。

我这个中篇作为创刊号的头条，正如胡正老师对我所拟写的发刊词的感觉：不够昂扬，不够气魄。说得直白点，或还耐读，却不够好读；或算厚重，却不够煽情。我个人的艺术偏好与一份刊物的面貌，尤其一份新刊的面世之貌，毕竟是两回事。总之，创刊号出来后，各方反应还算差强人意，我自己唯一感到遗憾的，就是头条作品不够理想。

这份遗憾也引发我考虑一个问题，我个人的艺术追求以及不喜张扬的秉性，是否会影响到刊物的风格、面貌？加之在那几年也正是我与韩兄等几位写作旺盛的时候，需要兼顾编刊物与写作两方面。当然了，都是有追求的作家，对刊物整体面貌乃至具体稿件，都不免有各自独特看法。鉴于这几方面的考虑，在刊物出刊几期，初步入轨后，经我与韩兄等协商，开始实行轮流“执政”，即我们正副主编三位轮流主编一期刊物。那时因经费等原因，刊物还是季刊，所以每人每年主编刊物不到两期，既有充裕的筹划编辑刊物的时间，也能兼顾各自的创作，实行的效果还是不错的。韩兄等二位编发的刊物，都比我强，尤其增加了活泼、开阔、昂扬的气象。

在编辑部全体同仁的共同努力下，《黄河》自一九八五年初正式面世，各项工作逐步走上轨道，刊物不断有好作品推出，影响力也不断扩大。反映在刊物的发行量上，也是逐期增加，最高时曾达到一期七万册的水平。省委宣传部、作协领导层以及省外一些大型刊物的同行，对初生《黄河》的评价，至少是：比预想的要好。

四

到一九八六年下半年，《黄河》编发运作已走上正轨，编辑部也增添了编辑人手，创办期可以说大体结束了。鉴于此，我乘一次省委宣传部号召作家深入生活的东风,提出了下基层挂职体验生活的申请。申请获准后,我就趁机向作协领导提出辞去《黄河》主编的请求。胡老师真是很开通,只问了刊物会不会受影响,我说明不会的,就准许了。这与我在县里想调动工作之难,有多么鲜明的对比!

我在县里已经"体验"生活十多年了,调回省里也不过两三年,何以就脱离了生活?其实,有一半原因是为了自己文学创作"转型",即写晋商题材历史小说做准备,另一半原因就是为了辞去主编职务。为什么要辞职?

首先,当然是我做文学编辑的资历不深厚,忽然来做主编,自觉不够称职。

其次,作家出任文学刊物的主编,好像也是一种传统。但经这两年多的实践,对此的感觉是利弊并存,至少对我是这样。编辑的灵魂在于兼容并蓄,接纳百家,一如杂志的"杂"字;作家的灵魂在于独特和出新,一如创作的"创"字。作家做编辑,我以为审稿的眼光难免会"偏视"。我在编稿中,同样是够发表水准的稿子,常常对某一些作品产生偏爱,而对另一些持敬而远之态度。这对刊物显然是不利的,对某些作品作者更是不公正的。但对于似我这种钟情于创作的编者来说,却又是难免的。你要有所追求,就得有所取舍。而你要兼顾各方,就得纠正偏爱。我很怕自己编刊物久了,可能就不会写小说了。因此,我选择了尽早退出。当然,这是一种自私的选择。

还有一个原因,我感到作为一份新刊物的创办,《黄河》好像在走一种按图索骥式的路径,走得比较艰难。如前所述,将这份新刊物命名为《黄河》,以张扬黄河文化为特色,是在胡正老师主政后召开的一次创作会上,由一些年轻作家提出,得到众多呼应,后被领导层正式采纳的。如此由民主路线产生,本也难得。我当时也是呼应的。但具体筹办起来,才发现按预定的特色去创办一份新刊物,那是多么困难!刊物的特色,只能靠作品来体现。可这样的作品,到哪里去找?刊物还没有自己的作者队伍,更不用说符合刊物特色的骨干作者。能体现这种特色,又具有为新刊物闯牌子水准的好作品，谁又情愿把它交给我们这份尚没有一点影响力的新刊物？所以，我们的编辑路线，也只能从“想刊登什么就选什么”，不得不变为“有什么就刊登什么”，或“什么好就刊登什么”。一份刊物的特色，可能是在它的发展过程中自然形成的吧，就像《火花》——《汾水》——《山西文学》一路走来。《黄河》的理想特色，我自觉难以达到，故选择了知难而退。

还可以罗列几条堂皇的理由，但最主要的理由显然还是我本人的一个自私诉求，即想全心全意写东西。所幸那是处在改革开放的年代，又幸遇了胡正老师这样开明的领导，这自私的诉求竟很快如愿以偿。

当然辞职后，我还是力所能及地给《黄河》一些支持。如缺稿时，从命写一篇救急；有重要活动，也尽量不缺席，如此等等。不太记得具体是哪一年了，路遥来信说，原先刊发他的《平凡的世界》第一、二部的南方某大型刊物，不再愿意刊发最后的第三部了，希望《黄河》能刊发一下。还说他经济状况不太好，指望此稿费给老父亲买棺材板云云。这当然是玩笑话。不过，那时这部长篇他历时六七年，艰苦卓绝，刚刚创作出来，三部曲，百万字，篇幅浩大，刊物陆续发表，尚未正式出书，更远没有获“茅奖”呢。文坛对其评价也不一，有些认为是不是写得太长了，等等。那时我已辞职出来，只能把路遥来信及厚厚的稿子，推荐给《黄河》主事的周山湖和张发二位。周张二位当机立断，成全了路遥的愿望。

总而言之，对于已到而立之年的《黄河》，我的贡献实在是太微薄了。感谢《黄河》的新老同仁们，都原谅了我的自私。祝愿《黄河》此后更成熟前行。

写于2014年11月

靠智慧再现的世界

少年时代，有一件事对我后来的影响，可能比较任何一个人、任何一本书都要大些。不过，这是同书有关的一件事。

在玩耍中追求快乐。是少年时期的助长剂，因为这顺应了人的天性。好像从小学三四年级开始，我就感到假期的漫长和“无聊”了。因为我们的小学生活，肯定不像现在这样有做不完的作业，也没有学校和家长的无尽压力，玩的时间总是很多、很多。即使在临考前也是这样，仍然有玩耍的时间，也仍然玩得很快乐。放了假，同学们，也就是玩的伙伴们四散而去了，忽然待在家里，要度过长长的时日，怎么能不“无聊”起来？

于是就相约了邻近的伙伴，想办法充实这“无聊”的假期，特别是漫长的暑假。

那时，没有电视，也没有游戏机。那时是一九五四年前后。

我们到东寺园、西寺园玩水，逮蜻蜓。我们爬上城墙，绕行一圈。我们到城外很远的河边采蒲棒，吃力地背回来，又慷慨地扔掉它。我们还学会了玩象棋，但我们总感到不够满足。

后来我们发现，文化馆有个不小的阅览室，可以随便去看，像我们这样的“顽童”们，也并不被驱赶。只是，那里可以随便阅读的，多数是我们看不出兴趣的报纸、杂志……那时的报纸、杂志都是很严肃的。而且那阅览室里总是坐满了人，又总是一片肃静，这并不符合我们的追求。不过，我们又发现，在这个阅览室四周的书橱里，却挤着许多迷人的书：《封神演义》《三国演义》《西游记》《水浒传》等等。可惜书橱是上着锁的。

我们问：“这些书也可以拿出来看吗？”

记得当时的图书管理员是个女同志，样子有几分严厉。她说：“看这些书，要有借书证。”同时还说，“这样的大书，你们是看不懂的。”

我们坚持问：“哪里发借书证？”

她说：“就在我这里。”

我们问：“那能发给我们吗？”

她说：“你们得有证明。”

我们问：“什么证明？”

她看了看我们，说：“街公所的证明。”

我们相信了她的话。

从此，我和一位姓尹的同学，开始了“跑”街公所的漫长“历程”。

街公所就是现在的居委会吧。记得在街公所做文书的，是一个像账房先生似的老头。他总是善眉笑眼的样子，每次也总是同我们开玩笑，但也总是不给我们开具那张证明。在他看来，我们这两个四、五年级的小学生，要求他开什么证明，似乎也是在同他开玩笑吧。但我们是认真人，而且不达目的，绝不罢休。

我们不断往街公所跑，我们有的是时间。我们也不怕文书老头同我们开玩笑，而且我们也学会了同他开玩笑。我们还发现，在多数时候，街公所就只有文书老头一人守着，很冷清的。不知是不是我们的玩笑，给他解了些寂寞，还是他同我们也终于混熟了，可以相信我们了，他终于给我们开出了那张证明。

这时，漫长的暑假早已经结束了，我们是在新的学年里坚持“跑”出这张证明的。

交上了这张证明，文化馆的那位样子严厉的女图书管理员，倒是很顺利地就给我们发放了借书证。之后，我们带着一种胜利感，借到了第一本书。我已经不记得借到的这第一本书是什么书了，但我现在还记得，当时真感到自己获得了一种很大的“特权”。

从此，在小学的最后的两年中，我就不分假期不假期，一直在一本接一本地不断去借书读，津津有味或半懂不懂地读。那几本中国古典小说读完，就读现代小说、外国小说，总之都是用文字写成的故事。因为我已经发现，用文字写出来的故事，比“小人书”中用图画画出来的故事，不知有趣多少倍。这种读书给我带来的快乐，超过了当时所有的游戏。

是的，读书首先是一种快乐，一种乐趣。我当时读那许多的书，不是为了积累词汇，不是为了提高作文水平，更不是家长“望子成龙”而强加的任务，完全是我们自己为了寻找快乐，得到乐趣。乐趣之一，就是使我们看到了一个新的世界，很大，很新奇，很美丽，也很诱人的世界。自然，你不再会觉得假期漫长“无聊”了，也不必为填充课余时间而别出心裁了。

而当时我还没有能够意识到的另一个乐趣则是，书中的世界是通过你的大脑，你的思维，你的智慧，你的想象来再现的，所以没有什么能比读书可以使你变得更聪明了。我不敢说，我因为从那时起以读书为乐，就使自己变得比别人聪明了多少，不过，我后来走上文学道路，而且似乎并不曾很“吃力”就“误”入了这条道路，不能说不与此有关。

读书使人变得聪明，聪明在哪里呢？我以为最重要的，就是使你懂得了，一个人最可以依靠的，是你自己的智慧。都说人是万物之灵，这个“灵”，就是智慧吧。读书需要智慧，读书也训练人的智慧。所以，读书是比较合于“人造”的。现在，电视几乎侵占了人们的一切空闲时间，电视也几乎夺走了人们的一切乐趣。因为电视向人们打开了一个几乎无所不包的世界，而且比书中的世界更逼真，也更现成。它不再通过你的头脑来“再现”，也就是人不需要多少智慧，没有一点文化，就可以看电视。或者说，电视给予人们的，是已经经过“消化”的现成的智慧。有人说，电视是“傻瓜匣子”。我以为，它至少不像读书那样合于“人造”，那样能使人变得更聪明。所以，你如果不想变傻，读书是不可被替代的人的一种乐趣。

我一直庆幸，自己在童年就那样找到了读书的乐趣。

写于1995年8月

广大的世界

偶然间，随手翻了翻外甥用过的一本中学《美术》试用课本。嗬，头几页就是"外国美术作品简介"：大卫的《马拉之死》，葛饰北斋的《神奈川冲浪图》，莫奈的《日出·印象》，列宾的《伏尔加河纤夫》，凡·高的《向日葵》，毕加索的《格尔尼卡》，甚至还有野兽派马蒂斯的作品……即使是"简介"吧，那视野也够开阔的了。这就是今天的中学。我真有些眼红他们：今天的中学生。

我也有过中学时代，当然也曾上过美术课。那时候，我还痴爱着这门艺术呢。如果不是被"体检"检出视觉有点儿色弱，恐怕就要去做那当画家的梦了。可是，对美术那个艺术天地，我知道什么呢？同今天的中学后生相比，那时的我真成了"色盲"了，似乎只可怜地知道达·芬奇和齐白石，还知道柴可夫斯基，当然这是位音乐家。音乐老师是从北京"放下来"的一个"右派"。上音乐课的时候，他搬来老式的手摇留声机，叫我们听唱片，听了，还讲；讲过，再听。于是，我知道了柴可夫斯基。"右派"老师还给我们唱东北民歌和外国咏叹调。他唱得真好，小提琴、二胡也拉得极棒。我们把他当成了音乐家。他那么年轻、俊气、有风度，只可惜是个"右派”。他和学生们玩篮球，瞪了眼吱哇喊叫，简直还是个天真的大娃儿，但教职工开会常听见众人朝他怒吼……

不知道是巧，还是不巧，我和我的同学们，竟是在一九五七年的秋天变成中学生的。而就在这一年夏天，刚好有那么多人变成了“右派”。当然，“右派”为何物，那时的我们还难以明了。我们只知道，那小城的中学里是陆续来了那么多的“右派”老师。都说他们不是好人，我们只觉得很新奇：这些从远方来的老师，人很新奇，书也教得有些新奇，仿佛给我们带来了一个远比那小城广大得多的世界。

物理老师操着浓重的四川口音，讲课的时候也常常瞪圆了眼睛，开始觉得有几分可怕。不过，他给我们展现出的物理世界的确是很迷人的，谁也不觉得那是难学的功课。可惜在大字报上，他被画了漫画，模样只突出了可怕。我们不大敢亲近他。而外语老师，虽也是从北京“放下来”的“右派”，却挺亲近我们。我们常到他家里去。那里很破旧，只有许多的书，满屋的书。里面还有他发表的译文，他叫我们看过，但并不是向我们炫耀，而像把我们当成了可以说说什么的朋友。上课的时候，他也像跟我们大家一道在演一场有趣的戏，每个人都在担当一个角色，他并不总做主角。于是，除了奥斯特洛夫斯基，我们还认识了普希金这样一些人物。政治老师呢，就不像俄文老师那么活跃。是的，我们的政治老师，居然也是个“右派”。他个子很高，神情却总是忧郁的。他来自上海，穿得有些单薄。闲下的时候，并不邀请我们去观看他的屋子，而是常常独自一人去观看文庙建筑上的飞檐和匾额。走上讲台，什么也不看，滔滔不绝一讲到底。讲中苏论战，讲“三面红旗”，也讲“反右派”的意义——难怪他总是那么忧郁。不过，他也给我们讲哲学、讲辩证法，那全是他自编的教材。什么叫哲学？就是叫人聪明的学问，他说。可那个年代，有多少不聪明的事发生了……

我高中的语文老师中，还有一位“右派”。他是从部队“放下来”的，会写诗，教我们做作文。现在回想，那就差不多是在教我搞创作呢。评《红岩》里的一个人物，就让学生也来刻画一个人物。他挺高兴地把我叫到他的屋里，说：你的这篇作文很像小说，改改，可以投稿了。——他就这样评作文。那时，刘绍棠已经受了批判了，可这位诗人激动起来，竟然还鼓励我们去做“刘神童”。他好像挺偏爱我。我呢，既没有怎么去投稿，更不敢梦那神童。不过，还是悄悄写小说样的文章，也悄悄写诗了。还不断到图书馆去找莎士比亚、契诃夫这样的人。

还有教古文的、教历史的、教地理的几位老师，不是“右派”，就是“白旗”，所有这些老师，都把在别处已无法发挥的才智、学问和生命的活力，发挥到我们的中学课堂和课余之间了。而我们也并没有成为“狼孩”，倒是看到了那么广大的一个世界，科学的世界，艺术的世界，还有生活的世界。在人生的那个时期，刚刚告别了少年时代，又还未进入成熟的青年时代，是多么需要有一个广大的世界呵！有了这样一个广大的世界，青年时代富有的理想，才可能正常地萌生，自在地升腾，舒展地飞翔。然而这一个世界，却是那许多老师，包括那许多“右派”老师，给我们打开的。他们伴着艰涩、忧郁、灾祸、苦难、屈辱，开拓出那个世界。他们以自己的不幸，给我们带来了许多幸运。是的，如果我不是有幸逢了那许多“右派”老师，恐怕就不会那么轻易地望见文学这片大海的，更不用说下海击水了。

自然，还是今天的中学生幸运得多。从达·芬奇到毕加索，如此广阔的一个世界，已经展现在他们的眼前。那种不怎么聪明的事，分明已经越来越少了。我喜欢今天，喜欢今天这个开阔的世界。

写于1985年6月

岁　月

现在的一切节奏都在加速，岁月好像也不再从容驻留，来去匆匆，了无踪迹。即使是在我们本该宁静的私城里，也总是风起云涌，日新月异。像家具这种容易留住岁月的耐用品，现在也像时装一般被卷入流行风潮中了。只是，在我更新家具的经历中，孩子们总是显得比大人更为怀旧，总会说起旧家具陪伴他们时发生的许多故事。那些故事，就是他们的童年岁月。

我少时的岁月，并不宁静，但家中的摆设，多年就是那样一种样子，一直没有变化。迎着房门，贴后墙放了那个长长的条案。它前面，是一张八仙桌。八仙桌两厢，是两把太师椅。条案的正中，摆着一面带座的镜子。镜子前面是一个座钟，镜后就是挂在墙上的中堂字画。镜座两边，放着一对青花瓷掸瓶。再往两边，还放着罐、尊、茶具之类的瓷器。这里就是整个房间摆设的重心了，其他一些箱柜之类，似乎都是臣服于这个重心而安居四方。

那时候，城里住四合院的一般人家，好像都是这样一种摆设格局。我到同学家里玩，见到的都是这样一种摆设模式。后来从电影、小说中，知道了这种摆设格局似乎已有不短的历史。各家都落入了这样一种刻板的模式，可并不是像现在这样赶时髦赶到了一起，似乎是守着某种规矩。那时，就是这样，家里的规矩多，变化少。只是，在了无变化的四合院八仙桌太师椅中堂字画中间，我们还是一天挨一天长大起来。那不可逆转的岁月，在流逝时还是留下了许多无形但却新鲜的印记，它们就一层加一层沉积在家中这些少变的摆设中。年节的时候，那条案正中放座钟的地方，就换成了神和祖宗的牌位。牌位前的八仙桌上，摆上了或丰或简的供品。入夜，蜡烛、灯盏把这里照得异常灿烂。院里隐壁间那土地爷的神龛前，后院井台旁那龙王爷的神位下，这里那里，也都点了明亮的灯盏。年节那种欢愉又神秘的气氛，就那样拓印在四合院八仙桌间。当然那是欢愉的时候。家里发生了不测，那不变的家具就会变得凌乱，失色，最显眼的桌上也会放了不该放的家什，又落满了灰尘。

十六岁那年，举家搬迁的时候，这里这些多年不变的家具摆设，差不多全廉价拍卖了。那时我就感到，被变卖了的似乎还有自己童年的岁月。

家里总要有家具摆设，也总要有家人共有的岁月；岁月包容了摆设，摆设也化入了岁月。所以，家具也就不仅仅为我们提供了起居的方便，也不仅仅显示出你的阔绰或者贫寒，他们更要陪你度过那一个挨一个不能重现的岁月。属于你的岁月，就是你的生命。陪着你的家具摆设，无论新潮旧式，名贵普通，它们都会因为你生命的化入而增值。当然，你要拿到市场上去拍卖，大概不会有人为你的生命加价。家具是私物，它真正的价值还是在属于个人的私域里，而现在推动“家私”流行风的市场，却毕竟是一个公域。我们在新潮的诱惑下，是不是太看重了公域价值，而太忽视了属于自己的私域价值？我们是不是太轻易地把自己的岁月卖给了收购旧家具的小贩，是不是太频繁地把孩子们的童年廉价拍卖掉了？

写于1997年6月

故乡的记忆

故乡，常常是游子留在童年的记忆，经岁月的醇化，幻为明净的诗和画。我不满周岁离开故乡，到第一次重回故里时，却已经十七岁了。童年对故乡的印象，仅仅是父母留给我的乡音和乡愁。

第一次重回故乡，是一九六〇年，正被一片饥馑所笼罩。但我还是被一种新奇感所吸引，于严酷的现实中，升起一丝莫名的温馨。我家祖居济源西街，算是老城中心了。那时的济源城，比起我们一直客居的晋地太谷，实在算不上繁华。但它却有一种神秘的亲附力似的，这就是故乡的魅力吗？记得当时是将近年关的隆冬，家人已无法为丰盛的年饭忙碌了，唯有下河洗净衣物以表示辞旧迎新。出北关，就是蟒河。虽隆冬，清澈的河水仍静静地流淌着，我是那样的惊异。在晋地，入冬后便是漫长的冰天雪地。这虽然是地理差异，我还是感到了故乡的温暖。亲见蟒河，又想起了母亲曾经说过的关于它的传说。传说到处都有。但我日后几乎走遍了中国的北方，却再没有见过一条隆冬时节仍静静流淌的河水。济源应该属于北方，北方的河在这里却是不冻的河。那年正月初三，我还跟了母亲和三奶，到城外田里看年景。那时麦苗竟已现出绿色，田垄下有野菜长出。如果不是饥馑，故乡不冻的暖意该是多么怡人。

父母由晋地迁回祖宅定居后，我有了机会常常回故乡小住。每次回来，当然都会发现新的变化，铁路修通了，城区拓展了，厂矿渐多，新楼崛起，现代色彩不断浓郁。这是时代所引发出来的变化，在别处也能见到的。每每使我动情的，则是别一种发现和体味。

比如，从我在故乡度过的第一个夏天起，便一直觉得故乡的树总比别地要蓊郁，茂密，舒展，绿得那样饱满。当然我在说北方的树。祖院虽在城中，榆树，楝树，桐树，绕屋而立，绿荫如盖。夹竹桃，在庭院里也长成了粗壮的树，看惯了盆栽的夹竹桃，真以为是置身于南国了。去乡下走亲戚，一路上见到的村庄，都像是漂浮在绿海之上的树岛，农舍掩隐于蔽天遮日的绿荫中，几不可见。坐在乡村庭院，更仿佛置身在树林深处似的。那年初夏，与故乡的几位文友去游阳台宫。我没有想到，王屋山区的树木植被，竟然如此丰厚，举目四望，眼中山岭都是流碧叠翠。葱茏苍郁的绿色植被，给雄奇的山峰平添了多少灵秀，更显出莫测的深邃。这满目青山的秀色所给予我的愉悦，分明超过了阳台宫所引出的幽古情思。这也许因为我久居苍凉的北地，看惯了荒山野岭，蓄有一种对绿荫的渴望吧。其实，森林本来就是人类最早的故乡。我走遍北方，像王屋山这样丰饶的植被，实在是稀有的了。我只愿它青山常在，青山在，就是故乡在。

从第一次见到城北的蟒河，我也觉得故乡清澈的河水，使人留恋。回来闲时，常常到这小河边，凝望古老的东门桥，倒映在墨绿的河水中，桥孔合为一面圆镜，现出画中风景。还有城南那条小河，先时尚不曾被污染，也一样清冽得可人。一座古城，两河环绕，该有几多诗情画意？可惜日渐被污染了。今听说正建滨河公园，不知河水能清澈如初否？七十年代，我到延庆寺看济水西源，那时尚见几眼奇泉突涌，使我想到那景观当不逊于名传天下的济南趵突泉。一九八三年去济南，那久负盛名的趵突泉，竟已干涸不复见。作为济源后人，当时我想到，源出于故乡那似趵突泉一般喷涌的济水，远古时就曾流经济南，直奔大海。古老的济水是早已消逝了，如今这不老的趵突泉也老去了，只有济水源头的那奇泉尚在喷涌不息。源在，当可出新流。在感念之余，不由想到在济水古源之侧，不只有建于唐代的舍利古塔，还有新建的不断排放污水的现代造纸厂，它会不会危及济水古源的活力呢？出于济渎大庙的济水东源，至今也仍源流不息。记得有一年去庙街，曾见初出的济水在冬日无声地流淌，河面上却蒸腾起一行白色的烟波，虽是淡淡的，仍分明透漏出古水源头的活力。它比济渎庙中的唐柏宋殿，不知要古老多少，又鲜活多少。我也只愿这古源长流，源流在，故乡就在。

故乡可能总是古老而源远流长的。现代人常有一种失落家园的悠悠乡愁。这可能是社会发展愈快，人就愈需要肯定自己的存在。曾经走过的史迹是最可靠的证明，故乡更是最可靠的存在。一九八五年去日本访问，看到在经济科技那样发达的现代社会中，对文物古迹反而比我们这文明古国更加珍爱。在我们看来，许多既不够"古"，又不够"绝"的文物，他们都定为"国宝"了。"国宝"者，"国指定重要文化财"之简称也。想想只是故乡济源，就有多少"国宝"！曾与江、淮、河齐名的济水，是早消逝了。但唐宋、秦汉乃至远古所留下的史迹文物，却仍不胜指点。故乡不只是我的家园，它也是华夏文化的家园吧。

在南开读中文时，常常读到唐宋大家如李杜韩白、王维杜牧、苏东坡司马光辈，咏吟济源山水的诗章。欣喜之余，又觉他们云游天下，被其题咏过的山水，实在不可胜数。及读韩愈《送李愿归盘谷序》，方觉故乡山水可能真的不同寻常。因为我推想，与韩文公这样的人物有深交的李愿，怕也不是等闲辈，他选中盘谷做归隐地，一定下过"选"的功夫。历来名士归隐山林，总是选就那些山水奇佳的所在，因为他们要寄情山水，以打发失意的退隐生涯。山水没有仙境味道，他们怎么肯去隐居。这正像中国的佛家圣地，往往是名山秀川一样。今见盘谷所在，果然于沁水夺太行而出的五龙口附近，秀峰环绕，锦座翠屏，谷幽水长。李愿好眼光。不过，他退隐盘谷，弃绝喧哗，似乎是崇尚老庄的人物。而王屋山又恰恰是道家名山，阳台宫即是唐时的道家圣地。道家是中国的出世者,它与佛家的出世苦行不同,在避世的隐逸中,讲究闲适,愉悦,旷达。济源的锦绣山水,成了道家隐者寄情移志的胜境了。但济源却也出过感慨悲歌的豪侠之士,如战国时的聂政,西汉时的郭解,都是壮烈青史的人物。其入世的积极,到了舍生取义的壮悲程度。故乡可能真是一方神奇的土地。

故乡,北倚太行,南临黄河,西有王屋名山,东有沁口胜境,中间济水古源长流不息,很可能是得天独厚的。不过,故乡的乡亲父老,他们都是平常人,都有一颗平常心,如我一样。只要山高河长,树绿水清,只要有春种秋收,只要能在一片绿荫下互叙家长里短,操办婚丧嫁娶,只要能在自家的屋檐下看风来雨去,日出月落……故乡就永远是自己的家园,永远是游子留在记忆中的诗和画。

写于1993年2月

旗帜在前

原来以为，那场运动到秋天，或者冬天就会结束的。但是到了秋冬之交，运动还是方兴未艾的样子。学校里的“反动学术权威”和“当权派”都相继被打倒，成了死老虎，可“造反派”和“保皇派”之间依然打得一塌糊涂。而且开始杀出校园，到社会上“结合”各自的工农，要点燃燎原烈火，决一个你死我活。

战火烧出校园之后，像我这样不很“保皇”，也不很“造反”的中间派，就没有太重的“革命”压力了——因为家庭有点问题，我只能选择中间立场，想太“造反”或者太“保皇”，都不成。但减压以后，很快又感到了一种无所事事的无聊。所以，当我们年级几个中间派要去做徒步“串联”的时候，我就参加进去了。这种“串联”，并不负有任何使命，比如煽风点火、发动群众什么的，只是向一个遥远的地方走去，锻炼锻炼，也游玩游玩。

当时，我们凑了八九个人，都是本系本年级的同学。我们没有成立什么组织，或是什么战斗队，因此也没有选什么负责人。只是为了一个很具体的目的，临时凑到一起结伴而行，人人平等、自由，或者说我们不过是乌合之众。我们把这次旅行的目的地，定在了遥远的井冈山。但大家都同意:不必太死板,可以徒步和坐车并举,也就是风景好的地段,就步行;风景一般的,就去挤火车,反正坐火车也不花钱。

不过,我们还是准备了一点盘缠,以备不测之用。大部分人,是向学校预支了一年的助学金。记得当时预支得很容易,因为学校对学生的一切"革命"行动,都是唯命是从的。我一个月有15.5元的助学金,正好相当于那时国家规定的大学生每月的伙食标准。当我如此容易地拿到那186元钱的时候,真感到是一笔不小的款项了,同时对这次旅行也感到踏实了许多。

当然,我们还准备了必要的行李,像解放军一样,打成了一个方正的背包。

还有一项比较重要的准备工作,就是制作一面旗帜。因为打出一面旗帜,不仅可以昭示出我们这次旅行是"革命"行动,而且它将是我们在那遥远征途中的通行证,保证可以享受免费的食宿接待。记得这面旗帜,也是从校方领来的,一面崭新的又是很普通的丝质红旗——那个年代到处可见的红旗。

我已经不记得是怎样在这面旗帜上印了"新红军"三个大字,谁为我们起了这样一个名字,又是谁把它镂印在旗帜上,只记得它是当时最流行的那种仿毛体,字又非常大,覆盖了大部分的旗面,好像是用黄漆镂印上去的。所以,当这面旗帜飘扬起来时,这三个黄色的仿毛体大字,就很醒目地跳跃在高处了。

一九六六年十一月八日,我们打起这面旗帜,走出了位于天津八里台的南开大学校门,开始了那次远征,或者说是旅行。

很可能是因为有这样一面飘扬的旗帜做先导,我们在横穿天津市区的时候,排成了比较整齐的队列。于是,我们就不断受到路人的注目,当然那是一种赞许性的注目。打着一面红旗,背着行军式的背包,真要靠两条腿,走到遥远的革命圣地,当时人们都觉得这是有几分神圣的。有些中学生“红卫兵”停下来，给我们念语录。有些工人同志跳下自行车，给我们鼓掌。在走出市区，踏上郊外的公路后，又不断有工人同志开的大卡车停下来，说要拉我们一段。我们当然总是拒绝。他们就鸣几声喇叭，向我们致敬。要是遇到别的“长征”队，像我们一样也打着红旗，也在徒步远行的队伍，人家就齐声大声向我们念一条语录，仿佛那是“长征”的礼节似的。那都是由南方远征北京的学生，经过长途闯荡，已经很老练了。

本来，我们想走出市区后，就可以放松了，但我们想错了。在那样的氛围中，谁都开始思想，自己的这次行动可能真有几分神圣吧。或者说，我们就仿佛是走进了一个正在认真演出的舞台，你必须按照这里的剧情规定，参加演出。

所以，在旷野里，我们也仍然打着那面旗帜，排列着比较整齐的队形，认真行进。

可能是因为初尝神圣吧，第一天的上午，我们走得非常兴奋，一口气走了五十华里，中午到达了津郊的杨柳青镇。下午，走起来就感吃力了，但我们还是举着旗帜，又走了三十多里。天黑后很久，才在一个叫东沽港的大村歇下来。

由于走得太猛了，脚都打了泡，腿也疼痛得厉害。但那一夜是住在贫下中农家里，房东对我们很热情。所以，我们就真想：不能怕苦怕累。

第二天，走起来就相当艰难了，几乎是每走一步，都得忍受脚下水泡的疼痛。但我们仍然打着那面旗帜，同时也开始用念语录的方法，来减轻脚下的疼痛：“下定决心，不怕牺牲……”这天，只走了五十多里。歇下来时，腿脚连挪都挪不动了。

我们计划，第一阶段从天津走到保定，因为这中间要经过美丽的白洋淀。

我们是在十一月十一日的上午，也就是出发后的第四天，到达白洋淀的。记得那天是从雄县出发，不久就走到了一个叫古头庄的小村子。村子就在白洋淀边。

孙犁描写过的白洋淀，一眼望不到边。

村里的贫下中农也非常热情。好像是应有程序似的，我们几乎没有费什么事，村里的生产队就派了一条船，送我们穿过大淀。现在想来，那已经是不可思议的事了。

那是一条很普通的小木船。我们八九个人坐上去，只有一位贫下中农船夫，在船尾摇橹，小船就轻快地在大淀中行驶而去。

十一月中旬了，大淀中的荷叶早败了，芦苇也黄了，但芦花正好看。那时，芦苇还没有收割，满眼都是起伏飘扬的白色的芦花，几乎难以看到开阔的水面。无边无际的白洋淀里，种满了芦苇。我们的小船，就似乎是一直在芦苇留出的狭窄的水道中行驶。

那时，大淀里非常恬静，小船在蜿蜒的水道上也行驶得非常平稳、悠然。我们经过三天的锻炼，好像已经有些适应了这种徒步远行，起码已经熬过了步履最艰难的阶段。所以，当我们进入这幽静、美丽的白洋淀后，是出发以来心情最舒畅、最惬意的时候。

如果不是因为我们的那面旗帜，插在船头，迎风飘扬，特别是由于白色芦花的衬托，它是那样醒目，我们真会忘了一切，全心全意来享受这美丽的白洋淀。但这面旗帜却提醒我们，不能离开规定的剧情。所以，我们没有太忘形。

有同学为贫下中农船夫唱了《社员都是向阳花》等革命歌曲。有同学为船夫念了赞扬贫下中农的毛泽东语录。我们也为自己唱了革命歌曲，念了毛泽东诗词，那主要是为了抒发心中非常舒畅、非常惬意的感受吧。

船夫是个沉静的中年人，一路上没有说多少话。但他的船，摇得非常好，他自己也一直显得轻松自在。几十里的水路，好像还没有怎么享受，就到了尽头。

临别的时候，我们当然说了许多感激不尽的话。沉静的船夫说，能不能送他一枚毛主席像章？他说，他们想买，买不到。那时，毛主席像章还没有泛滥起来，我们胸前别的还只是那种中国最早的毛泽东像章，也就是北京像章厂出的，如小纽扣那么大的毛的侧面浮雕像章。我们当然很高兴地送了船夫一枚。

他非常满意。

我们非常激动。摇船送了我们这样远的路，而且是这样美丽的水路，不要任何酬谢，只要一枚像章，就那样满足了——这多么像我们当时在报纸上看到的故事。

所以，上岸后，我们打着旗帜，走得更来劲了。

十二日晚，我们到达了保定。

按计划，第二阶段的徒步远行，是从武汉走到长沙，再走到韶山。所以，在保定我们只略做休整，就于十五日挤上了南下的火车，直奔武汉而去。

当时，保定是河北的省会，派仗打得轰轰烈烈。南大的“保皇派”与“造反派”，也在这里摆有战场。这当然也是我们不想久留的一个原因。还有另一个原因，就是在城市中，我们就像卸了妆的演员，重又回到了散漫中，如果滞留稍久，可能就再也不想去做那种认真的苦行了。事实上，在保定出发的时候，我们之中真有两人留了下来，不再去同我们一起，继续向遥远的圣地跋涉了。

在城市里“串联”的时候，我们是不能打着那面旗帜的。

在武汉，在长沙，我们都散漫地“串联”了一个多星期。虽然也住在接待站，也享受食宿优待，但那“串联”是同现在的旅游差不多的。我们寻访名胜，逛繁华的商业街，有时还进小馆子吃一顿。但这一切所给予我们的兴奋，似乎不再那么过瘾。第一次见到的长江、长江大桥、黄鹤楼遗址、湘江、橘子洲头、岳麓山，等等，都不再能引起如见到白洋淀时那样的激动了。

也许，我们已经喜欢上了那种打着旗帜，认真苦行的“革命”行动了，或者是喜欢上了这种苦行给予我们的刺激，那种不同寻常的兴奋度？

十一月二十三日，我们重新打起那面旗帜，从武昌出发了。这时，我们已经有了行军的经验，在开始的时候尽量走得缓慢、放松。不过，经过了十天的散漫，重新走在了旗帜下，还是很有点兴奋的。

在走过了贺胜桥、汀泗桥之后，我们改变了路线，不再向岳阳方向走了，而由咸宁转上了山路。当然，那山路也是一条公路，经崇阳、通城、平江，也可达长沙，只是不再可能看到洞庭湖、岳阳楼了。为什么要这样改变呢？为了看一看南方的山，为了走一条比较偏僻的路线，为了吃苦。我们真是喜欢上这种认真的，仿佛真有神圣意味的苦行了。

这一阶段，我们每天都要坚持走百里左右，就像必须完成的课程。有时候，要走到很晚，很晚，好像夜色浓厚的前方，再也不可能出现村镇的灯光了。有时候，要很早起来，不吃不喝，打起背包就上路。没有谁严格要求谁，也没有谁埋怨谁。

记得在到达崇阳以前，我们曾经离开公路，在长满毛竹和林木的山间，走了几天。那是真正的山路，蜿蜒起伏，忽然林中，忽然云中，忽然又沿着溪水走，很有韵味。只是，没有路标，问路又常常寻不到人，所以走弯路的时候也不少。

那天，好像是过一个叫大湾岭的地方吧。那里，山势高峻，而满山的毛竹和松树，又非常茂密。风起时，林中涛声雄宏，真是特别的迷人。而我们可能也有些迷路了，一直走到晚间九点多钟了，才终于在一所乡间的农业中学住下来。这所农中也停课了，当时变成了“红卫兵”接待站。我们虽然那么晚去了，仍然有蒸熟的一钵钵米饭，任我们白吃。我们真庆幸在这样偏僻的地方，也仍然有接待站。

那天真是太累了。饭后，我们倒在只铺着一层稻草的地铺上，立刻就沉睡过去了。不记得是谁了，那夜他忽然早早醒来，把我们一个个都吼叫起来，说天已经亮了，得赶紧起程上路了。我艰难地醒来，看看天色，真是灰蒙蒙的亮了。于是，就匆匆忙忙收拾背包。几乎快要出发了，有同学才发现，那灰蒙蒙的亮色，其实只是月光。我们出去看了看，果然是明亮的月光。除了这月光，四野里一片寂静。估计了一下，那时可能只有凌晨两三点钟。但大家都同意将错就错，就乘着这月光上路吧。

出村的时候，我们听到了一片非常激动的狗叫声，而且这激动的狗叫声一直跟随了我们很久。

不过，在寂静的月光中，我们也仍然打着那面旗帜。

我们是在十二月五日到达长沙的。在长沙“旅游”了数日，然后又走了三天，于十一日到达韶山冲。

那时的韶山，并没有给我们多少神圣的感觉，因为那里拥挤不堪，脏乱不堪——人太多了。在那里所度过的不到两天的时间里，我们似乎一直在为解决吃饭、洗脸、睡觉、解手等庸俗的问题奔忙。

在第二天下午，我们就分别挤上了几辆开往长沙的汽车，离开了这个红太阳升起的地方。事实上也是离开了我们这次“长征”的终点。因为回到长沙后，我们这个“新红军”就解体了。

我们的解体，好像也没有什么特别的原因。只是从韶山返回长沙以后，几乎是所有的人都不提前往井冈山的计划了。也许是我们已经太累了，连革命意志也被累倒了。也许是韶山的拥挤不堪、脏乱不堪，使我们失去向新的圣地进发的兴致，特别是失去了苦行中所需要的那一份认真。也许，我们就是不想再那样认真下去，那样像演出似的认真下去了。总之，我们结束了这次“长征”，这次远行，这次认真的苦行。

自那以后，我还走过许多的路。但那一次远行，至今仍然是我徒步走过的最长的一段路程。那一切，在今天已经不可想象了，但亲历者总是难以忘记那一切的。我们就是那样走了过来。

写于1994年9月

三十年，难以言说

校友分会的刘达廷秘书长，在新年贺卡中嘱我为《南开校友通讯》写篇稿子，“切勿再推辞”。其实，为母校的刊物写篇有关母校的文章，我怎么敢推辞呢？只是，每每忆及我们在母校的五年，总有种难以言说的感触。从一九六三年我们入学至今一九九三年，已经整整三十年，时间似乎应该抚平一切了。可近年读每年一本的《校友通讯丛书》，又总在重新勾起这一份难以言说之感：先于我们和后于我们的校友，都好像在南开度过了优于我们的大学生活，我们是那么不够幸运，却又无法哀怨，因为那是时代留给我们的一份难以言说。

比如，我们怎么能说清在南开园里没有过过春天？

记得直到一九六七年的春天，也就是我们入学后的第四个春天，才第一次见到南开园中的春天是怎样一种景色，比如新开湖的冬冰是怎样渐渐融化了，然后桃花和绿柳又怎样倒映其间。因为此前的三个春天，我们都没有能够在校园里度过。

第一个春天，也就是一九六四年的春天，我们是在河北抚宁的农村度过的。那是去“宣讲”“双十条”，不会是去春游或度假。记得那年的春节，我们都不被允许回家，在学校过了年就“集训”，没几天便开赴“前线”了。三个月后回来，已经是初夏时节。

一九六五年的春天，我们这个年级——中文系63级被选定为“半工半读”的“试点”，又开赴津郊的杨柳青农场了。杨柳青的春色当然不会逊于南开园，但那里实在不是读书的好地方：我们挤在人家一个简陋的小饭堂里上课，有些像逃难似的，而我们在主楼里的教室却尘封起来——这可能就是那时的一种时尚吧。在这里，我们一周上三天课，然后劳动三天，时间分配上是真正的“半工半读”，只是“工”的意思并不是“打工”，而是“改造”自己。打工不取分文报酬，还要时时检讨如何不够虔诚，那时真是这样的。可惜，不管我们怎样虔诚，这种“半工半读”的读书生活也未能持久。在杨柳青，我们也只“工读”了一个学期，期末即得到了开赴衡水地区参加“四清”运动的“命令”。后来才知道，我们在南开的读书生活，事实上到此已经结束了。

在衡水地区的枣强县农村，我们一直“四清”到一九六六年的六月。所以，第三个春天也没有能在校园里度过。这年夏天从“四清”前线回到学校，学校已经成为“文革”的前线——早开始“停课闹革命”了。谁能想到，这一停课就是那么许多年。

一九六七年的春天，我们是终于在校园里了，但这时谁还能有心思去留意春色！在经历了一九六六年下半年“文革”爆发时期那种可怕的风暴的袭击，学校已经不成其为学校了。

一九六八年的春天，学校更是一片萧条、凋敝景象。

似乎可以说，我们在南开的五年是没有春天的。生逢其时，是我们的不幸，当然也是母校的不幸。

一九六八年十二月，我们被代表工人阶级占领了上层建筑的“工宣队”，发配到“三北”（华北、东北、西北）地区的最基层，接受工农的“再教育”——这就是我们的毕业分配了。我的“发货单”上，被指定的是“到山西当农民”。其实，我们那一代人在整个学生时期，已经参加了太多的体力劳动和政治运动，对于去“当农民”“做工人”实在也不觉得怎么可怕。在告别学生时代的那一刻，我们感到唯一遗憾的，是没有能学到应该学到的知识，却被当作“知识分子”去接受工农的改造了。特别是那么来之不易的在南开求学的机会，就这样多半被荒废了，当年考大学难，考南开更难，谁能知道我们在大学想完成应该完成的学业，竟然比登天还难？

不过，从走上社会的第一天开始，“南开出身”就同自己的姓氏和籍贯一样，难以更改、难以剥离了。我当然不是想更改、剥离这个“高贵”的出身，而是母校在社会上的巨大影响，使自己越发感到了不配享有这一份出身。是的，只有走上社会，你才能知道母校有着怎样的声誉和影响。即使在我们毕业时那种知识分子最“臭”的年代，即使在我当年被发配去“当农民”的那种穷乡僻壤，母校在社会上的影响也仍然能分明感觉到。从接受我“报到”的“县革命委员会”的干部，到“劳改”工地同我们一起修水库的农民，他们都知道“南开”不同寻常，于是无形中觉得南开的“毕业生”可能也不简单。从那时开始，一直到我后来成为专业作家，这种影响始终能感觉到。比如，我的“南开出身”，就成为我们这一代山西作家“文化素质”好的一个例证。其实，天知道我们的文化素质能好到哪里？在这种影响的笼罩下，我的感触也只有难以言说：母校的名与自己的实之间的巨大反差，怎么能向别人、向社会说清？

我想，我只有尽自己的所能，把自己的工作做得更好，特别是在需要显示“专业水平”的时候，尽量不要太露“怯”。

不过，你有“南开出身”，就是做得再好，再有水平，那似乎也是理所当然的；但你只要稍一差劲，稍一露“怯”，那就可能受到嘲笑了。我想，这可能就是一种“名牌效应”吧。“南开出身”，就意味着应该做出第一流的成绩、显示出第一流的水平。不负母校“名牌”，对于正常情况下的合格南开毕业生，可能也不是可以轻易功德圆满的；对于像我们这样不合格的“劣质产品”，当然就更是一种重压了。用现在流行的一句话说，我们可能活得很累。

前不久,在京见到了老同学肖东升。我们是中文系63级的同学,他是一班,我是二班,但当年我们两个班就像是一个大班,从上课到劳动,什么都在一起。从一九六八年十二月“毕业”至今,已经二十四年没有见面了。彼此都说:你还是原来的样子。其实,二十四年过去,我们从那时的青年已经步入现在的“半百”之年,怎么可能还会是原来的样子?之所以感到对方变化不是很大,可能是因为“原来的样子”深留在记忆里,再难以被岁月冲淡吧。他现在是《中国青年》杂志的总编辑。他说,我们年级的同学,他见到的比较多,同学中有来京者,也到他这里坐坐。他谈了许多同学的情况。

从他谈到的许多情况和我自己所知道的有限信息,我相信了自己曾有的一个判断:我们这个年级的同学,在走上社会之后,都历经坎坷,但也都干得不错。当年,我们无一例外地被发落到社会的最底层,但经过自己的努力(也是一种难以言说的努力),终于还是找到了自己的位置,并且在这个位置上显示了自己的能力和水平。也许我们之中的不少人,还应该得到更适合自己的位置,也许我们还应该干得更好,显示出更强的能力和更高的水平,但我们确实是做出了自己努力,努力使得自己不至太有负母校的声望。

因此可以说,从三十年前成为“南开人”之后,母校的影响就一直持续不断,今后这影响也会持续下去吧。我们也还会继续做出自己的努力。不过,作为失去“春天”的一代人,我们更希望母校不再失去自己的春天。

写于1993年1月19日

随　笔

苦涩的东行

——访日随笔

从东京到浦和

因为是受埼玉县文化团体联合会的邀请,我们作家代表团访问的第一站是县都所在地浦和市。飞机虽然晚点许多,主人还是从埼玉赶到东京迎接。也因为太晚了,我们必须立即乘车赶赴浦和。

我们宾主一行十数人便搭乘了“国铁”,赶赴驻地。“国铁”,就是国营铁路吧。而日本的火车,同我们北京的地铁一样方便,不断有车开来,随到随乘。就这样,东京在夜色中远去了。

可行驶许久,车外仍是万家灯火,仿佛是乘坐了市内公共汽车,行驶在闹市中间,楼宅、店铺、广告牌,还有雪亮的灯光,无有尽头。或许是东京太大了吧,但也终会有个边缘的。我在留意着,希望看到以往习惯看到的那种城市与乡野的交界处,盼望获得那种驶出都市后的开阔感。万家灯火,万家灯火,仍是万家灯火,终于看不到都市之外的开阔地。铁路和列车,就这样被无尽的楼宇、商店、广告牌,还有雪亮的灯光狭迫在中间,匆匆地奔驰了去。客车车厢内,乘客并不多,多的仍是广告。各式各样的广告,以各式各样的方法,挤满了车厢内一切可以附着的空间。也许是在国内习惯了那种辽阔和空阔了吧,此刻,一种压抑感难以按捺地涌起了。

战后,日本创造了使世界惊异的经济奇迹,甚至连欧美人也越来越吃惊了。我们振兴经济，当然应该到这里来寻找一点启示。不过，作为一个作家，我还是难以挣脱这种压抑感。人创造出这个经济奇迹来，并不是为了来压抑人自身的吧。在日本的那些日子，我终于看到了商品的力量，一种作为人的异己的力量。精美的第一流的商品堆积如山，为了生产和倾销这商品的庞大机构和复杂组织，使狭小的岛国分明更狭小了，人既被它所争夺，又被它所左右。我开始有些理解了：在日本的当代文学作品中，为什么对传统文化那么珍视；在他们的现代派作品中，为什么总表现出社会失去了目标。战后，日本国民付出了高昂的代价才换得了今天的经济高度发达，但这发达中，似乎亦有他们不曾希望相伴而来的问题和苦恼吧。

真的，从东京到浦和，终于没有能从车窗外望到一片开阔处，一直是万家灯火。这是繁荣，似乎也是一种压迫。当然，也深感我们自己那辽阔的国土，到底还远远不够繁荣和充实。一九四五年，我们打败了日本军国主义者；一九八五年，日本的经济奇迹却使我们惊异不已。作为中国人，这也许是更难以拂去的压抑感！

在浦和的第一夜，主人把我们安排在“有朋会馆”。大约是表示“有朋自远方来”的佳意吧。这个小型旅馆，虽然设备高雅，但又充满了一种和式的家庭气息，同外面商业氛围相比，便更富人情味了。虽已十分疲累，驻足之后，精神还是为之松爽了些。

写于1986年6月

须原屋书店

大约因为我们是作家访日团吧，到浦和的第二天，主人就安排我们参观了须原屋书店。

须原屋的本店位于浦和市繁华的仲町街区，被称为当地的“银座”。售书大楼像国内一座大商场似的。在豪华的灯光映照下，“顶天立地”的书架，如迷宫似的排列着。从初版新书到再版书籍，从作家专柜到斑斓的杂志，书真像洪水一般涌来。不用说，所有书架书柜都是为读者挑选方便而精心陈列着的。这要算我在日本所见到的最诱人的景色了。

我平生嗜好不多，闲来逛书店算是十分怡心惬意之好。可惜，我们的书店，不是书目贫乏，便是售书女士脸色难看，往往会败了兴致，我们的省城什么时候也会有这么一座诱人的书宫呀？

在参观中，陪同我们的埼玉县文化团体联合会会长韭塚一三郎先生，惠赠我们每人两部由须原屋出版的新作。印制之精美，装帧之考究，真像一件工艺品似的。精装封面之外，有华美的封衬；封衬之外，又有透明塑封；塑封之外的包装纸，亦分明是专门精制的，连粘贴包装纸的如半指大小的那么一小条胶带纸，居然也是精心印制的。对于作家，呕心之作能如此堂皇体面地面世，可谓幸矣。对于读者，购得如此一册精美之物，更会平添许多雅兴的。相形之下，我们所携准备回赠日本友人的自己的书，简直就如中小学生的抄本一样简陋。如此精美，出书不会亏本吗？书店董事长高野嗣男先生告诉我们，他们出书印到三千册就会赢利，而出书周期只用一个月时间。这更是诱人了。

自然，日本出版业发达，是同整个经济发达相关的。不过，日本经济的发达，不也同他们重视情报信息、包括重视出版各类书刊也有重要关系吗？这两者是互为因果的。在日本全国，出售新书的书店约有两万家之多，而每家书店平均有三万种各类书籍，数量是相当可观了。

还有令人羡慕不已的一点，就是日本的旧书店也相当发达。特别是在日本东京的神保町，有一条著名的古书街。全国两千二百家旧书店，其中三分之一集中在东京，而这条丁字形的古书街，就集聚了一百多家古旧书店，一间接一间，那真是书的世界。据说仅这里就有古书数百万册。闲来到此巡游，搜奇觅宝，实在是读书人的一大乐事。这个古书街，是与明治时代文明开化的历史相俱而来的，因为这一带是东京的大学林立的区域。这使我不由想起，在天津读大学的时代，最爱去的地方也正是市里劝业场内的旧书铺。每有心爱之书搜得，真是令人雀跃；即使无有所获，去巡游一趟，也是快乐的享受。可惜，自从离开大学之后，便再也没有这样的快乐之游了。堂堂一座省城太原，毕竟有几处大的书店可去了，但至今仍未有一家旧书店，我总觉得是个很可感叹的憾事。在日本的古书街，用汉字排印的古书不在少数，而在汉字的母国，时髦的日本电器，市场上挺多，可一间蕴藏了自己文明的古旧书店却难得一见。无论怎样去想，心里终不是滋味。

写于1986年6月

一排橡树

那天，我们到县厅拜见过知事畑和先生和教育长荒井修二先生之后，便驱车来到县立近代(即现代)美术馆。除了参观画，我团同日方就发展文学交流的正式会谈，也在这里举行。

这座美术馆，是颇富现代风格的漂亮建筑物。馆外是一个不小的花园，绿草如茵，树木扶疏。如果说这里有十分的景色，那现代格调的美术馆占了七分的典雅，这花园便占了三分的幽静，而那七分典雅与这三分幽静，正是由主体建筑与馆外花园之间玉立着的一排排橡树相融到一起，和谐无间，交汇成趣。现代建筑掩映在蓊郁的橡树之后，似现非现，那形状，那色调，与树色树形协调中又现对比。橡树同花园，又于自然绿色的统一中显出一种起伏跌宕，犹如绿波渐从花园涌来，到主体建筑旁兀然激起一排绿的浪峰。

馆内设备自然也在现代化中求得了一种怡人的美感。正在举办的画展也是不错的，从革命题材的到最现代派之作，都有。不过，我对馆外那一排橡树却似乎印象更深。因为高大的橡树显然比新建的美术馆要年久得多，何以会如此浑然一体呢？后来，从主人那里得知，关于这一排橡树，还有一段故事呢。

原来，这里以前是一座小学校的旧址。那时，小学生们便对该校园内的这一排橡树十分钟爱。改建美术馆之初，这些小学生在乔迁之际，慎重提出了希望：不能毁了这排橡树，而且，未来美术馆建筑的高度，也不可超过这可爱的橡树。童心童言，自当怜爱，可并不具有法律效力呀。然而，有关当局居然遵从这些可爱赤子的可爱意愿！难怪有那么和谐的一份美色，原来是一切都依就了这橡树而设计建造，原来这美色中长留了稚童们的纯真之情的。

这件事使我深思许久。自然之树和赤子之心，那都是很纯洁的事物。在经济发达的日本，人们会格外珍惜它，也许是对被商品异化的一种精神反拨。不过，对自然和儿童的珍爱，也似乎是表达了一个民族对未来生存的强烈意识吧。这使我想起了费孝通在《重访英伦》中所记述的一件事。战后的英国一片凋敝，成人的生活水平大大下降，牛奶都喝不上了。可唯独全英的儿童，包括所有的小学生，食物营养都高于战前。所有小学校都免费供应在校儿童一顿丰盛的午餐，包括足够的牛奶。因为从当局到国民都意识到，振兴英国，在于儿童。成人把有限的牛奶留给儿童去喝，是因为他们相信自己的民族还有未来，还该有更好的未来。

我不敢说像日本儿童关于橡树的天真意愿，在我们的城建中就一定不可能得到遵从；我也承认现在我们的独生子女，在家庭中确乎是得到了像小皇帝一样的待遇了。只是，我们许多办公楼和宾馆的豪华化，我们许多家庭摆设的现代化，街头成人衣着的时髦化，如此之类，是同我们那些无数中小学校，尤其是乡村中小学校的贫瘠化、简陋化、拥挤化、低水平化，实在是正形成着越来越不相协调的对比。对于儿童和未来的重视，不仅在于儿童节前后的言行，亦不仅在于政府对儿童教育的拨款，更应当取决于整个国民的意识，未来重于当前的强烈意识。

也是的，当今的时髦化毕竟没有未来的落伍严峻吧？如果我们能将社会的繁华和时髦，分几分给儿童和学校，我们的民族无疑会更有希望——我想。

写于1986年6月

官员们

由政府教育厅和文连会共同主办的欢迎冷餐会,在浦和的武藏野会馆举行。这个欢迎会,显然是由政府方面操办的,所以,在我们作家代表团看来,严谨的"官方"气息很浓重。从主宾座次,到祝酒顺序、时间,都是事先精细安排好的。不过,为教育长准备好的祝酒词,却颇有些文学色彩:现在霜叶红了,正是这里美好的季节,请尽情欣赏日本的秋色吧。轮到外事课长初野正春先生祝酒时,很得体地为我们唱了一支日本歌曲。那是一支很轻松的歌儿。初野正春先生的歌喉,分明也是不错的,唱得纯正真切,不做作,不生涩,显然是有所训练的吧。

因此,在官方的严谨中,分明又实现了此种场合该有的色彩和气氛。在此后多次的接触中,我们感到这似乎正是日本官员的作风。他们大多拘谨而又干练,处处照章办事而又事事称职。即使是为了创造一个活跃的气氛,也经过精细认真的准备。从这里,似乎可以看出日本人办事效率高的些许端倪。为了办好一件事,需要具备什么样的条件和能力,就努力去具备,事情当然会办得很地道。作为教育厅的外事课长,有那样的歌喉和演唱水平,似乎并不仅仅是个人业余爱好吧,显然是作为一种工作能力而努力具备了的。所以,那些官员并不给人官僚化的印象。

在日本,有独立于政治家的官员体系。同有法定任期的政治家不同,通常直到退休前,这些官员都只在一个政府部门工作,所以对他们的挑选和训练是极为严格的。他们除了具有较好的学历,在就职后都要进行历时数年的特别进修和锻炼。先经过一般的业务训练,随后还要进行定向的专门进修。日本政府派往国外的留学生,并不是大学生,而大多是年轻的政府官员。这是值得我们深思的。因此,日本的优秀官员,都有较高的学历,较高的能力,丰富的经验和较长的连续工龄。因为他们的晋级制度也是很严格的。特别是对那些有前途的优秀分子,更要进行较大的智力投资和严格的实际训练。

在埼玉期间,始终随我团服务的,是教育厅社会教育课的五位政府官员,课长补佐新井一久先生、文化系长斋藤隆一先生、庶务系长山形邦彦先生、教育主事花冈爱夫和斋滕登志雄先生。他们除了同样认真、干练、称职,出色地安排了我们的访问,更同我们结下了友情。还使我们知道了,新井一久和斋滕登志雄两位先生酒量甚大,而斋滕隆一先生的日本俳句写得很好:“山茶花花散,惜别作家团。”我们在此遥致谢意吧。

写于1986年7月

作家们

早听说日本是“教育大国”，没想到，文学也被政府划归教育“管”了。这次访日，邀请单位虽然是县“文连”，而主要承担接待任务的却是县府的教育委员会社会教育课。当然，由政府教委出面接待，表示了日方对这次访问的重视，但也看出文学是归了他们的“教育口”，虽然是社会教育。

说“管”，政府也管得不多。埼玉县文连在全县各市、町有三十四个小团体、万名会员，而政府每年仅拨给一两万日元的经费，相当于二三百元人民币吧，这点钱，买不了一件普通西装。拨给经费，不过是象征意义。所属社团都是同人组合，刊物亦系同人刊物，主张、趣味多异。不参加“文连”的作家和社团也还不少。不过，看来政府还是希望能影响作家和文艺社团，为提高国民的文化素质而努力。听说，一座县立现代文学馆不久就要竣工，这大约也是“影响”文学的一种方式吧。

从我们接触到的埼玉作家来看，一些正直的作家还是愿意同政府合作的，不过也不隐晦自己对政府的批评。出席欢迎我团宴会的，有一位来自群马县的文学评论家松本鹤群先生。他在群马女子大学做教授，仅仅因为他授业的留学生中有一位中国学生，学习十分勤奋刻苦，听说有中国作家来访，便远道从群马赶来。他在宴会上，当着教育长等官员的面，公开表示了对“教科书问题”的不满意见。他说，侵华战争时候自己虽然还年少，没有参战，但还是觉得应该向中国国民表示歉意。小说家小泉让先生也说，他少时曾在中国沈阳生活，对中国怀有亲切感，侵华战争给中国人民带来的灾难，是绝不应重演的。儿童文学作家早船女士，早年曾见过冰心，这次也特意赶来同我们相见。这些对我国怀有友好感情的作家们，既参加了政府“资助”的“文连”，又坦率地发表了自己的政治和艺术见解，使我们感到敬佩。

在埼玉期间，始终陪同着我们的文连老会长韭塚一三郎先生，虽已届古稀之年，仍兴奋之情溢于言表，一有机会，便滔滔抒发一通。不听翻译，仅从那生动的表情、亢奋的声调，就感知了几分意旨。有一次参观古代墓葬，爬坡时被我们扶了一把，他便像孩子似的哇哇喊叫起来，好像是说他陪中国作家并不会累的，累就失礼了。文连文学部长桂英澄先生，是一位著名的历史小说家，他举止严谨如一位学者。文学部常任理事弓削绯纱子女士，则是一位活跃的女诗人。他们二位从第一天赶到东京成田机场，静候了五个小时，迎接我们，直到我们离开埼玉到东京后，又专程赶到东京话别，为我们的访问成功做了大量工作。桂先生说他自己无有多少爱好，不会唱歌，而弓削女士不仅同我们一道唱过歌，还颇喝了不少汾酒。她饮酒的海量，不知是否受了些李白影响？也许，真的会有一天，我们能在太原接待这些日本作家们，再次交谈、吟唱、畅饮。因为他们对中国怀有好感，多次说中国是日本文化的母国；因为他们同我们一样，都愿意为中日两国世世代代友好下去，为促进中日两国文学的交流尽力做些事情。

写于1986年7月

盲人路标

在新座市参观过朝霞印刷厂之后,便向北赶往川越市。途中,透过无尽的楼宇和林立的广告,终于看到了些绿色的农田。它分明受着工厂的挤迫,呈现了萎缩之势。不过,据说执政的自民党在农户中有相当选票,故一直采取着保护政策。在这有限的农田里,又挤了很密的农家小木楼。小楼挺别致,由我们中国人看去,颇像童话里的房屋。在小楼近处,还都栽了三五株经过精心修剪的松、杉之类,也有点盆景气韵。而小汽车就大多只用帆布或塑料套罩了,撂在露天。在有限的空间,精心开拓着生活情趣,农村似乎亦是如此。

然而,当我们进入川越市立图书馆,立刻便觉得宽敞无比。也许是同外面的拥挤形成了反差,不过这座"级别"相当于我们县级的图书馆,究竟也不比我们的省图书馆局促、逊色。馆长关根实先生,是一位健谈而又率直的人。我们到达时,他正带领馆员悬挂欢迎我们的标语,因不及挂妥,颇有些过意不去。接着,他就请我们到他的办公室,叫我们欣赏他画的画儿,很快显现了他的率直。引我们在馆内各处一路走去,总是拿了洪亮的声调滔滔而讲,像对着大众做报告。所以,不久额头便不断沁出汗珠了。如此发力抒露出来的，不仅是全馆的概况，不仅是他的学识，分明还有一种自豪感。以传播知识的职业而自豪，这是很动人，很可敬重的。再加上馆内那一律的米黄色调，从屋顶、墙壁、地板，到书架、家具，都是优雅的米黄色调，更给大家一种幽静而又亲近的舒畅感。在外面绷紧了的神经，到此幽境，真可以得以休憩和“充电”了。

在米黄色的明净的地板上，我们发现有两行排列整齐的如同拳头大小的圆形凸点，延伸到各处。主人说，这是供盲人行走的路线。是了，圆形凸点盲人是可以轻易触知的。后来，我们在别的公共场所，如地铁车站、大商场等处，也不断见到这种盲人路标。在不少自动电梯内，也看到了楼层标识旁另有可摸触的盲文，另在低处还有供坐轮椅者抬手可触到的开关。为残疾者创造了如此便利的条件，是社会福利指标，似乎又是更宽泛的社会文明指标。社会经济发达起来，社会文明的程度也才会随之提高吧。

联想刚刚参观过的朝霞印刷厂那客厅一般净洁的车间，联想到一路所见的农家门前那盆景似的松杉，不能不使人觉得，物质经济、文化知识、文明人道，是互相制约又互相促进的。我们的社会制度是优越的，这几方面的关系本当处理得更好些。可惜多年来总是左右摇摆，物质经济落后带来了文化衰落，文化衰落又推着文明后退，不文明又去拉住经济后腿。所喜近十年来，我们终于在成熟地逐步调整这些关系了，经济、文化、文明都由复苏而走上振兴之途。但祈不再摇摆，亦不必求之太急。我们这文明古国当自信能重现文明亮光于世吧。

写于1986年7月

国宝与国保

川越市是东京地区一个工业重镇，也是幕府时代一个著名古城，故有小江户之称。在现代建筑的海洋中，这古城的文物史迹却保存颇多。在这里，我们参观了古式的喜多院。

喜多院是创建于九世纪的佛寺，曾名为无量寿寺。在它的祈愿道场慈惠堂，至今仍不断有佛事活动。不过，院内现存的多为十七世纪的建筑。走进那座古朴的山门，便是很开阔的庭院，一眼就望尽了正面的本堂（即慈惠堂），虽较宏伟，但这主体前后左右便再无相配相衬的殿堂建筑了。其局其势，可以说格外的简洁明快；但在看惯了中国古刹古寺的我们，又可以说过于单薄了。院内其余的多宝塔、钟楼门、客殿、书院、慈眼堂等处文物建筑，似也随意地点缀于空阔中，并不如我国古寺有严整格局。从这些文物史迹中我们当然感受了日本久远的文化。只是，我总不免在心里拿它与我们自己的古迹相比较，于是，总要不敬地想到，这里的一切，与同时代我国的同类古寺，甚至是我们更久远的同类古迹，在规模、格局、工艺技能诸方面，似远不及我们的宏阔、和谐，精巧、辉煌。不必说这里的五百罗汉石雕，远不能同我们的云冈石窟相比，就是当时最高统治者幕府将军的别殿，似乎也有些不够“阔气”的。

在喜多院，我们就重点参观了这座别殿。那是在宽永十五年（即一六三八年）川越大火之后，重建这座寺院时，诞生幕府第三代将军德川家光的这座别殿，由江户（即东京）城红叶山移筑于此。与我们的皇宫相府相比，这别殿就更像私家住宅了。然而，当我们进入殿内时，却被要求脱去鞋子，在偌大的宅殿内一直赤脚行走。与其说这是遵从日本的习俗，不如说这是他们对“国宝”的珍爱。是的，喜多院的大多文物古迹，被他们列为“国指定重要文化财”，也就是我们所谓的国家重点保护文物。许多地方，简明地标着两个字：国宝。既为国宝，自当珍爱了。所以，这里古式的木质地板，颜色是十分深暗了，但仍光洁如镜，因为任何人都须赤脚参观。后来，我们在京都参观也被列为国宝的三十三间堂，入口处便发你一个塑料袋子，请君装鞋。

将文物当国宝如此珍爱，这使我也颇生感慨。一方面，我们的国宝是何其多，又何其辉煌，一方面又是怎样的不够珍惜！在国内，我也参观游览过不少属于国家重点保护文物的古迹，却也并不觉得对游客有特别的要求。我省，是全国现存古建筑最多的省份，却听说海外公司拍电影任意损伤文物的事。至于衣着入时、打扮现代的游客，对文物古迹的毫不在意、无兴味，更少珍爱的情形，就更多了。其实，文物史迹正是由“现代”而获得价值的。看了日本那样经济科技发达的现代社会，似乎更叫我们感到了人类史实史迹的宝贵和亲近。社会发展愈快，人愈需要对自己存在的肯定，曾经走过的史迹是最可靠的。文物古迹并不只对学者有价值。

有趣的是，日本将重要文物命名为“国指定重要文化财”，简曰国宝；而我们叫国家重点保护文物，可简化曰：国保。曰宝，是为评价；曰保，是为措施。我想，只有把它看作宝，才会有保它的意识。

写于1986年8月

塑料石子

为参观县立埼玉民俗资料馆，从与浦和比邻的大宫市，一直赶到了县境最北面的行田市。据说，行田是埼玉县名的发祥地，想来将县民俗资料馆设立于此，是有些缘由的。

说是资料馆，其实更像一个自然保护区。它以公元五世纪的十座古墓群为重点，辟出了面积相当广阔的一片旷野，保留着荒坡、草地、树木、未被现代化的农田以及古老的稻草顶农舍。在开发过度的日本国土上，尤其是在过分拥挤的首都圈内，能留出这么大一片带荒蛮野味的地貌，实在叫人觉得是够慷慨的了。那一份野味，那一种幽静，那一片地道的大自然，对于生活在充分现代化了的社会中的人们，可以想象出是怎样一种享受的。大约有些缘于此吧，这里又叫埼玉古坟公园。

从这些古墓群里发掘出土的文物，如精美的陶俑、刻有文字的铁剑等等，在陈列馆内我都看到了。无疑它们有着宝贵的史学价值。不过，这里既为公园，显然不只是为考古学家和史学家而存在了。追寻自然和荒野的魅力，品玩已逝的习俗，这似乎是发达社会的一种时髦啦。可其中，难道没有隐藏着一种令人苦涩的反思吗？我们参观了一座发掘过的古墓。那只是在浅浅的坑凹里,铺了一层鸡蛋大小的河卵石。我们无意中问主人:"那卵石是发掘时的原物吗?"馆长金井塚良一先生犹豫了一下,说:"不,那石子是塑料的……"我们迈过栏杆,俯身去弹了弹,果然嘭嘭有声。如果不被主人点破,谁也看不出那是假石子,色泽、质感、形状,都到了乱真的程度,仅是那卵石的形状,便没有两个相同的,正如真卵石那样。

能够乱真,是凭借了现代化的科技手段。在惊叹之余,我忽然想到:拿现代科技去复制自然,不是包含了一种苦涩吗?当然,主人没说为什么要复制卵石。也许原物被珍藏,也许原物风化了,也许是为了特殊效果,但我还是不能释去苦涩。人类在征服、开发自然的过程中,的确也破坏了自然,失去了自然。发达的日本有这样的教训,正在努力发达起来的我们,难道不会犯这样的错误吗?在我们辽阔的国土上,河卵石还随处可见,传统的农田农舍还所在多有。但原始森林正在急剧减少,草原在衰退沙化,野生动物已经立法保护,而孙犁笔下那么美的白洋淀是确乎消失了。

为了抓紧去看一看原始森林,笔者最近赶赴大兴安岭小游一回,真可谓见林难呀。千里迢迢赶到林城牙克石,见不到森林;乘火车走了一整日,下到林业局,也见不到真正的森林;再下到林场,仍见不到可观的林子……孕育了人类的森林,似乎正在躲避人类。阿里河林业局的一位总工程师说:"再过二十年,这里就没有原始森林了。"同行的一位作家说了一句苦涩的幽默话:"那时就造些塑料森林,叫后人看吧。"

发达社会有发达的经验,也有为发达付出的可怕代价。但愿我们不会有一天要生活在可怕的塑料世界里。

写于1986年8月

“早安”

加须青年之家，建在离开加须市区的郊野，是一座独立于幽静中的建筑物，远远看去显得很醒目，而它的正门上又悬挂了醒目的欢迎横标。我们刚迈进门来，便发现大厅里静穆地伫立着黑压压一片青年男女。我们还未脱鞋换鞋站定，一片浑厚的歌声就漫过来了。

原来，正有一个大学生合唱团在此排练，于是便拿了浑厚的合唱来欢迎我们。那歌声自然散发出青春气息，而显然又是肃穆庄重的，适合着这种表达礼仪的场合。能够看出，这是主人所做的特别安排。不过，第二天清晨，在楼层走廊里，我们一个个被一片“欧哈依古达依玛斯（早安）”所包围的时候，是再也看不出有意安排的迹象了。那些活跃的男女青年，不仅与我们这些客人迎面相见，要躬身道一声早安，他们自己相见，也是如此的，几乎像是下意识的举动。虽然，对这类礼节我们已有些司空见惯了，但这一次毕竟有些像“集中轰炸”，至今难以忘却。

中国一向被称作“礼仪之邦”。可作为现代中国人到了日本，对彼国那早已渗透和积淀于日常习俗中的礼貌、礼节、礼仪，却很难不受刺激。官方的、团体的正式场合不必说了，平时在旅馆、饭店、商店等随常之处，无论大店小店，高级低等，躬身送来的“早安”“谢谢”“御座在”“欢迎您来”等敬语，不知道要听到多少遍。这或许有拉生意赚钱的动机在内，然而他们在一般的交往中，也并不马虎的。随同我们访问的日方人员，无论作家，还是普通职员，每到一地，无论旧友相遇，还是识见新客，都要垂首躬身托膝，互相恭敬地说一阵话。在我们看来，不仅是太拘谨，也太劳累了吧。然而，这分明是在久远的历史中积淀于日常习俗中的一种礼节，到底令人感到舒服的。尤其是联想到我们目前在进行现代化建设的时候，还不得不大力提倡文明礼貌，甚至要靠党、团和行政的力量，来教人们使用“谢谢”“对不起”等最基本的礼貌用语，不能不生感慨的。

我们不该说日本曾经从中国学去了不少“礼”，保留了不少礼，但我们的确曾经是辉煌的“礼仪之邦”。当然，我们不能靠回忆辉煌的过去来安慰今日的刺痛，然而却也不能不思考我们的文明礼貌是怎样失落了。礼，曾经是儒学经典的精要，其位可谓至高了，可问题恐怕也出在这里。在漫长的封建社会，政治被伦理化，反过来，伦理也总是被高度政治化了。作为伦理的形式，礼变成了一种政治秩序。于是在政治兴衰、政权兴废中，礼以及它所影响的礼仪、礼节、一般礼貌形式，往往都要被革一回命的。革来革去，什么也留不下来了。民国之初，曾明令穿制服，行鞠躬礼，那场并不彻底的革命，却也要革一般习俗礼节的命。而到了“文化大革命”，一切习俗礼节都成了“四旧”，更被横扫一空。具有讽刺意味的是，这本身仍是在延续着一个很陈旧的传统：将伦理高度政治化。其实，一个时期的政治，是很难涵盖一个民族的全部文化的，尤其像我们这样的文明古国。因为文化，包括礼节习俗，是在漫长的文明进化史中积淀下来的东西。拿文化的眼光来看待文化，拿文明的方法来对待文明，我想这才有利于重建我们民族的当代文明。

写于1986年9月

小林荣印象

小林荣先生算是山西文学界的老朋友了，自一九八〇年起，每年从《山西文学》杂志上，选一批写农村的小说，翻译出来，编成一本《中国农村百景》，在日本出版，迄今数年不辍。我们到了日本，自然很想见一见他。

那天，小林先生远道从长野赶来，自然有一种远朋相会的喜悦。我是初次见到小林先生。他身材瘦小，戴了一副近视眼镜，像一般日本男子那样，身着合身整洁的西装，显得拘谨而又干练。看去，约有五十多岁(因为未便相问高寿)，不过也颇有干劲尚足的神气。他对自己翻译出版《中国农村百景》的事业，显然有些自豪感，并说第四册已得到当地日中协会的好评和支持。他也率直地提出了对我们刊物的一些看法，如刊登的写农村的小说，不少脱不出某种模式：实行新政策前农民如何贫穷，实行新政策之后又如何富足之类。为何不写些更生活化、更人情化、更丰富复杂的东西呢？

虽然，这些不足是我们自己早已感到，并正在努力改观的。从他的率直中能够看出小林先生对我们的刊物和作品，是相当熟悉，下了研究工夫的；而他，并不是专搞文学的文化人。他的职业，是在一家公司做会计师一类的工作；他的中文能力，是在六十年代利用业余时间从广播教学中取得的。在相见中，我发现他还不能使用汉语交谈，然而历经数十年的努力，却已能书面翻译汉语文学作品，而且还是我省这种地方色彩甚为浓重的写农村的小说。来到日本，才真正感到小林先生达到这一步，是多么的不容易。首先，在日本这样一个高度竞争、注重效率、充满危机感、必须拼命尽职的社会，一份在职的工作，并不是轻松的事。据说，由于男人在职工作的高度紧张，已造成许多社会问题。而小林先生正是在这样的工作之余，自学了中文，翻译了作品。他上班要坐较长时间的电车，许多小说就是利用这坐车时间研读的。这是第一不容易。其次，在今日日本，紧张工作之后，那业余闲暇的享受，也是高度发达的。可小林先生却用这可贵的余暇，来翻译山西的小说，也许是将这一份劳作，当作了别一种乐趣和享受了。在那人欲被百般诱发而横流的社会，能追求这一种高尚的享受，当为第二不容易，更高了一层的不容易。再次，日本的印刷和出版业虽极为发达，但有商品化的制约，像《中国农村百景》此种严肃读物，是不易面世的。据说，小林先生是几近自费出版，不仅无利可图，却要自掏腰包。而“名”呢，在每年数十亿的成册出版物中，要显露出来，不知要冲破多少壁垒，似乎也太难了。名利全无，而为两国文学交流矢志不移，就更不容易，更难能可贵，更值得我们敬重了。

写于1986年9月

银座·秋叶原

东京的银座，有如北京的王府井，久以繁华名世。怎样个繁华呢？该去见识一眼的。那是傍晚，从迷宫似的地铁车站走出，忽然置身于灯闪光流的峡谷，说：这就是银座。

那街面也是够宽阔的，只是奋力拥挤两厢的建筑物竞相争高，使街狭人更细小。临街的楼面也似这里寸土如金的地皮一般，被霓虹灯密集地挤满了。入夜的街面上，人也拥挤，不像日本别处的街面，平时见不到多少人。忽然看去，店面豪华，灯红酒绿，街心车如水光如流，而摩肩擦背到此逛市的人们，穿着似更讲究，在即将被冬装裹束之前，以宽松来最后享受秋色的时装，竞奇比异。再静心一看，日本一流的财团、商社、公司、新闻社和最著名的剧院、歌舞伎，似乎大多在这里占了一席之地。那像瀑布似的从高耸的楼面倾泻下来的霓虹灯光、那千方百计引人注意的灯光广告、那竞相放大悬高的字号标识，分明是在极力显示各自的存在和实力。高度的繁华和怒涛般的竞争交汇一起，这就是银座。

秋叶原是东京最大的电气商店街。在从万世桥至外神田约一平方公里的地皮中，居然密集了一千多家电器商店，据说营业额占了全国市场的十分之一。为了见识,我们也曾抽暇到那里一走。那是个星期日,这里的街面也禁了车辆,街心放置了桌椅阳伞之类,以任游人休憩小坐。这似乎平添了一种放松安适的气息。而且,在那些高大豪华的商店门外,人行道上,更有无数小摊位,看去没有银座那种高贵气派似的。可抬头看去,一样是商家拥挤,广告林立。有意思的是,这里悬挂于临街楼面的广告、招牌,又多是竖书的大字,假名、英文、汉字,一条挤着一条。这里从电池到电脑,充分展示着电子高技术的魅力甚至是魔力。高竞争伴着高技术,向人逼迫而来,这就是秋叶原吧。

从银座和秋叶原,大约多少能够看到日本当代社会的一个重要侧面:高竞争,高技术,高繁荣,以及三者的相互缠绕。高竞争产生了高技术,高技术带来了高繁荣,而繁荣又促成更剧烈的竞争。在享受这高度繁荣时,人也必须生活于一个怒涛汹涌的社会。的确,竞争使那里的社会涌动着活力,但同时那里的繁荣也流射出冰冷的光泽。难怪当代一些西方智者发现了令人困惑的“怪圈”。

我们正在迈向现代化,我们也正在引进竞争的活力。我们实在是安于闲适、囿于落后太久了。竞争对于我们还显得太陌生。竞争的勇气,我们还是太少了一些。我们的才智也绝不比别人差些,只是没有竞争起来罢了。但愿我们能够驾驭竞争,而不是被竞争所异化。苦苦竞争而来的繁荣,难道不应该是使人类感到温暖的甜果吗?

写于1986年9月

阳光大厦

在东京的池袋，高楼群立，插向苍穹，而其中又有一座独盖群芳、兀然鹤立，他们说，那就是太阳城。又说，其高达二百四十米，共有六十层，居于亚洲高楼大厦之首。

举首望去，高则高矣，而名为太阳城，却不知因何缘由，又有何寓意。才入门厅，就见镶于壁上的一块黑色大理石匾牌，刻有“阳光大厦”四个大字，字为汉字，金色，颇见书家中国书法功力。而大厦又以阳光名之，倒令人觉得更富些雅趣佳意了。是否因为它高入苍穹，又充分享受阳光呢？

与这座楼相比邻的，还有低矮了些的太阳城王子馆店、世界出口商品中心和文化中心三座高楼，据说形成了一个国际规模的大商业和文化中心。阳光大厦的楼层多数为各样办公室占去，其余为商店餐馆，而最高一层是眺望台，供游人俯瞰市容。由底层乘了直达顶层的专用电梯，未及体验升腾滋味，忽然就到达了。据说这电梯也是世界之最，每分钟可升六百米，从底层到顶层仅需三十五秒时间。“最”不“最”吧，体验着也确乎是够快速的了。

走入顶层楼内，隔了玻璃望去，但见四面一片栉比鳞次的渺小楼舍，漫无边际，渐没于云烟中了。那就是这个异国的社会吧，灯红酒绿的豪华，怒涛一般的竞争，难以静息的喧嚣，此刻是都留在低处，变得渺小而朦胧了。人们升腾到此，倒可稍得一份超越的轻松，来暂享这高处的宁静和明净的阳光吧。可惜的是，那日天气不够晴朗，能见度颇差，并不适于眺望的。并非阴云蔽日，云烟似有似无，阳光不见明净。登顶眺望一回，似乎只见识了一下市区之大，此楼之高而已。

归去，偶翻看一册杂志，忽见有篇小文曰：这太阳城是建造在原“巢鸭监狱”的旧址上的！巢鸭监狱在二次世界大战期间，是关押和处决美国被俘飞行员的地方，同时也是后来远东国际法庭绞死日本头号战犯东条英机的地方。原来，在这座属于亚洲之最的高楼下面，压着往日战争的罪行和耻辱。

常听日本人说，没有那次战败，也许不会有今天的繁荣。战争的洗劫，战败的屈辱，痛苦地刺激了他们再生的强烈意识。这座阳光大厦，但愿是象征了日本多数国民反对战争，埋葬耻辱，渴求和平和强盛的意愿。阳光应当是属于和平的。东条英机的阴魂该被永世镇压着！然而，想到几起几落的文部省教科书的风波，想到另有些战犯幽灵仍被供奉于靖国神社，便总叫人放心不下。

在深秋的东京，阳光下最引人喜爱的树木，是被染成夺目金黄色的银杏树。它也是在日本数量居于第三位的树种。而这遍地生根繁衍的银杏，也是原产我们中国的，大约在十三世纪传入日本。树能生根，友好和平的意愿，也会在两国人民心中久久生根的吧。

写于1986年10月

着眼下世纪

“秋,是读书的秋天,在宁静无尘的夜晚,一边追忆着已逝的夏天,一边随兴致所至,翻阅着喜爱的读物,这就是秋天的情怀了……”这是一则推销内衣的广告中所描绘的秋天。对于度过最后一个读书的秋天,即将步入社会的日本应届大学毕业生,虽然要到来年春季才了结学业,但在秋末的十一月,已面临求职的白热化竞争了。

在十一月的东京,我们从一些大百货店就见到了“求人标准展”以及为求职的学生们举办的“成功穿着法”一类讲谈会。当然,只具备“成功的穿着”是远远不够的。从报刊上,我们看到日本企业界对“新社员形象”的要求,是着眼于下世纪而高标准求才的,因为即将就职的学生,正是二十一世纪初的中坚社员。而在对下世纪展望中,同样渗透着一直弥漫于日本的“危机意识”。即使当今那些一流企业,亦是如此。也许正是这种危机意识,才促使他们创造了经济奇迹吧。

松下电器产业所期待的新社员形象是:工作认真,拥有自己正确的思考,信守“和衷共济”的格言。因为电机行业是动荡不安的,只有“遭受失败而不灰心,永不放弃,不断地接受挑战的人”,才是他们需求的对象,而

IBM公司，是征求适应时代变化的人。“二十年后的社会变化情形是无法了解的。所以所期望的新社员，不仅能适应现代化的社会，也要能应付时代的巨大变化。”公司征募要领是反应灵敏。“电通”公司，对于善与朋友交际，喜好阅读和旅行的人，较为欢迎，也就是征招那种“具有好奇心、对情报信息有高度敏感性、又富创造力的人才”。西武百货店喜欢有个性的人才，所以他们在招募中重视面试而不以大学成绩单为准，“因为学校成绩再优秀，也比不上曾经热衷于某项运动或兴趣的人来得有能力”，因此在面试中希望多表现自己。伊藤忠商会社，更明确要求新社员能担负起二十一世纪商社的责任，重视“理性、野性及体力”。这几家有名的一流企业求才的意向，都是追求具有国际视野而反应灵敏，适力能力强，既有实际行动能力又有创造能力的人才素质，包括心理素质。而这种意向，正是基于对付下世纪的严峻挑战，对付未来可能出现的危机。

当然，日本企业是资本主义性质，有先天的危机潜伏。但日本的经济奇迹毕竟越来越引起世界的注目和思索。他们不断应对种种挑战的意识，已渗入到国民的心理层次，即使从招募新职员中也分明可见。这似乎也有值得我们深思之处。

我们正走向现代化，走向世界，走向下一个世纪。我们在迎接一个光明美好的明天。但只准备着接受光明美好，恐怕还是不够的吧。只要求提高科技知识水平，只要求有一张文凭，只开放那种享受意识，也似乎远远不合于新人素质的。我们也有困难、问题、危机，也有严峻的挑战。我们的经济还落后许多。我们应该怎样去下一个世纪，应该具有怎样现代的民族意识呢？想了“铁饭碗”是怎样窒息了进取力和创造力，还有干劲和个性、才智和机会，不能不焦急而苦涩。

写于1986年10月

漫画帝国

在日本逛书店、书摊，见到最多的杂志便是漫画杂志，五光十色，各种各类。有给儿童看的，也有给成人看的；有专给男生看的，也有专给少女看的。在市内的地铁车厢里，在长途的新干线电车上，随处可见不少乘客抱一册厚厚的漫画杂志，埋头翻阅。

日本的这种流行漫画，不同于我们国内习见的艺术漫画，不甚讲究讽刺与幽默，而更像故事性的连环画。作为连环画，又远不及我们国内的连环画那么讲究绘画技艺，大多形象单薄，笔法简陋，只是夸张变形得很随便，内容自然也庞杂，有明显的商业色彩。有不少漫画作品是以数十卷之巨连载的，难怪没有什么讲究。

据他们的出版科学研究"年报"统计，日本每年出版发售的连载漫画高达九亿九千万册，其中给儿童看的就有四亿两千万册。因此，日本新闻界曾惊呼日本成了"漫画帝国"。关于儿童漫画的功过，从舆论上看，显然是过大于功。据调查，百分之九十的学童喜欢漫画，不喜欢教科书；百分之八十三的儿童每天读连载漫画，而电视漫画卡通，则是百分之百都看。学童的家长呢，是三分之二都说孩子看漫画看坏了，不肯用功读书。一些企业的调查结果也说，年轻从业职工百分之六十九缺乏写文章能力，错字多，语汇穷，表现稚拙，论旨不明。还有人专门著书论证“漫画把日本人的头脑搞坏了”：漫画使人发生无力感，夺去了思考创造的能力，成绩低落以及性犯罪等。不过，在日本那样的国家，说是说，做是做，舆论很难影响商业的力量。所以，漫画专门书店、漫画图书馆、漫画阅读比赛、漫画珍本收藏等等，都意在为漫画泛滥推波助澜。

这从一个侧面可以看出，在日本那样的社会，商业化是怎样制约着文化艺术的发展。同时似乎可以看到作为经济大国的日本，也患上了不少令人头疼的“富贵病”吧，人手一本漫画，正成为不小的社会问题。由漫画培养大的一代人，如何去面对二十一世纪的挑战呢？难怪他们的有识之士惊呼不已呢！

我们的儿童少年，现在还被沉重的功课和作业压迫着，课外读物还是太少，电视中的儿童节目也还没有多少魅力。此种状况当然也亟待改观。在死读书中长大的一代人，也无法面对下一世纪的重任。近年，连环画是出得多了，但多半似乎是出给大人看的，名著、破案、言情类居多，好像也是因为能赚钱而刺激的出版量看涨。而电视呢，就一股风地从日本“引进”了漫画卡通，从《阿童木》到《花仙子》，直到现在的《咪咪流浪记》，没有间断过。我们的孩子们也像日本的孩子们一般，看这些漫画卡通看得很入迷。也许，我们“引进”的漫画是佳品，不致使人发生无力感，不致毁灭儿童的思考创造能力。但这些连续放映不断的日本漫画卡通，至少夺去了我们自己为孩子们创作中国的电视卡通佳作的一部分能力。我们总不该为了眼前的一点“经济效益”而有损于将担当下一世纪重任的一代新人吧！

写于1986年10月

新干线

从东京去京都，我们搭乘了著名的新干线高速列车。这段路程据说有一千多华里，可不到三小时就到达了，果然高速。做一次千里之行，同乘一次地铁那么简便。登上宽敞舒适的车厢，在平稳安静的气氛中，望几眼车外的景色，聊聊天儿，倏忽之中，便该下车了。不必挤着到餐车去排队，不必打牌消磨时光，也不必背一兜水果面包煮鸡蛋以应肠胃之急。当然，这样的简便，更为应付现代生活节省了宝贵的时间。

新干线，似乎可以算作日本现代交通的一个缩影：追求高速和简便。据一位美国社会学家考察，日本国内的陆上交通，在整个西方发达国家中，也是最发达的。

在日本，高度发达的交通给人一种整个社会都在高速运转的直感。铁路除了新干线，还有国铁与私铁、急行与缓行多种。公路有国道、县道、市道、收费公路，还有郊外供人旅行的自行车道。而市内交通，除了传统大街小巷，有悬空的高速车道和发达的地铁。甚至在大的饭店和商场内，也有通道可达地铁车站。而地铁车站，特别是东京的地铁车站，又似迷宫一般，没有当地向导，外来者真会好进难出的。在这样密如蛛网的流通道上，人们行色匆匆，挤上跳下，无暇他顾，像社会的血液在不息地流动，维持着那方世界的活力。

当然，近年日本的国营铁路也面临了亏损的危机。但这是其他交通方式发达起来所致，交通趋向发达，是现代化的标志之一和走向之一。开放、拓展就是指向更广阔的空间。经济发展如是，人的发展也如是。我们在改革和开放的浪潮推涌下，交通的现状也日益严峻起来了。车，人们和经济活动借以追求拓展的各种车辆，卡车、大轿车、小汽车，还有自行车，忽然多得成灾了。火车、飞机、客轮，也忽然变得难以搭乘了。被改革和开放召唤出来的活力，都在寻找走向开阔的载体，可这骚动的载体却拥挤到了狭窄的通道上。于是活力受掣、血压升高。我们的一位诗人早在呐喊了：汽车在呼唤高速公路。可现在交通通道的危机不知比那时严峻了多少倍。不知我们为什么总是有钱（甚至是外汇）买车而无钱修路。还有的诗人在咏叹现代社会的快节奏。可八十年代的公共汽车却分明比五十年代行驶得更缓慢了。即使是“皇冠”和“奔驰”，也在同自行车和手扶车争道，它们除了显出气派，是显示不出多少速度的。

我们虽然有广阔的国土，但还有十亿人口。当十亿人走向开放，追求开阔的时候，辽阔的国土也会日益狭小的。我们也应该及早开辟自己的新干线，容量更大、速度更快的新干线，面对狭小国土而交通发达与辽阔国土而交通拥挤之间的巨大反差，我多余地这样想。

写于1986年10月

京都之秋

日本有句俗语:“东男京女”,是说,关东地区的男子和京都的女子,是最漂亮的。到京都,又住在闹市区,却也没有发现这里的女子怎样特别的倾国倾城。不过,京都街头的女士,却明显的不似东京女士那么化妆浓艳,大多只薄施粉黛。这或许正是京女们对自己具有天然佳色的一种自信吧。这不仅使人感到舒服,而且也觉得这同京都比较浓重的文化气息很和谐。

京都是日本历史上建都最久的古城,从桓武天皇到明治之年,中间一千多年均在此设都,文物史迹很多。据说为了保持古都的风貌,政府对工业企业的设立颇有限制。而这里的大学却特别的多,是日本学术文化的一处重心。所以,京都又是一座文化城。

日本还有一句俗话:“读书之秋”,说秋天是读书的季节。我们正是在幽静的秋天,来到这座带有读书人风味的文化古城,心情也格外轻松了。京都又是日本公认为风景最好的大都市。与东京金黄的银杏叶不同,这里的秋天是一片红叶。无论是东山的清水寺、西面的岚山,还有著名的金阁寺,都被深重的红叶所笼罩。被秋霜所染的红叶,虽说有“红于二月花”之喻,但毕竟没有春花那一份明朗和热烈,而于灿烂之中别有一种沉郁之美。尤其是在这异国古都看红叶,似乎更多了一份苍郁。

岚山更是在这一片苍郁之中。到达京都的当日下午,赶来迎接我们的荻野修二和吉田富夫二位先生,便邀我们去游了岚山。他们是多年关心和研究中国现代文学及山西文学的教授,大约很了解中国客人对岚山的感情吧:岚山立有周总理的诗碑。诗是“雨中游岚山”,而那日去岚山又恰恰在细濛的秋雨中。山坡上深重的霜叶在细雨中更深重了许多,山谷中清净的大堰河也绿得格外沉郁,只有白色的鸥鸟悠然飞戏于红山绿水间。风景的确够美的,而镌刻于巨石的那诗,也是抒写游兴的文字,散发着总理青春的气息,我们的心情该更轻松起来的。只是,沉郁的红叶满山,静静的绿水无语,以及带着凉意的秋雨,还有那无数来此享受秋色的日本游人,我只觉到了一片苍郁。到了京都,原来也是难以轻松的。

在京都不由要想到我们的古都,长安、洛阳、金陵、北京。我们的古都也许更悠久得多。那里也有数不尽的史迹,也有并不逊色的风景和红叶。还有唐诗宋词。可为了寻求强国之道,总理曾经东渡日本。鲁迅也曾经东渡日本,弃医从文,走上了疗救国民精神的为文之道。春花霜叶,红了又红,而我们还是又东渡来此,开阔现代化的眼界……这里景色纵然秀甲天下吧,也是难以静心来欣赏的。

灿烂辉煌的往昔能说明什么呢?严峻的今天,才是最重要的。这就是在幽静而秀美的京都之秋,我们不能拂去的苍郁感吧。

写于1986年11月

围炉谈文学

在京都的第一夜,我们便应七位研究和教授中国当代文学的日本友人之邀,"围炉"畅谈文学,似乎要算在日本度过的最尽兴的一个夜晚了。

"围炉",是主人请我们吃日本风味的鸡素烧,有些类似我们的火锅那种菜席。而能说畅谈,是这七位教授先生皆能使用流利的汉语做口谈,于是我们可以第一次不假翻译而谈文学了。在幽静的"读书之秋",又在文化古城,与友人围炉论文,不能不说是尽兴之事。

这几位先生都是研究中国当代文学的专业学者,而又别于东京学派,自有志趣和追求。京都大学的竹内实教授是老资格的中国文学专家。追手门大学文学部教授阿赖耶顺宏先生,近年还曾来山西大学讲学。佛教大学的吉田富夫教授也曾多次访问过中国,到过太原、玄中寺、杏花村。坂田东洋男教授也曾来华交流学术。近年他对我国文坛朦胧诗等新潮创作兴趣颇大。京都产业大学的荻野修二教授,早年以研究赵树理闻名,近年多研究我国当代女作家。一九八一年他曾专程来晋,去赵树理家乡考察。辻田正雄助教授是一位年轻的学人,近年对中国当代文学论述颇多。同志社大学助教授楠原俊代女士,从北大进修毕业去不久。虽然除荻野先生之外，我们都是首次相识，但围炉随意盘坐于榻榻米上，就如旧友重逢，一扫在日本常见的那种拘谨气氛，没有客套，不假辞令，不拘身份礼仪，很快就进入了主人所说的“边吃边谈”的佳境。我们知道，这是因为主客双方共同倚重的中国当代文学使然：中国当代文学走向开放、繁荣、鲜活的势态，使这次聚会交流也变得活泼、放松了。他们相信出国的中国作家已能畅所欲言，这本身即是对国内文学形势的一种评价。

不过，为了这次聚会，他们是做了认真准备的。比如，阅读我们来访作家的近作，搜集了国内的有关评论资料等。在随意的交谈中，涉及话题颇广，如纯文学的命运、文学的地位特色，对新潮文学、现代派的评价、文学走向世界、当代文坛现状等等。不过，在随意的交谈中，大家还是最关心中国当代文学的实质性的飞跃前行。他们坦率地说：希望不会满足于目前的繁荣，不要太注重现在的赞誉性的评论，更不可太看重国外的许多评论。不少评论是带有偶然性的。荻野先生说，他很惊讶有些作家竟然能写那么多作品，他是主张少写的，少写就会只把佳作写出来面世。吉田先生甚至说，对于一个真正的作家来说，成名作才是他的处女作，因为在写出成名作之前，他的文学生命并没有真正开始。他们这种主张劲头十足地干下去，干出货真价实来的意见，虽有些日本人的味道，我以为还是不错的。

席间，辻田先生拿出了我的第一本小说集《远天远地》，请我签名。我真是惊讶极了。因为由省出版社出的这本小说，印数少得可怜，而他居然在日本购得了。他说，为了研究中国当代作家，日本的中国书店有时哪怕只进一本中国作家的书，他也会购买的。而辻田先生多年还只是未有正式职业的助教授，收入不丰。这就是他的治学精神吧。不久前，荻野先生再次来晋访问，说到辻田先生已正式被聘任为教授了，当为他祝福的。

荻野先生还说：他们一直难忘那次在京都围炉谈文学之夜。是的，我们也一直难忘的。

写于1986年11月

小酒店

那日同友人围炉畅谈文学终席，走上街头，已是夜色浓重了，而大家却颇有些意犹未尽似的。荻野修二、吉田富夫和坂田东洋男三位，便拉了周宗奇和我两人，算是精力旺盛而又酒力尚胜的中青年，又走入一家小酒店，以续兴会。

这种小酒店，是那种极普通、极简便的酒家。十多平方米的店铺内，居中设置了一种“U”字形的桌台，桌外是轻便座椅，桌内便是酒家筛酒做菜的工作空间。吃客围桌而坐，酒家当面烹饪，四壁又一条一条贴了酒菜的价目，全然是一派夫妻小店的民间风味。也唯其如此，吃客才可尽卸拘束，悠然慢酌，消愁解闷。

主人引我们来此当然不是为消愁解闷的。我们欣然入座，立刻就感到比先时在吃鸡素烧的餐馆，更随便自由了许多。一杯水酒，两碟小菜，随即便“放肆”起来了。虽然还是接着谈文学，但明显的都是为了来此抒发、宣泄兴奋的：因幸会而激起的兴奋。三位教授居然也不时高声纵言，放声纵笑，大家都有些放浪形骸的样子似的。荻野先生说，很久没有这样放肆过了。

荻野先生的话，使我有些理解了这类小酒店存在的某种意义。在高度现代化了的日本都市，这种小酒店、小酒吧到处都有。它们保持着那种并不现代化的色彩，像家庭环境似的让人可以来袒露自己，抒发喜忧，宣泄愁闷，缓解被现代社会绷紧了的神经，这对于紧张工作一天的多数百姓来说，是很实用的去处。经营这种小酒店，与其说是为满足顾客的物质需求，不如说是迎合了人们的某种精神需求。

也许，这并不是疗治那种时代病的最好途径。我们在日本不止一次看到，深夜的电车上，每每有从这种小酒吧出来的醉意摇晃的归人，特别是一些年轻人。不过，一个社会，总是得给个人提供倾吐私情的多种渠道，在法律许可的前提下，应当能让个人以他自己喜欢的方式来放松自己，而不可亦将此种需求规范化了。在我们的城市中，类似的这种小酒店，在个体户那里似乎也有了一些。只是，多数只能看到顾客的物质需求，好像人们都是为了去吃喝一顿解馋。而国营的酒家都向豪华的档次升级，却不知在有些时候，豪华对于人亦是一种拘束，即使是不怕价目昂贵也罢。这在饮食行业，或是一种经营之道，而对于社会来说，则是如何为人们提供一个宽松可意的环境。

日本社会是将人的精神需求也纳入商品渠道了。而我们在发展商品经济的时候，似乎又不太考虑人们渗透于在商品需求中的精神因素。下馆子并不全然是为了满足食欲。如果再遭服务员一顿白眼和训斥，那就是花钱去买人格污辱了。使商品最后取得真正价值的是买下它的顾客。既要发展商品经济，又要污辱商品的主顾，是多么奇怪的事。这不能不让人痛苦地觉得还是唯利是图的日本人精明。看来，搞商品经济还需要有超越产供销的更为开阔的思路吧。

写于1986年11月

柳絮片片红

——文化随笔

夏月啖热汤

刚开始写小说的时候，遇到主要人物出场，多少要做一点“肖像描写”。因为那时相信，这是塑造人物形象的重要手段。后来，渐渐弃之不用了。为什么？因为自己越写越觉得没劲。自己都觉得没劲，写出来别人怎么能看得起了劲？干脆省了这道菜了。我们的美学历来讲究形似神似，写形以能传神为上。其实，这也等于说，你写形如果不能传神，最好就别写了。形神兼备当然很好，如果能形未存而神存，那就更神了。但要是形存而神不存，绝不会有人说好的。我早相信自家在摹写人物外形方面，不会有传神之笔了。

不过，后来也仿佛渐渐明白了，小说只是一种陈述的艺术。小说中的一切形象、场景以及所谓“传神”的音容笑貌，其实都处于一种陈述的视界里，它们似与不似，神与不神，全靠读者的想象和理解。似乎可以说，小说并不擅长摹写视觉形象。当然，这可能都是废话。

偶翻《世说新语》，在“容止”目中有两则故事，其实就是小说，只是比现代小说简单精粹就是了。这两则小说专以人之容貌为题材,好像不摹写容貌肖像已经不可能了。但小说本文却对人物的“容止”轻轻带过,而收到形未到神先到的效果。这种笔法在我们的古典文学中,实在并不乏见。因此,这两则小说,妙则妙矣,但似乎也不足为奇。使我忽然感到很有意味的,倒是小说中的几条注释。

第一则小说全文为:“魏武将见匈奴使,自以形陋,不足以雄远国,使崔季珪代帝,自捉刀立床头。即毕,令间谍问曰:魏王如何?匈奴使答曰:魏王雅望非常,然床头捉刀人,此乃英雄也。魏武闻之,追杀此使。”

在这则小说中,作者并未对曹操称帝后的相貌多着笔墨,可魏武的容止,已足够我们来想象了。他显然不是美男子,不过颇有英雄气概,更有趣的还是,他对自己的英雄气象似乎有点浑然不觉,或者是不那么自信,特别是在“外宾”面前就更没有把握了。于是演了这样一出君臣易“容”的小喜剧。这个小喜剧中的魏武是一位很可爱的人物,作者对其虽小有戏笔,但这显然是出于一种亲近感。更重要的是,作者带着一种闲逸的心境,给你讲了一则魏武的趣事,也就是说这仅仅是一则小说而已。我想,这正是小说中那种传神笔法能够存在的前提。如果谁当历史来读,那一定会认为作者在胡侃。有趣的是,小说中真有两处注释,引用了史书来再现曹崔两人的“真面目”。从小说欣赏的角度看,这很有些煞风景。注者据《魏氏春秋》,注明“武王姿貌短小而神明英发”;据《魏志》,注明崔季珪“声姿高畅,眉目疏朗,须长四尺,甚有重威”。这样一注,我以为首先是限制了读者对小说人物的想象,其次似乎证明那出小喜剧的发生还有什么历史依据似的。这就使文本中那种闲逸放诞的情趣,荡然无存了。

在第二则故事中,这种注释简直就将故事完全颠覆了。

这则故事说:“何平叔美姿仪,面至白,魏明帝疑其敷粉。正夏月,与热汤面,既啖,大汗出,以朱衣自拭,色转皎然。”

在这则故事或者小说中,最有趣,也可以说最传神的一笔,就是这位魏明帝验证“面至白”的妙着:夏月喝热汤。其中那种放诞调侃意趣,正是作者要给予读者的东西。可惜注者在文本后据《魏略》又证明，那位何平叔的确“粉帛不去手”，而且魏明帝又与何平叔从小一起在宫中长大，“岂复疑其形姿待验而明也”？根本就不存在验证的必要，那么这个故事也不可能发生了。你说，这多叫人可惜。

《世说新语》是对后世影响极大的笔记小说，作者刘义庆颇得晋魏士人风流旷达、放诞飘逸的意趣。他是一个艺术家。注者刘孝标也是稍后于作者的南朝人，但他显然是一位学者。据说他注释《世说新语》用力甚勤，征引极为繁富，用书多达四百多种，其中绝大部分早已散佚了。因此他的注释本身已具有极高的学术和史料价值。而且在当时，小说似乎还远没有确立了虚构的品格，文史本也难分家的。但小说毕竟有自己的品格和情趣，有自己的意境和语境，离开了这些，那小说也就不存在了。

我想，我写小说中间可能也有忘记小说这个前提的时候，这时可能就会感到没劲，或是自讨苦吃了。

写于1992年1月

谣言与隋炀帝

我不是要说有关隋炀帝的谣言,因为隋炀帝早已作古腐朽,有关他的任何谣言都可以划入“传说”范畴了。法国的卡普费雷在他的专著《谣言》中,把谣言划入了“信息”“新闻”的范畴,把它定义为“通过口头媒介传播的非官方信息”。

在书店发现这本书的时候,我以为它是一本小说。这可能也是一种思维定式:把一本近三百页的书命名为《谣言》,这似乎只有小说才可能。但我拿起来翻阅之后,发现它是一本专门研究“谣言”的学术著作。于是,我立刻决定把它买下来了。如果真是一本小说,我大约不会这样果断做出决定的。

为什么会这样果断呢?我当然不是想学习怎样制造谣言。当发现《谣言》是学术著作后,它就对我产生了一种不小的吸引力,或者说产生了小小的冲击力:把“谣言”和“学术”联系起来,这是一种不常见的组合。对于谣言,我们习惯上总是把它看成一种不道德的社会现象,造谣说谎,这是为世人不齿的行为。也就是说,谣言总是被我们放在道德的范畴里,接受谴责。这当然没有什么不对。而学术又总是被看成高尚严肃的科学研究。把为人所不齿的谣言，当作高尚的学术研究的对象，这多少有些出人意料，我甚至以为这是带着几分“创意”的。

其实，学术研究完全可以涵盖道德领域，这里实在也不存在多少“创意”。作者是一位专门研究信息交流和广告的学者，他把谣言纳入自己的研究课题，完全是出于专业的需要，可能不是想出“奇”。我所以感到有些“奇”，可能是在自己的习惯意识里还有太多的道德化倾向？

买回来读了这本书，感到买的很值得。它既是很严肃的学术著作，又写得相当精彩，其中的确是“创意”妙论随处可见。它像那些较好读的社会学著作一样，列举了大量的社会调查材料，有如许多有趣的小故事。而由这些小故事引出的见解和结论，却是既有创意，又令人信服。我想，我从此可能对“谣言”另眼相看了。过去用道德的眼光憎恶谣言，其实，我们又对它有多少了解呢？

比如，我们一般都以为谣言与谎言是等同的，也就是说谣言所传播的信息都是不真实的。“然而有根有据的谣言并不罕见，如有关里根、勃列日涅夫、安德罗波夫，以及……乔治·蓬皮杜等人生病的传闻。每次货币贬值之前，总有谣言先导。在企业内部，谣言透露人员的解雇或调动。在政界，谣言总是比部长们的去职先行一步。”从逻辑上说，如果谣言总是虚假的，老百姓早就应该学会不相信谣言了。“事实上，谣言之所以令人感到尴尬，就是因为它可能是真实的。”

联想一下这许多年来我们周围无处不在的“小道消息”，你就会感到作者的上述分析，是不容置疑的。可是，我们怎么会想到谣言也可能是真实的？

作者指出谣言有时是真实的，当然并不是要人们去相信谣言，而是为了研究产生谣言的社会机制、流传规律等等，最后提出制止谣言的科学对策。

“在任何一个地方，当人们希望了解某事而得不到官方答案时，谣言便会甚嚣尘上。这是信息的黑市。”在“四人帮”横行时，“小道消息”满天飞，显然也就是因为“官方”封锁真实信息的缘故。“谣言 = 事件的重要性×事件的含糊不清”，“这是一个乘法关系：假如事件的重要性等于零，或者事件本身并非含糊不清，谣言就不会产生”。这都是些显而易见的道理，但是想想当年“四人帮”常常发动的“追谣”运动，就会感到这些道理也并不是没有价值的。

本书对谣言还做了更为深入的社会心理学研究，使之达到了较高的学术水平。这方面的分析研究，就更使我们明白了为什么单纯用道德谴责，不能达到铲除谣言的目的。比如，对于一般过着单调生活的人们来说，谣言有时是一种新闻，一种传奇，一种神话，能引起兴奋，发挥想象，甚至参与某种传奇的创作。你不能只指责这是一种百无聊赖的低级趣味，而且谁也不可能把社会上所有人的所有空闲时间，安排得精彩纷呈。

谣言的魅力还在于，“它提供了一个机会，使我们能将世界大大地简化，纳入一定范围的秩序中，以便更好地理解世界。谣言能够将很大一部分事实集中纳入同一个纲要中进行解释，谣言的这种能力是形成谣言之魅力的主要因素之一。人类的思维似乎永远在寻找一种均衡的解释提纲，它能使我们将看上去混乱无序、毫不相干的事物联系在一起。我们不喜欢混乱、侥幸和偶然。迷信行为、赌输后又下双倍赌注以及巫术，证明我们需要想象在偶然与混乱的背后，隐藏着一个秩序。”

的确，《谣言》为我们打开了一个多么开阔的学术视野，这是道德视野所远远不能顾及的。只是，在我们的文化传统中，好像总是习惯于用道德化来覆盖一切。这使我不免联想到前些时候读过的两本新书，一本是《剑桥中国隋唐史》，一本是黄仁宇的《赫逊河畔谈中国历史》，都是海外出的历史专著。我并不认为海外的书就一定比国内的书好，但这两本专著的确为我们看中国历史，打开了一片新的视野，特别是超越了我们所习惯了的道德审视。

这两本书中都论说了隋炀帝。

在大多数中国人的心目中，隋炀帝是一个荒淫无度的亡国昏君。因为在民间文学中,隋炀帝就一直是这样一个形象。即使在"正史"的《隋书》中,他也是视"普天之下莫非仇雠,左右之人皆为敌国"的民贼独夫。在范文澜的《中国通史简编》中,隋炀帝"是历史上著名的浪子,也是标准的暴君。他的奢侈生活和残虐政治愈来愈凶恶地驱使民众陷入死地"。这些评价,都显然带着很分明的道德批判的成分。一个亡国暴君是应该受到谴责的。问题在于,从"治史"角度,也就是历史研究的角度看,隋朝的灭亡同隋炀帝的荒淫奢侈究竟有多大关系?因为作为一个封建帝王,他本来就有荒淫奢侈的特权,他也本来就是独夫寡人。这种生活上的特权和政治上的极权,无论对明君与昏君都一样是"天"授之权,合理(帝王之理)合法(封建之法)。因此,对像隋炀帝这样的亡国之君,做过多的道德谴责,其实并不能引出多少"殷鉴"来,更不可能出多少研究成果了。

《剑桥史》企图透过历史的道德迷雾,描述出隋炀帝的真实性格和生活作风,也许并没有成功。但对他迁都洛阳、建成"全帝国交通体系"以及对外扩张等方面所做的研究和结论,对我们来说,起码是很"开脑筋"的。在经历了三百多年的分裂战乱之后,隋朝在不长的时间内,迅速成为一个极其强大的帝国,这不能说完全是隋文帝一人的功劳。"在中国的帝王中,他(隋炀帝)绝不是最坏的,从他当时的背景看,他并不比其他皇帝更加暴虐。他很有才能,很适合巩固他父亲开创的伟业,而他在开始执政时也确有此雄心。""隋朝消灭了其前人的过时的和无效率的制度,创建了一个中央集权帝国的结构,在长期政治分裂的各地区发展了共同的文化意识,这一切同样了不起。人们在研究其后的伟大的唐帝国的结构和生活的任何方面时,不能不在各个方面看到隋朝的成就和影响。"比如科举取士的制度,就始于隋,而隋炀帝起了不小的作用。因为他本人就是一个文学家。

不过,黄仁宇用他的"大历史"观对隋炀帝所做的分析,我更为佩服。

他的"大历史"观,把中国的整个封建王朝划分为"三大帝国":秦汉为"第一帝国",隋唐宋为"第二帝国",明清为"第三帝国"。"第一帝国的政体还带贵族性格,世族的力量大。第二帝国则大规模地和有系统地科举取士，造成新的官僚政治，而且将经济重心由华北的旱田地带逐渐转移到华南的水田地带。”第二帝国是“外向”的，带竞争性和扩张性，而第三帝国则是“内向”的，带非竞争性和收敛性。隋炀帝正是处于封建王朝峰巅时期也就是第二帝国的起始阶段，在这个阶段，统治、治理这个新的强大帝国的一切制度、机构、“技术”、能力等等，都还没有形成和成熟，这可能才是他悲剧的真正的历史原因吧。造成他亡国的致命因素：数次出兵高丽。从个人因素看，他是个诗人而不是好的军事统帅；从历史趋向来看，他“着迷”似的出兵高丽，其实正是他所处的第二帝国的“外向”性、扩张性使然，那是一种历史运动而不尽是他的个人意志，而当时这种刚刚启动的历史运动，实在还没有开辟出自己顺畅的运行轨道。所以，似乎可以说，他个人道德上的因素在他的悲剧性结局中，并不是那么重要。

当然，黄仁宇的这种“大历史”观，也是一家之言。即使权威性很高的《剑桥史》，我想也是一家之言。但读书，总是读读多家之言才开眼界、有乐趣吧。

写于1992年11月

文化商品化之后……

——读《一苇集》有感

现在文化人似乎都有了危机感:谁都分明听到了文化商品化、市场化的惊涛拍岸之声。也许因为他们过于敏感?

几乎所有“严肃”的文学艺术创作,几乎所有“官办”的文化学术部门,都似乎被笼罩在“衰落”的阴影之下,度日维艰。与之形成极大反差的,是“地摊”文化、流行艺术、畅销报刊等等的大红大紫,“火”得耀眼,不断产生着“大腕”“大款”,一片风光。这种两极反差,“差”在何处?显然不在艺术水平和学术水准,而是差在是否纳入了商品化、市场化的“快车道”。

面对这种无情的现实,前几年有些“严肃”的文艺单位已经解放思想,干脆卸下了“严肃”的面具,公开为经济效益而去追逐“流行”、取悦“大众”了。这是自己开车试图驶入商品化的“快车道”。有些不愿意放下“严肃”或“官办”架子的文化单位,选择了同企业“联谊”“联姻”的捷径,企图搭车挤上“快车道”。其实,这种“联谊”“联姻”,双方都很清楚,既不是为了“友谊”,也不是为了“爱情”,说得俗一点是为了“钱”,说得规范些是建立一种商品交易性的联系,虽然这本身就是一种不规范的商品交易。总之,由商品化引起的冲击和躁动，在文化圈内并不比经济圈内平稳，喧嚣之声而非行动之势甚至有过之而无不及。

今年，中央正式提出了“社会主义市场经济”的理论。文化人的这种躁动与喧嚣，于是更见升级了。文人艺人“下海”从商，成为一时的时髦，甚至被誉为一种更新观念的革命性举动，虽然真正下了海的仍然并不很多。而在许多报刊的舆论中，在公开和私下的高谈阔论中，文化的商品化似乎已经成了改革的必由之路了。作家、艺术家应该不应该被别人“养活”的讨论也很热闹了一阵。至于那些已经在文化市场上大红大紫的“大腕”“大款”们，则开始把“炒股”的花活引进了文化市场，以不断将自己的“市价”哄抬起来。这种热闹景象，更把许多没有文化的“淘金者”吸引到这个新市场来大办文化公司。

我实在也没有想对这种种景观说三道四的意思，只是因为自己多年也在文化圈中谋生，不能不多一份关注，当然也不能不有几分危机感。虽然我忽然听说自己从文以来竟然是一直被人“养活”着，感到不很舒服。作家不是知识分子吗？知识分子不是工人阶级的一部分吗？工人阶级的成员怎么会是被人“养活”着的，仿佛寄生虫似的？好像资本家才说他们养活着工人，好像也只有“四人帮”才说知识分子是附丽于人的寄生虫。所以，我想所谓养活云云，可能是另有所指，或者是用词不当吧。当然了，本人实在也觉得，现在的这种文艺体制不改革的确是难以为继了。正像计划经济已经不能推动经济的发展一样，多年来实行的这种将文化人和他们的文化产品都“包”起来、“统”起来的体制，同样已经不能适应精神文化生产的发展需要了。经济改革的精髓，我想就是发展经济要按经济规律办事。如果能够类推，文艺改革的精髓，应该是发展文艺事业要按文化艺术规律办事。文化艺术的商品化是不是文艺发展的规律，或者说文艺的改革就是要求文化艺术也按经济规律办事？是耶非耶，我是真不知道。只是，眼前的这种种新景象，使我又想起了前些时候读过的一本书《一苇集》（国内的三联书店版）。

作者是台湾一位人文、社会学者。他在这本集子中，对台湾随着经济起飞，文化迅速商品化的社会现状，做了科学的梳理和动情的批判。我看着动情，是既痛心疾首，又显几许无奈的。原来，在西方所有实现了“现代化”的国家和社会，都出现了文化高度商品化的社会问题。本世纪最有影响的一些思想家和社会学家，如马克斯·韦伯、法兰克福学派以及其他许多著名学者，都把这个问题纳入了“现代化”理论的研究视野，并成为他们的学说或学术成就的重要组成部分。

原来我们所面对的，是一个既老又新的“现代化”问题。

在西方现代化的社会进程中，“商品化”似乎是一定要占有一切、征服一切的最强大的力量了，它自然不可能放过“文化”。在它把“农业”和“劳动力”彻底“商品化”（这是马克思充分论述过的）之后，接着就是把“文化”也“商品化”了。于是，无形的文化精神产品，变成了可以按照一定的“模具”和“工艺流程”进行大批量生产的文化商品。于是出现了“文化工业”。在这种“文化工业”中，“文化”的生产只服从于市场逻辑、商品逻辑，也就是说，它只寻求最大的批量制造性和市场的可销售性。于是，就像一般商品一样，这种“文化”商品在流通中也生成了一种自身的逻辑：交换价值从使用价值中分离出来了。生产文化产品不再是为了满足人们的精神文化需要，而仅仅是为了市场消费的需要。这种文化的消费需求，是被商品逻辑操纵着、不断制造着。于是，“文化”也就被从其本来的意义中抽离出来，由“精神”沦落为“物质”或“亚物质”，其“意指性”已经被改装为“拟意指性”或“伪意指性”。在流行歌曲中被“拟多情”地叫卖着的“爱”、在肥皂剧中被精心包装着出售的“爱”，它还有多少真正“爱”的内涵呢？它只是供人们“一次性”消费的商品而已，在“用”过之后，这种所谓的“爱”，就同当天的垃圾一起被扔掉了。

特别是现代高度发达的大众传播媒介和以“电视”为代表的现代“文化工厂”出现以后，文化的商品化、工业化更进入了“后现代”阶段。美国文化批评家詹明信，曾经指出文化工业下的后现代文化有两个根本特征。一是精神分裂症的零散化，一切都是零碎的、片断的，不再能从整体性去把握问题。二是平面感，也就是历史感或历史自我认识的消失、深度的消失，因而形成一种没有根、浮于表面的浅薄感觉。像美国那种以数百集的超大规模制作的“豪门”室内剧，它既不能给人一种“巨著”的感觉，也没有多少历史感，带独创性的艺术风格就更谈不上了。像港台的《戏说乾隆》《上海滩》之类，它们同历史上的乾隆、解放前的上海，可以说已经没有多少干系了，“无根的平面感”再典型不过。至于前些年在国内很“火”了一番的“新武侠”小说、琼瑶的“言情”小说以及现在刚刚“火”起来的梁凤仪的“财经”小说，都是用“工业方式”生产出来的，它们都各自有一套固定的“模具”和“工艺流程”，因此产量都很高，但它们全部加在一起，能达到怎样的高度，又能显出怎样的深度？这种小说，一本和相似的数十本之间，商业价值当然大不相同了，但其文化价值、艺术价值却几乎是相等的。

我们国家的经济还在向“现代化”迈进的过程中，也就是说还没有达到“现代化”的水平。据说，在加入“关贸总协定”之后，我国将在许多方面要求得到“幼稚产业”保护权。然而，具有这种“后现代”特征的“文化”商品，对我们的文化市场来说，已经早不陌生了。就以追求商品流通性为动力的流行音乐和以工业方式生产的室内剧来说，从“进口货”的大举登陆，已经发展成为近年来“国货”取代“进口”的蔚为壮观的繁荣景象。只是，这些文化“国货”，总让人看到一种用“进口生产线”制造出来的痕迹，也就是它的“零散化”和“平面感”都保持了“国外的先进水平”。

在“幼稚产业”的经济基础之上，“繁荣”着“后现代”的“文化工业”，这也可能是所有发展中国家在“现代化”进程中不可避免地出现的社会景观吗？我只知道，这一社会问题似乎也已经成为当代许多社会科学家研究的重要课题。

现在的新潮青年爱说两句很“潮”的口头禅，一句是：“你活得累不累呀！”一句是：“你这人有病呀？”这种“潮”气是从哪里来的？当然是社会上流行的“新潮”中。在最代表“新潮”的流行歌曲和商业影视中，不就充满着“不累”的“忧伤”和“无病”的“呻吟”吗?“新潮”,就是商品化所刺激和制造出来的文化消费需求。商品化了的“文化”,使它的读者、观众变成了“被动的受众”,没有了自主性和参与性而沦为“社会过程”的旁观者,成为韦伯所说的“没有视野的专家,没有心灵的享乐人”。因为“文化”商品与它的消费者之间,是“单行道”的沟通结构。这种商品文化、流行文化、大众文化对社会大众的征服和塑造,将会对未来的社会素质、文化生态产生怎样的影响? 这正是当代许多思想家、社会科学家所最关心的问题。

对于我们这样一个有八亿农民、两亿文盲、整体文化素质还比较低下的国度,如果被商品文化塑造出一个数以亿计的“被动的受众”,“没有心灵的享乐人”,“社会过程”的旁观者,对于现代化的进程是否会造成负面影响? 我也是真不知道。但一个十二亿人口的大国,肯定是一个诱人的巨大的“文化市场”。而且,我们的文化包括文学艺术,在经历了多年的极“左”思潮的摧残和“塑造”之后,严肃的、精致的文学艺术,在大众心目中仿佛成了“说教文艺”的代名词,而在某些领导者的心目中,它又被认为是脱离“大众”的“象牙塔”。于是,大众的文化接受心理就向商品文化产生了倾斜,很快被其征服。而某些领导者则更多地看到商品文化“无害”而又“有利”(不需要政府补贴)的一面,于是加以倡导。“后现代”的商品文化能在我们这个“准现代”的社会中大举“登陆”,超前繁荣,原因还有很多,而且这又似乎是一个世界性的历史趋势。但我们不是还有“建设精神文明”这一条吗? 我们能做些什么,我们应该做些什么? 这也许不是我个人应该考虑的问题了。

我应该考虑的,分明是在“文化”这样超前地“商品化”之后,自己这个靠文学谋生的“文化人”将能做些什么,或者说将重新去扮演什么样的角色? 从这本《一苇集》中,我已经看得很清楚了,在文学“商品化”之后,作家必须丢掉“自主性”“独创性”“个人风格”等等这些一直被认为是一个作家所应该必备的,或者是最珍贵的东西,而服从于商品逻辑、市场逻辑,不必活得那么累,“潇洒”点,什么“畅销”就去写什么,别的什么也不用管了。因为在“商品”和“市场”面前，作家已经不再是“世界的思考者”，不再是“社会的良心”，不再是所谓的“人类灵魂的工程师”，也无须“追忆”历史，“反省”现状，“展望”未来，而仅仅是“文化工业”和“文化市场”中的一个“从业者”。作家将失掉一直被认为高尚和珍贵的许多东西，但能够较多地得到一样东西，那可能就是“钱”吧。只是，如果文学这个行当也把赚钱作为第一要义，那么作家为什么不可以去批发水果，或者去开一家杂货店——因为那同样可以赚钱，同时又活得更加不“累”，起码可以做个小老板，何必去做“爬格子的动物”！

当然，那是充分“现代化”之后的情景。

当然，即使在“现代”和“后现代”的社会里，也仍然有“严肃”文化、精致文化存在，尽管它们常常“流浪”在商业社会的边缘。

当然，我们还有“精神文明”这一条。

我只是这样想，今天当我们在呼唤文化的“商品化”，想象“商品化”的种种美景的时候，是否也应该及早地、科学地评估一下文化“商品化”之后可能出现的负面社会影响？五十年代，我们曾经用最好的诗句赞颂过“烟囱林立”的工业化美景；今天当真的出现了“烟囱林立”的工业景观后，我们却在为环境被污染而苦恼了。工业化把整个人类社会的发展带上了“快车道”，但人类同时也在为自己栖身的地球的生态恶化而忧虑着。“商品”仍然在依照自身的逻辑开拓着新的市场，征服着新的领域，但当代的科学家们甚至是国家元首们，却在讨论如何或者是能不能“修补”南极的臭氧层破洞。这种讨论，可能不是“商业性”的吧。高科技推动着的工业化，把人类远古时代的许多神话变成了现实，同时也把神话中的许多灾难推到了当代人的面前。“嫦娥奔月”的梦想实现了，同时“女娲补天”的任务也提上了人类的议事日程。这个事实似乎说明，人类还是需要非“商品化”的文化的。起码我们在展望人类未来的时候，似乎应该做“非营利性”的思考吧？

《一苇集》的作者杭之说：“文化、艺术是一个许诺(promise)，是为了人类未来生活之新的可能性的一切留出空间的许诺!”如果人类展望未来的想象空间,也就是精神空间,也被“商品”挤满的话,那上帝可能真会对人类说:“你们活得累不累呀?”

写于1992年12月

我和尼采侃市场

我:你说上帝死了,这句话现在在我们这里很有市场,用一句市场行话——很畅销。

尼采:朋友,逃到你的孤独里去吧! 我看出你因为大人物的喧闹而昏惑,因为小人们的针刺而受伤了。

我:老尼,我现在活得很好,因为我尊敬大人物,也尊敬小人物。但我不想谈我自己,我是想谈你那句名言——上帝死了。

尼采:森林与岩石知道庄严地沉默着陪伴你。再学那你所素爱的长臂的大树吧:它无言地俯在海上倾听着。

我:我们这里只有岩石,没有森林,也没有长臂的大树,离大海就更加遥远。也许是出于对大海的渴望,现在人们把市场称为“海”,把走进市场做生意赚钱发财称为“下海”。“下海”,是现在很时髦很进步很高尚的举动,我们就来侃这个“海”好吗?

尼采:市场开始于孤独停止的地方;市场开始的地方,也开始了大优伶之喧闹与毒蝇之营营。

我:你说的大优伶就是演艺界的明星吗? 至于苍蝇,老尼你就放心好了，我们正在为实现卫生城达标而奋斗呢！

尼采：在世界上，便是至善之物，如果没有表演者，也不会被重视；群众尊称这些表演者为大人物。

我：你的见解真英明。现在人们把歌星、影星、一切会表演的明星，都看成大人物，崇拜得一塌糊涂。我也是这样，我不能落后于时代，我崇拜一切大人物，包括"大腕""大款"。"大腕""大款"，是现在群众对大优伶的昵称。

尼采：群众不了解何为伟大，这不啻说他们不了解何为创造。但他们对于一切大事业的表演者与优伶，却很能赏识。

我：是的，我对一切表演者都崇拜得一塌糊涂。

尼采：世界围绕着新价值之发明者而旋转——它无形地旋转着。群众与荣誉却围绕着优伶而旋转。世界如是进行着。

我：我在不断改变自己的观念，崇拜表演者，崇拜明星，崇拜市场，崇拜金钱，总之，我不能落后于时代。我有一位守旧的朋友，他说我是个"从众"的傻瓜。我对他说，你才是个落伍的傻瓜。

尼采：优伶也有精神，却没有精神的自觉。他相信使他获得最好效果的一切——和使别人信任他的一切！

我：我想我也有精神，所以我也要走进市场。市场像大海一样美丽，正如你说的，那里停止了孤独，不存在寂寞，满目是穿最新式泳衣的漂亮女郎，对吗？

尼采：明天他将有一个新的信仰，后天将有一个更新的信仰。他像群众一样，知觉很敏锐，性情不很稳定。

我：我喜欢跟着新潮走，我们喜欢随风飘扬。

尼采：颠倒是非——这是他所谓证明。使人昏眩——这是他所谓说服。

我：老尼，你这是在说谁呢？不是在说我吧，我可没有得罪你。我们还是"侃"我们的市场好不好？

尼采：一个真理，如果只能悄悄地诉诸聪耳，他认为是诳语与空话。真的，他只相信在世间闹得很响的上帝！

我:真理一向是大人物的话题,你同我“侃”真理可能没劲。我想问你,“在世间闹得很响的上帝”,是不是你认为已经死了的那位上帝?在世间闹得最响的地方,显然就是市场。你说上帝死了,是不是就是说上帝也走进了市场?

尼采:市场上充满着像煞有介事的丑角——而群众正以这些大人物自眩,视他们为当今的主人。

我:你是说,我们正在市场上寻找新的上帝?

尼采:但是,时间紧迫着他们,所以他们又紧迫着你。他们要你说出“然”与“否”。唉,你想把你的椅子放在然否之间吗?

我:我知道,在市场上“时间就是金钱”。我崇拜金钱,但我没有去想金钱是不是新的上帝。所以,我也仍然信仰中庸之道,和气生财嘛。如果有人要我做出“然”与“否”的选择,我就先请他到广东酒家吃一顿饭,紧迫感立时就被“生猛海鲜”化解了。老尼,我们的这办法很灵,不信你可以试试。

尼采:啊,真理之情人,不要妒嫉这些绝对而忙迫的人吧!真理还不曾挽过绝对者之手臂呢。

我:真理也没有挽过我的手臂。

尼采:离开这些叫嚣的人,回到你的安全里吧,只有在市场上,一个人才会被“然”与“否”所牵系。

我:但我离不开市场,听说谁也离不开市场。你能离开市场吗?老尼?

尼采:深井的体认是很慢的,深井必须等了很久,才知道坠在底下的是什么。

我:你别逗了,我相信“时间就是金钱”,因为这很可能是一条真理。

尼采:一切伟大之物,总是远离了市场和荣誉才能发生,新价值之发明者总是住在离市场和荣誉很远的地方。

我:但离开市场,怎么来证明“新价值”之价值呢?当然,我是个卑微的人,不是伟大人物。现在大人物也很喜欢市场和金钱,听说这是一种新发现的价值观。

尼采:朋友,逃吧,逃到你的孤独里去吧,我看出你全身为毒蝇所伤害。逃到强暴的风能吹着的地方去吧!

我:我不是伟大人物,我不喜欢孤独,我喜欢美食美人美车,还有美金,所以我不逃走,我要走进市场。

尼采:逃到你的孤独里去吧!你的生活太接近小物件与可怜虫了。在他们的不可见的报复之前,逃去了吧!他们只想向你报仇呢。

我:我这笑声是忍不住的,对不起。

尼采:不要伸手去抵抗他们!他们多于恒河沙数,而你的命运不是蝇拍。

我:我就是一粒沙子。

尼采:这些小物件与可怜虫是无数的;许多高耸的大厦,曾被雨点和恶草所倾毁。

我:我也是一滴雨,一棵小草。

尼采:你不是石块,可是许多雨点已经滴穿了你。还有许多雨点将砍分了你,粉碎了你。

我:有那么可怕吗?老尼?

尼采:我看出你为毒蝇所疲扰,你身上许多地方伤破流血,然而高傲使得你不屑于发怒。

我:对不起,我还得发一次笑,我显得高傲吗?

尼采:他们无顾忌地渴求着你的血,那是他们贫血的灵魂之需求。

我:你是说吸血鬼吗?吸血鬼,这已经是一个过时的概念了。我血压高,血脂高,不是美味的血液,献血也不大受欢迎。因为我也是个贪食者。

尼采:但是深沉的你,便是轻伤,也使你剧痛,而且当你还没有治好以前,这些毒物又爬上了你的手。

我:老尼,我在向你请教市场,你却像在给我做心理治疗!你觉得我不配与你进行思想交流吗?

尼采:我知道你太高傲了,不会杀死这些贪食者。但是,你得当心,别让你被命定了来担当他们全部的恶毒!

我:你是说我会中毒吗?这你不用担心,我有免疫力,因为我中的毒已经够多了。从封资修、左右倾的毒,到被污染的空气、水和伪劣食品的毒,我不断"中"着,但什么事也没有。

尼采:他们对你常是和悦的。但是这是怯懦者的聪明。是的,怯懦者是机智的!

我:老尼,你一直不离开你的思路,你是不想离开,还是不能离开?

尼采:他们用偏狭的灵魂,思索着你,他们觉得你总是可疑的!凡令人三思之物,总是可疑的。

我:你不想离开,是太沉醉你的思索了?

尼采:他们因为你的一切道德而惩罚你。在他们心的深处,他们只原恕——你的过错。

我:你不能离开,那你就是太偏执了。这不好。

尼采:你的和善与正直使你说"他们对于他们卑贱的生存是无辜的"。但是他们偏狭的灵魂想"一切伟大的生存是有罪的"。

我:偏执的最严重后果,就是得精神病。

尼采:你的沉默的高傲总是触忤他们的趣味,当你偶然谦卑得近乎轻佻时,他们便高兴。

我:我虽然对哲学家的精神病,表示敬意,但我不赞成你得精神病。

尼采:我们从一个人看出了什么,我们同时使那东西在那人身上燃烧起来。所以,远避了小人吧!

我:老尼,你得精神病是在一八八八年,对吧?一八八八,这是在我们的市场上可以卖好价钱的吉祥数字,译成商业语言就是"要发发发"。在这样吉祥的年头,你却得了精神病,这可能是你藐视市场的报应吧?

尼采:逃到你孤独里去吧!逃到强暴的风能吹着的孤独里去吧!你的命运不是一个蝇拍。

写于1993年7月

曹雪芹下海卖风筝

“朱丽叶住在二十五层高楼上，这世界不再有罗密欧了；耶稣把头发剪得很短，穿着全套法国设计的西服跑去给一家电脑代理商主持开张剪彩仪式；狄更斯圣诞故事里的守财奴突然翻出床底下的钱箱，把一捆捆好大面额的钞票全捐献给国防部去发展军费；索尔·贝娄笔下的何索辞掉芝加哥大学的教授职位，提着好漂亮的公事包去当阿拉伯石油大王的英文秘书；艾略特的荒原给房地产商高价收买，昼夜轮班兴建最现代化的证券交易所；劳伦斯的查泰莱夫人背着看狩猎场的汉子，去跟上门推销大英百科全书的小伙子在伦敦的小客栈里幽会；维琴尼亚·吴尔芙烧掉书房里的藏书和原稿，搬到纽约去经营一家卡式录音带公司，成了商界著名的女强人。凡·高流浪到好莱坞，沿门替当红的电影明星画肖像；罗素天天在精神病院里对着精神病人朗诵他的著作；曹雪芹枯坐南京闹市街边卖纸鸢；沈三白在香港街头摆摊子替不识字的张妈李妈写家书；林琴南出任一家跨国公司台北分公司的舌人；董其昌给制造笑料的电视连续剧写字幕；唐伯虎出入豪华别墅为名流公子寻访秋香；随园的主人当起世界级船王的宴席顾问；最后，陈寅恪戴着圆圆的黑眼镜坐在游乐场里负责操纵一部电脑算命机。”

这是香港散文作家董桥在《星期天不按钮》一文中所写的一段文字。这篇文章,我是在作家的散文集《乡村的理念》中读到的。文末,未见著有写作日期。但在这本散文集的《自序》末尾,注明是写于一九八六年十二月四日。可见,《星期天不按钮》的写作和发表,是应该早于这个日期的。幸亏我们没有那么便利的条件,可以在发表的当时就看到它,否则,我只会把上面那一段文字,当作一段幽默,精彩的英国式的幽默。三联书店在国内出版《乡村的理念》这本集子,是在一九九一年五月。也幸亏我没有在它出版的当时就买到它,否则,我仍然会把那一段文字看成精彩的幽默,可能也会多少联想到现代社会中文化的流变。不幸的是,我是在今年一月才买到这本书的。

买书那天,大雪纷飞。

董桥在《自序》中说,包括《星期天不按钮》在内的那一辑文字,是“十足的消遣之作”。但是,我在大雪天读他这样漂亮的文字,这样“雅得一塌糊涂”的幽默,却忘记了仔细品味,只觉得忽然看到了一幅多么逼真的“文人下海图”。因为这图景距离我们还“不发达”的内地内陆,已经不再遥远,简直就是正在身边“火”着。

“文人下海”,就像一首刚刚登陆的港台“青春劲歌”,或者如昆德拉所说,这是一个“缩减的漩涡”。所以,并不在于多少人闻鸡起舞,已经下海,而在于这个过程已经开始。

“缩减仿佛是一种宿命。我们刚刚告别一切生活领域缩减为政治的时代,一个新的缩减漩涡又更加有力地罩住了我们。在这个漩涡中,爱情缩减为性,友谊缩减为交际和公共关系,读书和思考缩减为看电视,大自然缩减为豪华宾馆里的室内风景,对土地的依恋缩减为旅游业,真正的精神冒险缩减为假冒险的游乐设施。总之,一切精神价值都缩减成了实用价值,永恒的怀念和追求缩减成了当下的官能享受。……包括小说在内的现代文化也卷入了这个缩减的漩涡,甚至为之推波助澜。文化缩减成了大众传播媒介，人们不复孕育和创造，只求在公众面前频频亮相。小说家不再甘心于默默无闻地在存在的某个未知领域里勘探，而是把眼睛盯着市场，揣摩和迎合大众心理，用广告手段提高知名度，热衷于挤入影星、歌星、体育明星的行列，和他们一起成为电视和小报上的新闻人物。”

这是今年《读书》二期上《探究存在之谜》一文中的一段话。作者周国平与董桥说的显然是同一件事，但他忘记了幽默而充满了忧患。周国平是对国内的“下海”景观做了抽象，而董桥则是画了一幅海外的“闹海”图。可能一直身在海外的董桥，对文人闹“海”的现代景观早已见多识广了，所以能拿它来“消遣”一下，虽然我们依然能见出其中的忧患。

如果以发达的海外为鉴，我们所面临的这个新的“缩减的漩涡”，可能是难以逆转的吧？既然从耶稣到凡·高，从唐伯虎到曹雪芹都下海了，那么还有谁能超然于外呢？在董桥的这幅闹海图中，文人下海的方式有两种，一种就是吴尔芙以前的那些人，他们和她们“烧掉”了自己的“文”身，脱胎换骨成为“商”身，下海比较彻底，因此活得都很潇洒，甚而做了男女强人。一种则是凡·高之后的那些人，他们比较死心眼，不大肯放弃“文人”的身份，下海后走了“以文养文”的路线，结果仍然混得不怎么样。曹雪芹虽然走进市场了，他靠卖风筝能挣几个钱？凡·高给好莱坞明星画肖像，大概也成不了“大款”。

我们现在的“下海”的方式，大抵也是这样两种吧，其结果也如上所示。可见，一切都是重蹈覆辙，难以逆转，或者说是一种“宿命”。

既然是这样，我们何不也幽默一下？我们如果下海，应该从孔子开始。孔子先进了收费的“作文速成班”，学会了写作技巧，然后就将周游列国时所收集的宫廷内幕，写成了一本接一本的畅销书。庄子就直接向影视公司出卖他的“蝴蝶梦”。老子终于接受了“太上老君”的职称，决定在海内外开拓“长寿金丹”的销售市场。屈原也忽然决定不投江自杀了，要以“前三闾大夫”名义，开一家投资公司。卓文君毅然同司马相如离异，自己开起了四川大酒店。杜甫有“广厦千万间”，他也转业做房地产生意去了。李白给唐玄宗写了一篇“报告诗”，如果价钱合适，还准备给杨贵妃和高力士各写一篇。“三苏”开办了一间收费可观的“贵族学校”，只要有钱，不是贵族亦可入学。柳宗元在原籍山西办了一间洗煤厂，又在柳州开了一家旅行社。韩愈搞到了出口许可证，主要经营文物字画的外贸出口，挺来钱。孔尚任用新鲜猪血做颜料，批量生产“桃花扇”，销路也不错。杜十娘请来了海外的打捞公司，正日夜不停地沿江打捞“百宝箱”，以重振秦淮大富婆的声誉。祝英台也不想为梁山伯殉葬了，观念更新后发现，改嫁那位员外公子也很好，有人告诉她：员外是当地有名的“大款”。贾宝玉把大观园改建成“金陵十二钗卡拉OK园”，他除了出任董事长，还是一位股市的“发烧友”，而林妹妹和宝姑娘都成了很“火”的红歌星。

大概就是这样吧，我们不再死心眼。丢掉那许多愁、不了情，不必再为它们牵肠挂肚、刻骨铭心千百年了，那多累啊？

“大势是这样走的了，没有什么好抱怨的。”

这样“缩减”之后，那就如“西安杨森”的一句广告词所说：“现在简单了。”

不过，五千年的文化，“缩减”也得一阵子，“拍卖”又有哪个“大款”能买得起？

或者如某君所说，这一切只是一种浮躁，所谓转型期的一种浮躁？

或者，曹雪芹的风筝还特受“老外”的垂青，“红楼梦”系在民族文化的风筝飘带上，走向了世界，也说不定？

我真不知道。

写于1993年7月

我们怎样丢失了健美？

匼河镇在晋南的南尽头，在古老的黄河南向穿越晋陕峡谷之后，向东转弯的地方。都说黄河九曲十八弯，在匼河转的这一弯，似乎就是十八弯的最后一弯吧，从此黄河就一直向东，奔流入海了。在这里，黄河很可能也是转了最重要的一个弯，它这一转弯，一下子就拥抱住了古老中原地区三个最主要的省份：秦、晋、豫。所以，也可以说，黄河哺育出来的中原文化，这里是它的腹地。在这个转弯处匼河之下还有风陵渡、潼关、永乐宫所在的永乐镇，都是历史文化名胜地。

匼河有什么出名的地方呢？

我一直不知道。去年，看了太原电视台拍的民俗片《晋韵》，其中有匼河人在春节闹社火的一集。闹社火的种种节目，起码在中国北方各地是大同小异的。但在匼河却有一种很奇特的节目，或者说是一种很奇特的仪式。这奇特，使我多少有点震惊。

民间闹社火的正月，在北方还属严冬季节。这样的季节里，匼河人上演的这个奇特的节目，我愿意把它称为“背冰仪式”。这里强壮的男人们，脱去笨重的冬装，只穿了一条短裤，显然是要展示他们发达的肌肉吧，然后就这样几乎赤裸了身子，背起一块大约三尺长、二尺宽、一尺厚的很规则也很够分量的冰块，去做很有仪式规程的漫长的游行。冰块的背法，当然不是随便地扛在赤裸的肩上。而是很讲究地用绳索将冰块捆绑起来，悬挂在一柄铡刀的前端，背冰人是用这柄铡刀“挑”着冰块游行的。游行队伍也当然有旌旗，有锣鼓，有一定的行进节奏。所以，我愿意说是一种仪式。

我不想从民俗的角度来叙说这一奇特的“背冰仪式”，我只是想，在这个仪式下面所蕴含着的，显然是对强健体魄和坚韧毅力的提倡或崇尚。在严冬中，男人们赤裸着身体，用铡刀挑着冰块，举行这种近乎严酷的苦行仪式，我总感到它不怎么像是汉人的民间仪式。因为我们汉人好像天生就是一个“文弱”的民族。然而，匼河却处于中原的腹地，处在哺育了汉人的黄河之滨，是最标准的汉人生息地，这里的习俗也是最纯粹的汉族习俗。把这“背冰仪式”放在春节期间进行，也完全是汉人特色了。这正是使我有几分震惊的地方——我们汉人也曾经崇尚强健，说得流行一点，我们也曾经是崇尚阳刚的啊？

在我生活过多年的晋北忻、定、原一带，有“摔跤之乡”美称。那里的民风也有崇尚强健的一面，乡村的孩子多以习摔跤为游戏，年轻后生不能上“跤场”一显身手，那就不是好后生。在每年夏秋之间的农闲期，各村先后举行的庙会，重头戏都是通宵达旦的摔跤赛。那里的老百姓都说，这个摔跤遗风，是由当年在这一带镇守边关的杨家将留下来的。这是很可能的。不过，我想这遗风似乎也是多少受了北边游牧民族的影响。一是晋北与内蒙古比邻，古时一向是你攻过来、我攻过去的边防交战区，两边民风互为影响是难免的。二是这一带的摔跤赛，都以一只活羊为最高奖品，而牛羊正是游牧民族所最珍重的。即使这种重视健身的风气，真是由杨家将遗留下来的，我想它也是一种“被动式”的健身传统。因为这种强身健体是为了对付异族的入侵，至少这种传统在起因上是为了别人吧。而且，这种边关地带的习武尚健风气，对于整个汉人来说，似乎也没有多少代表性。

中国的武术是我们真正的国粹。但它在高度艺术化以后，已经不是人人可以操练的了，“武林”就像“文坛”一样，在社会中早已树起了篱笆。我想，武术在起源上也是出于对付外在的罪恶，防范“外人”的侵害，似乎也是一种被动式的健身术。现在少林武术又誉满天下了，而且现在的天下比以往的天下也大得多了，国内外、海内外都给少林武功镇住了。然而，少林武功出自佛门，终究落在一种难以化解的悖反中。佛教是所有宗教中“出世”最彻底的宗教，它也最彻底地反对“杀生”。而武术呢，它是要在人世中分一个高低，而且是靠武力来分一个高低，这武力又以杀伤对手的能力论高下，这与佛门的教义显然是针锋相对的。佛教和武术是怎么统一于少林的呢？由此，好像已经生成了许多的故事，写就了许多的书，但都将这个悖反隐藏于出神入化的武艺后面了，不去深究。佛教是外来的，而武术却是我们的国粹。难道“文弱”的汉人是一个喜欢凭武艺来分高低的民族吗？现在流行的港台武打片，包括港商出钱、我们出武功的少林系列武打片，似乎就是在不断证明我们是这样一个民族！

所以，当我看到匼河人的“背冰仪式”时，我第一次真正可以怀疑：我们汉人可能并不是天生“文弱”或一直崇尚“文弱”。我也发现了：我们汉人在“人之初”就有“主动式”健身术了。我们并不天生“文弱”，我们也并不天生“好斗”。在严冬赤身背冰，这能危害谁呢？那挑冰的铡刀，刀刃是对自己的。匼河人这种奇特的健身仪式，的确有太浓重的“民初”色彩。它在匼河是怎样从“人之初”一直保留至今的呢？这个题目也可以写一本或者许多本书。

但是，在匼河之外，我们这个世界上人口最多的民族，是怎样丢失了自己的健身术，怎样不再崇尚自身的强健，怎样只留下了武术而丢失了汉人的体育？自从我们不再崇尚身体的强健之后，我们转而去崇尚什么了？崇尚礼，礼仪、礼教，然后用这礼把我们自己束缚起来，变得“文弱”？或者是崇尚理、道，为一元的理、一统的道争论不息，进而打斗不息，文“攻”武“治”？匼河人奇特的健身仪式，在现代人看来可能不够文明，但我们的民族是否因为文明得太久了，以至失去了强健，因“文”而“弱”？

现在，我们中国人已经不是“病夫”了，甚至已经成为体育大国。只是，现代意义上的体育，却是从赐我们为“病夫”的西洋人那里全盘引进的。所以体育对于我们中国人来说，至今仍然带着太重的“他律”性，远没有还原为一种与生俱来的天性。现在，似乎只有在争夺世界金牌的时候，全民族才会一齐瞪大了眼睛，盯住了体育。这个时刻一过，我们就把体育丢在一边，投入了另一种狂热：包装自己。

现在中国人正狂热地用世界最流行最“名牌”的时装、最高级最“法国”的化妆品、最科学最“海外”的美容术，还有最珠光宝气最“贵族”的饰物，把自己包装起来。然后再狂热地拥往能够展示这包装的酒吧和歌厅，为把音乐变成噪音的卡拉OK选手呐喊助威。勤劳勇敢的中国人，正这样勇敢地过一番“贵族”瘾，可能因为在我们中间已经很久没有贵族了。同时，在我们的夜生活中，也已经很少有狂热的体育比赛了。

现在几乎每一个大城市都发出了宣言：把自己尽快建成国际大都会！但哪一个城市有自己的狂热的“赛季”呢？在这样的“赛季”，在这“赛季”的夜晚，全城万人空巷，拥往赛场，为没有任何包装的人类体能呐喊助威——这是国际大都会的一种现代景观，也是它的一个不能少的软件。也许，我们已经有了自己的“赛季”，只是不是体育比赛。

我所居住的这座大城市，也同样高呼：向国际大都会进军！前几年投资数亿巨金，建成了一座现代化的体育场。据说，里面足球场的草坪以及保养这草坪的成套设备，都是从美国进口的。建成后举办的第一场狂热的“赛事”，却是从京都“请”来红歌星，让他（她）们乘着敞篷汽车，沿着同样进口的塑胶跑道，绕场一周或两周，在他（她）自己的歌带的伴奏下，一边做唱歌状，一边检阅看台上数万未来国际大都会的居民。我们这些居民们为了接受这样一次傻冒式的检阅，不仅付出了高额票价，而且还接受了复杂的安全教育，穿越了民警的重重岗哨，才得以入场退场。

在我住所的附近，是我们这座城市的老体育场。虽然有了新体育场，但这座城市仍然没有几座体育场，离国际大都会的标准可能还相差太远。在去年的房地产热浪里，这座老体育场已经在一份“意向书”中被卖给了香港某大亨，这位大亨的“意向”是要在这里盖一座摩天大楼，摩天大楼是国际大都会所需要的，体育场呢，可有可无吧？

也许，在向国际大都会的进军中，不仅是摩天大楼，连音乐也比体育重要，这音乐当然是歌厅里的音乐，是易于被任何人将其变成噪音的音乐。我们这个城市里的歌厅已经可以同国际水平同步进步了，升级换代就同电脑软件的版本一样日新月异，一家歌厅投资数千万元更新一次，已不算新鲜。我想，体育或者其他任何事业，要有这样的发展速度，那还了得吗？

我不是体育爱好者，也不是音乐厌恶者，我只是想：我们汉人如果都像匼河人一样，能将“人之初”的那样一种带着苦行色彩的健身仪式一直保留至今，那我们这个民族今天会是一种怎样的面貌呢？

写于1994年5月

莎翁不“潇洒”

近日偶翻莎士比亚的集子,翻到《雅典的泰门》,不由就读了下去。这很可能是因为黄金在这个剧本里是个很重要的角色,而黄金在今天的社会里也是一个很“火”的角色了。

现在,哪个时髦的女人没有几件黄金首饰呢?

我曾经生活过多年的一个县,前年听说那里发现了金矿,去年就听说因为淘金出了人命案。是本地的淘金者用自制的火枪把外来的淘金者打死了。

新近又从新闻媒体中得知,“马家军”将士一人得了一块一公斤重的真金奖牌。为国争了光的“马家军”,这“光”肯定比几公斤的黄金值钱。不过,将象征性的金牌变成真金的金牌,这再次有力地显示了黄金在当今是怎样“火”的一个角色。

稍早,也是从新闻媒体中得知,在去年十月我国发射的第十五颗返回式卫星上,搭载着几样“金质物品”。其一是一尊大约十厘米高的金质观音菩萨铸像,其二是与金观音同样大小的金质如来佛铸像。据报道说,这两尊金质佛像是“香港客户的私人物品”。与这两尊金质佛像一起搭载的，还有一枚镶着四十四颗钻石、正面印有毛主席晚年浮雕头像的纪念币，是用18K金铸成。据说这是某民间公司限量发售的毛泽东一百周年诞辰纪念金币中编号为“8341”的那一枚，计划遨游太空之后，在京举行隆重的“开仓”仪式，并进行国际性拍卖。此外，金质物品中还有一块用24K金压铸的面额为五十元的美元制币模版。佛家圣像，中国当代第一伟人纪念币，美元制币模版，这几件代表着完全不同的价值观的物品，却被黄金“同质”化了。而所有这些金质物品，又都是计划在搭载卫星遨游太空后，能实现幅度以天文数字计的增值。这真是很有意思。可惜的是，这颗返回式卫星升空后控制系统出了故障，没能预期返回，至今仍在太空遨游着。它很可能要一去不复返了。据说我国迄今共发射了十五颗返回式卫星，前十四颗都成功地回收了，只有这一颗出了问题，没有收回来。由此好像正在生成许多的民间故事。但有没有莎士比亚式的戏剧性，我不知道。

泰门在莎翁笔下，也是一位可以与拥有金质佛像的“香港客户”比肩的“大款”。不过他不是暴发户，而是一个正经贵族。在做“大款”的时候，他也是穷奢极欲，灯红酒绿，随手慷慨馈赠。只是莎翁还没有让这个泰门摆一席数十万元的“豪门宴”，也没有来得及叫他坐上“林肯”牌轿车，没有让他点一支价值千金或万金的歌，他就败落了。莎士比亚显然没有我们今天的款爷们潇洒，他不让泰门“千金散尽还复来”，而是叫这个可怜的贵族“千金散尽不复来”，很快沦为一个破落户，穷光蛋。

走投无路的泰门，只好向昔日他馈赠过、赞助过、施舍过的人们去乞求施舍，只好去巴结那些昔日巴结他、赞美他、崇拜他的人们。但所有这些人都变得冷酷无情了，没有谁再理睬他。

泰门离开了城市，栖身于山野一处洞穴，连我们的白毛女都不如，没有神庙里的供品可以偷吃，只能挖点野菜充饥。莎翁是要把他的这个人物置之死地而后生吧，否则何必这样狠心呢？果然，有一天，泰门在挖野菜的时候，挖到了一块金子。

咦，这是什么，金子？黄黄的，发光的，宝贵的金子！

黄金，当它沉睡在地下的时候，形体是美丽的。

诗人用黄金赞美秋天，求婚者用金发赞美女郎。

不过，这时的泰门却没有赞美黄金。意外挖到的黄金并没有给他带来意外的喜悦，相反，他仿佛是意外地找到了一直在寻找的仇敌似的：他开始诅咒黄金。

你们这些天神们啊，为什么要给我这东西呢？

这东西会把你们的祭司和仆人从你们身边拉走；

把健汉头颅底下的枕垫抽走；

这黄金的奴隶可以使异教联盟，同宗分裂；

……

只有这么一点点儿，就可以使黑的变成白的，丑的变成美的，错的变成对的，卑贱的变成尊贵的，老人变成少年，懦夫变成勇士！

……

它可以使得受诅咒的人得福，使害着灰白色癞病的人受众人敬爱；

它可以使窃贼得到高禄显位，和元老们分庭抗礼；

它可以使鸡皮黄脸的寡妇重做新娘……

该死的金块，你这人尽可夫的娼妇！

泰门在重新得到黄金之后，他并没有把黄金的丑恶“消解”了，他仍然想不开，他仍然对自己因黄金因财富所饱尝的世态炎凉耿耿于怀，甚至刻骨铭心，他诅咒失而复得的黄金。他在这种诅咒中，同时也仍然在饥寒交迫中，死去了。

泰门的这种死法，显然是莎翁的意思。伟大的莎士比亚的确没有我们现代人“潇洒”，他为什么要给款爷泰门安排这样一个既悲惨又很“傻冒”的下场呢？用我们经济学家、历史学家的眼光看，莎士比亚让他的泰门所诅咒的，其实就是英国早期的资本主义，代表历史前进方向的新生事物；

黄金虽然有丑恶的一面，但它推动了历史的前进，一直推动着英国进入了现在的发达资本主义阶段。可惜，英国人从来也没有诅咒过他们的莎士比亚，没有指责他缺乏历史眼光和经济头脑，没有指责他不拥抱当时的时代“主潮”，相反，他们一直以英国能有伟大的莎士比亚而自豪得一塌糊涂。英国人是不是也有点“傻冒”呢？

但马克思也是非常喜爱莎士比亚的。

黄金的确是一种很好的金属。它密度大，熔点高，色泽华美，质地均匀，易于分割，有惊人的延展性，不受任何单一酸、碱以及光的腐蚀。这都是它的自然属性。它的丑恶，那是人们赋予它的社会属性。但无论是它的自然属性，还是它的社会属性，好像都没有一条说黄金具有“可食性”，也就是把它当食物去吃。

但在今天，二十世纪末，黄金的“可食性”已经被发现，并被引进到以“吃的艺术”闻名于世的中国大陆。据某新闻媒体介绍，广州新光花园酒家，在一九九三年从日本引进了一种“金箔宴”。此宴是将专程从日本订购来的“金箔”，洒在刺身龙虾上，供食客一起吃掉。所谓“金箔”者，据说是将黄金打造成极薄的片，薄到一触即碎的程度，这样黏附在食物上，就很容易给人吃下。当然，可食的黄金是要实现惊人的增值的。新光花园酒家的“金箔宴”，一席十人餐，价格为二十二万港币。

我不敢评说勇于吃这种“金箔宴”的款爷们是英雄，或者是“傻冒”，我只想问莎士比亚的泰门，如果你当年知道黄金也有“可食性”，你还会诅咒黄金吗，还会甘愿在饥寒交迫中那么“傻冒”地死去吗？

写于1994年5月

闲话寺庙与酒店

住进现代的酒店，去看古代的寺庙，说这是今天旅游的一种比较雅致的模式，可能没有错。现代化的酒店，特别是上了"星级"的大酒店，那里面有高于人们平常生活的物质享受。而在现存的古代寺庙里，一般都较好地保存了悠长岁月所结晶出来的文化、艺术和人类精神中的某种东西。正像吃鱼讲究"鲜"，喝酒讲究"陈"一样，现代人在享受的时候，对物质和精神也是各有讲究，很会讲究。

也可以说，现代是一个讲究享受的时代。

山西远离海滨，有名山又不大好"玩"，所以有朋自远方来时，或有客慕名来时，或有"老外"来给我们创汇时，我们就主要是拿寺庙来招待。山西还没有高"星级"的现代大酒店，但山西现存的寺庙，绝对不乏"星"级较高者。云冈石窟，我想应该算"五星"级，也不勉强吧，不是有人说它是"世界级"艺术宝库吗？五台山寺庙群中的精品，如佛光寺、南禅寺这些曾经使梁思成为之倾倒的现世罕见的唐代寺庙，似乎也应当在四星之上的。从五台山去云冈，其间还要看应县木塔所在的佛宫寺和北岳之侧的悬空寺，这也是"国保"级（即"全国重点文物保护"级，似不好简称为"国宝"。

因为将国家级文化名胜简称为“国宝”，这是日本人的习惯——其全称为“国指定文化财”，简称“国宝”，比较切意。“保”是出于防范，不“保护”，就会被破坏，不知中国人是不是比较喜欢破坏；“宝”是立足于价值，宝物当然要珍爱，但它更值得拥有者自豪）。在云冈所在的大同市，还有另几处“国保”级的寺庙。这是一条真正的黄金旅游线，在这条黄金线上，穿着一串“国宝”——为了形象，只得借用日本鬼子的说法。

山西还有其他几条够级别的旅游线，每条线上也都穿着一串“国宝”。

在寺庙里放置着“宝”，这其实也不是晋地的特色，这里只是有较多的寺庙精品被保存下来了吧。古代悠远的岁月中，寺庙可能一直是比较重要的一种公众性建筑物。

与云冈石窟齐名的龙门石窟，即是北魏由平城（今大同）迁都洛阳后，似乎是为了把云冈那一个大佛的世界也迁来新都，而继续开凿、营造出来的。结果，就在云冈之后，又给我们留下了另一个世界级的艺术宝库。

顾炎武在《历代宅京记》中，依据历代典籍，对北魏时代的京都洛阳的城建，做了相当详尽的描述。其中，提及最多的建筑，是“宫”“门”“寺”。当时“京师东西二十里，南北十五里，户十万九千余”，而城中寺庙就有一千三百六十七所。用现代统计学的说法，当时的京城平均每八十户人家就拥有一座寺庙，可见寺庙在当时是怎样重要的公众性建筑物。顾氏重点描述了其中的最著名的二十多所大寺，因为这些大寺与皇室及本朝的政治生活有过密切的关系。今天仍然存在的名闻遐迩的白马寺，虽也厕身于间，但远不是这些大寺中的“大腕”。我想，白马寺之外的这些大寺，有任何一座“残留”下来，都会像白马寺一样跻身于“国保”或“国宝”之列吧。可惜它们大多没有这一份福分，早早地成了地下文物。

“宫”显然是放置权力的地方。“门”，似乎可以说是权力借以规范世俗社会的一种标记吧。“寺”，则是整个世俗社会，也就是包括从皇帝到平民之间的所有人放置精神的地方。

然而，在中国的文化里似乎一直就没有给宗教留下生存的空间——

大家一直都这样说。所以，在我们的漫长的“中世纪”里，并没有发生西方那种“政教分离”的变革——由皇家统治世俗社会，由教会管理精神世界，各种各样的教堂、圣母院、修道院，也就成了放置精神的地方。我们的皇帝们都是万能的万岁爷，他们既统治世俗社会，也统治精神世界，他们既有经世纬国的文治武功，又是天子——上帝之子，就像西方的基督耶稣一样。所以，我们的精神世界一直和世俗社会缠绕在一起。在我们的文化中，所占位置最接近于宗教的儒学，就以积极入世和关注现实人生为最基本教义，它没有或者说它不重视终极关怀。所以它不是宗教。儒教似乎也有自己的寺庙，但却没有自己的偶像。即使在大建佛寺的北魏，佛教似乎也没有成为超然于皇权之上或之外的那种真正意义上的宗教，就如它在自己的故乡印度，基督教在西方，回教在阿拉伯世界。

云冈石窟中，开凿最早的“昙曜五窟”，据《魏书》记载，是以本朝最早的五位皇帝为“楷模”而雕刻成的五尊大佛。而在龙门石窟中，雕刻最精美的那尊大佛——奉先寺主尊卢舍那佛，据专家研究是以当时在位的则天女皇为“模特儿”塑造出来的。她为塑造这尊大佛“助粉脂钱二万贯”，则有碑记可证。这最典型不过地说明了，中国人在寺庙里大造神佛，其实只为了证明皇帝的王权神授，证明皇帝们不仅是世俗社会的至尊者，也是精神世界里的至圣者。而一般百姓到寺庙里所祈祷的，也并不是自己精神的提升，灵魂的净化，多是些世俗的欲望。

所以，说中国的寺庙并不是真正意义上的放置精神的地方，是应该相信的。

不过，我想，既然寺庙在中国仅仅是世俗社会的一种精神点缀，那么为什么在历朝历代，都一直在建造寺庙，在从京城到边地的东西南北中，都建造了那么多的寺庙？而且，一时一地的寺庙，往往总是当时当地的最出色的建筑。贫穷的百姓总是为寺庙慷慨捐资。无名的建筑师、画家、雕塑家，民间的各种能工巧匠，总是能在寺庙的建造中留下自己的杰作乃至绝活，令后世永远惊叹和迷惑。我想这其中可能存在着隐性的原因——

如果不是深层的原因。

我不知道人类的精神世界是不是应该被世俗社会长久地缠绕，也不知道世俗之界是不是精神的家园。我只是想，加力和反加力，作用和反作用的物理原理，在这里会不会起作用？长久被缠绕的精神世界，会不会产生一种企图挣脱缠绕的冲动，或者说反加力，而且由于这种缠绕是“命定”的或恒定的，所以那冲动或反加力也就是长久活跃的？这能不能解释在没有宗教的中国，却一直存在特别旺盛的建造寺庙的热情？

中国人喜欢一元，不能理解多元。在中国漫长的封建社会里，世俗社会和精神世界通过皇权缠绕在一起，成为一元，人们把一切都寄托在这一元上，也只能寄托在这一元上。但当一个人感到被这一元抛弃，或者感到这一元不再能依靠时，他就陷于无助的境地了。中国人被皇帝抛弃，他不能向上帝求救。而人间皇帝的王法，总是比天界上帝的慈爱要苛严得多，也就是容易触犯得多。所以常人被皇帝抛弃的时候总是很多，他们陷入无助的境地也总是很多。人在无助的时候，总是要本能地产生一种求助的欲望和得救的幻想。中国的寺庙，可能就是接纳人们这种求助的欲望和得救的幻想的地方吧，我想。

而那些建筑师、雕塑家、画家们，那些能工巧匠们，在营造寺庙的时候，一定感到了一种挣脱世俗社会缠绕的快感，一种远离皇权统治的轻松，因为这一次他们“伺候”的不再是人间的“东家”了。很可能就是精神上的这一点轻松和快感，解放了他们的想象力，激发了他们的创造力，使他们的艺术潜力忽然苏醒，使他们的技艺如得神助——他们实现了一次超水平的发挥。虽然中国的寺庙建筑，同样存在模式化的雷同感，但比起营造人间宫室来，它毕竟最少“定制”。神佛的无所不能、无所不在，为艺术创造提供了在人间难以得到的自由度。我想，这也许是它们之中的精品能够达到较高“星”级的原因之一吧。

在寺庙里被营造出来的，其实是一种气氛，一种被永久放置在那里的气氛，一种俗界没有或者难以长存的气氛。这气氛是为精神营造的。在残留至今的寺庙,那气氛不是也残留着吗?

在现代一时一地最好的建筑,早已不再是寺庙,而变成大酒店了。大概中外都如此了。中国打倒了神仙,西方的上帝死了,因此再不需要营造放置精神的寺庙了。现代是一个讲究享受的时代。大酒店正是现代人放置享受,放置世俗欲望的地方。一个现代大都市的全部水平,从物质文明到文化创造所能达到的最高水平,可以说在它那些林立的大酒店中都可以得到充分的展现。在那里面放置着的,不仅是独特的建筑风格,先进的高科技设备,昂贵的内部陈设,包括"国宝"级的古玩和艺术品,还有豪华的场面,优雅的气氛,狂热的宣泄,得体的或特约的服务,等等所组成的无所不能、无所不包的享受。这很可能是一个无比巨大的进步。因为在享受的同时,世界上最重要的人物们,很可能是大酒店中促成了他们最重要的事情。当然,世界上最大的黑道人物,也可能是在大酒店中谋划着他们最大的罪恶。我想,如果过去的皇帝能活到现在,而且仍然至尊至圣,很可能他会要现代的大酒店而不要他的皇宫。文莱国王,就在到处购买大酒店——他不住不属于他的大酒店。

北京的故宫以及许多处举世无双的皇家园林,现在已经被不断高高站立起来的越来越多的现代大酒店俯视在脚下了。北京也因此更像一个国际大都会了。

广州早几年已经是这样了。上海也正在这样。在太原,这样的现代大酒店已经林立在发展规划的沙盘上了,精致的模型就同真的一样迷人。有的大酒店,已经举行了隆重的奠基仪式。

这一切都是很好的。

在过去了许多许多年以后,比我们更加现代又现代的后人,他们去旅游,住在他们那个时代最好的大酒店,然后去看我们这个时代最好的建筑物,他们就又走进了大酒店——我们这个时代"残留"或者"幸存"下来的大酒店,他们会产生什么样的观感呢?对于我们把最伟大的建筑用于放置物欲和享受,他们会不会敬佩得一塌糊涂?住在现代的大酒店,去参观古代的大酒店，他们会不会因为这种单调而高兴得一塌糊涂？

谁能知道呢。

写于1993年7月

给老屈老陶打电话

我一直觉得我们的端午节，是一个甚可玩味的民间节日。

在晋中一代的方志中，对端午节做了这样一些类似的记述："五月五日，端阳节，祭先祖，戴艾，悬艾虎，饮菖蒲酒，采百草，射柳为乐，小儿系五色寿丝，织作角黍相赠。"端午，就是夏日的开端。在这个时候，戴艾，悬艾，喝菖蒲酒等等，可能是为了驱邪祛毒之类的意思吧。这些连同"射柳"、系彩色"寿丝"等习俗，现在已经基本见不到了。但现在我们在端午节还吃"角黍"。

角黍就是粽子。全中国在这一天大约都要吃粽子。

七十年代，是中国农村普遍贫困的年代。那时，我在晋北农村仍然看到端午节一定要吃粽子，而且仍然吃得隆隆重重。大多数农家，为了在这一天能隆隆重重地吃粽子，差不多要经过一整年的积累和准备。这可见那时农村的贫困，但也更可见农民对粽子的"忠诚"，虽贫困而不能移。

传说端午节有纪念屈原的意思在内，在中国北方可能就主要体现在粽子上吧。"为祭屈原，作此投江，以饲蛟龙。"粽子是南方食品，这是很显然的，但它成为全国性食品，在广大的北方生根开花，普及到每一个农妇都必定会制作，这恐怕是“南食北化”的第一份。它之所以能如此，是沾了屈原的光，它已经不仅仅是一种美食，它是一种文化仪式。

在南方，这一天除了吃粽子，还要在江河之中举行“龙舟竞渡”，传说也是为了屈原——仪式化了的打捞屈原的场面。

端午节是中国民间的四大节日之一。在这四大民间节日中，只有在这一个节日中积淀着纪念一个具体人物的意义在内。而这个人物，不是某某神仙，也不是哪位皇帝，而是一位被皇帝抛弃的大臣，也就是说他不是一个建立了伟大功业或者创造了奇迹的成功者。在政治上，屈原是一个失败者。他虽然有不凡的政治抱负，但皇帝并不欣赏，很可能正是因为他有这样一种不凡的抱负，皇帝才下决心把他抛弃了。他先被革职，后来又被“放逐”，不许他靠近政治，只许在楚国的江河之畔流浪。他明白他的抱负再也不可能实现了，他就投江而死了。

他终于没有能在政治上建功立业，也就是对即将灭亡的楚国，他并没有能挽狂澜于既倒——他一直想这样做，这是他的理想，但他没有机会这样做，他绝望了，他为了自己的理想死了。同他一起死去的，还有他的楚国。屈原是在自己的脖子上系了一块石头，沉到碧绿的汨罗江里了，而他的楚国却是被腐败捆绑着，给秦国杀死了。可能正是因为这样，楚国的老百姓不想忘记这个失败者，不想让汨罗江里的蛟龙吃了他的尸体。后来，被秦国统一了的全国的老百姓也都不想忘记这一失败者，他们都隆重地吃起了粽子。

屈原还是一个博学的文人，一个非常伟大的诗人。作为文人诗人，他是伟大的成功者，因为他留下了不朽的诗文，两千多年以后的今天，它们依然光彩夺目。他的死法也是诗人化的，为了不能实现的理想，自沉到碧绿、美丽的汨罗江中了。不过，我想，全国的老百姓，包括全国的农妇，他们可能不尽是因为屈原是一个伟大的诗人，一个有风骨的文人而每年那么隆隆重重地纪念他。如果真是这样，中国的每一条江河都会变得像汨罗江那样碧绿、美丽。

孔子也是一个政治上的失败者。他周游列国,向各国的皇帝推销他的理想,但没有一个皇帝给予欣赏。他很失意,他一生也没有得到建功立业的机会,但他没有为自己不能实现的理想去死,他也没有到处流浪。他在自己的家乡办起了中国最早的"补习班",向参加"补习班"的学员们教授如何去实现理想。可能正是因为这一份聪明,后来的皇帝们一直不想忘记他,一直在正儿八经地纪念他。他也被纪念了两千多年了,只是他并没有像屈原那样在这漫长的纪念过程中,被仪式化为一只粽子,而积淀到我们民间节日中,他所受到的纪念,也远不像屈原所受的那样浪漫,那样宁静,那样没有争论。

今天我们在端午节吃粽子的时候,已经很少想到那位"想不开"的屈原了。在《简明大不列颠百科全书》的"端午节"条目下有这样的话:"相传节日起源于纪念战国时伟大爱国诗人屈原","后来这一活动逐渐变成欢乐的节日"。粽子在北方变成了一种美食,而龙舟竞渡在南方变成一种狂欢。把纪念一种悲壮之死的节日,变成了一种欢乐的节日,这是"仪式化"的必然结果,还是体现了一种孔子式的聪明?我不知道。但我知道这很符合近年在社会上很流行的也就是很"潮"的一句话:"不要活得太累!"把屈原伟大、美丽但毕竟是悲壮的死,背负两千多年,可能真的是"太累"了。我只是特傻地想:感到太累了,为什么不能把它遗忘,却要"反弹"而去,化为欢乐呢?

今年在商业大潮中,我们过端午节仍然吃了粽子。"下海"的商人们,也很做了一笔粽子生意。吃粽子的前后,一般老百姓议论的是与粽子相关的物价,而商人们议论的是与粽子生意相关的盈亏。然后,大家又照常去上班下班,下了班照常看电视。电视的"点歌台",在这一天并没有人为伟大的屈原点一支歌。"热心观众"所点的歌曲,仍然是港台天王们所唱的充满脂粉气的"劲歌":"我怎么能够说忘就能忘,你留下的一切,但我却怎么也记不住你的容颜。"

据某流行小报报道,在国外某圣地,已经开辟了可以直通上帝的电话。当然，电话的那一头，并没有接到天庭上帝的办公桌上，而只是插入了圣山的一道石缝里。但我还是由此而特傻地幻想：我能不能也给屈原拨一个电话，除了直接请教有关《离骚》的难点和《天问》《九歌》的真伪，还想说，老屈，你不要活得太累！你被怀王去职后，为什么不以"前三闾大夫"的名义开一家实业公司？你想不开，你美丽地死了，但向皇帝进谗言的子兰和靳尚之流，却活下来了。再说，你也可以像孔子似的，去开办一个补习班，教授理想或文学，都行。

我还特想给老陶——陶渊明老先生拨一个电话。

陶渊明好像是一个与屈原很不同的人。相同的是，他们在仕途上都是失败者，又都是一个博学的文人，伟大的诗人，他们的诗文都一样至今光彩夺目。但在对待仕途沉浮上，两人就大有差别了似的。屈原好像特"想不开"。被忧患缠绕，不得解脱，最后以死抗争。陶渊明好像正相反，特"想得开"，大爷可不愿为"五斗米"折腰，挂印而去，自己把自己的官给免了。然后悠然隐居山林，种菊花，喝酒，当然也得享受清贫，只是无怨。

陶渊明对酒的爱好，恐怕甚于诗。"平生不止酒，止酒情不喜。暮止不安寝，晨止不能起。"但他常常清贫得喝不起酒，亲朋好友有了酒就常常叫他来喝。他去了也就常常喝个一醉方休。从这一点上说，他可能还是有些"想不开"。

中国文人为什么要读书，要博学，要写诗？学而优则仕。读书为的是做官，而不是为了当一个知识分子。在中国的封建社会里，并没有"养"知识分子的科研所、研究院。远离官场后，知识分子很难以自己的知识来谋生，来取得比较高的收入，所以，想喝酒，想天天喝酒，你一定要去做官。所以说，老陶还是有些"想不开"。

但老陶这种不为"五斗米"折腰的精神，还是在为学而优则仕奋斗的封建社会的知识分子中积淀下来了。这有点值得玩味。其实也不难玩味。在漫长的"中世纪"里，全社会的知识分子都拥挤在一条仕途上，被拥挤下来者，他们就想起了老陶。虽然老陶是自己逃离了仕途，他们却是被一种

“官场效应”抛出了仕途，但他们感到在这时说一声“大爷不愿意为五斗米折腰了”，是很需要的，他们在官场折腰也折得太累了。之后无事可做，只有真情实感，就写诗作文。很多大家，都是在仕途失意之后，写出了他们一生中最出色最天才的光耀后世的诗文。老屈也有点是这样。

所以，老陶这点精神是对学而优则仕的一种补偿吧。

现在，知识分子已经可靠自己的知识来谋生了。

而且，现代人也聪明得多了，他不为“五斗米”折腰，但可以为“六斗米”折腰，这样既发扬了老陶精神，又可得到更多的“米”。

所以，我想给他拨一个电话：你当年为何不为“六斗米”折腰？

我还想告诉他，我这里有酒，请你来喝酒。

写于1993年7月

遥望米罗

去年在北京小住时，赶上了米罗画展首次来华。能赶上看这样一次好的画展，当然是幸运的。所以，我首先想到的，就是必须选择一个读画的好时机。米罗艺术大展是在三月底开幕的，传媒上照例说：当时盛况空前。我想，这一次的盛况空前可能是真的。但我必须耐心等着这盛况的洪峰汹涌过去。我去的那天，已是四月十九日，盛况果然已不复见，展厅里呈现出的是往常的那种静穆。

这也正是我所希望的。只是，那天的静穆又有不同。

我可能属于那天午后的第一批观众吧。进去的时候，展厅里空空如也，只有米罗的尺幅很大的画作，逼近了包括我在内的三五读者。我分明产生一种紧张感。那可能是面对了米罗的真迹所产生的激动，也可能是对米罗这种"原装"的现代性所产生的惊愕。但我还是感到，这种忽然出现的张力，可能会影响我深入眼前的这个艺术世界。展厅里，有米罗的巨幅照片，我看那是一个慈祥的西班牙老头，同他那个兽性洋溢的老乡毕加索相比，完全是不同的两极。这次艺术大展，又被命名为"米罗· 东方精神"，我似乎应该宁静安详地读画，何况展厅里又是这样的静穆。

可惜我还是难以宁静安详下来。

在中央展厅里，我这样只看了几幅画，就又有一批观众进来了。这一批，人多些，有一二十人的样子吧。只是，这批人一色都是年龄相仿的少女，十五六岁那种年龄。她们又差不多全是“牛仔系列”的着装，样式各异，颜色都是那种显得净洁的淡淡的灰蓝色。她们又都没有化妆——在都市里现在难得一见的一群不化妆的少女。她们进来的时候尽管知书识礼，谨言慎行，文文静静，但这里原有的静穆，还是立刻给她们打破了。

她们很快散满了中央展厅。显然，她们也很快就进入了米罗的艺术世界：她们发出了小声的议论，还有极力忍耐的笑声，有人把眼睛凑近画布，有人则像那种在行的大家似的，凝视着画面发愣。她们并不循着什么顺序，一幅画接一幅画地读下去，而是飞来飞去的，忽前忽后，忽东忽西。她们分明给展厅里带来了一种有点冲击力的不安气息，犹如一股无形的洪峰。

那天，在她们之后就再没有来多少观众了。我想等待一下，等她们这个小小的洪峰过去之后，再静静地读米罗。就在这企图等待的当时，我发现自己的那份紧张感没有了，我与米罗之间的那份张力，似乎早已被翩然而来的这股无形的洪峰冲垮了。我开始在米罗的画作里，看到了一种孩童顽皮的东西。

我有些明白了，我已经不需要等待什么。我已经进入了米罗的世界。这群少女所带来的那负载的青春张力的洪峰，那文静、净洁而又灵动、饱满的气息，已经将米罗的艺术世界晕染开，由墙上的画面向整个展厅弥漫而来。放肆的色块飘飞过来，顽皮的线条狂舞而去，一个美丽的光团正开心地闪烁着，几种神秘的音响又呼啸而至。我提醒自己，你得机灵点，小心不要给它们碰撞着。因为这里的一切都有太旺盛的生命，又太不守规矩。但我好像没有来得及怎样躲闪，就已经被掩入一场很单纯的游戏，接着又被卷入一次即兴的狂欢，甚至已将自己变形，变得轻柔，透明，脱离了地球重力，自由地飘飞在同样变了形却甚为明净的山河田园之间。

不过，我慢慢宁静下来了。那些诱我飘飞的少女们，她们还在自由自在地飘飞，变幻，兴致犹浓。我却开始感到，米罗的这个世界离我们还是太远了。

米罗离他所向往的东方，还是太远了。

他这个一脸慈祥的西班牙老头，在遥望东方艺术的时候，可能也带着太重的童真。东方的笔墨情趣，虽然没有受过西方文艺复兴以来那个科学写实体系的捆绑，但它想自由飞扬也不容易，仅仅是悠长的岁月，就在其上堆积了太多难以理清的重负。米罗没有看到这一面，他或许根本就不想看破这一面。他一生都在用那种孩童的眼光，或者是原始人的眼光——人类童年的眼光，看这个世界，画这个世界，重塑这个世界。他不看破这个世界，这个世界就永远是他自由飞扬的乐园。他以二十世纪成人的理智，锤炼着他那灵动、饱满、变幻无迹的童话。

与米罗相比，我们东方却是太"老到"，太看破了红尘。东方艺术锤炼着，追求着，崇尚着，正是一种老到的境界。老到，有时是一种精炼，一种淡出，一种彻悟，一种返璞归真，但常常也是一种狡猾，一种机巧，一种世故，一种道貌岸然。我们在超脱中，淡泊中，落拓不羁中，奔逸狂放中，常常看到的是一种失意的反弹，一种程式化的做作，甚至是一种非常实际的功利，很少是那种个性的率真溢出，那种天性的自由飞扬。

米罗在遥望东方的时候，或许看到了人类童年的一些幻象。可他的"大展"来华，我总感到反而显出的"东方精神"的苍老。我凭借了一种偶然的青春张力，很容易地进入了米罗的艺术世界，但我还是发现，他离我们太遥远了。愈深入他的世界，愈能发现他的遥远。

他的真迹近在咫尺，我却只能遥望他。

当然，我还是应该感到幸运。我毕竟面对了他的真迹，遥望了他。我还巧遇了这样一群少女，她们使展厅变得净洁，灵动，率真，充盈着童趣，那样地适宜读米罗的画。这群少女是些什么人呢，是美院附中的学生，或是在中专、职高专修工艺美术、服装设计一类的学生？我猜想是这样。但我没有问“破”这一层。我也想学米罗，不看破那天的巧遇，任她们化为顽皮飘飞的精灵，自由出入于那个遥远的艺术世界。

只是，今天想起来，一年前的这次读画际遇，也很像童话，已很遥远。

写于1996年11月

柳絮片片红

金农是扬州八怪之一，他字寿门，又字司农，号就更多：冬心先生、稽留山民、曲江外史、昔耶居士、心出家庵粥饭僧等等。旧时名士之号，有点像为自己所做的广告，金农的这些号，标明他是那种不屑仕进，浪迹山野，身隐世外的文人。他善诗文，工书画，喜金石，好游历。当然，他一生"浪迹"最久的地方，还是扬州。

他客居扬州时，盐商慕其名，竞相宴请，饭局很不少。一次，某盐商在扬州著名的平山堂大宴宾客，金农被恭为首座。首席坐了金农这样的名士，酒当然吃得越风雅越上档次。于是以古人诗句"飞红"为"觞政"，吟诗下酒。酒令轮到做东的那位大盐商，卡住了，他苦思良久，就是想不出一句。众人正要罚酒。他忽然说，有了，有了，接着就吟出一句："柳絮飞来片片红。"此句才出，席上就起了一片笑声。飞红本是状写落花，怎么能同柳絮沾上边，谁家的柳絮又是红的！主人落入被嘲笑的尴尬中，眼看就要摘面儿了，冬心先生开了金口，说这是元人咏平山堂的一句诗，并没有什么可笑啊。那一片嘲笑声立刻止息了，大家忙请教金农：这句诗还真有出处啊？金农张口就念道：

廿四桥边廿四风，凭栏犹忆旧江东。

夕阳返照桃花渡，柳絮飞来片片红。

柳絮飞红，原来还是这样的佳句！众人赶紧向主人谢罪，更惊叹金农的博学无比。其实，元代哪里有人写过这样的诗，那不过是金农为了给做东的款爷解围，即兴口占了这样四句。那位大款爷明白了这点“猫腻”，事后赶紧给金大师送去重金，盛表酬谢。

金农毕竟是有才学的，即使“傍”大款吧，也这样“傍”出了能流传后世的“佳话”。现在的文人名士，赴款爷们的饭局，也是很流行的事。只是席间已不大时兴吟诗联句，因为这类雅事毕竟太不“潮”了。当代名流们早已不屑留意古典诗词间学问，以至偶尔在文章间吟那么一两句，竟也被多事者以偷盗古人贻笑。所以当今席面上流行的是“侃”。“侃”，也称“神聊”或“海聊”，那是种不会违规，也不会被贻笑的现代“觞政”。不过，“侃”出档次，聊成“佳话”，那大概也需要才学吧。如有人将这类“佳话”搜罗起来，编一本《世说今语》，可能也会畅销，赚一笔钱的。

与金农同朝的顾炎武，也是大有才学的，可这位名士对赴人饭局却有自己不开通的守则。康熙丙辰年，他到了京都，他的两个做了学士的外甥徐元文、徐乾学，设宴为舅父大人接风洗尘。他当然也坐了上座，可喝过三巡酒，这位舅老爷就起身告退。两学士慌忙说，我们特意为舅爷预备的几道大菜，还没有上呢，您老人家来一趟不容易，今天一定赏脸喝尽兴，就是喝到更深夜阑也无妨，我们会张灯送您老回去。顾老先生一听，居然勃然大怒了，说：古人饮酒，卜昼比卜夜，世间只有淫奔和纳贿这两种勾当，才夜行吃酒，正人君子哪能夜宴不休！说得两位学士大气不敢出一声。顾炎武的守则，可能也太苛严了。不过也许正是因为这一份苛严，使他的这类逸事也流传了下来。

像金农那样，愿和款爷们在一起乐一乐，并以自己的才学为主人争个面子，然后受千金之馈，或者像顾亭林那样，连做了学士的外甥的夜宴都不肯赴，那其实都是属于文人自律的事，这样或者那样，似也无须多所指摘。只是，无论成了这样的逸事，还是成了那样的“佳话”，都会流传下来，这更是无可奈何的事。

写于1997年7月

读史札记

白银从何而来

明清时，尤其是清代，流通的货币主要是贵金属白银：银锭，元宝，碎银，以及后来的银圆。铜钱，只是辅助性的小额零钱，犹如今天的硬币。清代是禁用纸币的。晋商票号的兴起，正是依赖了当时这个货币制度的弱点。乾嘉之际，国内经济规模领先于世，货币流通量已成一个很庞大的用银量。到甲午战败，清廷只是赔款日本就是两亿两白银；到辛丑赔款，更飙升至四亿五千万两白银！中国并不是一个产银大国，这么庞大的货币用银从何而来呢？

这是我在写作《白银谷》时产生的一个疑问。适逢那时有一本《白银资本》翻译过来，读后颇有些豁然开朗的感觉。

作者贡德·弗兰克，是当今西方一位著名的学者，他这本书的副题是：重视经济全球化中的东方。书中的“东方”，是指一四〇〇年至一八〇〇年期间的亚洲，也就是从欧洲发现美洲新大陆，到它工业革命开始前这个时代的亚洲。他用翔实的经济史料证明：在那个时代，亚洲，尤其是中国和印度，是全球经济体系的中心，而欧洲则还是全球经济的次要和边缘部分。令我大感兴趣的，是书中所描述的那个时代贵金属白银在全球的流向。

哥伦布发现了美洲，也为欧洲发现了贵金属金、银的盛产地。据经济史料权威的估计，从一四九三年至一八〇〇年世界白银产量的百分之八十五来自拉丁美洲。十六世纪美洲白银的产量为一万七千吨，十七世纪为四万两千吨，十八世纪为七万四千吨。这些白银的大部分被运往了欧洲，欧洲又将其中的百分之四十运往了亚洲。留在美洲的白银，也有相当一部分横渡太平洋，经马尼拉，最终流向中国。如果再加上其他产银国流入的白银，全球白银产量的一半最终流到了亚洲，尤其是中国和印度！

白银从美洲流向欧洲，那是通过殖民手段掠夺过去的；而白银从欧洲流向亚洲，则是通过贸易交换实现的。这也可见，当时欧洲在同亚洲进行贸易中，还没有足够的商品来对等交换，只能用白银作为货币来购买中国的丝绸、瓷器、茶叶以及印度的纺织品、香料等。而中国人超了如此巨额的白银货币，并未出现通货膨胀，也说明其国内经济规模的巨大。后来英国向中国输入鸦片，正是为了扭转这种白银的流向，即贸易逆差。弗兰克由此得出结论：欧洲资本主义的兴起，正是通过掠夺美洲的白银，拿它到当时经济发达的东方换取商品，回去贸易赢利，完成了最初的资本积累，为后来的工业革命奠定了财富基础。

看看中国历史，一四〇〇至一八〇〇年，正是明朝永乐年间至清朝嘉庆年间，中国商业经济空前繁荣的时代，也正是晋商崛起的年代。当时市场上有那样海量的白银货币在流通，它的来处原来在美洲。跳出欧洲中心主义的视野，中国经济在那时就与世界经济体系形成互动，这也不应该是一个惊人的发现。

写于2003年1月

茶叶与北美独立战争

美国的建国,源自当年反英独立战争的胜利。而引发北美独立战争的,是一七七三年的“波士顿倾茶事件。”

这一年,为了倾销东印度公司积存的茶叶,英国国会通过了“茶叶税法”,规定输入美洲殖民地的茶叶,一律免付较高的入口税,却要向当地的茶商征收商业税。此举激怒了波士顿的商家和民众,市民集会抗议,拒绝给英国的茶船卸货,拒绝饮用进口茶叶。当年十二月十六日深夜,波士顿“茶叶党”强行登上英国茶船,将价值一万八千英镑的三百四十二箱茶叶,倒入大海。由此,拉开了美国独立战争的序幕。

令我感兴趣的是,当时垄断了美洲茶叶销售的英国东印度公司,它的茶叶货源是从哪来的呢?茶叶的培植和饮用,起源于中国,这没有什么疑问。但在近代,印度、锡兰、爪哇也是产茶重镇。查史料发现,中国茶种流失国外,最早在一八二七年,荷兰人福钧将中国茶种偷植到东印度群岛。印度在一八三四年才有了种茶业;锡兰则始自一八六七年,爪哇始自一八七八年。这就是说,在一七七三年以前,英国向美洲倾销的茶叶,无疑都来自中国。

一七七三年，是清乾隆三十四年。当时经由恰克图，中俄贸易已具相当规模，其中大宗即是茶叶。这是陆路。海路，当时经厦门、广州等地，以“贡赐贸易”形式，也有大量茶叶输出欧洲。英国东印度公司，可能就是通过这海陆两路，获得大量中国茶叶，然后行销世界各地，谋得巨额利润。

欧洲输入的中国茶叶，主要是红茶。当时中国的红茶主产地，在湖北蒲圻的羊楼洞、羊楼司一带。而这一带的茶园、茶厂，则是由晋商最先开发出来的。一七二七年，中俄签订“恰克图通商条约”后，晋商很快就垄断了对俄的茶叶贸易。榆次常家，即由此发家。晋商最初是从福建、江西收购茶叶，运出口外。路途遥远，成本很高。途经湘鄂交界的蒲圻一带，发现这里的自然条件与福建、江西产茶地很相似。便引入闽赣茶种，雇用当地土民种植茶树，开辟出自己的产茶基地。由于经营得法，产运销通畅，此地渐成产茶重镇。尤其是欧洲茶商蜂拥来此购茶。这里最兴盛期间，税收竟超过当时国内商业重镇汉口。

似乎也可以说，当年英国向美洲倾销的茶叶，有相当一部分是由晋商产运销提供的。但就是在今天，你要说晋商，甚至明清时代整个中国民间工商业的经营活动，影响到当时的世界经济发展，影响到当时的历史进程，这也似乎是大话。因为长期以来，这一影响既为我们轻商的史官文化所遮蔽，也为欧洲中心主义的西洋历史观所遮蔽。这双重遮蔽，使我们一直相信吾国的经济传统，就是文弱封闭，不善工商，鄙视货殖。于今立国重点移至工商经济，就只能以西洋为师，从零开始。其实任何一种移植，没有本土的文化传统做母本，都是难以长成参天大树的。既去除我们史官文化的遮蔽，也去除西洋史观的遮蔽，似乎才可能建立起对自己本土文化传统的自信吧。

写于2003年1月

也说马嘎尔尼叩门

加入WTO后，二百多年前英国马嘎尔尼使团来华的旧事，在坊间又常常被提起。流行的说法是，由于清廷不肯在觐见皇上的礼仪上"通融"，致使中国错过了一次"主动开放"，融入世界主流的机会，落后至今。近年因写晋商小说，多翻阅了一些经济史料，感觉这种说法有些错将"杭州作汴州"了。

马嘎尔尼使华，是在一七九三年，也就是清乾隆五十八年。当时中英两国的国力对比如何呢？真是"天下最传统的国家"面对"世界上最强大的国家"吗？一八〇〇年前后，"中国的人口已经超过了三亿，几乎为包括俄国在内的欧洲的两倍，同时可以有把握地说，它的国内市场和国内贸易也远远超过了欧洲"。这是费正清在《剑桥中国晚清史》中所做的评估。而另有研究说，当时，即清乾嘉之际，中国的经济总量差不多占到了世界的四成！而当时的英国，圈地运动还没有完成，工业革命刚刚开始，远未达到"船坚炮利"的强大程度。马嘎尔尼来华的船队，也只三艘，都是以风为动力的木帆船，中途被大西洋的风浪吞没了一艘，主船的桅杆也曾折断。所以，至少可以说当时的英国并不比中国强大。使臣来办外交，又傲慢地不想遵守人家的觐见礼仪，遭受一次冷脸，也不是什么意外。想想我们申请“入世”十三年，又受了当今强国的多少冷脸！英国对这次冷脸所以耿耿于怀，其实是因为它当时正处于海外殖民的扩张期，首先是它需要中国这个大市场。马嘎尔尼来叩中国之门，是他们想进来“圈地”，并不可能是邀请我们出去，参加他们当时瓜分世界的强国俱乐部。在当时的历史语境中，这应该是非常分明的事实。

不妨做一种假设，当时的乾隆非常“开明”，不拘礼仪，给了马嘎尔尼他想要的一切，那后果会怎样呢？是否就不会有后来的鸦片战争？看看当时的印度，答案就有了。印度也是东方文明古国，当时的经济也比欧洲发达，尤其是纺织业早占领了英国市场。印度可没有拒绝英国的叩门，早在十七世纪就“放”英、荷等国进来贸易了。可英国并没有兑现“自由贸易，协定关税”的诺言。它进印度市场，关税特低；印度进它的市场，关税奇高。印度的纺织业就这样给挤垮了。而且，英国在印度取得的贸易权，慢慢演变成为行政权；以商贸为名义的“东印度公司”，早变成海外殖民的大政治集团。一七九三年马嘎尔尼使华的时候，印度已经完全变成了英国的殖民地。印度是“主动开放”了，可除了被迫将英语作为第一官方语言，它并没有融入世界主流，落后依旧。

当今世界能有“世界贸易协定”，一个重要的原因，恐怕还是因为西方经济强国的殖民扩张政策终结了。也就是说，世界进步了。中国能“入世”，说明中国进步了，世界也进步了。这是今天的语境。

用一八四〇年以后的语境，去叙述一七九三年的历史事件；用今天的语境，去叙述过去的历史；或者用殖民国的语境去叙述被殖民国的历史，这都是历史写作中最容易犯也最不应该犯的错误。

写于2003年1月

谁先证伪“东亚病夫”论

一九〇〇年“庚子事变”发生，清廷弃京出逃，取道山西，“驻銮”西安。当时攻入北京的八国联军，其实还群龙无首。联军统帅瓦德西，是事变后才推出、两个月后才履任的。他到中国后，便指挥一支德法联军围攻山西，当然是想亲手建立战功。直到第二年春天，德军由娘子关、法军由故关，才联手攻入山西边境。但就在破关的当夜，德法两军就遭遇了守关的刘光才总兵的埋伏，几乎全军覆没。八国联军到底也没有攻入山西。我在《白银谷》中写到这段历史。至于瓦德西遭此败绩后又有什么动作，因与小说情节无关，就未做交代。

其实，瓦德西当时的反应，很出人意料，也很耐人寻味。其情景，我是在一本《张謇》传记中读到的。

瓦德西听到攻入山西的德法军队竟全军尽没，震怒之后，就想：欧洲不是认定中国人是“东亚病夫”吗？怎么还这样厉害？他以德国人的认真严谨，命令德军法处长格耳，派出军医官二十六人，下士五十二人，分别把守北京的十三个城门。凡有十八至六十岁的中国男子出入城门，都要强行拘留，然后按德军入伍的体检标准，对他们进行体检。结果令瓦德西大吃一惊:每百名中国男人,竟有九十五人符合德国军人的体检标准!

这哪里是“东亚病夫”!

瓦德西将这一发现,急报德皇威廉二世。威廉皇帝也大惊,很快派出了一个包括许多著名科学家在内的庞大调查团,前往遥远的中国。调查团深入华北各省的民间,考察中国人的体格、脑力、性情、习惯及其他生活情形。调查团最后写出的考察报告认定:中国人的体力、知识和智慧,都不亚于白种人,其勤苦耐劳,守法知礼,易于统领,更在白人之上。这一结论,经瓦德西等人在欧洲报刊发表出来后,舆论一时哗然。自然,当时欧美白种人并不会由此增加对中国的尊重,而是制造出又一种“黄祸”论:中国这个民族一旦“醒来”,必将危害世界。庚子赔款,强加给中国一个天文数字:四亿五千万两白银,就是想在经济上先将你打蒙,叫你难以醒来吧。

这且不去说它。此事使我颇有感触的是,一个古老的民族,一个大国,被西洋人叫作“东亚病夫”,除了愤怒,自己似乎没有认真做过证伪的事。而且,在一八四〇年以后的国内语境中,我们大致是默认了这个“恶谥”,以致有改良人种之议。一直到一九八四年洛杉矶奥运会,我们拿了金牌,还是说:终于可以摘去“东亚病夫”的帽子了。可见这顶帽子我们是不明不白地戴了太长的时间,却没有研究过自己戴着是否合适。

由此我更想到,一八四〇年以后,国内恐洋、师洋、崇洋,与自己传统决裂的语境,自然为我们这个古老的民族自新图强,打开了一个异质的参照系,同时也遮蔽了我们自身太多的东西,甚至有些遮蔽了我们自己立身的根基。结果是,对我们自己历史的叙事,常常是以这种遮蔽为代价的。

写于2003年1月

国民与国史

前年春天，在书店购得一套钱穆先生的《国史大纲》。过去只是听说过这本书，偶然碰到，也就买下来了，当时实在也没有特别的期望。回来一翻，竟然放不下了！至今我还得承认，这是近年来的阅读经历中，最吸引我的一本书了。也许这同我近年写历史小说，同自己年岁渐长，阅历渐多有关。但作为一本历史著作，一本历史教科书（该书是作者在西南联大教授中国历史时的讲义），读来如此引我入胜，实在是一种不曾有过的阅读经历。

在《国史大纲》的扉页，是作者开列的“凡读本书请先具下列诸信念”，共四条。

其一曰：“当相信任何一国之国民，尤其是自称知识在水平线以上之国民，对其本国以往历史，应该略有所知。否则最多只算一有知识的人，不能算一有知识的国民。”

其二曰：“所谓对其本国以往历史略有所知者，尤必附随一种对其本国以往历史之温情与敬意。否则只算知道了一些外国史，不得云对本国史有知识。”

其三曰:“所谓对其本国以往历史有一种敬意与温情者,至少不会对本国以往历史抱一种偏激的虚无主义,……而将我们当身种种罪恶与弱点,一切诿卸于古人。”

其四曰:“当信每一国家必待其国民备具上列诸条件者比数渐多,其国家乃再有向前发展之希望。”

读一本书,要求读者先具备预设的信念,在今天看来似带了几分霸气吧。但考虑到作者当年讲授国史时,正处于抗日战争的国家危亡之际,也就可以理解了。而作者针对的一个更大的语境,还是一八四〇年以后中西文化的对比。有知识者,尊西贬中已成时尚,用西洋史的“格式”来改写中国历史,也成为主流。将中国当时的贫弱,诿卸于历史,诿卸于古人,更是很流行的观点。在这种语境中,中国几千年的历史也就被简约为“封建保守”四字,国史的真实面貌被一层层的西学糊墙纸所遮蔽。国人耻谈国史,这样的国民怎么能有图强自新的自信?钱穆先生在这本书中正是贯彻了上列信念,才用他深厚的史学功力,为我们打开了国史的真实景观。这个景观,既不同于历朝历代的官修史,也不同于被西学格式化的“新”历史。它给了国人“温情与敬意”。

又有哪一国的国史,不应该给自己的国民以“温情与敬意”?

读过这本书,我最大的感触,就是自己太不了解中国历史,也就是太不了解我们自己的国史了。从小学到大学,为念中国历史课程,费去了多少青春岁月!以文为生后,更读过几套中国通史。官修的《二十四史》一类,也时有翻阅。然而这一切,并未使自己对国史产生应有的温情和敬畏。倒是读过几本西洋史后,竟常常有种心向往之的感觉。这不能不是自己习史的失败吧。

写于2003年1月

看球随笔

文看足球

足球是长篇小说，人物众多，场面宏大，时间跨度也长。既是长篇大制，结构就重要了，前场，中场，后场，四三三，四四二，更可出奇兵，布疑阵，任你讲究。球星是主要人物，但其他球员也不能太次，所有人物都写活，那是最理想了。但长篇又不可能像短篇小品那样，字字凝练，句句精彩，通篇华章，它得有平淡的铺垫，过渡，缓冲；也得有闲笔，空白，甚至个别章节是败笔也无妨，只要能把高潮推上去。当然，谁也喜欢能高潮迭起。守门员就一定要有看家的本领，因为在他把守的球门里，放着整个长篇的底牌，底丢了，作品也就水了。这些都是足球的外部规定，就像长篇小说的体裁规定，那是凡长篇都必须具有的东西。一支好的球队，一场好的球赛，总是有自己独特的东西，包括教练和球员投放其间的智慧和激情，总能带着观众去做一种难以预测的精神历险，这才是足球的精华所在。这就像文学作品的优劣，全看作家放置了多少真正属于自己原创的东西。

世界上球队无数，球赛无数，但能叫人崇拜，着迷，为之起早熬夜，丢下工作，放弃生意，冷淡娇妻，只求一享大悲大喜，那样的球队实在也不多。

平庸的还是多数，就像书店里的书。尤其我们中国球迷，想崇拜一支自己的球队，那有多难。“甲A”那已是优选出来的了，但读来读去，仍然像是平庸的小说，甚至不像小说，书也厚厚的，外部装帧也还成，就是内里太稀软，有些像空心萝卜。

世界杯不仅是把平庸挡在了门外，就是在一流里还要选秀，在全世界一流球队里再选秀。三十二支球队，六十四场球赛，不能说支支都是一方霸主，场场都是经典，但荟萃了平日里绝不可有的精彩。这就像读烦了平庸无聊的书，忽然“淘”到了一批有“干货”的好书，废寝忘食读它一个天昏地暗，那是再自然不过的事。世界杯的三十三天，就是天昏地暗地读了一批好作品。

就像文学评奖，即使是诺贝尔文学奖，也有评走了眼的时候，世界杯有时也会踢走了样。这一次巴西队没有夺冠，就是在最后踢走了样。这是一个悲剧的结局。悲剧的结局，也许更叫人久久牵挂，不能放下。

巴西队虽没有把大力神杯带回家，但它踢的七场球，有六场是好的作品。巴西依然是本届最好的长篇。所有出场的人物都可堪品味，闪动着独特的光芒，前锋、中场、后卫，每一个位置上无不是身怀绝技的角色，连“盘球大师”德尼尔森也只能做替补。这只有像《红楼梦》那样的经典小说，才能把极其次要的人物也写得出神入化。它的主要人物更是光芒四射。“外星人”罗纳尔多似乎有些压抑，可他依然无可匹敌，在重兵围堵中，他总能寻到一丝缝隙，施展出难以想象的特技，扭转大局。而他仅是一位二十一岁的新人。里瓦尔多，卡洛斯，老将贝贝托，邓加，也都堪当主角，笔力不弱。巴西依然是球艺最自信的大手笔，它一向是浪漫派，写意派，到今天它依然有足够的才情，将浪漫和写意推向新的境界。它精湛的脚法，就像富有诗意的语言，漂亮，流畅，又有韵味。它涌动着不尽激情和灵感，情节推动全靠自然的现场发挥，看不到多少刻意求“功”的人为痕迹。这也是它有时不够“实用”的原因吧。巴西队踢球，是在进行艺术创作，而不是在进行战争，更不是在追逐猎物。

法国队破天荒拿了金杯，作为东道主总算没有白忙乎。决赛一役，它也真是踢得超常的好。可这总有些像一部不够精彩的小说，闪出了一个精彩的结尾。法国队一路踢来，多遇弱旅，章章节节都显得平淡。都说它后卫出色，中场强大，可前锋太水，每每精心铺垫、倾力过渡，高潮却总也推不上去。本届峰回路转，风云激荡的章节也不少，却由法国这样的队夺冠，有些像给一部精心之作，起了个太平淡的书名，更像玩了一把现代派的荒诞，正儿八经了半天，末了来了个玩笑，把一切都消解了。法国队在欧洲不是硬打硬拼的写实派，它也讲究技术和脚法，也力求写意和浪漫，但在骨子里还是有太多的机械理性，还是太刻意求“功”，还是太分明地把足球当战争来打。打最后那场决赛，它是看到猎物近在眼前，死拼了，已毫无诗意和技艺可言。

这一届登场的欧洲队，仍然太多。但欧洲传统的那种硬拼硬打的写实派，差不多已经销声匿迹，只有强弩之末的苏格兰和挪威，已不成气候。凡成气候的，如英格兰、荷兰、南斯拉夫、意大利、德国，包括不走运的西班牙，都转向了拉丁派，弃写实而求写意，存力量而讲技术，似乎都在提升足球的艺术性。只是，它们也像法国一样，骨子里还是机械理性的底子，刻意追求的还是“功”，而不是“艺”，它们还是太好战，而不太好创造。这与尚“艺”的南美人，就永远不会融合。巴西、阿根廷这样原装的拉丁派，它的生命活在足球的技艺里，争赢输是为了展现自己精美绝伦的技艺。欧洲人的生命则系于赢输，练就高超的技艺，全为争一个赢输。所以，不管南美人把足球踢得如何精美绝伦，如何赏心悦目，得分的常常还是欧洲人。也不管欧洲人如何拉丁化，在世界足坛上欧洲与南美的两元对立，还是将长存下去。

这一届好像要从非洲生出新的一元了，可地平线上只出现了一片美丽的霞光，旭日却没有升起。尼日利亚登场伊始，就将欧洲劲旅西班牙给“玩”了，玩得又是那样的“生猛海鲜”！尼日利亚让人看到了不同于欧洲写实，也不同于南美写意的一种新派，它从西洋模式和拉丁模式中挣脱出来了，回归了“野性”和原始，真正展现出了人的体能的美和“酷”，展现了什么叫真正的人球合一。作为对现存模式的反叛，它是足坛的现代派。在它的“野性”面前，西洋模式失去了力度，而在它的原始面前，拉丁模式似乎也显出了几分笨拙。所以，我期待着尼日利亚与巴西的相遇，看它能不能把拉美的龙头老大也玩一下。可惜，这样的相遇，没有出现。它还不太会适应现存的秩序，也看不清现存模式为它设下的陷阱。媒介为它过分的喝彩，就是一大陷阱。有朝一日，兴起于非洲的野性派，真会在世界足坛生成三足鼎立的一元，或者干脆就将欧洲模式和拉美模式一同划归古典吗？

再看我们亚洲，无论东亚西亚，球都踢得有些文不对题。有儒教背景而相对文弱的东亚两队，生是展开了硬拼死打的圣战，流血牺牲，悲壮不已，但把小说做成了议论文，肯定是得不了分。有圣战背景又相对阳刚的西亚两队，却要跳拉丁舞，舞也没有舞好，文学性比东亚强一点，但也不过是做成了报告文学，仍没有上了小说的路数。写小说不会虚构和想象，就没有放置才华和创意的空间。亚洲足球，需要校正的是大前提，大结构，而不是修改细节。亚洲应该向非洲学习，先在自己的脚下找到可以立足之地，打开可以放置自身的空间，而不要再忙乎着时而仿西欧，时而仿拉美。这就像在中国文坛，无论是瞄着做卡夫卡，还是仿着扮演博尔赫斯，都成就不了你。

幸运的是，这次我们中国队没有杀进法兰西。否则，放大给世界看的，会是什么呢？是一篇社论，还是一篇作文，不敢想象。

写于1998年8月

期待足球

今年的六月是值得期待的六月，更是充满期待的六月：第十五届世界杯足球赛，将在六月十八日拉开战幕。我不是一个喜欢体育锻炼的人，更不是一个球迷，但我还是对这场“战事”怀有真正的期待。

现在，无处不在的商业性炒卖，正在愈来愈贪婪地“围捕”着我们的期待心理，使我们几乎不敢有所期待了。一本给炒成当代巨著的什么书，花高价买来一读，竟是“文抄公”式的手笔，一个怎样怎样有才气的大家，居然肯这样谦虚地去模仿别人——我们期待的就是这粗制滥造的赝品吗？还有号称巨星云集的什么影视巨制，盼来一“睹”，却“睹”不出什么“快”来，主次人物从头到尾都在那里穷极无聊地“侃”，“大腕”们在坦然地装傻，因为他们认定观众更傻……我们期待过做傻瓜吗？更有多少次听人报怨，所谓“星光灿烂”的晚会，票价总是风起云涌，舞台上却常是寥若晨星，甚至根本就没有一点“星”味。就像现在一不小心便会买到伪劣商品一样，商业化的无序蔓延，使我们在商业之外也不敢有所期待了。

即使真的是很红的什么“星”，除去豪华的“包装”，仍能剩下一点耀眼的光彩的，能有几人呢？

即使是一部还算动人的影视作品，又有多大程度不是“组装”出来的呢？

也许，现代社会就是一个充满“包装”“复制”“仿真”“组装”和“批量生产”的时代？流行歌曲可能就是在“批量生产”各种“仿诗意”“仿激情”吧！

但一场足球赛是无法经过“包装”而改观的，一场高水平的足球赛，更是无法“组装”出来、无法“复制”出来的。否则，我们的足球队在这个六月也有可能进军美国了。

你是一个出色的球员，还是一个平庸的球员，是一个领军的角色，还是一个锋线上的尖刀，这一切至今还是不能假冒作伪的。一场高水平的比赛，究竟会精彩到什么程度，谁会有上乘的表演，能进几颗球，谁胜谁负，这一切至今也还不是可以预先“策划”“设计”“彩排”好的（就像影视片中的惊险、武打场面那样），倒仍然一直是难以预测、一直充满未知数。也许正是因为这样，足球比赛一直保持着迷人的魅力，因此也仍然是值得让人期待。当然，我知道这个期待很传统。但我仍然庆幸，多亏还有足球比赛和其他真实的体育竞技，可以让我们期待。因为我不知道，除了体育竞技，人世间还有没有不能被高科技复制、被商业化炒卖的东西？

写于1994年6月12日

期待呐喊

在观看第十五届世界杯足球赛的时候，我们太原也有了高水平的足球场。新建成的省体育场，我去过一次。我看，可以达到国内先进水平了吧。首先，足球场的草坪就碧绿得让人提气。我住处附近的杏花岭体育场，有一年好像也准备展现出一片绿草地，动了很久的工，不知道为什么，终于没有成功。听说，新体育场的草坪连同保养这草坪的现代化设备，都是从国外进口的。我没有去查实这个说法，因为有了一个绿草如茵的足球场，总是好的，我们终于有了自己真正的足球场了。

因为有了真正的足球场，今年全国"甲A"大战的战火，也终于烧到我们太原。可惜，这样先进这样漂亮的绿草地，不是我们自己的主战场。给"八一"队做主场，当然也很好，解放军是亲人。听说太原的球迷，为亲人呐喊得很好。

我不是球迷，如果我们自己的足球场，是给我们自己做主场，我想我也应该去呐喊。

如果，我们的城市也有自己狂热的"赛季"，在这"赛季"的夜晚，全城万人空巷，涌往赛场，为主队和客队，为无法包装的人类体能，呐喊助威，那我一定要在其中。

可惜,我们这个城市的夜生活中,现在已经很少有体育比赛了。

记得这座先进而漂亮的新体育场建成之初,在“金秋之夜”,也曾经有过一场狂热的“赛事”,可惜不是体育赛事。那是从京都高价“邀请”来一拨儿红歌星,将他们包装成深入太行,慰问老西的样子,乘了特别设计的敞篷汽车,沿着体育场内同样先进而漂亮的塑胶跑道,绕行一圈或两圈,在他自己的歌带的伴奏下,一边做唱歌状,一边检阅看台上数以万计的我们太原观众。那个夜晚下着倾盆大雨。我们的观众为了接受这样一次傻冒似的检阅,不仅要交付高额的门票钱,也不仅要冒着倾盆大雨,而且要接受复杂的安全教育,穿越民警的重重岗哨,才得以入场退场。如果是为了观看一场高水平的体育比赛,付出这一切代价,我想还是值得的。可惜不是。

如果有一天,世界杯足球大赛的战火,也烧到我们的城市,那么以很高昂的价格买一张门票,或者为了买票还得花一周时间排队,同时必须接受更为复杂的安全教育,那天又恰巧下起倾盆大雨,但这一切谁又会把它当回事?

在倾盆大雨中拼命呐喊,有多好。

写于1994年6月19日

期待“白领”

在正式的比赛场合，外国球队的教练穿西服，中国的教练穿球衣，很不相同。

穿西服的教练显得很“帅”，那一份庄重，那一份“礼貌”，仿佛是出席个人画展的画家，怀着自信，请大众欣赏自己的艺术杰作。也就是说，教练的这一份“帅”气，不是只展示给自己的球员看，更主要的恐怕是展示给观众看的。当然，穿着笔挺的西服指挥球队作战，似乎更容易显出将帅风度来。

穿球衣的教练则有种身先士卒的劲头，与球员之间没有白领蓝领之分，打成一片，同甘共苦，更像临战和征战的样子。他全身心地投入这一场实战，似乎没有把观众放在眼里，其实他是更想打一场漂亮仗，就像演员必须忘记自己在演戏一样。说到底，观众不是为了看漂亮仗而来吗？

只要是好教练，穿西装，或是穿球衣，都没有什么不好。但在这种“行头”的不同中，似乎也象征着其他的不同。比如，中西教练的出身，就不大相同。

我们的教练大多是“行伍”出身，尤其是担当重任的球队教头，都是球员出身；而出色的球员，退役以后不捞个教头当当，似乎也说不过去。当然，现在退役后可以出国淘金了，有了新的出路，但教练的出身或者是来源，仍然没有多大的改变。

国外的教练，却大多是“白领”出身——他们以“白领”形象出现在赛场，其实不是很“创意”的“包装”。芝加哥“公牛”队的教练，是由一个专家班子组成，主教练之外，还有四位美国的一流教练，分别是防守专家、破防守专家、篮板球专家等。“公牛”队的“大腕”皮蓬说，教练的头脑，加上我们的体能，所以能所向无敌。

教练是吃“头脑”饭的，球员是吃体能饭的，这是一种现代化的职业分工。我们当然也懂这个道理。但是，为什么我们总是相信，一个有运动天赋的人，一定也有教练才能？像郎平这样杰出的球员，我们为什么要把她放在教练的位置上，让她变得黯然失色呢？

我想，除了有体制、经济实力等方面的原因外，可能还有文化方面的无形原因。比如，我们在许多方面，仍然毫无怀疑地相信：多年的媳妇能够熬成婆、相信由媳妇到婆婆的角色转换，是一种晋升。在我们的文化编码中，常常是把家庭的伦理模式，投射于政治、社会领域乃至具体的职业分工，君臣如父子、师徒像婆媳等等。看重的不是各自不可取代的价值，而是相互之间的尊卑定位。现在的媳妇和婆婆，已经不存在“自然晋升”的关系了，婆婆成了一个很难扮演的家庭角色。可惜在其他领域，“婆婆”还有权有势，所以“媳妇”们还在等待晋升。

写于1994年6月26日

期待节日

足球世界杯这样的大赛，被世界球迷称为自己最盛大的节日。我想，这样的节日要比我们生活中约定俗成的许多节日，都更像节日。因为在这样的节日里，人们可以不带任何附加意义地来获得一次精神享受。

人过节日，不就是为了在精神上享受一点平时享受不到的东西吗？

现在，可能是中国人节日最多的一个时期。首先是革命性的节日，比如三八、五一等。其次是我们传统的民间节日，不仅像春节、元宵节、端午节、中秋节这样的大节日越过越隆重，而且已经恢复了许多被破除的节日，挖掘了许多失传的节日。再次，就是正在引进许多洋节日，如圣诞节、情人节、愚人节、母亲节之类。这还不包括近些年来各地不断创造的新节日，像风筝节、牡丹节、苹果节、宣纸节等等。节日多起来了，但过节的愉快好像也没有怎么成比例地增多，只是觉得很累。

革命性的节日，那是要大家一起度过的庄严节日。而我们传统的民间节日，又几乎都是以“吃”为主要内容，依次吃了元宵、粽子、月饼之后，到春节就是“吃”的狂欢了。现在我们生活水平提高了，吃得越来越隆重、讲究，为了隆重地吃一顿，自然要操作得很累；在大吃之后，肠胃也会感到劳累。这样，既得不到许多精神享受，也得不到什么肠胃享受。那么在引进的洋节日里，就可以找到精神享受了吗？其实呢，在送了什么贺卡之后，还是免不了要吃一顿。至于那些新创造的风筝节、牡丹节之类，有着太明显的招商意味，与老百姓没有多大关系。但在这种官办的新节日中，大摆宴席，连台设宴，也是不能少的大节目。听说有的地方为了提高招商引资的成交率，还把一些保护动物，送上这样的宴席。过节等同于“吃”，这是一种文化景观，还是“吃”文化，我真不知道。

但看世界杯这样的足球大赛，我们不需要怎样太累地“吃”，倒是常常得废寝忘食，也不需要怎样高昂的炫耀式消费。只是精神总是亢奋着，过后可能感到累，但在亢奋的时候却美得很，十分来劲，十分过瘾。这样的来劲和过瘾，不需要遵守什么礼仪和习俗，不必去处理很复杂的人际关系。你真是可以暂时忘掉一切，松弛神经，来狂欢了。我想，这才是真正的过节。

写于1994年7月3日

期待球迷

在看球的时候,不止一次听宋世雄说:在能容纳几万观众的某体育场内,坐着几万远道赶来的某国球迷。在电视画面上,我们不止一次看到,烈日下躁动不息的球迷,可能比球场上激战不止的球员还要累。漂亮的姑娘,给自己画了丑角的脸谱,九十分点都充满着激情,一直在摇摆跳舞。已经大腹便便的男子,也赤膊上阵,他绝对要呐喊到比赛的最后一分钟。当然,有时为了自己崇拜的队胜了或败了,狂热的球迷也会闹点事。但球迷是让人感动的,令人羡慕的。能用真正的激情,将九十分钟填满,这样的机会不多。

所以,做球迷,首先得有激情,或者是愿意去追寻激情。

其次,我想还得有点钱,或者是为了追寻激情,舍得花点钱。你想,去一趟美国,买几场球的门票,还得吃住,都得花钱。对目前的中国球迷来说,去美国看世界杯,缺少的不是激情,主要还是钱。但我想说的是,假如我们已经有了足够的钱,或者是将来我们有了足够的钱,你会舍得花这笔钱吗?

现在,中国的有钱人已经有点儿了。时常能听到某某大酒店推出了几十万元一桌的豪门宴，某某商厦在出售几万、十几万、甚至几十万元一件的“世界名牌”服装，还有“皇家”级的珠宝首饰，“总统”级的高级轿车等。总之，全世界一切最昂贵、最豪华、最先进、最时新的商品，都被源源引进来，投放在我们的市场上了。因为有人买，所以才可能有人卖，说明有钱的人已经有一些了，形成了“极品”市场。“大款”们怎样挥金如土，怎样像买菜似的购买“极品”，这样的传闻也时时能听到。但没有怎么听说，有了钱的人为了看球怎样怎样花钱。为了看这次的世界杯，有多少有钱的中国球迷去了美国，我也不知道。我只知道，去那里采访赛事的中国记者，仍然是最穷的。

有了钱，怎样花，那完全是个人的事。只是，我希望中国的球迷能早日有点钱。他们用这点钱去看球，去追寻激情，甚至是狂热，比起花钱去买美食、名车、锦衣、钻饰来，并不显得怎么傻。如果说，“追星族”是一种青春期的偶像崇拜，那么“球迷”就可以说是一种成人的英雄崇拜了。偶像是可能被制造出来的，英雄却出自实战。所以球迷们的激情，不容易被欺骗。所以，花点钱，买来这样的激情享受，还是值得的。

写于1994年6月

期待球星

看了分组赛的三十几场球,觉得这届世界杯的球星似乎不够耀眼。老牌球星马拉多纳,刚刚显出点复活的势头,就忽然葬身于服用违禁药物的丑闻中了。这叫人感到遗憾。不过,所有足球强队毕竟都有自己的球星;所有精彩或者关键的进球,又几乎都是球星的作品,这包括他们自己的进球和他们为队友创造的进球良机。球星给本队本国带来了胜利和狂欢,同时也给全世界的球迷送去了享受和满足。

如果没有球星,世界杯赛肯定就不会成为世界性的盛大节日了。

在本届杯赛的二十四强中,韩国队是唯一的黄种人球队。实在说,在本届大赛中韩国队表现得空前的好,踢了三场球,每一场球都是不屈不挠地奋战到最后一分钟。它逼和了西班牙和玻利维亚,虽然败在了世界一号强队德国人的脚下,但仍然是直到最后一分钟,还在用惊心动魄的进攻,逼向强大的对手,使之无暇流露它的傲慢。这次看韩国队踢球,一直有一种悲壮的感觉。悲壮感,就是既没有叫人泄气,也叫人感到不够解气。韩国队踢得那样英勇悲壮,但仍然没有能冲进十六强。为什么呢?我以为是,它没有世界级的球星。对于已经具有韩国队目前这样水平的球队来说，球星肯定能起到点石成金的作用。

中国足球进军世界杯有多少年了？容志行在国家队的时候，好像还有些希望。以后的几届外围赛，我们总是早早地就败下阵来了。这一届，请了洋教练，也不灵。其中原因，一定很多，但我想，我们没有像样的球星，甚至像容志行那样的球星也没有了，应该是一个原因。我们有许多优秀的球员，但很少能上升到“星”级。他们踢了几场好球之后，就常常变成受宠爱的孩子了。问题不在于有没有人宠爱，或应该不应该宠爱，而是他们自己就要企求这种宠爱。

被宠爱，那是一种孩童心理。而球星，我以为是以自己的整个生命，去为足球燃烧；是在最严酷的征战中，使生命发光。我总觉得，马拉多纳一直没有彻底剪断“孩童心理”的脐带，他一直像孩童一样可爱，又一直像孩童一样顽皮。这一次，他在全世界面前顽皮地把自己毁了，可怜的孩子。

我不知道我们山西的足球队有什么样的水平，我也不知道我们有没有自己的球星。我只是想，如果有一天我们中国队终于群星灿烂地冲进世界杯的决赛圈了，群星中又有一名来自山西的球员，那时我们看世界杯，该多么来劲。

写于1994年6月

等待激情

我不能算一个球迷，只是喜好看球赛。好的球赛，总是能把你拉下水，完完全全拉下水，让你把什么都忘记，把什么都撂一边去。平常的日子不是太沉重，就是太无聊，有那么一刻，能将世间太轻太重的烦恼撂一边去，撒开了喜怒无常一回，那实在是叫人依恋不已的一刻。

如果预告了这一刻，那就会像等待勾魂摄魂的幽会一样等待它！

九八年有世界杯，是大幸，也是大不幸。大幸，是在那几十天的时间里，天天都有那种勾你魂灵的幽会。大不幸，是这幽会终于戛然而止了，昨夜刚历顶峰体验，天一亮，就什么也没有了。

看完世界杯，忽然不必再等待什么，那一种空空落落，至今难以填充。

大赛期间，电视上天天、场场都有那样一则广告：今夏的一道大菜——足球世界杯。空空落落时，你再怎样体会，也不像是美餐之后的感觉。这倒不是嫌本届的球，踢得不够精彩，也不是对法国夺冠，有什么不乐意。看球和美餐，好像是难以类比的两码事。法国警方在防范球迷闹事时，常用一个词：能量释放。这个词，对踢球看球，似乎还更上题。空空落落的，那不是没吃饱的感觉，而是不过瘾，不尽兴，是能量没释放完的感觉。

叫我看，足球实在是一种能量的释放，一种创造能力、征服能力的释放，也是一种激情的释放，生命冲动的释放。踢球和看球，球员和球迷，形成一种共振式的激情释放，难怪那么迷人，那样牵动你的魂魄。经过平凡日子的积累，人们可能太需要这样一次狂欢式的释放了。

而美食美餐，最直观地说，是一种能量的吸收，优雅些说，是一种享受。如果不是太功利，比如为了摆谱，比如因为求人或被人求，一次优雅的聚餐，会是一次美好的享受，就像宁静地读一本好书。只是，享受毕竟也是一种接受，吸收。

我一点都不是在挑剔那则广告的创意，只是由它忽然想到了一种类似“文化编码”的东西。

中国球迷看世界杯，当然也能骂几声足球强国踢得臭，同样也可以为自己中意的球队狂欢，痛哭。但我们没有心灵共振的对象，也就不会有尽兴的激情释放，能量还富裕着，不痛快。比比杀进了法兰西的世界强队，却又越发觉得我们那些国脚、甲A，似乎还没有积蓄到需要释放的能量，还没有燃烧起足够的激情。所以他们的征战，是一种苦役，而不是一种挥洒自如的创造。

我们何以就这样能量不够，激情不足呢？

那则广告总是引人联想我们的美食文化。不用说太久远的传统了，也不用说在世界任何一座繁华点的都市，中餐都在当地餐饮中三分天下有其一。就是近二十年来，我们的餐饮美食从复兴到辉煌，到长盛不衰，其间发生了怎样的巨变，出了多少大师与富翁，又出了多少美食家，赢得了多少国际声誉，真是难以说尽。在市场经济的艰难转型中，好像什么行当都有过低谷了，只有餐饮业总繁荣着。从粤菜北伐，到川妹子火锅辣遍天下，中间流行的新潮一波挨了一波。从大都市到穷乡僻壤，酒楼饭店也总是数量最多的店铺。而这种店铺的硬件软件，其升级换代之快，差不多可以与电脑行业的日新月异同步了。餐饮业的利益回报或许太丰厚了，可能还有公款消费、“请”公消费的支撑，但毕竟是食客的美餐激情在做最终的支撑。如果享受美食是一种苦役，那谁还会用它来“公关”！与餐饮美食这样的“生猛海鲜”，激情澎湃，长盛不衰比一比，这二十年来，我们的足球似乎还没有上题。

为了孩子能进重点学校，或者为了自己能升格副处级，你想过用一场精彩的足球赛，来贿赂校长或组织部长吗？我真还没有多听说过这样的故事。作为爱看球的小说家，谁又敢把这样的故事写进他的小说里？

不是说美食的辉煌，能量吸收的太多，就一定得到绿茵场上去释放。我只是怀疑，我们的乐感文化也许更适于产生吸收型、享受性的激情，如美食；而不太适于生成释放型、挑战型的激情，如足球。但法兰西好像也是一个讲究乐感的美食大国，它能夺了冠，足见乐感也能在征战中寻到，在释放中获得。

也许我们还处在一个积蓄能量、发酵激情的过程中吗？

也许有一天我们也会像非洲足球那样，按捺不下，忽然爆发，横空出世吗？

多踢足球，少下馆子，对健身好像也不错。

写于1998年6月

这就是足球

知道欧锦赛会很精彩,无奈比赛都在后半夜:熬夜看球,第二天就什么也别想干了。所以,开赛以来,只是看看体育频道的专题报道。六月十八日凌晨的英德大战,算唯一例外。我忍不住观看这场“全活”,除了因为有太多的悬念,还基于一种信任:会是一场高水准的赛事,起码也值得熬夜吧。

英格兰队已经三十四年未胜德国队,此战能否翻盘,这是最大悬念。所以能成悬念,因为英格兰不是弱旅。这三十四年中,英国人被德国人踩在脚下,许多次是在顶级赛事中,包括世界杯的半决赛。如果本来就是上不了台面的软瓜,谁还会惦记它!上届世界杯,杀出一匹惊世的“黑马”尼日利亚队,就是因为“玩了”西班牙和英格兰这样的强队才功成名就的。

今次欧锦赛英格兰登场打的第一仗,居然又成就了一匹惊世黑马:葡萄牙队。在先进两球的大好局面下,竟叫葡队连下三城,给意外地“玩了”。而且,葡队玩得极其潇洒,显尽了球艺的精致。葡萄牙出足了风头,英国人的脸面可就没处搁了。球星贝克汉姆,当场受到球迷的辱骂;教头基冈更是陷于一片指责中,“下课”的呼声当然不会少;队长希勒竟被斥之为“垃圾”。也难怪,憋了三十四年的一口闷气,刚开赛,就又给窝了回去,媒体和球迷都难免不失态。英队的教头球员也不“绅士”,贝克汉姆以不恭手势回敬球迷,基冈发誓再败也不“下课”,希勒则宣布大赛一完就退出国家队。总之,闹哄哄的样子,很有些像我们的国脚屡战屡败后所引发的骚动。

所以,接下来的英德大战,就负担了太多的东西。实在说,这场球踢得不是那么赏心悦目:双方都绷得太紧了。明显老化的德国队,首场踢得特次,这场不能输。他们下了死劲,将对方最可能出彩的贝克汉姆冻结。硬拼死打,无惊无险,真这样一路到底,那可要白熬夜了。就在我快生睡意时,忽然等来了那一刻:贝克汉姆在对方阵前赢得一个任意球!这位大牌球星正是以传球绝佳名世;而踢任意球时,双方又不能干扰。良机出现了。看此时的贝克汉姆,倒也无异常,只是扫了一眼球门,就起脚将皮球开了过去。但见皮球飞出一条奇怪的弧线,落向球门时竟避开了双方一堆人的争抢,悄然触地又弹起,飞给了等在一侧的希勒;希勒就势一顶,皮球轻松入网!

这一进球,可以说是精美绝伦,也可以说纯属偶然。但就是这一进球,终于结束了英国人三十四年遇德不胜的历史。当然,这一进球也救了贝克汉姆和希勒,更救了主教练基冈。球迷和媒体的一切指责、不满乃至辱骂,憋了多少年的那口闷气,全都化作一片狂欢了。

我看,这就是足球,这也只是足球。

我们的国脚因为败绩连连无尽期,也引发了太多的问题和不满,似乎积重难返。于是,常常要求球迷和媒体克制、宽容,着了急,还拿假球、黑哨撑面子,足协官员也动辄出面训政。其实,玩足球最终还得靠足球出彩。练身绝活,在关键时刻踢几脚好球,不就什么都有了?

写于2000年6月

落花拾零

东观行

祁县“乔家”，是近代曾显赫一时的富商巨贾。听说，乔家在“中堂”故宅已被批为民俗博物馆，因此有今春的东观之行。

乔家故宅在东观镇北仅四华里处的乔家堡。其时正是绿肥红瘦的时节，道边，田里，新绿已成深厚气势，果花残去，枣花始香。在这样感受着自然生机涌漫的心境下，走进乔家故宅，便不免有种心理落差。当然，这座乔家大院是够可观的了。一条东西甬道两厢，南北各有三跨正院相对踞峙，布局严谨，工艺精湛，门阶楼阁、斗拱飞檐，还有石、砖、木雕饰，无不考究，果然是大家气象。只是，旧境寥落，深宅空寂，今人只能遥想当日那一份豪华了。而作为近代的商业资本家的陈宅，分明又遗漫着一种封建家族的气味。民俗馆，还在筹建中。乔家衰落的缘由也不及去细问。宅只引发我们对于近代历史中那潮涨潮落，新旧掺杂，虽挣扎又落伍的复杂幽思。

离乔家堡，返东观镇，忽有一种开阔之感。北上太原，南下长治、洛阳，西去晋南、三门峡，东往太谷、榆次的几条公路干线，交汇于此，各式车辆川流不息，呈辐射状，汇通四方。镇内，楼房、厂房、新房，栉比鳞次，已初具现代城镇风韵。这里倒同五月的田野一般，涌漫着一种勃然的生机。据说,目前全镇已有工商企业九百多家,去年总产值已超过一千万元。

我们就近参观了几家镇办企业。

化纤厂,建厂只有六年时间,乍然看去不免显得简陋,然而它居然是全省独家生产丙纶长丝和丙纶弹力丝的厂家。在近年化纤行业并不景气的背景下,这家小厂却能一枝独秀,去年上缴利税五十九万元之后,获纯利二十二万元。何以会如此呢?因为丙纶是化纤中的新秀,更因为这里的厂长是一位办企业的新秀。他农家出身,只有二十九岁,但却有几分大将风采。他眼界开阔,经营灵敏,四年前上任之后,便当机立断,丢腈纶加工转而独家生产丙纶,兼备了生产和经营、工和商两方面的眼光和才干。这也正是当今搞商品经济所要求的素质。他叫张继玉。

毛纺厂,原是社办水泥厂。为挽危局,后转产粗纺毛线,然而供销仍陷困境。杜怀荣,这位大学生,便是受命去关闭这个屡入困境的企业的。但他却奇迹般地救活了这个小厂,使之成为全省唯一能生产粗毛花呢的乡镇企业。他靠了什么呢?也是眼界开阔,信息灵通,对当今市场做了深入考察和研究,以农村低廉劳动力,为农村市场生产流行商品。

水泵厂,是从一九七〇年就开始生产深井潜水泵了。潜水泵,近年销路剧减,原材料又连连涨价。而这家小厂,却也奇迹般地生存下来,稳步发展了,去年获利二十八万多元。他们又靠了什么呢?靠了技术进步。厂长温宝亮,八三年曾到甘肃工大水利系潜水泵专业进修一年。一个镇办小厂的厂长,能有此颇富远见之举,其厂于险境中立不败之地,也就可以理解了。

从这三家小厂,三位厂长,令人感受到了涌动在东观古镇的一股新的生机和活力。它们于简陋中正透着出奇制胜的潜力。而他们——厂长们,正被商品经济的风浪召唤出全然不同于农家的才智和魄力。从这里,我们相信了东观人的预言:这个曾经繁荣一时的古镇,正迎来再一次的繁荣兴盛。这里交通发达,信息灵通,占了发展商品生产的地利。而当今不可逆转的改革潮流,也可谓是再度振兴的天时了。而祁太一带又素有商贾传统,只是今日商品世界远非乔家称雄那时代所能相比了。制度的优越,科技的发达,市场的广大,对为工为商者素质的要求,是不可同日而语的。可喜的是,这里的人们正在有远见地努力具备这种时代所要求的新素质。这正是东观兴盛的希望所在。

首次东观之行,民俗虽未寻访到多少,但却看到了这里的希望,也算不虚之行吧。

写于1986年10月

盛市看花

春光似海，盛世如花：记忆不起这是从哪里见过的两句吉利话了。在我们这个城市，熬过清明才可以算是春光似海吧。杨柳终于爆绿了，桃杏接着就放出一树繁花。自家养的两盆令箭，近日也知春地绽开几朵大花，那花色据说叫作象牙红，艳而不俗的。只是花势不如往年，是自家养得粗放的缘故。

爱花养花一向是划归闲情逸致的，近年提到了生态平衡、精神文明的高度了。不过，这种情趣，倒的确是在盛世光景才会蔚成风气的。十年浩劫中间，纵然不将养花种草批判为阔爷儿们的闲情逸致，一般百姓恐怕也无甚心思去侍弄花草的，而由市政当局出面提倡花花草草，便更不可想象。而今，我们这座古城，现代住宅楼房，日渐林立，而凡有新楼启用，便可见花满阳台，真是有楼便有花了，就是落在了楼峰之古旧庭院，也多有红花绿叶争夺阳光、蓝天。市政方面又致力于绿化、美化市容，花圃、树篱于街心、道旁随处可见。市面的这一番花景，当然同提高了爱花养花的文明层次有关，不过它也包含了更为丰富的社会信息。改革开放如瀛海春光，经济昌盛、安居乐业，市民的生活情趣才会丰盈起来。所以，说盛世如花，不如说盛世看花，或盛市看花。满目可见花如潮，当是盛市光景，昌盛都市。

晋阳古城，可以说是中原文化的重要发祥地之一。而在当代，它又以煤乡之都、工业重镇而名世。现代的工业景观，衬托在悠久的文化背景上，我们的城市本该是很富魅力的。令人忧虑的是，而今古城的文化气象似同它悠远的文明历史不够相称，庞大驳杂、色调沉重的工业景观正将那灿烂文化的雍容之态和灵秀之气掩没去了。就是这里的自然景观也受到危迫，天不很蓝了，云不甚白了，水稠绿瘦，连三晋名泉难老泉仿佛亦在衰老。在这种情势下，花对于我们的城市就更显得重要了。对于个人，花是挣脱城市喧嚣和工业污染的一点寄托，而对于整个城市，花便是显示文化气象的最大众化的一面。近年，虽然城区可以说是举目有花了，但与能源重化工的工业重镇相较，还是难以在色调上平衡的。长春以汽车城闻名，近年却又崛起了君子兰；而九朝故都洛阳，在拖拉机的名声外，又复兴了古老的牡丹。君子兰和牡丹，便使开拓现代化道路的汽车和拖拉机，多了令人温馨的亲近感，她们为在建设现代化的城市中增添了不可缺少的审美功能和文化素质。太原还没有一种花，能同我们的煤炭齐名，这该是事实。

花，不过是一种象征，象征是人们在精神，在审美，在文化这一面的需要。花，似乎也是城市的一种社会指标，显现着城市的精神风貌和文化素养。

记得养花风气初兴之时，市里应运也曾开张了几家花卉店，但到了现在，似乎关停并转了不少，内中缘由未做了解，不便妄说。想来，同生意清冷总有些关系吧。市民买花不够踊跃，大约总有经济方面的原因。不过，家用电器毕竟比一盆花要昂贵的，而电器似乎仍在畅销。人们不肯在养花方面做更大投资，原因当然很多，不过也多少能看出一点这一方面的需求水准。花之美，毕竟不如电器来的实用，所以，在我们这里鲜活的插花似乎还没有向塑料假花挑战，在闹里柳巷，一家花卉店的柜台里，有生命的真花已没有几盆在出售,而各式人造假花却一片锦绣了。

当然,现不能一概而论。去年,在我们这里好像也刮了一股君子兰旋风,虽然比别的城市晚到了几个节拍。青年路的花市,因此沾光颇热闹了一阵。还有以物易物的交易也挺兴隆:三晋名酒易长春名花。沽酒和养花虽同属闲情逸致,不过在酒和花中,倒也都有文化。只是都拿到市场去交易,总是不够味的。而在君子兰旋风中,我总怀疑:是看重君子的儒雅风度呢,还是看重此花的市价高昂?当然君子耻谈金钱,也包括着重土轻商的旧观念,可重金怕也买不来高的文化素养吧。

还有,如若我们太原的环境污染仍是这样严重,市民养花的积极性也会受挫。虽有爱花爱美之心,保养的花木却蔫萎不肯一展美色,情趣也就减了。心肠软的,看着心爱之物受着罪,干脆算啦。想那钢筋水泥的八角大楼,还受不了我们这里含酸空气的欺侵,没有几年工夫,便姿色剧衰,而花卉又是何等娇嫩的生命,怎能同钢筋水泥相比呢?远远望去,虽说是花满阳台了,可细心去观赏,到底不够舒展葱郁,如火如荼。

的确是盛市看花,因为花的锦绣文章还得社会综合来做。要有政治清明,社会安定,经济繁荣,生态改善以及精神文明程度,包括文化素质的提高等等,才能做好。我们的市徽是已经议定公布了,丰富的煤炭蕴藏之上,立着两峰巍巍古塔,有现代的工业,又有古老的文化。而近年,不少城市已选出市花了。我们选不选呢,又来选哪样花呢?养出了好花,才有兴味去参加花展。奇花名花培育出一批,也才有评选的盛事可以期待。

写于1987年4月

闲话政策与对策

“上有政策，下有对策”，这已是当今现实生活中，尤其是经济生活中很普遍的现象了。

这是好事还是坏事？

从政策制定者这一面来看，当然不会说这是好事。从采取对策者这一面来看，心里以为好，嘴上也不便公然说好，往往是只做不说，或者口是“行”非。而一般百姓，倒不管你是政策还是对策，只要能带来实惠便好，很实际，很功利。

许多年来，政策有如“圣旨”，其不断失误已叫中国人吃尽了苦头。即便是改革以来，也还不免忽而过热，忽而紧缩，政策似乎仍并不十分可靠的。更何况现在是新旧交替。新政旧政都欲统而制之。因此，当今时代仍想叫人将政策当“圣旨”，显然是不可能的了。不得已时，人家应付两手，甚至对着干一下，似乎也不能算十分忤逆不道吧。政策对头时候，谁也不会另谋对策相抗的。这是人人都明白的道理。

如果撇开是非功利的考虑，我想上之政策与下之对策共存，似乎是一种常态。并不必忧虑的。

记得先前看过一本书,讲的是国外侦破技术发展史。从中才知道现代先进的侦破技术,原来是在同不断更新的犯罪手段进行较量当中发达起来的。其间很有意思的是,现代科技的先进成果,往往倒是罪犯率先应用于作案,尔后警方才应用于侦破。侦破水平就这样不断提高了。当然,现在采取对策者并不一定都是不仁不义,我只是想说,政策与对策其实不过是相互较量的两方。近年,不是在大倡决策的科学性吗?科学性从何而来?理论研究,社会调查,专家论证,都很必要。但能不能把下边的对策当作上边决策科学化的一种驱动力呢?种种对策多数是在钻政策的空子,有机可乘。如果上边不是一味要求下边令行禁止,而能坦然检点政策的漏洞和误差,那科学性可能便日益有加了吧。

但这恐怕要改变一种传统的思维定式:决策者天生比执行者高明。或者说决策者必须高居于执行者之上。其实,两者在智力上并无太大差异,不过是所司之职不同而已。在现代,决策者更不能指望执行者都是不会独立思考的顺民。小学生总是把他的老师看得很高大,似万能者,老师所说便是“圣旨”一样不容怀疑和更正。可大学生却常常同他的老师争论,即使老师是该学科的专家权威。但谁又能由此说小学老师就比大学教授学术水平高呢?

看来,决策者还是不必太看重了手里掌握着的行政力量即政治强权,而置科学性于等而次之。因为权力并不完全等于能力。在平等的较量中,在不断接受挑战中,能力自会日益高强起来。不许对方挑战,能力又怎样去体现呢?

写于1989年2月

留下很少 加进很多

——评电影《菊豆》

电影《菊豆》，是根据刘恒的小说《伏羲伏羲》改编成的。这次改编，也是典型的张艺谋式——他简直就不讲究尊重原著，对小说的取舍可以说自由极了，他只留下了他感兴趣的一小部分，而抛弃了其余的大部分。然后，他又把留下的那一小部分，放进了他自己的曲种，重新加以发酵、酿制和别具创意的勾兑，他总是挂着别人的幌子，在出售自己的新酒。

作为一个写小说的，我当然不免觉得，他这样对待小说，而且是他看中的小说，有些太残忍了。但是，我也不得不承认，他总是留下了小说中最精华最精彩的部分，而且将它推向了某种极致。我不得不承认，他的这种改编是把小说变成了真正的电影。我甚至不得不承认，他的这种改编法，是一种大手笔，或者说是大导演的一种手笔。

不过，使我最觉不同寻常的，还是他把从小说原著中获得的这种"自由"，又最大限度地留给了表演，也就是留给了演员，他给演员创造了一个尽可能大的表演空间。我想，这可能才是作为大导演所应有的功力和气度。也可能正因为如此，大导演总是能够"推出"名演员。看《菊豆》，几乎没有过场戏,没有交代性的转切,更没有调味性的小零碎,似乎就只有演员淋漓尽致的表演。

影片保留了小说的基本故事框架,当然留下了小说的主要人物:菊豆、杨天青和他的叔叔。这三个人物是影片的主角,也几乎是影片的全部人物——影片的所有表演空间,几乎都留给这三个人物了。而他们活动的具体场景,却又是那么有限,重头戏几乎都集中在那一间红色的染坊里了。像瀑布一般直垂而下的红色布匹,如血一样翻滚着的红色染池,还有那一直弥漫着的沉重的蒸汽——它仿佛也是不安的红色,就是在这样一个封闭的但显然又是难以宁静的场景中,三个有特殊关系的人物要演尽他们的全部人生戏剧,将各自的生命状态尽可能逼真地展示出来。这种展现又没有依托复杂的情节,也就是说,没有给演员设计更多的"戏",《菊豆》的情节可以说简练极了——导演把小说的大部分情节舍弃了,他留下的很少。

在影片中,就是人物的对话也很少。

在很少的人物,很少的情节,很少的场景,还有很少的对话,几乎一切都是很少,那么用什么来充满这部意蕴深厚的影片呢?那就是表演——最主要的电影语言。在《菊豆》这样的表演空间里"献艺",我想这才是真正的表演。这里几乎没有干扰,也几乎没有依靠;没有绊脚石,也没有遮羞布;不能赶时髦,也无法玩花活,总之,全得靠演员自己的真才实学,全看你有多少功力、才气和灵悟,看你有多厚的功底和多绝的创新。在这里能够展现你的全部,也必然要展现你的全部,你真实的演技和你真实的不足。

因此,能够在《菊豆》这样的表演空间做称职的表演,我想那是非"大腕"莫属,或者说,谁能在这样的表演空间里做称职的表演,谁就被证明是"大腕"了。

巩俐从《红高粱》中走出来之后,就成为"大腕"明星了。在《菊豆》里,她的戏比《红高粱》还要多,还要重,也就说,导演给她留下了更大的表演空间。但她仍然把这个大空间填充得很丰满,很出色。到了《大红灯笼高高挂》里，她的戏可以说占到了整个影片的七八成，她仍然出色地充满了如此之大的表演空间。她一直在这样的艺术空间里“献艺”，自己在艺术上也就必须有真玩意儿才成。她一直在做真正的表演，她的成功也就是很自然的了。

而李保田的“大腕”丰采，我以为是在《菊豆》中才真正显现出来的。他可能早就演技不凡了，但他没有遇到过这样的表演空间，可以这样充分展示他的演技和艺术水准。在这部影片中，他终于可以做真正的表演了，真正淋漓尽致的表演。入夜，杨天青独自一人在那间空寂的染坊里，听楼上菊豆痛苦的惨叫，这样一场独角戏，导演给了他多么充裕的时间。在这场表演中，他没有多少外部动作可以依托，却必须展现出杨天青生命内部的翻江倒海。我想，如果不是他这样的“大腕”，是不可能将那么长的时间和那么大的空间填满的。但他举重若轻地充分利用了这个表演时空，将菊豆的惨叫变成了对杨天青性命的击打和召唤，无言又炽烈地表演了出来。据说，国外有影评说，李保田的表演已具有国际级大师的水平。这当然是针对《菊豆》所言。我想，这不算是过誉。但他在其他影片中的表演，包括《过年》，我觉得都没有达到这个水准。

《菊豆》像所有高水平的影片一样，是艺术张扬了故事，而不是故事压制了艺术。张艺谋的导演风格，可能就是留下了尽可能少的故事，而加进了尽可能多的艺术。

写于1992年9月

来自家园的歌

现在，中国人的习俗似乎正在发生着两种方向相反的运动。一种是都市人的“洋化”，除了流行吃美式快餐、喝可口可乐，圣诞节也越来越过得隆重了，还有什么愚人节、情人节、母亲节、父亲节等等也风行起来。另一种则是乡村人的“复古”，传统的节日不仅没有淡化，反而过得更隆重、讲究，恢复了许多因政见被革除和因贫困而被简化的内容及程式。婚礼、葬礼，给小孩过满月、给老人过寿辰，现在在乡村讲究得一塌糊涂。

工业文明推动着现代化进程，似乎总要改变传统的习俗。不过也不一定。越是发达的国家，好像“复古”的热情越高——在民俗的领域里，现代人在顽强地抵御“现代化”。这是为什么呢？是不是就像时下的高等宴席，一定要有一道别致的苦菜，以示“高等”到了极点——物极而返？

近日看了《晋韵》片段，有了种新的感悟。在这些熟悉和不熟悉的晋地民俗中，给予我们的不仅仅是知识，不仅仅是地方特色，也不仅仅是民间的活历史，甚至也不仅仅是悠久的中原文化的“积淀”，因为其中分明有触动你的东西，是从心里触动你，或者是使你的血脉不能平静地流淌。也许可以用一句现成的话说，你听到了来自家园的歌，这个家园是指我们人类的精神家园。

在黄河上放美丽而又静穆的河灯，借以实现生者和死者的对话，这“仪式”是多么有诗意，但你又绝不可能不“介入”地来欣赏这诗意。

面对匼河人严冬的“背冰”仪式，我们看到了中原人曾经有过的“阳刚”，但你能沾沾自喜吗？

今天已经很难看到的“祈雨”仪式，那是人和天的对话吧，这对话真有“创意”，但又是那样的自然，“人”把“天”，想象成有“人情味”的对话者。

还有那色彩斑斓的“红火”，“红火”就是一种狂欢。既然老太太们也有狂欢的需要，那我们汉人似乎不应该像现在这样呆板，这样远离了歌舞。

还有。还有。

我们可能已经失去了很多的天性，很多的丰采，很多的美德，我们可能已经远离了自己的家园。

但我们能没有家园吗？这可能是《晋韵》留给我们的最悠长的韵味。

写于1993年9月

珍贵的狗也是狗

那是我在街头散步时见到的一幕，非常平常，但过去很久了，还是没有忘记。那天也是在下午五六点钟，我照例出去走走。附近又没有幽静之处，不过是在马路边的人行道上溜达。不记得什么时候才注意到的，在我前面，正有一位年轻的父亲，手牵着一个四五岁的小男孩，也在悠然散步。或者说，只是年轻的父亲显得悠闲，那个小家伙可是充满了激情，他不是强拉着父亲快走，就是停下来，要求父亲也来研究他的新发现。他仿佛是要故意破坏那种悠闲的散步节奏，可这小家伙的激情，使散步变得多么动人！这一幅动人的父子散步图，甚至使我想到了岁月的无情。我已不再年轻，孩子们也很少和我一起散步，他们长大了。

就在我生出这份羡慕和感慨不久，前面的这幅动人情景，突然发生了意外的变化。那对父子刚刚走近路边的一家小铺子，猛然间就从铺子里蹿出一只比小猫还要小的狗来——起初我还真以为是一只小猫，直到它发出汪汪的叫声，并愤怒地向那个小男孩冲去，我才发现它是一只狗。它实在是太小了，而且也没有类似狮子狗那样奇特的相貌，它发出的汪汪叫声又是那样的细嫩，而它选择的进犯对象也是现场最弱小的一个人。但它的愤怒是真实的，它冲着追逐那个小男孩时，也极力显出了它的凶猛。受到这样的突然袭击，那个原本快乐的小男孩，显然惊恐无比，我见他慌张地绕到了父亲身后，拼命拽着父亲的一只手，分明是要求父亲带他赶快离开这里。小男孩的这种惊恐状，似乎使那只小狗有些得意，它冲到了离小男孩更近的地方，显得更凶猛地汪汪叫着，这个狗东西！

令我也感到惊恐的是，在发生了这样的突然袭击后，那位年轻的父亲似乎依然保持了悠闲状态。他不是没有发现这只太小的狗，从突然蹿出的那一刻起，他就盯住了它，但我没有看见他向这个小狗东西做过任何抗议，比如挥挥手，或者吆喝一声。他好像是被别一种意外吸引住了：狗怎么会这样小，这是一种什么品种的狗，如此之类。这当然只是我的猜想，因为他盯住看那个小狗时，显然是很入神的，以至惊恐万状的儿子要拽着他快走，他反而几乎驻足不前了。从背后看去，他也是一位五尺男子汉，大概不会对那个努力显得凶猛的小狗东西也感到恐惧吧。

我还没有走近他们时，小狗的主人从铺子里走出来了。那大概就是小铺子的老板，肥肥胖胖的样子，一走出来就笑吟吟地瞅住他的小狗，嘴里连连亲昵地呼唤着什么。小狗东西见了溺爱它的主人，得意又得势，以更凶猛的攻势，向小男孩发起了新一轮的追逐，仿佛是要向主人证明，它虽娇小，可依然是很出色的一只狗。在这一刻，狗的主人那笑吟吟的亲昵，简直要溢出那肥胖的脸面，洒落下来了。而那位年轻父亲，这时还在盯着这只娇小的狗，而且依然盯得那样入神，听任它追逐自己的儿子，向主人邀宠。只有那个小男孩，带着更大的惊恐，绕着自己的父亲，躲避这小狗东西的追逐。

最后的结果，当然不过是那个肥胖的老板，依然笑吟吟地抱起了自己的小狗，亲昵地拍打着，喃喃着，走回了自己的小铺子。那对父子也继续散他们的步，只是小男孩再也没有了激情，他不再破坏父亲悠闲的节奏，而是了无声息地被这种节奏拖带着，远去了。

我不能忘记的，只是那个小男孩惊恐的神色，因为那是真正的惊恐。

他也许是坚强的,在无端被那个小狗东西折磨的整个过程里,他一直没有哭。可是我想,他回去至少是要做噩梦的。

我并不想责怪那位年轻的父亲,他一定也是非常爱他的儿子的。在那一刻,他或许只是犯了一个现在人们很容易犯的错误:在他入神的时候,大概只看到那只小狗娇小、奇特、品种珍贵的一面,而忘记了它是一只狗。

写于1993年5月

少了浮躁气

电视剧《北京人在纽约》还没有看完，但大体可以断定：它比预料的要好看。

近年，“炒”得很“火”的电视剧，让我们遭遇出乎预料的失望太多了。这个电视剧在面世前，好像没有怎么“炒”。不过，有关姜文领衔、陈道明杜宪退出、全部镜头赴美拍摄等花边新闻，还是不断出现在流行报刊上。而且，本剧的故事又很“潮”，出国淘金，“发”成巨富——在出国“热”高烧不退、发财“潮”波涛汹涌的现状下，这个故事显然是应时抢眼得很。所以，我根据以往经验，预料它也会“萝卜快了不洗泥”，不可能怎么好看，准备着趁早不要再失望。

看了几集，就有了一种“过望”的感觉：还蛮好看的。

这个电视剧的样式，我感到还是一种追求“流行”的室内剧。它比小说原著更趋向于“流行”，这是很显然的。比如，王起明同郭燕的离异，之后又各自有了一个有钱的情人，他们的女儿夹在其间不断出“戏”，这是一种“流行”模式。但它没有让人失望，我感到是因为编、导、演们没有被这个“流行”模式所左右，而是很严肃很认真很“敬业”地驾驭了这个“流行”模式。它不像那些让人失望的炒“货”,“流行”在握,就抡圆了“侃”,不讲究演技,不要艺术尺度。它少了这种近年很流行的浮躁气。

姜文的表演当然是很出色的了,他支撑着全剧的艺术水准。他这个大演员,在这样一个流行电视剧中,没有摆“大”谱,而是那样准确地融进了角色。在本剧中,能与他匹配的演员并不多。或许,只有马晓晴以及王姬才真正能与之配戏吧,她们在剧中的表演也很出色。其他的演员,如郭燕、大卫、秀梅等的扮演者,能够看出她们的演技有限,但她们显然也都成功地塑造了各自的角色,演得既无“不及”,也不“过”。所以,在整体效果上,让人看得比较舒服,整体水平不低。

一个很可能流俗的剧本,一个不能算强大的演员阵容,却能拍成这样一部在近年可属艺术上的佼佼者的电视佳作,很能引出一些值得议论的话题。

流行艺术作品,并不是可以粗制滥造的作品,它同样需要创造,需要才华,需要辛勤的劳动,需要敬业精神,《北》剧起码证明了这一点。

写于1993年10月

守住自尊

时髦有时候带着一种文明的力量。比如，前几年一到夏天，你在北京的小巷大街都很容易看到赤膊过市的小伙子。那时光着大脊梁招摇于京都的闹市，并不寒碜，倒透着京人的一片坦荡似的。后来“南风北渐”，西装革履、油头粉面忽然成了京城街面上的“派”，夏天爱赤膊的京人也赶紧学着港仔来包装自己了。现在大热天，你再看街面上那些稍微讲点“派”的年轻人，不用说光着大脊梁，就是短裤、凉鞋也早与他们无缘了，全是一派要出席记者招待会似的衣冠楚楚。男士的“严”和女士的“露”，正成了街面上时髦的阴阳两极。

不过，街面是公众场合，衣冠楚楚比起光着大脊梁，毕竟是一种文明气象。而且，这种由时髦潮流所挟裹着的文明，有时候要比“五讲四美”来得雷厉风行。

再比如外省人说普通话，现在也由于和时髦“并了轨”，比之以往，那是风行得多了。年轻人以说方言为“土”，不再以“撇京”为“贱”，这也应该算是一种好的时尚。

现在，在一些时髦涌动的场合，像上点“档次”的商厦、酒店之类的地方，我们很容易见到那种衣着得体（甚至豪华），言语文雅（甚至高贵）的女士、先生。如果他们之中的许多人，不是手持那个太具强调身份意味的“大哥大”，那这些先生女士们就真有点“上流社会”的味道了。只是，你也很容易发现，就在这样的“上流”场合，当这些典雅的女士先生偶有得意或稍有失意时，常常会突然改用自己的“母语”——方言或是俗语，来抒情达意。这个时候，他们的言语虽然不再那么“文雅”，甚而不免有点“土”，有点“糙”，有点“脏”，但那抒情达意是十分流畅的，鲜明、生动、准确，很容易达到淋漓尽致之境界。而且在这个时候，他们会突然显得那么充满了生机。

当然，我不是不欣赏这些女士先生典雅，文明，有教养的样子，而是感到现在的时髦为我们划出了一条非常有意思的界线：时髦的那一边是文雅，体面，甚至是豪华，高贵，但不是那么流畅，那么鲜活，那么有生机；“原生”的这一边则是“土”“糙”“脏”，俗，可能还有穷，但却是一片活蹦乱跳。也许，教而养之，久而久之，那份新的典雅就会变得流畅起来。只是讲究时髦以后，我们自己的“原生状态”就只能以“土”“糙”“脏”的面目呈现吗？ 换一种说法，我们被时髦所逼而“装腔作势”的时候，总是努力使自己显得像个“人”似的，而在说脏话、骂人、撒野的时候，倒尽情糟蹋着自己的“母语”。这可能不是每一个赶时髦或被时髦所赶的人都想追求的境界吧。说方言，有人也会显得很儒雅。孔明大概也不会说很溜的洛阳话。在革命历史题材的影视片中，说方言倒常常成为伟人们的一种风度。我们的“原生状态”也分明是一种很悠久的文明。

问题可能出在时髦上。时髦就是不断让你产生自卑，又对你产生诱惑的一股股风。你如果太自信，还怎么可能跟随了它去装模作样或改头换面？只有打垮了你的自信心，使你相信自己是个可笑的土老帽，你才会产生“重新塑造自己”的欲望，才会决心“换一种活法”。在商业意义上，时髦又是最基本的营销策略，它永远在宣布：你是陈旧的，我是新潮的。直接点说，时髦就是商业利润，时髦就是钱。时髦还是一股风，今日跃上排行榜，明天跌入垃圾箱。它不喜欢你教而养之，久而久之，你还没有学会衣冠楚楚，它就流行起补丁衣裳来了。

有一次，一位为国争了光而负伤归来的体育明星，在机场接受电视采访，居然全是用一种流行歌词式的时髦语言来答记者问，我听了真是有点伤心：你是英雄啊，你也是明星啊，你为什么要用歌星的语言来表达自己的情感啊，歌星的语言是用来表演的，是用来表达那种可以批量生产的“仿感情”，而你不需要表演，因为你表达的是自己真实、珍贵而又完全不同于任何别人的独特感情，这种真感情绝不比那种廉价的“仿感情”寒碜啊，可你却使用了歌星的那种时髦语言，这就等于对千万电视观众表达了一种“仿感情”，也等于什么也没有表达。

时髦就是这样打垮了一个英雄的自尊。

现在许多大众传媒的主持人，都改用一种努力显得亲切的口语来说话了，这也是一种好的时尚。只是其中不少主持人也似乎上了时髦的当，他（她）们醉心于用一种“仿口语”来表达一种“仿亲切”，而且常常“仿”的是港台版。其实，你们也是时髦的创造者、发布者，为什么一定要去仿别人，为什么要以别人的时髦为时髦？

时髦可能就是这样先征服名人，再征服大众。

时髦可能就是这样一种力量，有时候推动文明，更多的时候是在打垮大众的自信自尊。

当然，如果你能守住自尊，那时髦对你就会文明得多。

写于1992年8月

另一种自由

大儿子今年参加高考，这使我知道了商贸类学科在当今是怎样的"热"了。理、工、文、史、农、外语，原来几乎各类学校，全开设有许多商贸类专业，而且录取线都一样居高不下。虽然儿子坚决不报考这类专业，但这个"热"并没有什么不好。多培养一些高级的商贸人才，也许就会给商界骗子们少创造一些机遇吧。

自己当年高考时，什么专业最"热"呢？已经记不很清楚了。我只记得，当自己选择了"汉语言文学"系的时候，我高中的老师们几乎都认为这是一种危险的选择。进了大学中文系，在选择专业方向的时候，又有老师、同学诚挚地提示：搞语言保险，搞文学危险。

那时，学文学是一种危险的选择，弄文学是一份危险的工作。儿子对此已不能十分理解，我只能说，它那时的危险，就像它今天的冷清吧。

董桥在《另外一种心情》中，引了唐弢的一句话："古人白首穷经，对于那些目的不是为了考状元的人，我自惟还能了解他们的心情。"

董说，这句话可圈可点。

他还说："细读起来，有一种悲凉的感觉。"

唐弢说那句话的时候，正是我选择“危险”专业的时候。所以，那“悲凉”显然是同文学的危险性有关的。是的，那时候弄文学，不“出事”就万幸了，谁还敢奢望考取状元？那时，状元的红花或者是“反动”的帽子，全在“政治”手里拿着。你想戴状元的红花，或者仅仅是不想戴“反动”的帽子，都必须学会讨好“政治”。如果你只想“穷”文学之“经”，那真的要有点冒险精神，献身精神。那时，我只赶上了学文学，虽然也想献身文学，可惜正赶上文学自己也献身了——它完全给“砸烂”了。所以我非常敬佩那时献身于文学的人。那时，他们之中的许多人，仅仅因为坚持了一下现在被丢弃、被调侃又被召唤的人文精神，就出了“事”，被批判，被专政，被戴了帽子，在他们的脸上被刺下一个吓人的“右”字。

那时，最“热”的就是“政治”，就像今天最“热”的就是“商贸”一样。

今天，文学是不是又得去讨好热门的“商贸”呢？或者说，文学也必须“换一种活法”？今年都市里的文化衫上，流行一句新的主题词：“轻松愉快做老板”。文学，也许也可以“轻松愉快”考状元了。你只要会讨好商界的大小款爷，或者你善于按商贸规则行事，捞个什么杯文学奖，走进什么名人大词典，甚至戴一顶大师的帽子，那都是在“轻松愉快”之间即可成就的事。状元的考法也多样化了，可以“炒”，可以买，也可以批量生产，批发零售。这样的事，今天真的已经很多了。今天，似乎更用不着“白首穷经”了。

十年前，当《文学自由谈》创刊的时候，文学还没有真正走出“危险”的阴影。所以，那“自由”是为摆脱“危险”而“谈”吧。以那时的眼光看，今天的文学已经是很“自由”了。文学已经“自由”到可以自由炒卖，而且是那样的轻松愉快。至少文学已经不是一份太危险的工作了。

我不知道，这种自由是否就是文学一直所呼唤的那一份自由，因为我们的文学还不曾有过享受自由的经验。但我们的文学有过“突出政治”、讨好政治的经验。其中有一条经验，例外者可能不多，那就是：凡讨好者，一不会有什么危险，二不会有多少价值。当然，那是指文学自己的价值，不是当时的政治价值，也不是今天的市场价值。今天，文学去讨好商贸，或者干脆就是讨好金钱，也许既可以取得市场价值，也可以保全文学价值；一个文人也许既可以做大款，也可以做大师。谁知道呢？因为我们还没有这种经验。

只是，文学在变得不那么“危险”的时候，是否也必须同时也变得不那么体面？文学在失去“危险”的同时，是否也必须失去自己的尊严？文学需要有自己的尊严，当然不是因为它就怎样的高贵，或者怎样的可怕。文学原本不过是一份比较费劲的手工活儿，它大概既不适于突击那种很“热”很急的政治性活儿，也不太可能批量生产市场上很流行、很畅销的东西。它倒真可能是一份即使“白首”也难以“穷经”的活儿。曹雪芹恓恓惶惶忙活了十年，成就了一部《红楼梦》，他还是一位天才。谁能知道还有多少天才和非天才，耗去是十年、二十年，却什么也没有成就？而且，他成就《红楼梦》是为了讨好谁呢？

文学最好不要去讨好谁，那样，它可能就真有些自由了。当然，喜欢拿文学去讨好谁，那也应该有自由。

写于1995年8月

垂钓之溪

很偶然的，在体育频道见识了一种从未见识的垂钓场面，挺开眼界。

那是一条幽静而美丽的林中溪流，溪水清澈见底，水流稍现湍急。垂钓者从容地沿溪巡视，选中了一条十分漂亮的虹鳟鱼。这条鱼不小，有二尺多长吧，正静静地躲藏在溪底一块卵石的阴影里，但那美丽的橙红色于清澈的水流里仍然鲜亮欲出。这条美丽的鱼，当然不是为了表演而事先放置于此的道具，它天然生于斯，活于斯，只是今天不够走运。

垂钓者说，他要把这条鱼钓上钩。

他选了选下杆的位置、角度，甩了两次杆，把鱼饵投到最佳的地方。这一切，做得那样干练、稔熟，又静无声息，并没有垂钓时那种必有的等待，那种入定似的悠长等待。鱼饵仿佛具有什么特别的魅力，很快就把那条美丽的虹鳟鱼召唤了过来。然后，它就上了钩。幽静的溪流里立刻激起了波澜、水花，还有一片喧哗。

垂钓者放长了线，听任上了钩的鱼在溪中狂奔、翻腾、喧哗，而且这样持续了很久，很久。这是在等待鱼儿疲累下来。这种等待比起一般垂钓时的等待，除了有一动一静的不同，心境就更两样了。在这种等待中，正可从容品尝成功的滋味。

这条不够走运的鱼，终于筋疲力尽了，终于被垂钓者钓出了水面。他摘下了鱼钩，端详了一会，赞叹了一声："真是一条美丽的鱼。"然后，轻轻拍了拍它，就弯身放它回归溪流去了。它仿佛不相信重获生路，在水里愣了一阵，才急急游走了。

据解说，这位垂钓者有国际垂钓大师的级别。

欣赏之余，不由想到了一句话："历史即我垂钓之溪。"这是哪位人物说的，一时想不起来了。就又想，文学何尝不是在历史之溪、生命之溪垂钓？我们垂钓一生，达到如此随心所欲之境界或"级别"者，能有几人呢？这倒不足为憾，大师本也不是人人可做的。只是，当那位垂钓大师最后把上了钩的鱼放归溪流的时候，我就想：我们是不是有些太看重了垂钓的结果，或者说，我们是不是有些忘记了垂钓的乐趣？垂钓从捕鱼术中分离出来，就是因为它弱化了功利性，提升了技艺性。或者说，正是在它落后的捕鱼方式中，保留了任何先进的捕捞术所不能提供的乐趣。在今天，钓鱼迷有谁是为了吃鱼呢？同样在今天，当文学的叙事抒情功能受到影视、多媒体以及新闻传媒的挑战时，我们是不是有些太悲观了？

文学难以用先进论优长，比如难以被高科技武装或改造，这是它的不幸，也是它的幸运。改用电脑写小说很容易，它带来了书写的方便，但它一点也不能提升你的原创水准。电脑不能给人的东西，那可能才是最值得珍重的东西。没有多少人相信电脑可以进行艺术创作，这就像任何先进的捕鱼术都不可能替代垂钓的乐趣一样。现在，都市人喜欢花钱到养鱼池去垂钓人工繁殖的鱼，乐趣是仍有乐趣，但那是在购买一种被复制出来的乐趣。为了让你钓到鱼，就给鱼饿饭；为了让你钓不到鱼，就给鱼饱餐。这是商业化对垂钓的侵略，仍是企图以功利性伤害技艺性。在这种商家的养鱼池里，大概不容易修炼出垂钓大师。同样，在商家的导演下，文学也在做一种复制型的批量生产了，就像用渔网捕鱼似的。为了吃鱼，丢去鱼竿，张起网来，也是聪明的转轨吧。只是，乐趣毕竟是两样了。

远古的姜太公倒是不要一点功利性，他的直钩垂钓法，不知能给他带来多少乐趣。他的这种垂钓，似乎只是为了超越垂钓，或者说干脆就是为了否定垂钓。他的志气，令人惊叹，但他不能算是垂钓大师吧？还是那种在林间湍急的溪流里，随心所欲地去钓天然美丽的鱼，令人赏心悦目。

写于1996年10月

巅 峰

柯受良在飞越黄河的那1.58秒时间里，也许什么都没有想，因为他必须把全部精力、整个生命都专注到飞越上。但这1.58秒，肯定会令他回想一生。在这1.58秒里，他飞上了一个至今还无人企及的高度，因而站在这个高度的感觉，那也是无人可以获得的。在成功地飞越了这1.58秒后，他应该说一句：这种感觉好极了。

当时他没有这样说。面对着记者的包围圈，他只是激动万分地说了几声：谢谢。在那个巅峰时刻，他也没有诉说为了飞越这1.58秒，曾经付出了怎样的辛苦，没有再说起这飞越的惊险。我曾经担心，会有记者诱导他去诉说这些，就像以往在此类场合常见的那样，幸亏他没有多给记者实施诱导的机会。我松了一口气。

前不久，当邓亚萍再次占据了世界冠军那个高度，那个由她占据了多次、占据多年的高度，我真希望她像当年的贝利和今日的乔丹那样说一句：这种感觉好极了。全世界努力了多次，争取了多年，就是没有人能占领她守卫着的这个高度，她似乎也应该像当年刘易斯多次夺得奥运百米金牌后那样说一句：我是最强大的。可她没有说这类话，在那个人生的巅峰时刻，她接受了记者的诱导，说起了自己的伤病和辛苦，谈论了退役与否。那时，她当然也是激动的，但似乎已经习惯了这种激动，她从容谈论着自己的伤病，从容诉说着天下无敌的感觉，她有了成熟的大将风度。此刻，她如果不向我们谈论伤病和退役，那就更具一位伟大运动员的迷人风度了。

在巴塞罗那奥运会上，我国那些夺取了金牌的伟大运动员们，在成功的那一刻接受记者采访时，那种登顶的狂喜，使她（他）们几乎所有的人都言不胜意。可这种"写真"反倒是非常迷人的。只是，在这种言不胜意的言说中，许多人都说了那样一句话：这么多年练得太苦了。我清楚地记得她（他）们说了这句话，是因为这句话留给我的印象太深了，它就像演奏美妙乐章时出了一处错误，像一篇美文忘记删去某个病句。她（他）们已经站到了无人可比的高度，毫不含糊地成为全世界最棒的人，面对为之喝彩的公众怎么说也不该言苦。

在亚特兰大奥运会上，我国的金牌得主，那些世界级的伟大运动员们，已经不再言苦，我注意到在成功的那一刻，许多人泪流满面。英雄的泪水应该是迷人的。但有一位英雄没有流泪，那就是拿了两块金牌的伏明霞，她在那一刻是灿烂地笑着。后来有记者就此问她，为什么没有流泪，她又灿烂地笑着说：因为我觉得拿金牌的感觉特别好。伏明霞终于说出这句话：巅峰的感觉特别好！她像世界上那些伟大的运动员一样，在坦然享受那种巅峰之感时，显得幸福无比，美丽无比。

人生是需要有巅峰的。在这个英雄主义退潮的时代，那些伟大的运动员们就成了公众的英雄偶像。其实，在舒适和休闲已经变得习以为常的今天，我们去吃一点苦，或者许多苦，以换取哪怕是一秒钟的巅峰体验，那这种吃苦就会变成一种富有激情的现代浪漫。这一秒即使不能惊世，也会照亮你的一生。柯受良那惊世的飞越，可能就是展现了现代人的这种激情。

写于1997年6月

多链接少摧毁

现在议论网络文学，似乎为时过早。所谓网络时代，即便在它的发祥地美国，也还是方兴未艾吧。譬如网络上最被看好的电子商务，好像还摸不着赚钱的门道。在我们中国，透过喧哗与骚动，那个由数字化网络所编织出来的新技术、新经济、新时代，实在也只是刚刚跟进、引进。所以，文学登录网络，开创一片新天地，恐怕八字还没一撇吧。

网络文学与传统文学，会有什么不同的品质？现在也只能做科幻式的想象。眼下网迷们夸网络文学，也无非传播快捷、发表容易、人人能做作家。这其实只是互联网的共性，还不能说是网络文学的特性。

现在能看清的，是互联网不仅仅是一种高科技，它更是一种文化，一种新的社会形态。一种文化引进来，服不服水土，又会结出什么样的果实，都是难以预料的。而文学对文化"水土"的选择，却似乎比较苛严。什么样的文化，孕育什么样的文学。文学还有一个特性，它的成长要靠悠远的积累。从零开始，从一张白纸开始，都成不了气候。

如果中国文学的前途，真的是必须"登录"网络社会，那就应当满足两个条件，一是能提升汉语写作，一是能与中国文学悠远的积累"链接"起来。如果网络文学是又一次地破旧立新,又一次地与传统彻底决裂,又一次地在一张白纸上画最新最美的图画,那前途至少是不会吸引我。

都说现在的文学处于低谷,前卫作家的才华依然集中在摧毁传统上,似乎中国文学的不景气,依然是传统太强大。其实冷静想想,二十世纪中国文学的最大传统是什么?我看就是四个字:摧毁传统。以白话文运动开始的文学革命,对于开创中国的现代文学,功莫大焉。但此后近一个世纪,破旧立新的革命就一直没有停止过,结果是旧的都破了,新的却没有多少能立起来。二十世纪的中国文学,说来说去也不过是二三十年代那一点辉煌,强大的传统哪有?

文学是需要成长的,更得靠积累。积累就是留住旧的,加进新的。艺术的创新与社会革新不是一回事。现在对艺术创新的解读,似乎仍然是社会革新版。所以才当心网络文学会走"摧毁传统"的老路。

但愿这是多余。

写于2000年7月

友作品评

表现长时段的历史

——在《厚土》研讨会上的发言

山西的文学写农村题材有较深厚的传统，从几代作家和每个作家不同的实践，对把握农村生活，我觉得有不同的层次。法国年鉴学派历史学家费尔南·布罗代尔把历史分为三个时段，一个叫长时段，长时段的现象包括地理环境、气候环境、社会组织、文化思想传统等长期起作用的现象，他把这种历史称作几乎不动的历史。中时段现象是人口的变动和长期物价的演变、生产、利息等等，也叫缓慢而有节奏的变化。短时段指战争、革命等变化最快的现象。过去，写农村题材的小说，写事件的历史较多，短时段的较多，如写土改，写合作化，写社会变化比较多。这种小说有它历史上的贡献，但由于这些事件变化较快，所以过去之后往往引起争论，它的价值也受到削弱。中时段可能就是写生产关系的变化，这在农村题材的小说中也写得较多了，从个体到集体，又由集体到今天的包产到户等等。而李锐的小说在把握的层次上，写了中国农村几乎不动的历史，写了长时段的东西，这也许就是他的《厚土》的一种含义吧。这样一个长时段不仅涵盖了过去四五千年前的历史，也涵盖了现实，所以，这种把握更接近于一种文学上的表现，也是他在写农村题材中的追求。在这样一个层次上来表现中国农村深层的形态和中国农民深层的心态，在山西农村题材小说的创作中是有很大意义的。李锐过去的作品也做过这种努力，他的作品大致可分为两部分，一是以知青为主体的作品，如《红房子》；一是专写农民的，我觉得成就大的还是后者。在较早的《月上东山》《静静的南柳村》《霉霉的儿子》等作品中，他已经在做这样的努力了。这些作品中有沉重的一面，几乎不变的一面，随着时代的变化，新的东西融进来了，与旧的东西缠绕在一起，很难剥离，这在《厚土》里表现得较好。我最喜欢其中的《锄禾》，在那样短的篇幅中写了好几条线索，表现了古老的贫瘠的世界与人的一种被压抑的生命的冲动的对比，我觉得这就是中国的文化。我们现在写文化不一定非要受西方人类学、考古学的影响制约。

我们的生存环境、千百年的文化，对中国人来说是多么沉重的压力，或者说是不公平。正因为这样，显示了中国农民顽强的生命力，像《古老峪》中写的农村姑娘那样一种新生的、追求新生活的朦胧冲动。但是，从作品中也感到这样一种东西很快会被厚土层淹没。因为她没有追求的一种能力，也没有这样一种环境使她去追求。即使我设想她找到一个公家的干部，将来她设计自己的生活，也会按照整个这个文化对她的影响去做。《眼石》表现了传统的“道德”与“不道德”的错位。这两种东西互相纠缠，写出了一种丰富和复杂，不是用儒道和佛可以解释的，不是中国知识分子那种文化可以解释的。他毫无道德负担地欺负朋友的妻子，但是他回报也是很真诚、很讲义气的，用自己的妻子去回报。这种东西很复杂也是很和谐地搅和在一起。从这个角度看，对表现中国农村这样独特的文化是很深的，也是表现一种善和恶。

像李锐这样表现生活，有他对中国文化的一种观照，带有自己的观点，甚至是现代意识的观照。另一方面，他表现这种生活的时候尽量接近中国农村的生活。完全是地道的，不是其他的，不能用马尔克斯《百年孤独》那样的生活替代，也不是西方现代派的那种困扰。作家非常真实地、逼真地表现了我们这块厚土。他没有评价,也没有廉价地开一个方子,甚至没有过多地追求新的东西,寄托作家过多的期望,这样的作品更能引起我们的深思。像我们这样的厚土、文化环境,确实给人一种很沉重的感觉。作品中人物美好的期望、斑斓的色彩,滴到中国文化的大海中很快就消融了。过去我们曾经怀着一种急切改造中国的心情,我有一个蹩脚的比喻,那是企图用我们自己的东西染红这个大海。包括用我们的血,也很难改变江海的颜色。从"五四"以来,有多少志士仁人所做的努力,使中国走到了今天。但是与世界先进民族比较,我们还是太落后了。改造我们的"厚土",不能像过去做那些廉价的设想。很多现象说明,中国这块厚土是一块魔土,是黑洞。就是"五四"以来总结的,打鬼的人往往自己变成了鬼被别人打倒。现在的改革中也有一些类似的现象,往往从很美好的愿望出发,结果却变得令人啼笑皆非。比如雁北一个很富的农村,有了钱以后,盖了新房,房子里垛了很多白面,其他却没有改变。买了洗衣机不洗衣服,因为穿惯了黑衣服。所以,我觉得我们过去过多地注意了变化过快的因素,对长久起作用的东西关注不够。而这种东西对我们文学来说,是最值得挖掘的。它可以上升到审美。

李锐不属于当前的"寻根"文学,没有站在那面大旗之下,虽然他也在追求深远的文化意识。他在观照中国这块"厚土"的过程中,有显明的现代意识,但他的作品也不能归于"现代派"的行列。他在创作《厚土》的过程中,脱离了"寻根"文学和"现代派"那种剥离生活的东西。所以,他的作品不是生硬的。无论体现现代意识也好、文化意识也好,让人觉得比较舒服。所谓舒服,就是统一在中国这块"厚土"之上。"寻根文学"近年对中国文学有所贡献,但我觉得受外来影响太大了,一些作品受马尔克斯、福克纳的影响很明显。李锐的作品没有这些生硬的东西。虽然他也写了性的冲动,但那是一种生命的冲动,而且是中国农民式的,让人感觉不是赶弗洛伊德的时髦。另外,在分析文化中,没有简单地归结为儒家的什么东西或道家的什么东西。还有一点,他在表现中国农民深沉的一面时,理解农民而又有一种自省能力，一种返回来观照这种生活的能力。“五四”的大作家由于历史的局限，包括鲁迅对农村也不像我们这一代人这样熟悉。所以他们有一种外部观照，即中学、西学这样一种大知识分子的角度观察。而李锐插过队，锄禾是他自己在锄，所以感受是他自己的。作家把自己作为一个有自省能力、超越了这种生活的农民，这是我们当代作家的一种优势。不是过去那种农民式的观察生活的作品，没有超越的力量。李锐把超越的能力和深沉的理解结合在一起，使他的作品在深度上、新意上和表现的复杂性上达到较高的层次。

写于1986年12月24日

不是选择
——李锐印象

李锐说：现在的作家有些羞于表达自己了，自己的好恶，自己的爱憎。

他在说这句话的时候，动着感情，不像他在自己的小说中显得那样冷峻，内敛。

在一九九三年，他发表了两个中篇：《黑白》（《上海文学》3月号）和《北京有个金太阳》（《收获》第2期）。这是两篇真正的"知青"小说，作为当年"知青"的李锐所写的以"知青"为主角的小说。我想做一种很平常的"解读"：这两篇小说都是写了当年"知青"的死，当然是两种不同的死。《黑白》写了一种刚烈的死；在灵魂不肯死去的时候，就选择了肉体的死，最后留在乡村的那一对"知青"夫妻，模范的"知青"夫妻，就那样演出了赤裸裸的死。这种赤裸裸的死法，是既强调了生命，年轻而美丽的生命，也强调了死，生命所能信赖的最后也是最强大的力量：死。但村里的老乡和干部，都看不出这种死所强调的东西，他们看到的似乎是一件谜案，也许还有色情。《北京有个金太阳》则是写了一种更加疼痛的死，灵魂那么真诚地死去了，生命就那样认真地活着，于是"神圣"就以可笑的形式表演出来。但观众却是更加无知无邪的赤子和异教徒似的老乡，他们看不出“神圣”来，也看不出可笑来。

在一九九三年，李锐发了这样两篇似乎带着点“伤痕”色彩的“知青”小说，是不是也想“强调”点什么，希望人们能“看”出点什么？这只是我的一种解读。

有一篇评论说，李锐在这里强调的是“理想”，理想还应该像当年那样“高扬”。对此，李锐说，这真叫人哭笑不得。他说，对至今仍有“知青”保留着“青春无悔”的浪漫情怀，他感到悲哀。他在说这些话的时候，也有些激动。

我们在一起聊天的时候，他也常常会激动起来。生活中的李锐是爱激动的。我以为这与他处世太洁有一点关系。还因为，他至今不肯淡忘或淡化那些刻骨铭心的东西。

但是，在“伤痕”文学流行的时候，李锐并没有写自己的伤痕。他是有伤痕的。以初中的弱冠之年，从北京来山西的邸家河插队。那是吕梁山腹地的一个小村子，只有十几户人家。在这里做“知青”的时候，他的父母又死于冤狱。他的初恋也在那时破灭了。他上学的“指标”被人挤占了。总之，诸如此类当年“知青”那种典型的伤痕，他都有。但是，他没有写。

在“反思”文学流行的时候，李锐也没有写“反思”小说。那刚刚过去的“知青”生活，对李锐来说，同样是既留下了伤痕，也留下了另外一些东西。他后来说过，由于有了邸家河那六年的生活，他知道了许多的东西。他著名的《厚土》系列，可能就包含了这许多的东西。但《厚土》显然不是“反思”文学，它出现时“反思”文学早已流行过去了。当时好像“伪现代派”也快流行过去了。

严格来说，在一九九三年的《黑白》和《北京有个金太阳》之前，李锐还没有写过真正的“知青”小说，即以“知青”为主要描写对象的小说。《厚土》中也写到了“知青”，但《厚土》的焦点是对着吕梁山，对着那里的农民，对着那里的历史，“知青”只是广袤悠远的吕梁山中的一些点缀。而在一九九三年,“知青”文学对我们的文坛来说恐怕连点缀也算不上了。

一九九三年中国文坛“火”着的是“洋插队”文学。这些“洋知青”们从海外带回来的,大多不再是“伤痕”而是财富,或者是虽有“伤痕”也有财富,还有可以将整个中国称为“土老帽”的心态。

一九九三年还是中国商潮汹涌的一年。一九九三年还是纯文学进一步跌入低谷的一年——大家都这样说。

就在这一年,李锐写了《黑白》和《北京有个金太阳》,他的真正的“知青”小说。

一九九三年,海峡两岸都出版了李锐的第一部长篇小说《旧址》。台湾那边是在二月由洪范书店出版,我们这边是在八月由上海文艺出版社出版。

《旧址》是李锐在《厚土》之后写的最重要的小说了。它从一九二八年写到了现在,但它不像历史小说,更没有一点“史诗”的味道。它写了一个李氏家族,但也不像是家族小说,它就没有把镜头对着家族内部。它也不是文化小说,因为它没有淡化社会和历史,一九二八年至今的大的政治社会风云,小说都有显现。但它并不是社会风云小说。它也不是先锋小说,小说中的人物、事件、时间、历史,并不是“话语”的道具,它们是有“主权”的。当然,它也不是“通俗”小说、流行小说,因为它没有流行起来。

我也不知道该把《旧址》叫什么小说,正像《厚土》一样,在评价《旧址》时,我们仍然不能找到可以参照的“范本”。它是中国的《百年孤独》,它有博尔赫斯的神秘,它是现代《红楼梦》,它有川端的味道,等等,这是我们常见到的对某部作品的高度评价。我曾经把这种评价法戏称为“副本效应”。李锐很欣赏这个戏称。可惜我无法这样来“高度评价”他的《厚土》和《旧址》。

评价《旧址》可以参照的,我想也只有《厚土》。《旧址》写一个大家族,从一九二八年写到现在,而且这期间大的政治社会风云都没有回避,但它篇幅却只有十七八万字——它的凝练如《厚土》。这种凝练,我知道不是一种技巧。李锐不肯忘记刻骨铭心的东西,他似乎也是只肯写刻骨铭心的东西。而刻骨铭心的东西,应该是极其凝练的吧。我也知道,这刻骨铭心的东西,并不仅仅是他个人的"伤痕",因此这些东西也才经得起凝练。极其凝练于外,刻骨铭心于内,"作品之震撼力遂趋强大"。这是《厚土》的特色,也是《旧址》的特色。两者的不同,不在于题材,《旧址》更像一个寓言。

但《旧址》不是一个轻松的寓言。

《旧址》写了一年。那一年,我见他很痛苦。痛苦地跟随了他一年的人物,他居然都让他们死去。他说,这一年他是在进行一场"生者与死者的对话",感到寒冷。

在一九九三年,李锐受到了邀请,要赴台参加一个大陆、台湾及海外华人"三方"作家对话活动。大陆受到邀请的三位作家,李锐之外,有汪曾祺和莫言。显然,这次是从艺术的角度选择和邀请作家,他愿意前往。

中国作家走出国门,走向世界,这当然是应该的。但作家的走出,应该是在文学上、艺术上被认可,被尊重,被评价,而不应该是缘于其他,例如仅仅把中国作家的作品当作社会档案、经商指南之类,或只从意识形态着眼。李锐在意这一点。

台湾出版他的《厚土》和《旧址》的洪范书店,是那边惨淡经营的一家"纯文学"的书店。在美国翻译他的《厚土》的,是著名的汉学家葛浩文,严肃评论《厚土》的郑树森教授,是加州大学专事世界当代文学研究的著名学者。在瑞典翻译并推荐出版他的《厚土》的,是瑞典学院的马悦然教授。所有这些关系,都是靠他自己的作品。他满意这一点。

李锐也数次以一个中国作家的身份被邀出访欧美。但他没有怎么写那种出访的文章,譬如在什么报刊连载的"访美散记",或者是列入什么丛书,出一本"瑞典纪行"。他也没有怎么变得快乐起来,"潇洒"起来。在聊天的时候,他还是说刻骨铭心。他还说,一个作家还是必须在回答与生俱来的挑战中成长，包括自己的民族、自己的文化、自己的历史所提出的挑战。

不过，在办理赴台手续的过程中，他忙碌得嘴唇起了“火”泡。手续终于办妥了，但台湾那边又通告说，会期推迟到一九九四年初了。他说，那边也有可怕的官僚主义。对付处处都有的官僚主义的挑战，他在具体的操作上可没有多少自己的特色。

在一九九三年，李锐还分到了新房子。他和他的夫人蒋韵决定把新房子装修出些自己的特色来。请了人来做，他们还是给忙得一塌糊涂。应付这类挑战，他们也都不很在行。

在这一年，他还得了一个庄重文文学奖。

在这一年，他仍然没有学习打麻将，也仍然烟酒不沾，酒当然是指白酒。

在这一年，他仍然没有变得快乐多少，轻松多少。也许，快乐、轻松不是可以选择的东西。

写于1993年岁末

无处安置诗意的史诗

蒋韵的小说一向是偏重写意的。特别从《冥灯》(1988年)以后,那种为她个人所独具的写意笔法越发精致了。小说的叙事,总被某种无处不在的意境所弥漫,熏染,仿佛不是叙事营造了意境,倒是意境泄露了叙事的点点滴滴。她的小说并没有放逐了故事,故事仍在,只是支撑故事连缀情节、细节的,又总是她情有独钟的那些意念、意象。这些意念、意象常常微若游丝,但又无微不至。所以,读她的小说,你很难在故事的层面上降落,而总是飘飞在一个旷野般的空间。只是,这种飘飞很少能有逍遥之感,倒时时会生出一种终需降落又难以降落的牵挂。也许,正是这一份割舍不断的牵挂,使她的写意富有了张力,承担了重负,不能随风飘逝。有时,在极其空灵、极其诗意的叙事中,竟然牵挂出那样意外的沉重。所以,蒋韵的小说显得很独特,就不仅仅是在女作家中。

总之,在《栎树的囚徒》以前,蒋韵的小说,是在空灵,疏朗,含蓄,纤巧中,时隐时现着某种沉重。但她新近发表的这部新长篇,好像不再是这样了。

我在阅读这部新长篇时,几乎认不出这是蒋韵的小说了。那一向的空灵，疏朗，含蓄，纤巧，已变成了饱满，喷涌，酣畅，雄健，那一向的写意笔法虽难以隐去，但浓墨重彩，神色飞扬的叙事，已随处可见。小说用这种饱满、酣畅的叙事，甚为清晰地彩绘了一个无论怎么看都很地道的传奇，也即那个叫范福生的昔日刀客以及他所买来的“朴园”的传奇。这个地道的传奇，又不尽是作家意象、意念的狂舞，倒还有依稀可考的史实做底。这一切，在蒋韵以往的小说中，是甚为罕见的。

小说是以范氏家族中三个女人的主观视角，而且是分别处于人生不同季节——少年、中年、老年——的三个女人的主观视角，回望已逝的“朴园”，本来是可以像以往那样，将整个叙事浸润于“凄清冷寂”的情境中，可这次那个斑斓的传奇却意外地发生了“哗变”。它挣脱了既定情境的束缚，撑破了特定人物的视野，兀自胀大，喷薄而出，从金戈铁马，到妻妾成群，从血流成河，到青瓷青灯，愈来愈色彩斑斓，也愈来愈清晰可触。我想，这一次的阅读，也许要降落在一个故事的层面上了。这个故事是如此精彩，值得驻足流连；这个故事又是如此的“写实”，也承载得起着陆。对于蒋韵的小说，这似乎成了全新的阅读期待。

可是读完小说，我终于发现那个被极度张扬了的精彩传奇，不过是一个陷阱，一个无底的陷阱。被它激发起来的一切，壮烈与感伤，辉煌与落魄，屈辱与彻悟，血色与美色，诗意与天意，一切的一切，依然处于那种无处降落又难以飘逝的无奈境地。这又是一个意外。但这一次的意外，使我看清了来龙去脉。蒋韵并没有搭乘了这个张扬的传奇，漂洋过海而去，也没有着陆于一个优雅的度假村。她的牵挂依旧，沉重依旧。很显然的，她在这部新小说中，并不是在玩弄一种叙事策略，那个被她张扬了的传奇，不是一个叙事陷阱。在这部新作里，她只是更浓烈也更具规模地强调了一向都在表达的那个主题：家园不再，漂泊无途。

“朴园”不是范氏家族可以落地生根的家园。因为这个“朴园”不是范福生以及他的家族所营造出来的，而是在他完成了从一个山民到刀客，再到义军，再到“军阀的走狗”的蜕变之后，什么也不缺了，就缺“一个渊源流长的历史和出身”，于是用低廉的价格买来了这个苍老的名园。他把自己的家族装入这个买来的名园，就像享用一餐美食，或者像新纳一名美妾，志得意满。可被装入这座名园的那些男男女女，她们的生命，她们的精气，却难以移植其中。范福生的母亲，那个本来平凡的农妇陈桂花，为了保护自己做了土匪的儿子，坦然领受了被官军剜去双目的酷刑，又“像一片起舞的金叶，像一只纵情的鸟，像一条回家的鱼”，义无反顾地“飞翔而去，纵身投入伊河”。但她的这一份壮烈，在朴园里却无处落脚。当她成了君临朴园，享受至尊祭拜的偶像时，已被修改成一位披金裹银，珠玉满身的贵夫人，永远囚于那精致的画框里，呆板而僵硬地面对袅袅香火。陈桂花是范氏家族的“源头”，她是被修改了的，家族中还有谁能幸免这种命运呢？朴园在修改着装入其中的每一人，而陷入其中的每一个人，受着朴园的诱惑，有意无意间也在修改着自己。只是，这种双向的修改，却总是宿命似的发生着巨大的错位，结果是把每一个人都修改得不伦不类。

朴园仿佛成了一个不伦不类的系统，一切被纳入这个系统的东西，都会呈现出不伦不类。范氏家族几代人的命运，就是在这种不伦不类中演化成了一个接一个的传奇，又一个接一个消解了传奇。范福生因贫贱受辱而发生蜕变，从阳山起事，占山为王，到拜将封官，入主朴园，这是一段很够格的传奇。可他入主朴园之后，只是不断将富贵和女人填充其中，在享尽至尊至贵后，享受了仇人的一颗子弹。这就像所有流行的传说一样平庸了，朴园使范老九的传奇走向了平庸。他填入朴园的那些富贵和女人，以及这些女人生出来的子孙和日渐消失的富贵，在他生前身后都一直在这个朴园以及它的阴影里不停地发酵，衍化，蜕变，演出了一幕幕颇具声色的人生戏剧，但结局都是一样的令人扫兴。

小说里写到了许多人的死。死是人生的结局，死也是成就一段传奇不可缺少的点睛之笔。但朴园点出的这一笔，却总是败笔。

范老九的发妻段金钗，当年刚烈地血染洞房，又威武地做过压寨夫人，但在朴园里，她所能选择的，只能是死，她选择了吞食鸦片而死。

范老九的最后一位小妾关莨玉，在刚刚参加完自己惊天动地的婚礼之后，就接着参加了丈夫更加惊天动地的葬礼。她十九岁就做了朴园的寡妇，曾经想选择一个画西画的年轻画家，做浪漫的偷情，但她真正所能选择的，也还是死。在挨过十五年的寡妇生活之后，她还是选择了上吊，上吊时还选择了一身红装。

范家的大少爷虎子，多情仁义，似乎没有继承乃父的血性，可他十五岁就为一个艺名叫“卓文君”的落难小伶殉情而死。

二少爷范先琴倒是肖似其父，但他没有什么武功文治，只是不断把风流女人引回朴园。他从风尘里引回的第一个“红粉知己”小红，竟然真以自己的柔弱之躯，挡住了暗杀他的那颗子弹。他没有步父亲的后尘，小红姑娘凛然为他殉情而死。但他还是又引回了一个叫兰的姑娘。

还有那个叫芬子的朴园千金，同那位年轻画家热烈地私奔，又热烈地死在了朴园掌门兄长的枪口下。

还有那个叫悯生的朴园又一代千金，她同一位英雄排长有一段不圆满的罗曼史，她最后疯狂而死。

还有那个叫建国的小男孩的死。

当然，还有那个毅然逃离了朴园，可最终也只能选择死的范苏柳，她选择了登上高耸入云的烟囱去死。只是，从高耸入云的烟囱，也不可能直接走进天国，她还必须跳下来，跳回到她的起点。她没有跳。她从这里走进了冤狱。

所有这些人的命运，所有这些人的死，如果不与朴园相关，如果能单独地干净地摘要出来，那的确都是一段精彩的传奇，或者说很容易演义成一段或刚烈，或幽怨，或浪漫，或悲戚的精彩传奇。只是，一旦将它们放入朴园的“系统”，就都会失却了各自的精彩。在朴园的系统里，所有这些人的死，几乎同那个主宰朴园的范老九的死一样，其实都是一种死于非命。刚烈，大义，痴情，高洁，狂放，美丽，那一切，也许真被这些人真诚地追求过，甚至真的以命相许，但那一切也真的是在朴园无处落脚。以命相许换来的那一份美丽，原来是无处可以安置的美丽，这能构成传奇吗？弥漫于朴园之中的那一份中国文化的美丽，终于不能被激活，这样的感伤，毕竟不是一个精彩的故事所能担当的。

蒋韵安置在朴园里的那许多传奇，也许依稀有点她自己家族的影子做底，但我看更分明的，却是沉淀、衍生、流行于我们文化中的那些传奇原型。在当今，这些传奇原型好像已被再次发现，拿这些原型，经过不同工艺发泡出来的品位不同的新传奇，好像也很受青睐。就是在这种时候，蒋韵将这一类传奇原型，那样饱满酣畅地张扬起来，又令人扫兴地将它们放进了那样一个使之失色的“系统”。这很特别。但蒋韵显然不是很“后现代”地特别喜欢叫人扫兴，她也不是很“女权”地想解构那些美丽，她只是不能不牵挂出那个相关的“系统”，或者说她无法对那个相关的陷阱再做一次美丽的隐蔽。朴园这种陷阱，并不是人人都想跳进去的，只是谁也无法绕开。编缀这部长篇的，是一个叫天菊的十四岁少女的一种意念，即从北方的一个城市流浪到遥远的另一个南方城市。这两个城市与装着她家族的朴园，都一样遥远，但在流浪的中途，她还是陷落朴园，不能前行。这或许有某种寓意，但我看这更像蒋韵自己的一种难以释化的体验，而且不是那种有关个人身世的体验，而是一种对我们生于其中的大处境的体验。她写了一部才华洋溢的史诗，却发现无处可以安置诗意。以一个女作家的敏感和细腻，来表达这样一种沉重而宏大的体验，这在当今文坛的女性写作中，似乎是一种特立独行。

其实，不只是这部《栎树的囚徒》，蒋韵以往的写作，也是一种特立独行，只是没有受到特别的注目罢了。这一次呢？我想也不大可能成为热点一类而受注目。

写于1996年11月

寻求传统与创新的契合

——评高岸长篇新作《世界正年轻》

《世界正年轻》,这个书名似乎不够好。因为现在的潮流,是喜欢追求人的年轻,同时诉说世界的种种危机。上海有一种香皂的广告词是:“今年二十,明年十八。”天天都有美容霜、口服液、矿泉水、保健功等等在宣布,可以使人永葆青春。同时,我们天天都能听到有关生态危机、温室效应、人口爆炸、资源枯竭等等方面的报道和警告。人在变得年轻,但地球的生态环境,也就是人生活于其中的世界,却在变得衰老了。这至少是现代比较流行的一种对人和世界的看法。所以,现在说“世界正年轻”,这就至少有点儿不大合潮流。

这部小说也似乎名副其实,它的内容距离现在的潮流,已经有些遥远了——在四十年前的潮流中发生的故事。那时的潮流,那时流行的对人和世界的看法,就是世界正年轻,而生活于其间的人却希望自己老:更老实,更老成,更老练。小说的女主角夏宁芷,是个刚刚毕业的大学生,二十二三岁,但被她的“情敌”女护士小金称呼为“小夏”,就很不高兴,一直计较着她是比小金大两岁的。一个年轻的姑娘,在情场上似乎也是愿意做“老字辈”的——这可能就是那时的潮流吧。夏宁芷接受组织分配，离开苏州的家，奔赴北方参加工作前，母亲希望她能带一枚宝石戒指走。那当然是真戒指，真金镶着真宝石，但也不是让她戴在手上，显示“大款”气象，而仅仅是让她带在行囊中，以备急需时换点钱用。可她坚决不要：“丑死丑死，人家要笑掉牙的，什么年代了！”这也可能就是那时的潮流吧。

经过了四十年的变迁，那时的潮流与现在的潮流，已经很不相同。

不过，作家并没有以那时的潮流来否定今天的潮流，也没有以今天的潮流去否定那时的潮流。这部小说正是以超越于潮流之外的洒脱，重现了四十年前的时代潮流和被这潮流推动着前行的一群人。也就是说，站在今天写昨天，既超越了昨天所流行的某种思维定式，也没有陷入今天所流行的某种思维定式，这就使作家自己的创意明亮地展现出来了，使小说所写的四十年前的那一段生活，别具一番意味和韵味。自然，这样的小说也许不大可能流行起来。

在文学面临商品化压力日重的今天，小说似乎也应该追求流行和轰动。但文学如果失去了独特的创意和应有的品位，它也同样会萎缩。许多人都说，最好能两相兼顾，既流行，又高雅。这个愿望很像一句迷人的广告词，只是不知能不能兑现。《世界正年轻》显然很超脱，它恬淡地守在文学的境界中，清静也好，热闹也好，不多去管它。

小说所展现的那个年轻的世界，实际就是一种社会的开始状态——建国初期的社会状态、人生状态，也可以说是一个大时代的开始状态。用长篇小说的形式来描绘一个大时代的开始状态，似乎应该具有“史诗”意味吧，或者说应该画成一幅“大风景”——这也是一种思维定式，创作上的思维定式。

这部长篇小说却好像没有多少“史诗”品格，它展现的是些“小风景”。

一九五二年的学校生活，肯定不是那时的“主战场”。小说所写到的学校，又不是很正统的学校：矿工文化学校的一所分校。它虽然坐落在有名的泰山脚下，但小说只略略展现了一下泰山半腰的翠色和浮云，就与这处名胜不相干了。这种文化学校是为了工人阶级实现“文化翻身”，不过小说并没有正面去写矿工学员们攻克文化堡垒的壮举，而主要写了教职员工们的日常生活。他们的工作、学习、开会、评比，他们的衣食住行，他们的喜怒哀乐，包括他们怎样聊天开玩笑，怎样传闲话、斗心眼、闹情绪之类，都是些世俗景观。“中国矿工文化学校第三分校，在五十年代初是泰安县城附近最开明的文化单位。”小说却把这个文化单位里的生活世俗化了，这有些像《围城》把大学生活世俗化了似的。但在这世俗化的后面，好像也没有“微言大义”，没有分明的哲理。

所以说，小说没有把四十年前的生活当作一种历史形态来写，而是当作时间形态，一种特别的时间形态，即开始状态来加以重视。小说里的世界，一切都在开始。学校刚刚完成了土建，领导人和学员一起参加了艰苦的创业；几位领导人刚刚放下枪杆，转战到这个新的战线；十五岁至五十岁的学员们，从扫盲起步，开始学文化；作为小说主要角色的教员们，带着各自不同的背景，来这里过了第一夜，开了第一次会，上了第一课，第一次评定了工资，度过了第一个学期，如此等等。一切都是刚刚开始，一切都已经开始。小说就是展现了这样一种状态，没有做很分明的评价或是结论，历史的或哲学的，都没有。正像贯穿小说始终的女主人公的初恋，那也是一种开始状态，只能说它曾经这样发生过，却很难说它有什么得失是非。这种以时间形态展现的小说世界，使四十年前的那段生活复活起来，并给予它尽可能大的新鲜度。

如果按照“历史已经证明的结论”，或是“将被历史证明的真理”，对四十年前的这段生活重新进行“编码”后，展现给我们，也可能会是一部好作品，但那就是另一类作品了。小说开头，写到了符离集的烧鸡。这种烧鸡再出色，它对于活鸡来说，也毕竟是另一类鸡了。这个类比可能不够贴切，但展现一种定形或定性的历史，同展现一种接近原生态或行进态的生活，给人感受的空间和想象的余地，肯定是不相同的。

小说的开头和结尾，都使主人公处于飞速行进的列车上。这是否是在暗示流动的时间,或者时间的流动?

好像有一位名人说过,小画家总是爱画大风景,而大画总是在画小风景。

《世界正年轻》展现的是大时代的小风景,这些小风景更趋于艺术化,而不是“史诗”化。

这部小说主要写了十来个人物。这十来个人物,似乎不是在传统的“矛盾冲突”中被塑造了出来,而是在小说所展现的时间流动中,渐渐清晰起来,有了血肉,有了个性,有了自己该有的命运。

作家对这十来个人物,好像采取了一视同仁的态度,没有把分明的爱憎和善恶分配给他们,就像我们在传统小说中所常见的那样。在这十来个人物中,我们很难分清谁是正面人物,谁是反面人物,甚至我们也难以分清谁是主要人物,谁是次要人物。那位年轻的女教师夏宁芷,好像是小说的主角,其实她可能只是一个结构性的主角,她仅仅是贯穿了小说的始终,仅仅是被那个年轻的世界借去了她的几分青春气息,此外她也没有享受到更多的特殊待遇。我们不知道她是不是十分漂亮;她在工作中好像也没有十分突出的成绩,在扫盲中,倒是别人老练地给她虚报了战绩;她曾经受到领导的信任,后来又失去了这份待遇;她在德和才上,都远不够完美;她的初恋也不成功。显然,她不是英雄。

作为小说人物主体的教员们,更呈现出一种斑斓的杂色,因为一个个都写得很精彩。每个人物在小说中都占有足够的表演空间,演出了自己的拿手节目,而且每个人物都很“本色”,没有负载多少外加的“意义”。他们谁也不是谁的配角。他们之间发生的是是非非,都被小说做了“软处理”。作家对他们都表现了同样的理解,或者说是同样的超脱。

这也就是说,这部小说似乎并不着重塑造几个主要人物,甚至并不着重塑造个体人物,而重在展现这人物群体所组成的那个世界。那个既洋溢着朝气又显然还不成熟,既开拓着新又必然立足于旧,既不够完美又依然多姿多彩的年轻世界,今天我们已经能够真实地接受它了,因为已经过去了四十年。小说对这些人物后来的命运，大体都有简略交代，似乎是在强调当年的那一份年轻不过是一个过程——年华似水，时间似水。一九五二年，在由这个人物群体组成的世界里，留下了一道年轮。

传统的小说作法，讲究作家要投入感情，深入角色，写到动情处，最好能失声痛哭。而某些“前卫”的小说写法，却讲究“零度”创作，写作时感情降到零度，不动声色地从容去写。生和死，包括恐怖和残忍。因为都是小说的写法，所以无从也没有必要分出高下优劣来。不过，作者极端的投入或极端的不投入，都会使小说更像小说，也就是使虚构的色彩很明显，或者使小说的形式感很强烈。

这部小说，不怎么像是虚构的，也没有很强的形式感。也就是说，它的写法既不很传统，也不够“前卫”。既不像这一种，也不像那一种，这说明它本身就有自己的独特性。但这种独特性没有给读者造成多少接受障碍，如生硬、模糊、太强的刺激等，读起来十分舒服——表明这种独特性被运用得很成功。

的确，这部小说读起来顺畅，舒展，自然，有种浓淡相宜的韵味。

这同作家与他所创造的艺术世界之间的心理距离，也就是作家的“投入”程度有很大关系。小说所重视的这段生活，可能是作家依据一段亲身经历幻化出来，所以也不大可能采取“零度”写法。然而，作家在重视自己所熟悉的世界时，却善于随时“飞离”起来。这部小说在“投入”和“飞离”之间，显得很适度，因而也就虚实相当，使人感到舒服。

自然，作家在写作时的心态，也一定是放松的，洒脱的。

做到了这两点，可能就容易进入老到的境界了。这部小说的笔法，很有些老到的味道，但作者却不是写小说的老手——他多年从事文学的理论和批评，建树颇丰，但写小说却只是近年的事，或者说是老来的事。我们常见的，作家总是先写小说，老来再搞理论和批评，高岸在这一点上也有些不合传统。而他的小说能写得这样老到，显然看不出遵从了什么理论，至少是不像受到某种理论的束缚或迷惑。这可能就是一种不容易达到的洒脱了。

有些评家说，这部小说的写法是比较传统的。我想这可能是因为它的容易被接受而产生的一种错觉吧。其实细细看看，这部小说在许多重要的方面并不很传统，它有自己的创新。本文的几点感想，正是由此而来。有创新而又易于被人接受，这也可能是一种真正的老到。不过，作家高岸的艺术创造力，却分明正年轻。

《世界正年轻》载于《黄河》1992年第2期

抵御"拆零"

阅读《马桥词典》时，想到了托夫勒为《从混沌到有序》（普里戈金与斯唐热合著）所写"前言"中最前头的那几句话："在当代西方文明中得到最高发展的技巧之一就是拆零，即把问题分解成尽可能小的一些部分。我们非常擅长此技，以致我们竟时常忘记把这些细部重新装到一起。"只是，《马桥词典》竟然是以"拆零"的形式，抗拒了"拆零"术对文学的长久侵袭。这引起我很大兴趣。

按说，文学呈现出来的，应该是未被科技和学术"拆零"过的原生态。只是，即使是最传统、最乡土的中国当代小说，可以说也都受到了这种拆零文明的影响。普里戈金企图"重新装到一起"的两个细部：必然性和偶然性，在我们的各类小说中都是最常见的"散件"。对待这一对"散件"，我们也常常像经典"拆零"术那样，留下必然性以及对它有利的偶然性，然后把其余的丢弃。因为，我们已经很难习惯远离主观想象中的必然性。像普里戈金那样将必然性与偶然性并列重组，我们就更难以习惯。有意无意，我们还是喜欢将主观想象中的必然性君临于偶然性之上。虽然我们吃尽了主观想象中的必然性君临一切的苦头，文学曾经因此濒临绝境。从主观想象中的必然性的管制中逃逸出来，回到偶然性的自由乐园，可以说是这些年来文学怀揣着的一种甚为强烈的变革冲动。只是，在这个逃逸的路途中，我们遭遇了一波接一波的外来“新潮”。在接受“新潮”洗礼的兴奋或是忙乱中，我们似乎有些忘记了出逃的初衷。一路上只是不断将旧的主观想象中的必然性兑换成新的主观想象中的必然性，比如将“伪”必然性兑换成“真”必然性，将阶级斗争兑换成存在主义，将进化论兑换成宿命论，将终极关怀兑换成世俗关怀，将历史的宏大叙事兑换成私下的“个人化”叙事，因此而心满意足。我们在不断更换雇主，但我们仍然是在给别人“打工”。我们有了选择雇主的自由，但我们仍然不是主人。读了《马桥词典》，我感到这一切可能有了改观。它不再为任何“新潮”打工了。它也没有祭起一种“新的必然性”，甚至也不是将偶然性提升，使之与必然性并列，它是将主观想象中的必然性从容丢弃，只留下了真实自在的偶然性。

组成《马桥词典》的每一个词条，可以说都是一种真实而自在的偶然性、或然性、特殊性，与之相对应的那些主观想象中的必然性、普适性、规范性统统被关在《词典》之外了。《词典》的成立，正是依赖于这种内外对立。它完全是一片真实而自在的偶然性可以独立飞扬的“特区”。在这个“特区”之内，每一个词条，也就是每一个偶然性，既是独立的，也是相互平等的。谁也不是为了服从于谁而被选入。入选的全部偶然性归总起来，也不是为了服从于哪个分明或不分明的主观想象的终极必然性。以经典的小说观念来看，这部小说只是把小说的背景留下来，并推到了前景，然后在这上面自由散落了无数细节和话语，除此之外，别的要素都给丢弃了，或者说都给消解了。而被丢弃的，又正是经典小说中那些顶重要的东西，比如主要人物、次要人物、故事、情节、开头、结尾、高潮，还有主题什么的。这些东西在经典小说里之所以重要，就是因为它们都负载着这样那样的“必然性”，它们的使命就是引诱读者奔向一个预设的出口，去听一个或出奇或平淡的谜底。《马桥词典》里也有人物，也有故事，只是这些人物和故事已经散落在平等排列着的词条里，也就是活在偶然性里，极其自然地出现了，又极其自然地离去。他们不向我们推销什么，倾诉什么，也不期待我们落泪或者喝彩。每一个人物，每一个故事，又都没有霸占过多的词条，他们好像也没有这种称霸的欲望。所以，在那么多极其本色又极其生动的人物中，我们不知道谁是主要人物。没有主要人物，也就没有了次要人物。在那么多极其奇异又极其平常的事件中，我们也看不出哪件是中心事件。没有中心，也就没有了边缘。在整个小说中，贯穿始终的人物，只有一个“我”，但这个“我”，既不同于经典小说中那个串场的叙事者，也不同于各种“新”小说中做了霸主的自我表现者。“我”只是一条界线，把主观想象中的必然性划到马桥之外，而将真实自在的偶然性留在马桥之内。“我”还像是马桥的一位祭司，负责驱赶必然性，守护偶然性。于是，马桥成了一片小说的“自然保护区”，它成功地抵御了“拆零”术所代表的当代科技文明以及学术霸权对文学生态的侵袭。

正是在这一点上，《马桥词典》具有了非常彻底的“前卫”性。

这种“前卫”性与各种“新”小说（包括“先锋”小说）的“前卫”性相比，也许方向还是相一致的，但在突围的策略上却要简洁得多，许多“新”小说常用的突围策略，是将经典小说中的背景消解，或者切换成自制的布景，以便使置于前景的人物、情节、故事卸去重负，起而自由狂舞。只是，这反倒更像采用了西方拆零术中的一种重要技法：ceteris paribus，即给出一个“设其他情况都相同”的前提，然后将拆出的零部件“从其周围环境中孤立出来”。作为一向负载了主观想象必然性的人物、情节、故事，要驱使它们自由狂舞，吃力不说，结果还常常是强化了某种新的主观想象必然性。一些读者说看不懂这类“新”小说，似乎也说明这类小说依然诱发着读者对必然性的期待。《马桥词典》则不同，它将背景前置，而将前景化解后自由散落于背景中，有些像把主观想象必然性封杀出局了。这除了有种出奇制胜的快捷，好像也不会给读者留下歧路。马桥就是这样一个世界，它本来也就是这样一个世界。你在这片“自然保护区”里，会看到一种难得的蓊郁和饱满，混沌和深邃，也许还有种意外和陌生。但你会相信，马桥是中国人曾经有过的一种生态，也是人类曾经有过的一种生态。作品的“前卫”性，只是为这种生态创造出一种罕见的“保鲜度”。如果你还想从中追寻别的意味，无论是宏大还是琐碎，无论是诗意还是教条，那都是你自己的事了。

这部小说的主角，就是马桥吧。与马桥共存的，也许还有另一位主角：时间。《马桥词典》把经典小说中虚构的时间也就是放置故事起承转合的时间完全放逐了，但却把真实的时间沉淀到每一个词条里，文学中虚构的时间是可以逆转的，可以复现的，而人类置身其中的真实时间却是不可逆的。《马桥词典》中的每一个偶然性其实也是一种随机性，它正是在不可逆的时间向度上实现了它的独特性，也实现了它的“保鲜度”。在许多“新”小说中，时间的可逆性倒是更加放任了，时空颠倒，或今或古，自由无比，甚至可以用今天的编码法去复现远古的时间。这也许只是一种策略。然而，主观想象中的必然性、决定论、规律这一类势力，也总是把时间筑成一条可以任它们自由来去的双向通道，因此而碾平了多少历史的细节和偶然性，湮没了多少人类的生气和灵性。《马桥词典》是想重新发现时间吗？

过去的理论，好像总是希望小说具有史学的品格，哲学的意味，经济学的价值，“新”小说可能就是想反叛一下，不再去当这种打工仔的角色，因为小说毕竟有自己的特定角色和特定功能。能办个自己的大公司当然好，起码也开一间自己的铺子。《马桥词典》用这种有些极端的“拆零”形式，似乎在提示人们，文学呈现出来的应该是原生的活物，应该是历史、政治、哲学、经济学所不可能完全容纳、不可能完全收留、更不可能保鲜的那些东西，而绝不仅仅是将它们的观念、规则、意志、言说形象化。正像偶然性并不见得要臣服于那些主观想象中的必然性一样，文学并不需要臣服于其他学科。在今天，文学受到科技和学术的侵扰日重，它只有进一步强化自己独立的品格，才可能不至沦为别人的打工仔。

不过，“马桥”大概一时还不会成为旅游的热点，这就像真正“前卫”的东西历来都不会轰动一时。“马桥”也不是当代人度假的地方。

当然，文学的“拆零”也好，“保鲜”也好，只是不必也不需要服从和服务于那些主观想象中的“必然性”，但对于符合于人类社会、人类历史及人自身真实发展规律的必然性，又自当别论。

写于1996年9月

家园 家园

——读赵益超、张明堂近作

一九八五年是赵益超和张明堂合作作画的第十年。这一年,他们以一幅山水画《山道弯弯》,参加了首届中国体育美展,并拿了一个二等奖。也许这个奖对他们来说并不那么重要,因为在此之前,他们已经连续在两届全国美展中获过奖了。在五届全国美展中,他们以《考试》获二等奖;在六届全国美展中,他们以《养猪姑娘》获优秀作品奖。只是,《考试》和《养猪姑娘》都是人物画,而《山道弯弯》则是他们合作十年以来创作的第一幅真正的山水画。从这幅画开始,他们的创作发生了一次大的转折或者说是大的跨越。

《山道弯弯》当然是一幅优秀作品,虽然在这幅画中所体现出来的那种属于画家自己独特的东西,还并不是那么多。支撑着整个画面的那座山,虽不轻飘,但也并不“丑”,它在厚重中仍有秀丽溢出,就像我们在传统的山水画中所常常见到的那种秀丽。还有比较传统的笔墨,不太重的写实意味等。但是,在刻画这座山的笔墨中却分明透露出画家的一种激情,或者说是在刻画这座山的过程中,触发了画家潜藏已久的一种激情。这种激情，似乎是在他们以往的人物画中所不多见的。

一九八六年，他们创作了《出山》和《黎明》。在这两幅画中，他们被触发的那种潜藏已久的激情，是喷涌而出了。山仍然是这两幅画的主角，而且是几乎排斥了一切的主角，它几乎没有给画面留下空白——中国画一直极其珍重的空白，它也不需要任何“配件”来点缀自己、修饰自己、衬托自己。它铺天盖地，它顶天立地。它舍去了自己的“形”而只展现了自己的“肌理”。它甚至舍去了中国画笔墨中的“线”而只留下了“点”。它只留下了“墨”，而不要多少“水”。而所有这一切，又没有丝毫的矫情、做作、为“奇”而奇、为“现代”而现代的那种生硬。画面展现给你的是一个全新的“境”和充溢于这“境”中的全新的“意”，但这全新却又是那样的自然，仿佛是相断已久。因为这全新的山水所负载的是画家潜藏已久的激情，那种属于深深砌入生命的激情。

我在第一次读到《出山》的时候，真的受到了震撼。我立刻读出了赵张所画的这全新的山是黄土高原的山，因为这山也是我所熟悉的，一直企图表现的山，但这绝不可能成为使我震撼的原因。令我震撼的，是这山的生命。我所感到的生命，不是那种在通常的艺术品中所见的类似拟人、象征、隐喻、写意式的生命，而是完全属于“山”自己的生命，而且是完全属于黄土高原的山的生命。而这种特指的生命又完全超越了某种特指的意蕴，比如抒发故乡情、渲染乡土味等等，极其具体、极其逼真的黄土高原的“肌理”与极富超越性的意蕴之间所产生的张力，这就是能给人以震撼的原因。这种张力，我知道并不是画家刻意为之的，而是一种极其自然的“生成”。

我面对着《出山》中的山，有一种回望家园的感觉。这感觉并不轻松，并不温馨，沉重和苦涩都有一点，但庄重感和静穆感也无法拂去。因为那不是我个人的家园，是我们大家的家园，我们华夏人的家园；回望者也不仅仅是我个人，更不是思乡的游子，失意或得意的士人，而是已经失去或正在失去家园的现代人，现代华夏人。虽然我们在自己的家园里滞留得封闭得太久了，虽然华夏太悠久的历史并没有给我们提供多少走出家园的机会，虽然我们是怎样屈辱怎样无奈怎样被动地开放了久守的家园和自己，虽然至今仍然有许多乡亲在“出山”，但我们作为一个民族毕竟已经“出山”了。流行的潮流将带着我们向何处漂泊？这也许还不是现代中国人普遍的焦虑。但“出山”后的中国人毕竟有了回望家园的机会——这也许是《出山》以及《黎明》给我们的启示？

传统中国画中的山水，那是我们的家园吗？那山水之中更多的似乎是士人在正途或仕途失去的东西。关注点由“文人”失去了什么变为“人”失去了什么，这是拯救“文人画”所必要的“创造性转化”吧？赵张在观照“山水”时，显然已经完成了这种“创造性转化”，他们以观照“山水”的现代性，跨越了传统“文人画”暗设的“自我修复”的陷阱。烂熟了“文人画”，正像烂熟了的整个中国文化一样，它似乎有一个可怕的“自我修复”机制，多少革新者反而被它“革新”。他们没有落入这个陷阱。但是，我知道，只有这一点他们很可能仍然画不出《出山》及以后的成功作品。

呈现在《出山》以及其后的一系列作品中的黄土高原，那是赵张的独特发现。他们在发现这黄土高原的同时，也发现了自己。他们说过，每作一次画，都仿佛是一次宣泄。我感到，这一次他们全部用细密的点皴来刻画那铺天盖地的黄土高原的时候，那种宣泄感一定达到了“高峰体验”的佳境。他们作画多年，可能从来还没有这样过：全部的生活积累和艺术积累，全部的才情和激情，全部的艺术冲动和生命冲动，仿佛都突然被激活了。他们终于知道了自己要画的是什么。他们也终于知道了自己可以怎样地画。他们在艺术上也仿佛终于找到了自己的家园。

一个艺术家一生苦苦寻找的，不就是这样的家境和这样的家园么？也许可以说赵张是幸运的。

但我知道，赵张除了作画，他们几乎一无所好，一无所有，一无所能。走出画室后，他们不再会表现自己，也不怎么懂得享受，不怎么懂得时尚。他们更不会“卡拉OK”，也没有蓄起大师式的长发和美髯，他们在画室之外难以宣泄自己的激情。所以,他们总是在画室里。生命的大部分时间都被他们关在画室里了。作画成了他们最重要的生存方式。他们在画室里所苦苦追寻的,可能就是怎样把自己的活力释放出来,把自己的激情宣泄出来吧。所以,他们在艺术上就不会去趋时媚俗,跟随潮流,因为趋时媚俗,追随潮流,那是不太可能产生“高峰体验”的。

《出山》之后,赵张所创作的一系列作品,数量虽不是很多,但都是画他们发现的黄土高原,如《水》《深秋》等。一九八九年,他们创作出《晓色初动》,这是比《出山》更具“高峰体验”色彩的作品,晓色中的黄土高坡一片静穆,但在那占满整个画面的山坡背后却分明涌动着什么,既悠远又沉重的什么。一种来自悠远历史的凝重感和同样来自悠远历史的涌动感,那样自然地融化在一起,毫不张扬,更无喧哗。在我们这弥漫着浮躁的时代,它的格调是独特的。在这幅画中,他们把中国画笔墨的力度感和画面的整体感似乎也推向了一个新的境界。正像有论家所指出的,赵张的这种皴笔使人们对中国画的刻画能力要刮目相看。不过我想,这似乎并不仅仅是一个笔法问题。

《晓色初动》在全国第七届美展中,获得了金奖。此前,《黎明》在一九八八年北京国际水墨画展中获大奖。再稍早,《美术》杂志曾着重评介了《出山》等作品。于是,赵张经过“创造性转化”所使用的这种皴笔,就在中国画界产生了相当大的影响。与此同时,这种皴笔也很快成为中国画界的一股流行潮,无论画石山土山,南方蓊郁的山还是北方枯焦的山,都是“一片麻点”。这可见赵张新笔法影响不小,但也可见我们时风之浮躁。

我问赵张对此有什么感想？他们也只一笑,笑中有几分宽容,也有几分无奈。

我想,一种笔法是人人可以学来使用的,但重要的是使用笔法的人,是笔法后面的东西,正像一幅画最重要的,不是画面上的东西,而是画面背后的东西。而赵张正是一直看重画后面的东西,才发现了属于自己的许多东西,包括自己的黄土高原, 自己的皴笔, 自己的令人刮目相看的艺术表现力。

两年前，赵、张由山西美术院一起调到了陕西国画院。此前咸阳赵一直在寿阳张的故乡山西生活，作画；现在，寿阳张又来到了咸阳赵的故乡陕西生活，作画。依托着秦晋两地丰厚的历史积淀，他们还要继续合作下去。合作十年后，他们找到了自己的山水，自己的笔法。到陕西之后，他们作画是更勤奋了，因为他们仍然在追寻艺术的佳境和家园，追寻生命的“高峰体验”。他们不可能满足于已经发现的山水，也不可能满足于已有的熟练笔法。

下一次，他们将会追寻到什么呢？

作为老朋友，我知道他们是值得期待的。

写于1993年12月

“变法”忌浮华

当今，浮华日甚。浮华之风，也袭击了文坛、画界。各种各样的“风”不断吹过，各种各样的“潮”接踵流行，“风潮”正在淹没真正的创造。特别是那种“十年磨一剑”式的创造精神，仿佛已经过时，落伍。不知是不是受了“商潮”的影响，在艺术上追求“暴发”，纵容“炒卖”，也成了一种时髦。

在这种时候，读赵益超、张明堂的画，就别有意味在其中。赵张的画，并不曾享受过“流行”的“辉煌”，但他们在《出山》之后所使用的“点皴”笔法，却产生了某种“流行效应”。一时间，无论是画石山还是土山，南方蓊郁的山还是北方枯焦的山，宣纸上都是“一片麻点”。当然，这种“点皴”笔法并不是赵张所独创；就是如《出山》之后的作品那样。几乎是只用这“点皴”一种笔法画山水，似乎也不能说是赵张所首创；即使为他们所首创，作为一种笔法，也是人人可以使用的。只是，自己艰辛而寂寞的探索，居然会产生“流行效应”，这是赵张怎么也不曾料想到的——他们一直深藏在自己的绘画世界里，离时尚已经很遥远了。

从另一面看，这种“流行”也说明了赵张在山水画领域进行艺术探索的成功，至少是在中国画界产生了相当的影响。他们用这种新笔法所创作的一系列作品，的确也是取得了令人瞩目的成绩：《晓色初动》在全国第七届美展中，获得了金奖；此前，《黎明》在八八年北京国际水墨画展中获得大奖；再稍早，《美术》杂志曾隆重评介了《出山》等作品；近年国内及海外一些高水平的画集，也选收了他们的这类作品。

然而，在《出山》之前，赵张是真正进行了“十年磨一剑”的执着探索，他们的成功没有一点“暴发”的意思，似乎也不是那神创作潜力的忽然“爆发”。他们的创作实力，是早已为画界所知的。

赵张是从一九七五年开始合作创作中国画的，到一九八六年创作出《出山》，其间整整经过了十年。这十年很可能是他们创作生涯中最宝贵的岁月，他们正年富力强。在这十年中，他们的中国画创作，也取得了令人瞩目的成绩。十年只能经历两次的全国美展，他们都有作品入选，并且都拿了奖。在第五届全国美展中，他们创作的《考试》获得了二等奖；在第六届全国美展中，他们的《养猪姑娘》获得优秀作品奖。这样两个奖，对于有些人来说，已足以步入功成名就之境，蓄起大师式的美须，给自己的身价定一个高价了。但他们很“憨”，没有用这两个奖来推销自己，包装自己。他们感到，他们要画的画，还没有画出来。

在这十年中，他们主要是画人物。人物画是中国画中的“弱项”，近代以来，多少高手在这里做过“强人梦”！赵张在主攻人物的这十年，也有自己的梦想，也历练过多般武艺。在《考试》中，他们借鉴了西画人物造型的精确性，同时又别具创意地将这人物置于两维空间，使人物的真实性同画面的平面性之间产生了一种张力。在《养猪姑娘》中，他们又将有精确造型的人物，通过色彩的晕染，产生朦胧感。诸如这类的探索，他们做了不少。但他们一直觉得不够过瘾，总感到苦苦追寻的东西仍然没有找到。

一九八五年，他们为全国首届体育美展画了一幅《山道弯弯》。这是一幅山水画。这也是他们合作作画以来认真创作的第一幅山水画。但这并不是他们蓄谋要做的“战略转移”，在当时只是一种偶尔为之吧。当时他们还在山西，山西的体育强项是自行车，而“山”更是山西的“强项”。自行车运动员，在弯弯的山道上苦练，这就是《山道弯弯》吧。它的立意似乎很一般，出色的是山。这幅画中的山，居中，又占据了画面太多的空间，而且被过细地做了刻画，所以满纸都是细腻的笔墨，这些似乎都不大合传统的画理，但这座山却是充满激情的。

这幅画在首届体育美展中得了一个二等奖。对于赵张来说，比这个二等奖要重要得多的是，这次对山的刻画，分明触发了他们潜藏已久的一种激情。或者说，他们多年苦苦追寻的东西，忽然浮现出来了。回过头来看，《山道弯弯》中的山，还不是后来那种属于他们发现、他们创造出来的山，笔墨上也还不是一色的"点皴"。但这幅画给他们的创作带来了一次极其重要的转机。这是一个意外出现的转机，幸亏他们成功地抓住了它。

一九八六年，赵张画出了《出山》和《黎明》。在这两幅画中，他们被触发的那潜藏已久的激情，是喷涌而出了。画中的山，占领了一切空间，没有给画面留下空白——中国画一直所珍重的空白；它也排斥了一切的配件，不需要谁来陪衬自己，修饰自己，点缀自己；它铺天盖地，它顶天立地；它已经舍弃了自己的"形"，而只展现了自己的"肌理"。这一切都更加不合乎传统的画论画理。刻画这山的笔墨，赵张舍弃了中国画中很重要的"线"，而只留下了"点"；也不要多少"水"，只用"墨"——这就是他们的"点皴"笔法吧。这笔法，既为传统笔墨中所有，又鲜为传统画法所独用。更为重要的是，用如此单调的一种笔法，将整个画面密密麻麻地填满，却丝毫不使人感到矫情、做作，丝毫没有那种为奇而奇、为"现代"而"现代"的生硬，倒是显得那样地自然，仿佛相厮已久！或者说，在《出山》和《黎明》面前，首先就不会觉察到构图、笔法的新奇，因为你早已被那逼近眼前的既熟又生的"山"所吸引，甚至震撼。

我在第一次读到《出山》原作的时候，真的受到了震撼。我立刻读出了赵张所画的山，是黄土高原的山，因为这山也是我所熟悉的。但令我感到震撼的，是这山的生命，那种真正属于山自己的生命。把山作为一个独立的有生命的对象来刻画，在我有限的中国画视野里这是第一次见到，我在山水画里所见到的山和水，更多的是画家“寄情”的载体，是画家主观情绪的一种外化，所以那山水绝少是特指的。而有些特指的山水，又往往负载着画家特定的“寄情”，如乡土情或山河美之类。特别是画家外化于山水的主观情绪，常常显得“程式化”，或者可以叫作“文人程式”，比如淡泊、闲适、超然、高洁、豪放等。赵张推向我们面前的这逼真的黄土高原的山，因为它有自己的生命，所以它超越了某种特指的意蕴和程式化了的情绪，而弥漫着更为深广的历史文化气息和更为现代的人间情怀。也许，正是极其逼真的黄土高原的“肌理”与权富超越性的意蕴之间所产生的张力，才产生了震撼人的效果吧？

这张力，又分明是那样一种极其自然的“生成”。

所以我感到，赵张在画这山的时候，一定达到了“高峰体验”的佳境。他们全部的生活积累和艺术积累，全部的才情和激情，全部的创作冲动和生命冲动，仿佛都突然被激活了。所有的画理画论，所有的技法技巧，在这个时候都成为次要的东西了。他们只知道自己要画的是什么，只知道自己必须去怎样地画。一个艺术家所苦苦追寻的，不正是这样的境界吗？

对于黄土高原和它的山水，赵张自然是极其熟悉的。这么多年来，他们每年都要到吕梁山中，黄河沿岸去写生作画，寻找灵感，他们早已把黄土高原的“肌理”摸透了。但只有熟悉是不可能产生“高峰体验”的，还需要另外的东西，或者说更重要的东西。我面对着《出山》中的山，有一种回望家园的感觉。这感觉并不轻松，并不温馨，沉重和苦涩都有一点，但庄重感和静穆感也无法拂去。因为画中显现出来家园，不是画家个人的家园，而是我们大家的家园，整个华夏人的家园。显然，赵张在观照他们所熟悉的“山水”的时候，除了具有开阔的历史文化视野，还具有比较坚实的现代立场。坚守现代人的立场，对于从事中国画创作的画家来说，可能是比较重要的吧。因为传统的“文人画”，就像整个中国传统文化一样，太成熟了，它有一个“自我修复”的机制。稍不留意，就会落入这个“自我修复”的陷阱。落入这陷阱，宣泄出来的激情也可能变成伪激情吧。

《出山》和《黎明》之后，赵张又创作了一系列作品，数量不是很多，但都是用他们的新笔法，画他们新发现的黄土高原，如《水》《秋收》等。一九八九年，他们创作了《晓色初动》，这是比《出山》更具“高峰体验”色彩的作品。晓色中的黄土高坡一片静穆，但在那布满整个画面的山的“肌理”中，却分明涌动着什么，既悠远又沉重的什么。一种来自悠远历史的凝重感和同样来自悠远历史的涌动感，相当自然地融化在一起，连从那间小校舍中投射出来现代之光，也被静静地接纳了，毫不张扬，更无喧哗。只有面对这画的我们，才是难以宁静的。在当今这弥漫着浮华的时代，它的格调是独特的。在这幅画中，赵张在提高中国画笔墨的力度感和画面的整体感方面，做了进一步的探索，他们仍然只用传统笔法中的一种皴笔，就使国画的表现力达到了油画的某种效果。正像有论家所指出的，赵张的这种皴笔，使人们对中国画的刻画能力要刮目相看。

《晓色初动》在全国第七届美展中，获得了金奖。也许正是因为这个金奖，促成了赵张新笔法的“流行效应”吧。但赵张“变法”的成功，是有他们个人深厚的背景和强大的基础的，远不是趋时媚俗，追赶风潮所能奏效。

两年前，赵张由山西美术院一起调到了陕西中国画院。山西是寿阳张的故乡，陕西是咸阳赵的故乡，他们依托着秦晋两地丰厚的历史文化积淀，将继续合作下去，探求下去。下一步，他们会追寻到什么呢？我想，那是值得期待的。

写于1995年6月

坦然书写自己

报告文学的价值在于“报告”，也即它的纪实性，《马家军调查》正是以极为丰富又坚实的纪实性，使它有了分量。在实现纪实时，作家调动了不少新的文学手段，包括在以往的报告文字中不常用、也不曾用得这样出色的人物道白。正是这种大面积的，细节逼真的，能披露心灵又完全口语化的人物道白，夯实了作品的真实性，也非常自然地把写事件、写热点，提升到写人，写生活，写历史文化。不过，赵瑜这部报告文学最使我感兴趣的，还是他呈现于其中的书写心态，或者说是书写立场。

以往这类写大题材、大事件、大潮流的“大”报告文学，特别是八十年代的这类作品，书写者大多站在一种“制高点”，如历史的制高点、人类文明的制高点或某种前卫理论的制高点。读那类作品，你总能感到作者指点江山，指摘历史，导航文明的雄大气概，但你也能看到那太分明的“他者”的书写立场。其中不少上乘之作，对当时的解放思想，改革开放有过很好的影响（八十年代的精神领域似乎也是买方市场）。一些效尤者，当然也流于做作和浮泛。姑且把这种书写立场叫作启蒙立场。进入九十年代，随着这类“大”报告文学的式微，启蒙主义似乎也退场了。九十年代我读报告文学不多,不知道又有什么新潮流行,在其他的文学书写中,比如小说吧,好像流行的是“零度”写作,写热写冷,写血写花,写食写性,写人写我,都要不动声色,不感情介入。零度书写或许是对启蒙主义的一种反省,也可能真是对“后现代”物施压于人的一种反讽,不过它也有很大的虚拟性。启蒙立场与零度书写,好像各占了冰炭不容的两极,但也有太分明的共同点,那就是“他者”的立场。《马家军调查》应该也是那种“大”报告文学,但与作者写于八十年代的《强国梦》那类作品已很不相同了,他也从“制高点”跳下来了,又没有降到“零度”,而是站到了他和马俊仁、马家军以及你我共同站着的这个地面上,这个既粗糙又无法离开的地面。他跨出了“他者”的立场,以一种内部视角,实现了一次对于“自己”的书写。

这个“自己”,就是“我们自己”。《马家军调查》写了马俊仁的功过,马家军的辉煌和脆弱,特别是重笔写了世所瞩目的那场“兵变”。按习惯的眼光看,或许还写了不少“内幕”。读过这部长篇,我们会吃惊,震惊,扼腕,伤心,甚至感到一点尴尬,但我们不会去埋怨任何一个人,不会去嘲笑马俊仁,不会收回对马家军的喜欢。因为那一切,都被融化在一个我们大家再熟悉不过的社会生态中,融化在一种同我们与生俱来的历史文化中。作品中所展现出来的这个人物生存的世界,我认为是最有价值的部分,因为这在一般的报告文学中很少展现,展现时也很难达到这样的鲜活和深刻。正是因为写出了人物的生存世界,作品才不是“内幕”文学,马俊仁也超越了“焦点”“热点”。他的震惊世界和他的一些“稀松”事,实在都是同一个人文生态对他的塑造。他有高于我们常人的东西,也有与常人相通的东西,因为他和我们都生长于同一个现实的世界。正像他的震惊世界,不再使我们太看不起自己一样,他的那些“稀松”事,也无须使我们太惊慌。作者选取冲上了世界田径赛制高点的马俊仁、马家军这样一个视点,来回望他们身后的生存环境,也即我们生存于其中的这个熟悉的世界,不仅是提供了一种强烈的对比,产生了视觉冲击,更有意义的,恐怕还是为我们对自己的生存环境做现代化的观照,提供了一种实证研究,或个案研究。

如果马俊仁是一个普通人，那他的生存环境与现代化之间的紧张关系，就不容易这样凸现出来。因此，与其说这部长著是在评说马家军的功过，不如说是对我们自己所做的一次有深度的长考。

读《马家军调查》，使我想起了前不久读过的另一本也是很“热”的书《现代化的陷阱》。当然，这是很不同的两种著作，但它们有一相似点，那就是有深度地直接面对了我们的国情，面对了我们在现代化进程中无法绕开的深层问题。而这两部书在直面这些问题的时候，似乎也都是呈现出了一种“书写自己”的立场，既不是作为“他者”写，也不是为“他者”而写。这大概也是它们能“热”起来的原因之一吧。既然王军霞能和乔丹一同捧到欧文斯杯，既然我们能出马俊仁、马家军，能站到世界中长跑的制高点，为什么就不能把别人的眼色丢到一边去，尽情来说说我们自己，说说辉煌，也说说失手，说说喜事，也说说伤心和委屈，特别是说说我们的问题。既然已经走进了世界，为什么还要封闭起来不敢诉说自己。《马家军调查》以一种坦然的心态，书写自己，是一种成熟和进步，其实也是面对世界一体化趋势所应有的一种平常的现代心态。

面对世界，如何书写自己，这是九十年代中国文学所面临的一个大问题。受以往阶级斗争论的影响，书写自己总是以敌人的眼色为第一参照系，为了不被敌方利用，必须用厚厚的铠甲将自己覆盖起来，这其实是拒绝书写自己。而流行的一些先锋写法，为了显得现代，不落伍，将中国人从话语层面到深层心理都做了“格式转化”，其实那第一参照系还是西人、老外的眼色，书写的是别人，不是自己。至于商业化的“戏说”，第一参照系只是金钱，能赚钱就不惜糟蹋自己，那当然还是看不起自己。走出了封闭，又太在乎别人的眼色，那是没有走出封闭的阴影。能够面对自己的民族，才能面对世界，经过了一个多世纪的现代化进程，今天的中国终于有了真正面对世界的机会和国力，这国力也应该包括面对自己的能力。近二十年的改革开放，其实也是我们真正面对自己的二十年。今天我们应该能坦然来书写自己了。

《马家军调查》的面世，如果能更加平稳，而不被市场这样过分炒作，那我们的社会心态就显得更加成熟。这正如对于今天我们这样一大国，运动员拿一个世界冠军，实在也不是件太稀罕的事，早无须也难以神化、圣化了。

写于1998年10月

勇敢的担当

——读“三晋五家”新画

与《三晋五家中国画展》的五位画家，不是太熟，但读了他们的画，却有种相熟相通的感觉。这也许是因为他们在画中所展现出来的那个世界，那个放置了他们的山水，花鸟，人物的世界，也是我常常思考的同一个世界，常常试着放置语言，细节，故事和人的灵魂的世界。

对这个世界的相熟，与地域有点关系，但我知道并不只在地域这个层面。太行，吕梁，黄土，北方，这些在他们的画中已不只是一种乡土符号，而是一种处境，一种经过全新叙述的当代处境。他们把这称为“当代语境”。他们的当代性，不是像曾经流行的新潮那样，仿照了西方的前卫，虚拟出一个与中国不相关的“当代”，像过狂欢节似的，颠覆着自己的真实处境，“五家”没有虚拟“当代”，也没有狂欢，他们只是用当代人的思考和眼光，真诚地观照和书写了自己的实在处境。这是一种老实，也是一种勇敢。新潮总是勇敢的，像中国画这样传统太悠久的行当，似乎更需要勇敢的新潮，只是在我们中间流行一时的许多新潮，常常以狂欢的形式，实施着一种逃避。“三晋五家”的当代性，也许还不够“酷”，但他们做了勇敢的担当，从中国画那太悠久的传统，到今天我们的真实处境。

中国文人画，本来就有一个逃避的传统，写字作画，常常就是一种避世出世的方式。而在今日的商潮欲海中，除了做能保值的货币，中国画还能担当别的价值吗？“五家”依然守着画魂，以它立身，寄托精神，托付生命，所以他们的那一份担当，就更沉重，也更珍贵。也正是因为这一份担当，才使他们的所有变法，革新，探索，创新，有了理由，也有了依托。“五家”笔墨的变法求新是分明的，也各有路数，甚至也不乏前卫的意味，但都不外在，不见炫耀，不见堆砌，是一种自然的生成，痛苦的蜕变，甚至是一种压抑不下的涌动。

张培林全新叙述的太行山，是令人震撼的，那不仅是笔墨的全新，意境的全新，甚至也不仅是观念的全新。他让他的太行山负荷了过分沉重的分量和过分恒久的岁月，这对于天生文弱的中国画笔墨，似乎已经过分超载，但他还要让如此沉重又如此恒久的山涌动起来，甚至舞动起来，飞扬起来，这就不仅要超越中国画笔墨的疆界，似乎也是要超越历史的疆界，时空的疆界。张培林似乎是在向极限挑战，但他将那一切都做到了。有论家说，他担当了悲壮，演出了成功的悲剧。但我读了他的这些山，知道他的这种对极限的挑战，对疆界的冲击，都是有理由的。这理由，就是他对太行的独特体悟和解读。而其中的那一份独特，又分明是砌入了他的生命。他把自己的生命放到了画中，拓展出新的疆界，这一份前卫就与“虚拟”划开了界限。

王如何似乎担当了更多的传统，在“五家”中，他的笔墨是最纯熟，最老到的。特别是他融合南北画风，给“晋人”山水揉进几分绝不生硬的灵秀，添加了水墨的含水量，独成一家。但他即使在南味重、含水大的秀美山水中，似乎也总是要加入当代的“丑”。我不知道他执意加入的这一份“丑”，是否为了避开文人画的陷阱，但为此付出商业上的代价却是分明的。最使我感到惊异的，是在读他的巨幅主题画时，总要读到大于主题的东西。无论是《收罢秋》，还是《风雪太行》，那里面的山，分明要比主题大得多，丰厚得多。他在这时对山的书写,已难分南北风韵,只是更见激情,更见自由,也更见书写的愉悦。也许,真正的当代书写,总是要撑破主题和程式的束缚吧。

李文亮为自己的花鸟,设置了一个丰满,深邃,神秘,甚至是沉重,压抑的生存世界。这也远远走出了传统花鸟画的疆界了。在这样的一个世界里,他的花鸟以一种极其平凡又极其光亮的生命出现,而这太重的世界和这太轻的生命,并没有失衡,倒是世界之重在加强着生命的光亮。他的笔墨几乎全用在刻画这个太重的世界上了,中间颇见他深厚的功力,但又分明是当代语言。李文亮的"当代性"是显而易见的,但他的当代性能显得如此内在和本色,却是难得的。

霍俊其也为自己的人物、人体,设置了一个很重又很光怪陆离的生存天地。他是在直接书写当代。一面是无序的,没有经过历史整合的世界,一面又是流畅、从容的笔墨,这似乎想给驳杂多变的世界,渗透些恒久的东西进去。他的人体却同背景形成了分明的张力,那卸去一切伪饰的人自身,才能最后烛照这个纷乱喧嚣的世界吧。他的人体,已不是展示,不是赶潮,倒是不动声色地进入了当代书写。

梁海福的山水,是又一种独特。他与自己反复吟唱的吕梁,似乎有着分明的亲和性。但他舍弃了吕梁的大处的"形",又舍弃了它细部的肌理,让自己的笔墨自由游弋在一片荒原之上。传统的羁绊和现代的喧嚣,都给他跳出来了。他找到了自己可以自由吟唱,自由开拓的荒原,因此他的荒原处处散漫着的,倒是一种勃发的生机。他用非常纯净的笔法,对苍凉的吕梁进行了全新的书写,传达出来的,是现代人对自由的执着。

中国画是一个传统太悠久的行当,许多传统几乎成了不可替换的程式。在这太悠久的长廊里,又站立着太多的大师。中国画几乎又是一个只认大师的行当。所以在这样一个行当里,任何一点创新,都是极其困难的。作为一种过分成熟的文化,它几乎在一切方面都达到了极致,同时也就在一切方面做出了规定,设下了陷阱。但比起一切已存的传统来,只有当下的画家自己是最新的,只有正在行进的现时才能拯救一切。“三晋五家”对于当代的勇敢担当,其实也是一种自信。他们勇敢而又寂寞的求新探索,肯定是会有更丰厚的收获的。

写于1998年8月

悼念师友

一个好作家

大约是一九八一年春天，马烽、西戎、孙谦三位结伴来原平“跑农村”。孙老师去薛孤村的那天，我陪他去了。那也是我第一次与孙老单独相处。

薛孤是原平古老的“十八村水地”中最大的一个村庄。但那天我看出来了，薛孤对他是另有意义的。一九四七年，他来这里参加土地改革，参加到一半，就奉调前往东北，去参与筹建新中国的第一个电影制片厂。他说，当年从这里到遥远的关外，他是跟着部队，靠两条腿走去的。我想，这次遥远的行军，显然在他的一生中完成了一次不能忘记的跨越：从战争年代跨进即将到来的和平建设年代，同时也从戏剧、小说创作跨进了电影创作这个新领域。在完成这次跨越后的三十多年，在经历了许多成功和磨难之后，重新回到当年的出发地，我能看出，他是兴奋的。只是，这次令他兴奋的故地重游，他还是坚持了自己的方式。他不让多做张扬，喜欢自己去做一些寻访。我记得他寻访的一个对象，就是当年在十八村水地很有名的外号叫“老母猪”的摔跤手。他也和我们说起十八村水地的女人，说起薛孤那个行状古怪的民间郎中“二先生”。三十多年了，老人故迹毕竟难以寻觅，但那次薛孤之行，我能看出他是高兴的，甚至有一种孩童般的高兴。他笑起来的时候，额头总被推起很分明的皱纹，但满脸却洋溢出孩童般的欢快。村干部说，老孙真不像老革命，也不像个大作家。我不知道怎样一种行状，才能更像一个老革命，但我知道在饱经沧桑之后，仍能在不经意间洋溢出孩童般的率真，那应该是更像一个作家吧。

这次薛孤之行，还使我想起了另一件与孙老师、也与薛孤有关的事。那大概是在七四年秋天吧，我正在这个薛孤下乡。有一天，碰见了回来探家的杨茂林。他那时已是忻县地区文联的负责人了，家眷还在故里薛孤。见面没有说几句话，他就告我："孙谦说他看了你那篇小说了。"在当时，这对我是一个非常意外的消息。

所谓我那篇小说，实在也不能算是一篇小说，甚至连一篇认真的习作也算不上。起初，不过是一篇奉命交差的生硬材料。当时，省文化局的一位负责同志王军，正下放在原平当县政工组长。我就在他领导下的通讯组混饭。有一次，他好像是受了地区领导的批评，说原平不重视革命文艺。回来，就给我布置了一项任务："你给咱写篇小说。"那时，我哪会写什么小说？大学出来，除了劳动改造，就是靠写官样文章混饭。在大学时曾经有过的文学梦想，那时实在已经破灭了。工余间，想读本可读的小说解闷，已不可得，哪里还敢去想写小说！只是，因为王军既是我的上司，他又是我们都喜欢的一个"好老汉"，所以我没法拒绝。于是，我就写了那篇依然带着官样文章色彩的叙事体材料《梨乡春色》。这篇东西交上去，受杨茂林不弃之遇，被地区选用，又给推荐到省里唯一还幸存的《革命文艺》。发表后，还被省出版社收入一本什么小说集。在这中间，我奉各级之命，做过许多次修改，同时也知道了什么叫"三突出"。奉各级之命，按"三突出"原则，去修改一篇小说，我深感那是比做官样文章，再按各级官员的指示加以修改，更困难，更枯燥，更受折磨的一种营生。所以，王军老汉交给我的这项任务，虽然在当时还算完成得不错，但我是再也不想写这种小说了。这是在一九七一、一九七二年发生的事。

到七四年，在薛孤偶遇老杨时，我差不多要忘记这篇东西了。听了他带来的那个消息，除了意外，我当然也有些高兴。我很想听到再多一点的消息，比如孙老师看过后说什么没有等等。老杨没有说更多的消息，我也没有多问。实在说，就那样一篇东西，也不可能引来更多的消息。但老杨带去的那样一句话，在当时的确是使我久久不能忘记，甚至有些改变了我对文学的绝望。如果当时老杨带去的，是地区什么领导人的夸奖，甚至是省上什么大人物的重视，我除了高兴，是不会留下什么的，至少不会重新唤起我对文学的梦想。孙谦不同了，他是我所敬重的一位著名作家，在大学做作家梦的时候，我就读过他的作品了。他能读我那样一篇小说，在当时对我真是一种非常实在的鼓舞。我想，我是不是还有点写作才能？如果形势好转，如果我认真写，也许真能写成一两篇像样的小说？当时虽然是那样令人窒息的年代，但我还年轻，在不断展望前途，企图重新寻找出路时，我得承认，正是从孙老师那里得到的这种鼓舞，以及类似的一些其他激励，才使我敢于把文学作为一种备选的出路，保留了下来。

后来，我真的走上了这条路。从认识孙老师，到调入作协，与他朝夕相见，一直想把这件对他可能已是难以忆及，而对我却是难以忘怀的小事说一说。但总是感到，他在这样不经意间，肯定不止鼓舞了我一个后来者，他又是那样一个不喜欢奉承的倔老头，不擅言辞的我，说也许不如不说。如今，孙老师已经仙去，说出来，也只是想表达我的一点悼念之情吧。

值得纪念的，当然不仅于此。他在自己的作品和人品里，都留下了很多值得钦佩而不会消逝的东西。我个人最佩服于他的，是他作为一个作家，能自自然然守着那“三不”。

他不谋官。他有一句流传很广的名言：“即使在两人小组里，我也是被领导。”他参加革命早，资格老，级别高，但他从来没有当过实质性的官。他也许有不擅做官的自知之明，但我认为，他更有将自己的艺术使命、艺术生命看得高于官位的作家本色。而作为一个倔老头，他大概也不想用一顶官帽来束缚自己活泼、舒展的个性。他喜欢民间。当他融入民间普通人中间，无拘无束的交流，调侃，听故事，说笑话的时候，那也是他最惬意的时候。

他不为师。作为后生晚辈，与他交往许多年，从没有见他以文学导师自居过。他爱读新进作家的作品，更喜欢和他们做一种平等的交流。他对后生们作品，既能表达一种不是客气的赞扬，会问一句：“你怎么就能想到要那样写？”也会直率地表示他的不喜欢。但他从不向你推销某种模式，或做导师式的训导。记得八二年作协召开的一次老中青几代作家共同参加的创作会，孙老师在评论张枚同、程琪的《拉骆驼的女人》时，说这篇小说他读了五次，因为他自己曾想写部反映煤矿生活的电影，结果没闹成，所以想看看别人怎么写煤矿。在那样一个场合，他那样一个名作家，公开表达了那样一种想向后来者学习的意思，多少年过去了，我一直记忆犹新。他这种不好为师，可以说是一种谦虚的美德，我想，更是一种深谙文学创作之道的作家品位。记得马烽老师就说过：文学创作不是一种可以师传的手艺。他们不好为师，其实正是为了启迪后来者，文学创作无捷径，无窍门，无花拳绣腿可耍，更无关系可拉，一切都得靠你自己。

他不包装自己。我自从认识孙老师以来，他似乎就一直没有改变自己。他衣食俭朴，举止随意。他不喜欢奢华，不喜欢时髦。他喜欢不那么正式，喜欢民间幽默，喜欢和人说笑话，喜欢小运动。记得刚调回作协时，我暂住机关院里。院里的孩子们，从工地上捡回一只被民工遗弃的受伤的小狗。他那时就参加到孩子们中间，一起照料这只受伤的小狗。他没有架子，没有派头。他还很倔地保持着自己那些似乎有些落伍的生活习惯，他也总是坚持自己认为应该坚持的种种看法。这一切，可以说他是一个质朴的人，淳朴的人，正直的人，平易近人的人，更应该说他是一个异常自信的人，敢于把一个真我袒露出来，不为虚荣所累，不为时尚所迫，也不为世故所掩。这也正是一个有个性的作家的真性情吧。

一个好的作家，其实是不易死去的。在他留下的作品里，已经长久地将他的激情、他的追求、他的品格、他的性情留下来了。只是成为一个好作家，也不是那么容易。因此我想，孙谦老师是可以安息了。

写于1996年3月

腊月送别

一月十二日，最后送别西戎老师那天，已是农历腊月十八，年关的气氛已渐浓厚。

西老师家的小楼，就在我们这座楼的前面。每年到这个时候，隔窗望去，西老师家那“年”的气氛，总会飘散过来。再过些天，等春联贴出来，不必细看，一定又是西老师亲撰亲书的新联。虽已习惯了，每年有意无意还是会一猜：那隽秀清丽的新墨，不知又传出什么新意？

去年，西老师重病，已未见他亲书的春联。

今年，更是旧景难再了。

感伤之间，想起了十六年前的腊月。

十六年前，也即一九八四年，因受命参与筹办《黄河》杂志，我由原平举家搬来太原。没有住房，就暂住在作协机关那座小南楼上。那原来是作协的小招待所，专供下面作者来改稿时住，房间都很小。《黄河》创刊时，那里又成了临时编辑部。一家四口挤在那样的小房间里，白天还要在那里办公、编刊物，凌乱不堪，实在也没有一点“家”的样子。不过，那时气氛好，大家都有心劲，一味想干点事业。受此气氛感染，我对凌乱不堪的生活也就无暇在意。

那年举家搬来时，已是十一月份。忙乱中，转眼就到了腊月年关。年节气氛，还是越往下越浓厚。在原平多年，虽是客居，年前年后也习惯了跟着忙乱热闹。忽然来到太原，就觉腊月的“年”味淡了许多。加之“家”也局促拥挤、凌乱失常，所以居并后的第一个春节，也不能讲究了，一切都凑合吧。

但到腊月二十三以后，鞭炮声也多起来了。胡同里，街面上，置办年货的人流也涌动如潮。“年”味晚来，毕竟也渐重。我亦只能给两个秃小子，买些鞭炮，以附年势。居室却是连整理扫除也未做，凌乱依旧。

那是腊月二十八九了吧，内人带两个孩子出去购物，我一人正在斗室里写东西。忽然就听见脚步杂沓，似有多人上楼来。跟着，即有敲门声，我忙应声开了门，却意外地愣住了：来客是五位“大汉”——西老师的两位公子和三位姑爷。当时他们显得像“大汉”，一来因为一个个本来就长得高大排场，二来他们立身的狭窄楼道，又堆放了煤炉杂物，空间太有限了。

我慌忙将他们让进斗室。可他们挤进来，不用说坐，能站下也很勉强。斗室里放着床、书桌、书柜，还有日用杂物，空间更紧张。

他们也不在意，只是说：“快过年了。我父亲叫我们过来看看，问候一声。你们新来太原过年，安顿好没有？缺什么不缺？”

我明白了他们的来意，更意外得不知所措！我言不胜意地说了些什么，已经记不得了。但当时的惊愕和感动，却至今犹未平复。

后来在南华门东四条住久了，知道这是西老师的惯常为人。但那次是我第一次领受，真是历久难忘。因为按说，我是晚辈，又是新来户，在年关时候本该是我先去拜山，问候西老师他们。那时自己呆气重，也没这根弦。反倒是西老师先打发了子辈来问候，感动中也很不安。

在当时那样一种凌乱失常的迁居状态下，西老师这种关爱，我真是感到很温暖。那是一种人情味很重的温暖，一种“家”味、“年”味都很重的温暖。西老师是长辈，打发子辈来问候，合于老礼儿；来的又都是男主，还一个不少，这礼就又很重！所以，他惦记着我们这些新来者，实在是出于一种真情，想给你年节的温暖，家庭式的温暖。这并不像现在过于形式化的“领导送温暖”，常常凸现的是领导，而不是温暖。那时，西老师是作协领导，但我感到的，只是一位慈祥而又心细的长者，对自己的疼爱。

我与西老师，没有受业关系，也非亲非故，只是因为会写小说，便一直得到他的垂爱。类似上面的温暖，不知得到了多少。虽然两代人之间，对文学的理解有时不尽相同，但他的垂爱始终如一。现在回想，真是觉得自己很幸运。

刚回作协那几年，所以感到气氛好，有心劲干事业，与西老师以及其他诸位老作家的领导风格，个人魅力，特别是他们的文品、人品，是密不可分的。文学是人学，它是靠感情存活的。西老师他们几位老作家，政治上坚强，但又都重感情，有人情味，有博爱之心，所以在文学上卓然成家，也很自然了。

作家是靠作品存世的。西老师人虽远去，他的慈心博爱会长留在他的作品中的。

窗外的鞭炮声又此起彼落，明天就是除夕了，腊月的最后一天。匆促写下此短文，送别西戎老师。

庚辰年腊月二十八日

追思马烽老师

初冬时候，陕西的陈忠实来晋，我陪他去医院看望马烽老师。那时马老师虽已住入特护室多日，但精神尚好。见到远道而来的陈忠实，很高兴，谈笑风生，一如平日。特别嘱我：好好招待。我们不敢久做打扰，只衷心祝他积极配合医疗，早日康复。看当时情形，也相信他能再次走出病房的。眼看这个寒冷的冬天就要尽了，马老师竟随新春远行而去！

近年马老师身体一直不好，几度病危，但吉人天相，都化险为夷了。这一次，真的失去了这样一位师长，我的悲痛久久不能平复！

我自从文以来，一直就觉得自己有一特别幸运处，那就是遇到了马烽老师以及他的几位"老弟兄"：西戎、孙谦和现在唯一健在的胡正老师。改革开放之初，我开始写的几篇小说，虽然都顺利发表，还得到一些好评，但实在说，如果不是遇到这样几位师长，我真不敢走上一生从文的道路。当时"四人帮"倒台了，天下正在大变，我也可能重做一次新的人生选择了。比如回母校南开读研，或在当时工作的党政机关搞行政工作等。与文学创作相比，这些选择或还可预期一些，因为其中要求的天赋成分毕竟不是那样苛严。我也无大才，最终选择以写作为生的道路，实在是因为受到了这几位老师太多的关爱和器重，使我的文学“出道”既不是太艰难，也未步入歧路。

那时候，我每发表一篇作品，都会得到这些师长的指点和褒奖。而每次回到当时他们主政的省作协，都有一种回家，甚至是回娘家的感觉。当时他们早已是名满文坛的大家，但对我这样的文学新人，不仅像慈祥的长者，还把我当文学的同道。见他们很容易，见了面什么话也能说。文学的，文学之外，下面的趣闻，个人的困难，什么都能说。当然，一切都以文学为关联。那时他们主政的南华门东四条，文学氛围，干事业的氛围，多浓厚！人际关系，几代人之间的关系，又多和谐！正是这种氛围，使我觉得那里是自己可以托付终身的地方。在这样的地方，投身文学也只能义无反顾了。

一九八〇年，我出第一本短篇小说集《远天远地》，马烽老师应出版社之约，写了热情鼓励的序。二〇〇一年，我的长篇小说《白银谷》出版后，马老师抱病读完了这部九十万字的长卷，还给我写了一封数千言的长信，热情依旧，鼓励有加。一九八〇年，我从文不久；而二〇〇一年，我也年近花甲了。这期间，类似的事情，当然还有不少。在这二十多年中，一直能有这样一位师长关爱我，实在是很幸运的。当然，文学是一种个人作业，艺术观的差异，也是这个行当的魅力所在。我与马老师自然也有不同的艺术见解，但他始终能宽容对待。他是“山药蛋派”的领军者，却并不曾要我这样的后来者，成为那个艺术流派的继承人。反倒是对我们探索自己的新路，给予了更多的嘉许。因为他是一位真正的作家，懂得艺术的规律。

当然，马烽老师绝不是对我一人偏爱如此。与我同辈的“老弟兄”们，都有类似的感受。马老师把文学当作他自己钟爱的事业，更把它当成了党的一份事业。所以，总是希望把更多有才华的新人，吸引到这份事业中来。所以，他对后来者的关爱是无私的，大气的。二十世纪八十年代，山西文坛能成就所谓“晋军”这个新的作家群体，与马烽老师他们所营造的这种无私而且大气的文学环境，是分不开的。

马烽老师还是一位党性强而又人格磊落的作家。他们那一代人的革命经历所形成的人生观、价值观、艺术观，在马烽那里从不随风变幻，随利隐现。有时即使不合时宜，他也坦然坚守。他也是与时俱进的，但磊落坚守自己的信仰，言行如一，荣辱如一，那是令人尊敬的。我与他经历不同，所处时代不同，许多看法甚有差异。但正是这种差异，使我对他的坚守，产生了敬意。倒是对那种常常随风变幻，永远前卫的人，感到害怕。

马烽老师本来是资深的老革命，可以稳做高干、高官的。在文学界，他也多年担任领导职务。但据我的观察，他真正钟情的还是作家这个头衔。对行政工作，他好像没有多大兴趣，不愿深陷进去。但对创作上的事，再小的话题，他也愿意跟你深谈。也许正是这种对文学的高看和执着，才使他在自己所处的时代，达到了一个本来难以达到的文学高度。他的文学起步阶段，没有多少学历，甚至没有一个安定的生活。但日后依然成为一个名满文坛的作家。这中间有时代的因素，但更多的还是他自身的因素，他的执着，他的努力，他的天分，还有对文学“金不换”“官不换”的选择。

我一直觉得，马烽老师在二十世纪五十年代末、六十年代初，写出《我的第一个上级》《三年早知道》等作品时，正是他艺术生涯中“再入佳境”的关口。可惜不久来了“文革”，一切都付诸东流了。十年后“文革”结束，他虽做了卓绝的努力，但我觉得一直未能再续那被中断的“佳境”。有创作实践的人都知道，一种好的“竞技状态”，一旦错过，实在是再难追寻的。马老师在当代文学史上，已经留下了独特的一笔。但他的文学才华，似乎还没有得到最充分的发挥，这是令人惋惜的。他生前没有对我们说过这其中的痛苦。但我想，他在辞世的时候，一定是不忍放手他最钟情的文学事业的。

在悼念马烽老师的时候，除了悲痛，我更加觉得不能辜负他多年的关爱，要更加珍惜今天的写作条件，努力再创作出一些好的作品来。

2004年2月4日于北京

小说的界面

——悼念文友钟道新

对着Microsoft Word的“界面”，来写这篇悼念道新兄的文章，心里实在不是滋味。因为我的“换笔”，也就是弃笔就“机”，依赖电脑来写作，完全是由道新促成的。

其时尚在上世纪九十年代初，电脑还是新鲜事物，简单用于文字处理的“四通电子打字机”，也刚刚在大单位的“文印室”推行开。道新即已弃笔就“机”，并以他擅用的机巧妙喻，向我等日夜捉笔填格的同道，宣传电脑写作的种种好处。不只是妙语宣传，他还借来一台老式的、没有存储功能的“四通电子打字机”，促我试用。这一试，我便被降服了。一九九一年，我的第二部长篇小说《真迹》，便是弃笔就“机”而出。从此，每临案写作，电脑已不能舍。一晃，十五六年过去，案头电脑已更新数次，但键盘上所习用的键位，还是在“四通机”上学会的老键位。敲击着这样的老键位，来为同辈文友写第一篇悼文，真没有想到竟会是为道新兄！

道新兄的猝然辞世，出乎所有人的意料，除了扼腕痛惜，真也无以言达。于今，电脑已成寻常物，用电脑写作，也早在社会中普及。这些年来，从道新案头的电脑中源源流出的新异小说，也正由新而“熟”。他前瞻性地在他的小说中展现的“社会新阶层”的生活场景，他在当代作家尚鲜有涉猎时，就独特勾画出来的科技、金融、证券、外贸、检察等领域的“新精英”群像，于今已在我们的日常生活中，随处可见，随时可及了。他也由一个“知青”作家，步入了一个成熟作家的盛年。他的小说作品，也由新异而步入老道。谁能想到，他竟会在这样的盛年，猝然折笔？

我与道新的相识，是在上世纪八十年代中期。当时，我刚刚调回省作协，参与筹办山西的第一份大型文学期刊《黄河》杂志。此前，道新已经在《山西文学》发表了相当出色的短篇小说《风烛残年》《有钱十万》等作品。他出手慷慨，将两部中篇小说新作，“放”在了《黄河》筹办处。说“放”，是因为他并无一般投稿者所常有的催促，比如，选用否？选哪一部？何时用？那是在八四年夏天，距八五年正式出创刊号，尚有半年之久；而初创的《黄河》定为季刊，即便两部都选用，也要等到一年之后了。我虽应命调来张罗刊物的筹办，但本分也还是小说作者，知道脱稿的新作放在编辑部，会是什么心情。道新的这种慷慨与沉着，倒使我们不便轻率了。编辑部的同仁，细读了这两部稿子，都认为题材新，笔法新，尤其叙事语言新的独特；当然也有不足处。我读后，感觉与同仁相同。我们也就倾向于两部都留用，征求道新意见，他恬然应允，不嫌旷日持久。

这两部中篇，一部是《历史的十分钟》，写南方开放前沿国际贸易中的高智商犯罪；一部是《国手》，写围棋国手的成长史。与道新后来诸多的中长篇小说相比，这两部中篇可能并不是最出色的。我们当时愿意将这两部作品连续刊发，最主要的考虑，还是出于编辑初创刊物的需要。八五年前后，正值新时期文学的黄金岁月，新人辈出，佳作不断，新潮迭起，文学刊物林立。在这种时候，新办一份刊物，不出点新，很难引人注意。当时山西作家创作的大优势，还在农村题材和写实功夫。在此背景下，道新的这两部中篇，就显得格外新异。而且，十分好读：雅致，简洁，不时播撒着幽默、机智的情趣。这样的作品，对主打黄河文化厚重特色的新刊物来说，是可以增添异彩的。杂志，杂志，要有主调，也要有杂色。套用一句官话，当时虽然破格地连续刊发了道新这两部中篇，但还不是当作“主旋律”，而是为了“多样化”。

然而，道新似乎也很满意于这种主调之外的异色。从那之后，他就一直在自己辟出的这条新异的路子上，走了下来。短篇，中篇，长篇，乃至近年的影视文学，新作不断，涉猎愈广，文名日隆，而他独有的特色则常葆不衰。他不仅在山西文坛是一个特色鲜明的异数，在国内的小说界，也是独具特色的。他是写现实题材的，而且多为最前沿的现实题材，但与以及时反映现实生活为长项的山西文学传统，却不相类。他是北京“知青”，他笔下也不乏“知青”人物，但与八十年代流行的“知青”小说，似乎也风马牛。他擅写知识精英，但与传统的写知识分子的小说，也毫无“谱系”痕迹。他也写商战，也写侦破，但与商战戏、侦破戏的既成套路，又显得很另类。相对于传统的，流行的，有定评的小说笔法，他独擅的笔法，显得十分新异。但相对于八十年代以来汹涌而至、潮流迭起、带着舶来色彩的现代派、先锋派的那一类新异，道新的新异就更像是置身局外。总之，道新的新异，只是他自己独有的。他的这个路子，只有他自己能走，别人走不了。其实，这也才是文学创作的正道，是一个作家能够走得更远的正道。不能替代，才可能独具价值。

回望新时期以来的文学，有一个常被人们说起的现象：潮流何其多，一波接一波，但潮起也急，潮落也速。无论是题材之热潮，如“伤痕”、知青、寻根、反思、反腐、帝王传，种种；也无论舶来之新潮，如现代、先锋、后现代、后殖民、解构、荒诞、女权、私生活，种种，莫不如此。潮起时，立于潮头的弄潮者，一时红得抢眼；潮落时，即便是真正的才华横溢者，也转眼成了明日黄花。潮起潮落间，各领风骚三五年，成了一种曾经的文学生态。这种生态，本应出现在时尚界。于今文坛，潮汐难再，倒是那些一向置身潮流之外，有自己独门才艺的作家，显出了跋涉的脚力。他们的作品，没有沾过涨潮的光，也没有被退潮卷去。道新应该属于这样的作家。他的书稿一直受到刊物、出版社的追寻，因为一直有读者。猝然折笔前，他还正在为名刊《收获》杂志，赶写新作。可惜断章已无人能续了。

道新本来能够在他独辟的路子上，走得更远。于今，他留下的数量不菲、特色独具的作品，过早地成为一份文学遗产。对于他作品的评价，不是这篇悼文所能容纳，我也不才，一时难以胜任。作为多年在一起写小说的同道，回想他留下的作品，有一点的感悟，想说出来，为纪念他，也为自勉。

这点感悟，是关于小说的界面。

道新有一部写得很好的长篇小说，篇目叫《权力的界面》。我的这一感悟，倒不是由这部小说本身引起，而是由电脑的"界面"而来。

"界面"是一个电脑术语，意指人机对话、人机互动的那个层面，似也可以具体落实为电脑屏幕吧。比尔·盖茨能成为全球首富，全赖他的微软公司推出的Windows操作系统，几乎一统江山，独占了全球个人电脑的软件市场。Windows为何能全球独大？Windows译意为"视窗"，视窗，即是人机对话的界面。视窗系统能独大，除了功能强大，就是界面太出色：简洁，直观，极易操作，又漂亮。它把使用的门槛降到最低，强大的功能得以轻易发挥。它还有一个大优势：兼容性好，不拘谁家的软件，都可以在它的视窗平台上使用，且界面同样出色。

道新的小说，首先就是好读，读来很容易进入。其小说的新异，不是生疏、生涩、怪异，产生阅读的阻力，而是新鲜、别致，尤其有一种快速的通畅。而这种好读，也不尽是常说的那几种原因，如文字功夫，如热点题材，如艳色故事，如悬念包袱，等等。所以，我才想到借用"界面"这个电脑词汇：道新小说的好读，可能就是因为有一个出色的界面。

小说的界面，即作者与读者互动的那个层面，其实也就是构成小说的全部文字。但好的小说，是在有限的文字后面，隐藏着远比字面更为丰富的内容，无限的天地。有一个惯用的比喻：小说的文字，只是浮现在海面上的冰山一角。学院派则有更烦琐的分层法：语音层次、语义层次、作品世界层次、作品观念层次、“形而上”层次。作为一个写了许多年小说的老手艺人，我想小说也不过就是两个层次：界面和内容。小说作为一种说话艺术，说书艺术，或者文雅点叫叙事艺术，它的界面必须吸引人，迷人，有“说”者的巧妙功夫，就像微软的视窗系统，漂亮，直观，易于进入。只有这样，小说的内容，无论宏大还是另类，无论诗境还是俗境，无论主旋律还是新潮哲学，无论劝人向善还是悲欢离合，都才可能传达给读者。这应当是小说的家法。

不幸的是，这些年来小说在追新逐异的奔波中，太轻易地解构了这个小说的家法。或者是将内容层次的东西，特别是观念层次、“形而上”层次，过多地挤上了界面，使界面失去了引人、迷人的巧妙。或者是将界面“革新”，割断了与内容的“链接”，变成语义的狂欢。经过如此一波接一波的革新、颠覆，读小说，已经变得门槛越来越高，就如同使用一件日本的新家电，必须先熟读一本厚厚的使用说明书，才敢通电。可读小说，本来就是读“闲书”，有多少读者愿下这样的功夫？当然，这还是发生在“纯文学”领地的流变。而在所谓时尚小说领地，以高印数、点击率为推手，居然也不守小说的家法，不以读者为本，而是以炒作为王，内容快餐化，界面祛魅化，丢弃了深度，也丢弃了审美，即用即弃，即读即忘，命同新闻纸。于是，小说读者的大面积流失，小说不景气乃至小说将亡的惊呼，也就难以避免了。

在这样的背景下，道新对于小说界面的讲究，也就显出了它的意义。在一九九二年出版的《股票大亨和他的儿子》这本小说后面，道新罕见地附了一篇后记。后记简述了他在历尽坎坷中，如何选择了自己属意的文学为业。其中有一句：“写我愿写的、想写的。当然最好是写出有人看的。”写愿写、想写、又有人看的作品，本是一个小说作家应有的期许。能将这样的期许，得以落实，已属不易。作家写自己之欲写，易；写出来为人之喜读，就难了。而能将这样期许，一以贯之，一路走去，走出远路，就难之又难。心目中有读者是一回事，有本事将读者吸引、征服，是另一回事。道新希望自己的作品有读者，所以他才精心将小说的界面弄得讲究；而他也因为有此能力，界面才得以一贯讲究。

道新的小说，多以科技、国贸、金融、证券、IT、围棋、经侦等为题材。这类题材，有一个共同特点：高技术、窄专业，强智能。写这类题材的小说，往往难以出彩，难以引导读者深入。光是做必要的专业性交代，就令人生畏。一般写作的策略，是弃难就易，只将专业性推为模糊的背景，重墨还是落在人之常情。此法也算巧妙，但读者毕竟难以领略这类前沿领域、专业领域的独特风景。道新却敢于化难为易，在不断出彩中，引领读者深入到这一类特殊专业的神秘之境。他对这一类高科技、窄专业的领域，有一种娴熟把握的能力。而这种娴熟的把握，又放在了小说界面的背后，界面所呈现出来的，是简洁、传神、妙趣横生的叙事才艺。像道新这样，能够游刃有余地正面深入当前新兴的各种专业领域，又能趣味横生地升华为小说艺术，至少在同类题材的创作中，是罕见的。

道新的小说中，主角是活跃在这些新兴的专业舞台上的知识精英。由于他对这些新兴专业，具有专业水准的娴熟把握，小说中的这些知识精英，无论正面的，反面的，灰色的，就都有一个异常鲜明的特点：与智商、智力、智慧相攸关。成也智，败也智。以智落笔，刻画"智本"人物，笔墨便不能乏智。道新于此似也十分擅长，笔到之处，智力的魅力，智慧的闪动，源源而出。其实，道新使用这样的笔法，也是一种精心的讲究：这样重智的色彩，挥洒在小说的界面，目的还是引人入胜。他这种直面"智本"，以智笔写智人，刻画出来的"智本"人物，在以往知识分子的文学谱系中，也是较为罕见的。他们不再是多愁善感，怀才不遇，与世俗隔膜，先行无知音一类，而多是学有所成，业有所专，身负重任，行状不羁，尽情于智力博弈，沉浮于时代前沿。当今，这类"智本"人物，知识精英，已经成为强国经济的重要力量，为其画像，使大众识其鲜活面目，当然是有意义的。只是，笔墨称职，难度不小。道新应当是于此称职的先行者。

道新出身于科技世家，智商高，有天分，读书杂，爱好多。但这也不可能使他天然具有文学才艺。尤其是他的这一副重智笔墨，不经用功，岂能娴熟如此！看他呈现在小说界面上的精彩，就知道他也是用过“语不惊人不出手”的功夫的。人的天分之差，不会别于天壤。天分再高的作家，也不可能句句妙语，笔笔华章。道新只不过是将精心积累，留意搜索，随时捕获，忽有感悟的种种精彩，不动声色地呈现在了小说的界面上，而将败笔拙句丢弃。对必不能少而又难以出彩的交代性、过渡性、推进性的文字，他多做最大限度的简约。尤其在他成名后，一部接一部推出长篇之作，也未放弃这样的坚守。这是他的聪明之处，也是他对自己属意的文学职业的敬畏，更是对读者的尊重。

“戏法人人会变，巧妙各有不同。”将小说的界面弄得引人、迷人，当然不只道新所走的此一途。但为读者计，磨砺才艺，擅施巧妙，把小说写得好读，却是振兴小说，拯救小说的有效路径。道新为此留下了可以借鉴的例证。当年的赵树理先贤，又何尝不是如此！赵树理不仅是心中有大众读者，他还练出了一枝能迷住大众读者的生花妙笔。他的小说的内容，与当今世界已相隔久远，但他小说的界面，却依然不失其独具的艺术魅力。

一个作家，能够练就一枝独擅的妙笔，拥有自己的生前身后的读者，也可以安息了。谨以此小文，祈道新兄安息。

2007年8月中 急就

胡正老师周年祭

胡正老师辞世一周年了。这一年来，竟常常“忘记”胡老师已离别我们！按说胡老师也得享年近九秩的高寿了，只是，他走得太匆促，太突然，令敬爱他的人们实在难以适应。

胡老师是我这一生中最为敬重的师长之一。近年为就近子女，我多居异地；凡回到南华门，总能见着胡老师，也总见他身健如旧，而精神心态更佳。所以也未特别珍惜这每年不多的几次相见，及今后悔也没有用了。二〇一〇年初夏，再次回到南华门多日了，一直未见着胡老师出来，就去家中看望，才知腿摔伤了。幸好未伤及筋骨，即将痊愈。问及其他身体状况，饮食、睡眠、血压、血糖等等，都正常得很。当时我刚参加过韩石山兄新著《张颔传》的研讨会，便说起九十高寿的张颔先生在会上的情形。郁波老师当时指老伴说：他已八十七，也快九十了。我心里还有些意外：胡老师也快九十了？他一向洒脱，开朗，亲和，真的很难与老态相“链接”的。那天，我与胡老师夫妇都毫无疑义地相约要迎接胡老师的九秩高寿。因为听郁波老师说“他已八十七了”，我便想到来年八十八，是胡老师“米寿”，又想起一句“何止于米，相期以茶”的寿词，到来年可以借来为胡老师贺寿的。传统称八十八岁为“米寿”,“茶寿”是一百〇八岁,我是真心祝愿胡老师能逾九过百的。没有想到,他刚迈进“米寿”之年,竟如此“洒脱”而去了!

“西、李、马、胡、孙”这一代山西文学前辈,对我们这一代从文者的成长、提携、影响是很“给力”的,我自己受惠尤多。这中间,受直接领导、一起共事最多的,还算胡正老师。我一九八三年调回作协,不久胡老师开始主持新“独立”后的作协工作。因此有幸亲历了胡老师如何举重若轻地带领全省文学界,在“文革”后百废待兴的局面下,迅速腾飞起来,促成了新中国成立以来山西文学事业的第二次高峰期。

说“迅速腾飞”,不是套话。作协与文联“分家”后,胡老师开始主政,到一九八八年底换届卸任止,也不过四五年光景。可这四五年间,成就了多少大事!例如:老中青几代作家空前团结,更空前壮大;几乎年年能有好作品在全国获奖;老牌《山西文学》进入新的黄金期,又新创办了两份刊物《黄河》与《批评家》;承办了沿黄河七省市作家参加的首届《黄河》笔会;得到省委支持,开始筹办文学院;组织开展对外国际文学交流;新建了多栋公房,极大改善了机关创作及生活条件;在全国形成“晋军崛起”的呼声;省委、省政府也肯定作协是全省最有成就的部门之一,等等。

说“举重若轻”,是我的真切感受,更是大家的共识了。胡老师似乎总是“羽扇纶巾谈笑间”,就把工作做了,就将难题化解了。这当然因为胡老师有高超的组织能力和领导艺术,有宽博的胸怀和人格的魅力,但也更缘于他的高风亮节。胡老师主政时,没有自己的办公室,也可能因为当时办公条件太困难吧,而他从来不用别人代写发言稿之类,则是一种操守了。他常说:“作家当领导,还要别人写发言稿,那不是丢人吗?”我所亲历的胡老师主持的会议,他都是在听取大家发言时,随手记些可取的要点,也不多;总结会议时便出口成章了,记录下来,即是一篇贴切的出色的总结报告:有“干货”而无套话;出文采而破八股。代劳的秘书,岂能写出这样水平的报告!

而这四五年，正逢改革开放的启动期，一切都处在大变局中，敏感的文学更不例外。胡老师作为从延安走出来的老干部、老作家，处此大变局中非但没有不适应之表现，反而如鱼得水似的借得东风，无私奉献出自己的智慧和辛勤，将山西的文学事业推入新的兴旺期，高峰期。这是山西文学界的幸运，我也分享到了这一幸运。这更不是客套话。那几年我常外出参加各地的一些文学活动，每遇外省文友抱怨领导保守、内斗内耗、嫉贤妒能、住房困难等等，便要暗生此幸运感、加深此幸运感。

那几年，我在胡老师领导下，先后参与了筹办《黄河》杂志和文学院。我调回省作协，本来是想脱离政府机关那种事务纷扰，一心做专业作家。但回来后，就被“压上担子”：与一同调回来的韩石山兄等负责筹办《黄河》。这本来是胡老师领导的党组大胆启用年轻人，只是此前我陷机关事务十多年，真是想一心写作。这属私心，还是跟胡老师恳切提出。他几句话，我就无言以对了：“这是南华门的传统，作家都得分担工作。我和老西也想专心写东西，可工作总得有人做呀！”西戎老师当时是省作协主席，已任职多年。他们为工作牺牲创作多少年了，我还能再说什么？作协的职务不是官职，这是我迈入作协门槛后，受到第一堂“准入”教育。

当时筹办《黄河》有领导组，胡老师任组长。我在县委机关那种等级分明的官场环境待久了，习惯地觉得，胡老师既是党组书记，又是领导组组长，理当勤于请示汇报。然而，胡老师却是十分的放手：研究定了办刊方针、理念，其他一切具体事务，都由你们编辑部定夺，不须事事上呈领导组。这说起来也没有什么特别，官面儿上似也都是这么堂皇宣示，但以我在官场所见，你真要太“自主”了，麻烦也就来了，此即今所谓潜规则者。但胡老师却是真的放手！筹办期间，他管大政方针，管要刊号，要经费；而刊物的稿件，封面，创刊词，特别是风格、特色、个性等等，则全由我们来“折腾”了。创刊号出来，我能看出，胡老师对刊物的有些方面是感觉不尽如人意的。他倒不是嫌不够“山药蛋”味，反而是觉得不够高昂，气魄稍逊。但是以一种商讨的口吻与我们交流的，并表示尊重我们的尝试。对山西既有的文学传统,“山药蛋”流派,胡老师及其他老作家,都表现出十分开放的态度,从未有必须师承、优先对待之类的要求。我们在创刊号上,刊出了“现代派”的诗歌:江河的《太阳和它的反光》,胡老师还表示了赞赏:“百花齐放,好啊!”山西老一辈作家在艺术上的这种开放态度,也是那时山西文学能繁荣兴旺的重要原因。我特别难忘的,还有一件事。编辑《黄河》头几期时,胡老师曾推荐来一些省内外老作家的长篇稿子,因容量、题材等原因,大多未采用。我们说明原委,胡老师总毫无愠色,日后也无介怀。这段经历,使我更感觉到作协是大不同于官场的:你是可以跟领导平等交流,深入探讨业务的。何为亦师亦友?此之谓也。调回作协后,归属感、凝聚感日深,就是这样形成的。

胡老师对我在生活上如家属调动等等,帮助也很多。我当然是不会忘记的。

胡正老师以及马峰、西戎、孙谦等老师,都是资深的老革命、老干部,名满全国的大作家,但他们都一样的平易如常人,不愿摆虚架子,不愿有官气,只是想将他们的才华与智慧,如和风细雨般施惠于他们钟爱的事业,这一如他们的作品。胡老师为我们留下了《汾水长流》这样的长篇佳作和许多脍炙人口的中短篇小说,他也为我们留下了许多优良传统和高风亮节,还有他的人格魅力,他坦荡爽朗的笑声,这一切都已成为宝贵的遗产,继续使我们受益。

去年胡老师猝然去世,我在沉痛中曾仓促写出一篇悼文。因觉未能表达心中欲表达之万一,故也没有发表。在此周年祭日,重新写出此文,依然是文不胜义,亦只能如此了。好在我知道,我和所有敬爱胡老师的人们,是永远不会相信他会离开我们的。所以在此周年祭日,还是让我们向胡老师问一声好吧!

2012年1月17日

连环画——好汉子的事业

——画家胡斌遗作面世有感

老友胡斌辞世，不觉已经五年了。五年来，仍常常不能习惯他已经辞世的事实：与他交往数十年来，不论顺境逆境，也不论对艺术对生活，他总是活力充溢的。但事实还是太残酷了。今人民美术出版社，隆重推出胡斌的这套连环画遗作，是对他最好的纪念，也是使他的活力得以延伸的最好方式。

胡斌是我这一生中最要好的朋友之一。

我与他的结识，是在上世纪七十年代初，及今已四十多年了。我们的结识，缘起于共同对艺术的爱好。当时尚在“文革”中。我大学毕业从天津南开分配到山西原平“当农民”，接受劳动再教育。胡斌也因受“文革”冲击，从北京的部队文艺单位“复员”，回到他的家乡原平。他在军中是搞绘画的，而我那时对文学还怀着不灭的幻想。几分相似的遭遇，年龄又相仿佛，都是二十五六岁，特别是基于对文艺的难以离弃的爱好，自然使我们一经认识，便过从不断，友谊日深。在当时那种严酷的政治氛围中，还看不到一点文艺复苏的希望，但也唯其如此，于原平那样一个寂寥的小城中，能有艺术同好谈文论画，实在是一种难得的温暖，精神的温暖，青春的温暖。

胡斌虽然还小我一两岁，但他当时在绘画上已经是小有成就了。用现在的话说，已是军中美术新秀。他十五六岁参军，由连队电影放映员制作幻灯片而自学绘画，到进入解放军艺术学院专修油画，中间也没有几年工夫。这足见他的勤奋和聪慧。复员前，他已是《解放军文艺》杂志社的美术编辑，有不少美术作品发表。尤其在颇见功力的连环画创作上，已有所成就。而我当时也仅仅是在县委通讯组写写应时的小稿件而已。但这并未妨碍我们做酣畅的“艺术论道”和“精神会餐”。这种“艺术论道”和“精神会餐”，是我们能有终生友谊的基础，也是我未能放弃文学追求的一种助力。

后来，爱写诗的贾真，也成了我们的好友，“二人台”变成了“三家村”。诗、文、画，各有所爱，各有所长，但醉心于艺术的共同情趣，使我们的友谊充实而温暖。艰苦的日子，不再觉得艰苦。平凡的岁月，不再觉得平凡。三人小饮谈艺，成了互相取暖的美好时光。粉碎“四人帮”之后，我尝试写的第一篇小说《顶凌下种》，发表前贾真是它的第一个读者兼审稿者。而它意外获得全国首届短篇小说奖之前，胡斌已开始动手将它改编成他所擅长的连环画作品。画作不久就在人民美术出版社主办的《连环画报》上发表了。小说获奖后，最先与我分享这一分收获的，当然也是他们二人了。

我在原平工作、生活十五六年，是我此生最可珍惜的一段经历。事业的起步，家庭的建立，尤其是对社会的了解，包括对中国农村的真切了解，都是在这里收获到的。而其中与胡、贾的“三家村”友谊，自然也是甚可珍贵的一分收获。那一段难忘的岁月，一切都还历历如昨，不期胡斌老友竟会这样英年仙去！

古人有云：“交友须带三分侠气。”胡斌正是一位带侠气的人，处世豪爽，交友仗义。所以他交游广，朋友多。为部队老首长、老战友的事，为新朋旧友的事，常常不辞劳苦，不计得失，倾力奔波。而他又有一种天生的艺术家气质，行事凭激情与灵感，不多做精细计较，喜欢过没有束缚，也没有规律的生活。这种行状，作为朋友，他是受大家欢迎的。但这也分散和消耗了他太多的精力，使他未能专心于自己所钟爱的绘画事业。尤其在上世纪八十年代后期，出于生计所需，也多少为当时的社会潮流所吸引，他涉身自己并不适宜的商海，不仅耗费了他更多的精力，还损害他的健康。而从商，他似乎也并不太成功。他不改的侠气和仗义，他天生的艺术家气质，如何能适应斤斤计较、风险暗涌的商海？

幸好此后不久，总政落实政策，改正了他在“文革”中所受到的错误处理，恢复军籍，重授军衔，享受相应待遇。这虽是迟到的改正，但他毕竟可以过一种比较安定的生活了。这时，他曾经对我说起一个宏大的连环画创作计划。我很为此高兴。他的心，毕竟还系在艺术上。这套未完成的连环画，可能就是这个时期创作的。可惜，那时他的视力已经不好了。视力对于一个画家，那是何等重要！后来，他的心肾也开始出毛病了。过多的磨难，终于无情地夺去了他的艺术抱负。也许，这是天妒其才？

我们这一代人，都是看连环画长大的，那时的俗称叫“小人书”。少年时代“入迷”过的“小人书”，至今仍然记忆鲜明，尤其是中国古典题材与战争题材的作品，为我们打开了一个多么广阔、神奇、逼真、多样的世界，引发了我们对人生的多少眺望与期望。我对文学的兴致，也是与看“小人书”有些关系的。但与胡斌结识前，我也陷入流行的俗见中，以为“小人书”是一种难登大雅之堂、难成气候的艺术。与胡斌交往后，我才日渐明白：原来连环画是创作门槛最高、最见画家功力的画种之一。要从事这种创作，画家要有过硬的绘画功底，深厚的艺术素养，丰富的生活积累，广博的人文知识，勤奋的艺术实践等等，当然还得有才华，非同一般的才华！一套连环画作品，往往由数十幅、上百幅甚至数百幅画作组成，先不说这需要付出多么大的劳动量了，仅仅是数十上百幅的画面构图，那就得需要多少艺术灵感？每幅画既要前后“连环”，又不能互有重复，只要有一幅失去灵气，没有亮点，活不起来，整套作品就“掉链子”了，“连环”不起来了，创作就失败了。当然，这是对连环画创作的高要求，其实也正是胡斌对自己的基本要求。我常见他为一幅草图，苦干数日，当然也有灵感泉涌时，多幅画稿一挥而就。为此，我曾问他：“有你这样的本事，又肯这样地辛苦，为何不去画其他画呢，比如你熟悉的油画？油画不是更被人高看吗？”他说：“我们行内有句话：画连环画，好汉不愿画，孬汉画不了。其实，不画连环画，哪会知道干这行是多么过瘾！我就是喜欢做一个画连环画的好汉。”这就是画家胡斌吧：他喜欢连环画这种对画家具有高门槛、高强度、高才赋的挑战，同时也能看出他是有高度的艺术自信的。一个艺术家，不敢向高难度挑战，怎么可能有出息，又怎么可能在艺术创作中感到过瘾！而挑战高难度，就必须有实力。胡斌正是一位十分看重艺术真功夫而鄙视花拳绣腿的画家，他在连环画创作上取得不俗的成就，也就理所当然了。

上世纪八十年代中期，国内文坛画坛开始涌现“现代派”“后现代”之类的外来潮流。我那时的小说创作，还主要在农村题材方面。当时农村题材的文学创作，一是很热，可能因为农村改革正率先突围吧；二是传统深厚，艺术突围很难。而“图解政策”式的所谓现实主义写法，也依然畅行。所以，我对“现代派”潮流是取欢迎态度的，期望能借此外来潮流，实现艺术上的突围。而当时画坛上的“现代派”潮流，比文坛更先行一步，也就更趋激进，模仿式的创新、涂鸦式的杰作都能赢得喝彩。胡斌对此是反感的：他不在乎这类新潮画家奉行什么主义，只是看不出他们有多少过人的艺术功力。我们因此发生过不少争论，甚至吵得面红耳赤。几十年过去了，回望国内这些年的文艺现状，显然还是更支持胡斌老友当年的观点：没有实力，创新也难。对文艺创作来说，改革开放这三十多年，国内政治生态的宽松宽容程度，应该是前所未有的，对疑似“异端”的“现代派”“后现代”，官方也未正式“围剿”过。同样的现实是：三十多年过去了，无论文坛画坛，“现代派”“后现代”也终未成就大气候，其旗号下的杰作、巨著、新经典似也未出现，尤其是这类接连上演的新潮流，远没有赢得足够多的读者群、观众群，以支撑其发展壮大。求新逐异有余，艺术功力不足；热衷模仿外来潮流，希图觅得轰动捷径，这正是胡斌当初所警惕与反感的，却不幸而言中。艺术创作没有捷径，无论是走传统一路，还是走新潮一路，都是如此。近年，文坛画坛浮躁之风、急功近利之风依然很重。因此，推出胡斌这套遗作，也就更有意义。胡斌执着于连环画创作的这种精神，即不在意画种名分的高低，只看重艺术水准的高下；不在意艰苦的高强度的付出，只在意过瘾的创作享受；不在意花拳绣腿式的张扬，只在意基于真才实学的艺术功力，正是祛除当下浮躁之风的良药吧。

行笔至此，不由想到近年与连环画相关的两大热点。一是对早已罕有出版的“小人书”的收藏热。这不仅包括五六十年代出版的，也包括七八十年代出版的成套连环画作品。为什么会形成这种收藏热？除了它的绝版、稀有，还主要在其自身的品质。用现在的眼光去看那时的连环画、“小人书”，那是多么精美的美术作品！精美得难以想象：那时哄小孩的画作，居然也这么精美，这么讲究，这么一丝不苟，人物、构图、细节、笔墨、线条等等都显现出这么高的水平！我想，这种收藏热正是对胡斌那一代以及之前那几代连环画画家的最好奖赏吧。岁月，历史，是无情的，也是公正的，它会留下真正的艺术品，而湮没掉浮华一时的时尚品。再一个热点就是“动漫”的欲热而难热。“动漫”，即漫画类的故事性动画艺术，显然是从连环画发展演化而来。这些年来，将中国的“动漫”产业做大，似乎已经上升到国家文化战略乃至经济“调结构”的高度了，但发展现状并不如人意。首先，有较强影响力的有别于国外的“动漫”作品，还没有出现。上有国家层面上的政策和财力支持，享受到多种优惠补贴，下有中国如此大的文化市场，如此多的播出平台，为何“动漫”依然是“慢”动而热不起来、火不起来？原因当然很多，但我认为将当前“小人书”大热与“动漫”太慢这两大热点“链接”起来思考，似乎不难觅得有益的启示。比如，假若今日之“动漫”，也充足了当年“小人书”那样精美的艺术含量，又会是何种局面？“动漫”的简约与夸张，不能成为降低艺术成色的理由。这正像当年的“小人书”，并未因是给小孩子看而降低艺术门槛一样。而市场化、产业化，很难以次充好，更难以改变艺术规律。美国、日本等“动漫”大国的畅销作品，如米老鼠、机器猫等，都有较高的绘画艺术水平。胡斌他们那几代连环画家，画作的报酬十分微薄，但也同样能画出精美的作品。胡斌他们敬畏的绘画创作的艺术规律，在今天显然也是不能违背的。

胡斌的这套遗作，是他最擅长的战争题材，也是他生前用功最多的作品之一。作品的成色与水准，我相信读者自会有公论。尤其在这个浮躁、功利的时代，来欣赏这样一套用功之作、精致之作、心无旁骛的真诚之作，可能会有惊异、惊喜，会有恍若隔世而又久违了的亲切之感吧。可惜，这套画作没能最后完成。如果是完整之作，那一定会给我们更多惊喜的。如果胡斌老友能有更好的条件，全心从事他喜爱的连环画事业，他一定会更有成就，也会颐享天年的。他的英年仙逝，使我失去了一位挚友，悲伤之余，更为他的聪慧与才艺未得充分展现而深感惋惜。不过，正像这套画作所展示的，他创作的艺术世界，他的才艺，他的活力，还有他的侠气和仗义，都会长久地流传下来的。

写于2012年岁末

说晋商

《话晋商》解说词

（大型纪实电视片《内陆九三》第二十集《话晋商》原文学脚本及解说词，摄制过程有变动。）

有位研究历史的朋友对我说：山西在历史上并不封闭，也不保守，从整体来说也不贫穷。他说，你为什么不注意一下明清时期的山西商人？

我说我的小说一直是写农民。

他说，那时的商人都是从农村走出去的。

这句话说得很厉害。于是我就到晋中祁县“挂职”去了。那是一九八六年。从此我一直在“注意”走出农村的晋商。

当然是留在历史中的晋商。

在晋商最集中的祁县、太谷一带，百分之六十以上的人家都有过经商史。这个比率使我有些吃惊。

使我更吃惊的，也许还是当年流传在这一带的一句乡谚：秀才进字号，改邪归正。当时的乡俗，都是把最有才能的头等子弟送去经商，次一等的子弟才令其读书求仕。在中国的封建社会中,这也许是最惊世骇俗的变化了。

士,农,工,商,这可能是从孔子那时代开始一直到清王朝灭亡,在中国的整个封建社会里从来不可更改的等级规范和尊贱次序。但在晋商称雄的数百年间,它动摇了这个次序,居然把最卑贱最受非议的“商”,放在了“士”的前面。

用现在的话说,这叫观念上的变化。

在中国,最难变的也许就是人的观念了。

雍正二年,当时的山西巡抚刘于义曾在一份奏折中写道:

“但山右积习重利之念,甚于重名。子弟俊秀者,多入贸易一途,其次宁为胥吏,至中材以下,方使之读书应试,以故士风卑靡”。

雍正皇帝所作朱批是:

“山右大约商贾居首,其次者犹肯力农,再次者谋入营伍,最下者方令读书。朕所悉知。习俗殊属可笑。”

重商轻官,皇帝当然会觉得可笑。

在今天,我们之中就没有人觉得这是可笑的了吗?

晋商中许多经理人员,常常爱以“弃儒从商”来作自谦辞令。不过,晋商中的第一代创业者,可以说无一例外都是“弃农从商”了,当年那些曾经富可敌国的豪商巨贾,他们的祖上都是农民。

“阳邑民多而田少,竭丰年之谷,不足供两月,故耕种之外咸善谋生,跋涉数千里率以为常。土俗殷富,实由于此。”这是乾隆六十年本《太谷县志》上的一段话。这里的农民,最初走出乡村只是为了谋生。

为了生存而背井离乡,这是中国农民常走的一条逃荒路。晋商的祖先们,走出乡村之后,为什么就走上了一条淘金路?

明代山西北部的长城一线,是抵御外敌入侵的边关重地,也是国库钱粮的重点消费带。这里就成了晋商的淘金地。

明代扬州的大盐商中，有许多是晋人。他们就是在北地边关贩运粮草，因此而换得“盐引”，就是经营“专卖”商品食盐的“指标”吧。做盐商，岂能不富！

清代的晋商，大多也是在“口外”“关外”创业起家。

清代第一大旅蒙商“大盛魁”的三个创始人，太谷武家堡和祁县祁城村的三个农民，当年就是跟随着康熙征剿噶尔丹的军队，在蒙古的前营、后营做货郎。后来才在杀虎口开起了一家小商号，由此起家，成为持有朝廷“龙票”，雄踞蒙地，辐射全国的大商号。

清代榆次的第一望族常家，起家也是在张城（张家口）“苦劳经营”，由布摊而发展为布铺，经几代人的创业，成为拥有数十家大商号的巨贾。其专营茶叶的“独慎玉”，分号从全国各大码头一直开设到沙俄的莫斯科。

自中俄通商之后，晋商几乎包揽了向俄国输出红茶的生意。

祁县的巨富渠家和乔家，都是在“口外”的包头起家，一个是做贩卖麻绳的货郎，一个是赶骆驼，卖菜，卖豆腐。

号称太谷首富的曹家，发家的祖先是在关外的朝阳县做豆腐。

据沈思孝《晋录》记载：

明代“平阳、泽、潞，豪商大贾甲天下，非数十万不称富……”

除了平阳、泽州、潞安，在明代汾州、太原以及大同等地，都是商人辈出的地方。

清代以晋中的太谷、祁县、平遥、榆次等地出的商贾为最多最大，但在晋南的临汾（平阳）、解州，晋北的忻、崞、代等地，也是晋商的故乡。

所有这些地方，都是山西经济文化比较发达的地方。

这其中不知道意味着什么？

从这些地方走出乡村的农民，他们可能不是为了逃荒，而为了寻找一种更好的生产方式和生活方式？

一位美国人曾经说过：世界上凡是有麻雀的地方，就有山西商人的踪迹。

他们当年这样走遍天涯海角，历尽千辛万苦，我想一定不仅仅为了寻找一块可以耕种的土地。

现在北京最繁华的商业区之一：前门大街以及大栅栏，明清之际曾经是晋商字号云集的地区。

那时京师的粮商，几乎被清一色的祁县商帮所垄断。

“六必居”开业于明朝嘉靖年间，创业人为山西临汾西社村赵氏。

“都一处”，是清代乾隆初年，一个到京畿谋生的李姓山西青年开办的一家小酒店。

当然，当年云集于打磨厂一带的山西票商，才是晋商的精华吧，据说它曾“执全国金融之牛耳”！

据说，今天仍有数十万晋商的后裔生活在北京。

据有人考证，这流传在晋中一带的祁太秧歌，是伴随着晋商的兴起而产生、发展起来的。作为一种民间音乐艺术，它的许多歌目、剧目是以城市的市民生活为表现对象，这在中国的民歌中恐怕也是少见的吧。

这也可见当年晋商影响之深广。

晋商也早已进入了当地的民间传说。

在太谷，有关曹家的传说到底有多少？恐怕谁也不知道。

在曹家的故乡，我们仍然可以看到这些高大的宅院，听到有关曹家的传说，见到这些曹氏的后代族人。当年的显赫与辉煌已留在历史中，无可追寻。而曾经成为一世风气的重商、善商、“跋涉数千里率以为常”的精神，却似乎没有变成一种传统留了下来。

这里的农民，似乎也同别地的农民没有什么不同。他们对商业、商品、商人，可能同我们一样陌生，一样外行。

在十八、十九世纪，山西同样也是一富省。据有关资料说，当时晋商每年从省外汇回本省的银钱在四千万两左右。

今天的山西，每年能收入多少外汇，这也许并不重要。但今天我们是靠输出资源来赚钱，而在当年，我们的先人们却是让人走出去，把钱汇流回来。

用现在的话说，晋商是靠人的智力赚钱！在这一点上，我们不如他们，我想。

据说张艺谋在为《大红灯笼高高挂》选外景时，跑遍了中国南北，最后选中了祁县的乔家大院。

这处大宅院的原主人乔氏家族，是清代后期晋商中的巨富。其发家先祖乔贵华在包头种菜，卖豆腐，做“六陈行”的小生意，直至他的“复”字号商行称雄一方。当地的民谚说：“先有复盛公，后有包头城。”

不过，乔家成为巨富，还是由于后来开设了大德通、大德恒两大票号。

票号是晋商的杰作。它不仅是山西商人经营得最成功的行业，而且在中国近代金融史上留下了开篇式的一章。

钱款的异地汇兑，在今天已经是很平常的事了。但是在两个世纪之前，以沉重的银子作货币，交通工具又不发达，更没有现代的银行、邮政，外出做生意，银钱的携带就成为大问题。日升昌慧眼独具，在当时率先开办了票号式的银钱汇兑业，这无疑是对当时的经济乃至整个社会产生重大影响的一项创举。

当然，票号的产生是以整个晋商为背景的。正如票庄老手范椿年先生所说：

“闻父老传言，当清廷初叶，山西商人足迹已遍天下。统称两大帮，一为粮船帮，即载运各省货物于沿江河及海口交易者。二为骆驼帮，即懋迁各种货品于内外蒙古及俄旧京莫斯科者，艰苦经营，奔波万里，其坚忍性亦殊可喜。又值清朝康、雍、乾时代一百余年之太平天下，晋商富力日积月累，乃有余力经营金融事业，于是乎有山西票号之产生。”

晋商的发达，为票号的产生准备了资本、市场、人才、信用、组织等十分完备的条件。

票号的产生对于推动晋商的进一步发达，其意义似乎更不可估量。票号所推行的票据制度，是真正开了近代银行业的先河！

以契约关系代替宗法关系，这是社会的一大进步，也是走出农耕社会的一个重要标志吧。山西票号素有“一纸之信符遥传，百万之巨款立集”的盛誉。纸写的票据，就是一种最典型的契约。山西票号虽然大体以家族组建“字号”，以地域组成“帮”，带着封建色彩，但它的经营形式已经依赖于新的契约关系了。晋商依托票号，也似乎应当从封建社会中脱胎而出，随历史潮流而扬帆远航。

但它却没有，否则，我们也不会仅仅看到这么多的遗迹了。

票号给晋商带来的鼎盛和希望，以及这种鼎盛和希望的忽然消失，引起我的不解和好奇。这一切是怎样忽然消失了的？走出农村的晋商，为什么没有能走出历史？我一直想追寻其中的谜底。

面对保存完好的这处乔家大院，我们似乎可以多少想象到晋商当年的兴盛景象吧。它现在成了民俗博物馆，只陈列着过去岁月的遗物，以及它们所代表着的历史和文化。在这里陈列着的“民俗”中，却没有晋商当年重商、善商的乡俗。

首创票号的日升昌，我们可以追寻到的踪迹就更残旧，依稀了。它更多地留在了博物馆中，收藏家手里，金融学者的专著内以及晚清的许多小说中。

即使是在它的诞生地，人们对它显然也知之不详了。

而在当年，日升昌简直像是一个金融帝国，全国东北、西北之外，所有当时的重要“码头”都有它的分号。据说所有分号都挂着一块相同的金字招牌:京都日升昌汇通天下！虽然其总号一直设在山西平遥,却以京都自冠,足见其在当时的显赫和气魄。

看了这张票号分布图,我不再怀疑山西票号当年曾“执全国金融之牛耳”。

金融可以说是工商经济的血脉。票号业的获利率虽然是惊人的,但它对当时国民经济的贡献也是不可忽视的。

票号由经营汇兑起家,进而存款放款,由代汇公款进而代存公款,甚而代收捐税,曾被人称为中国的第一个“国家银行”。

山西票号对中国近代民族工业最早的一批矿山、工厂、铁路、造船厂等,曾做过“认股”投资。

戊戌变法时,山西票号分担了很重的新政公债“昭信股票”。

庚子事变之后,清廷向西帮票商筹借了巨额银两。

后于票号兴起的江南钱庄,在相当长时间里,是以票号为后盾和依托。

西帮票商以及整个晋商,在光绪年间走进了它的鼎盛时期。鼎盛之后,就是衰落,这是无法避免的规律吗?

梁启超在一九一二年对票商的演讲中说:“鄙人在海外十余年,对于外人批评吾国商业能力,常无辞以对。独至以有历史有基础能继续发达之山西票业,敝人常以此自夸于世界人之前。”

不过,梁公这次演讲的主题,还是要山西票商认清“危险前途”,实行改革,组建新式银行。

其实,在票业中早有此虑此议了。

在票号产生以前,商人携银外出,要请镖局的武力来做保护。所以在晋商云集的晋中一带,镖行也曾十分发达。至今那里还是武术之乡。

不过,当年票号一出,古老的镖行很快就衰落了:古老的武术终于难敌一纸票据。因为票据所代表着的是一种新的社会关系。

当票号进入衰落期后,西票商中的有识之士,如蔚泰厚京号经理李宏龄等人,曾想仿照外国银行新制,对票号进行改革。但历经十年,几起几落,终于还是错失改革良机,使改组银行之方案,始终停留在“公议”和等待“老总们”的裁定之中。

在一九〇八年,西帮票商驻京同仁曾经公推渠本翘学士出面做改组银行的旗手。渠家是山西八大票号之一,而渠公本人又是正途进士,高中探花,据说还曾游学日本,是晋商中一位学识出众而思想开明的人物。但他也仍然没有成功。

在此之前,渠公曾经成功地领导了山西票商,筹集到百万巨银,漂亮地从英人的福公司手中赎回了晋矿开采权。但是他在对票号自身的改革中,却没有成功。

梁启超在一九一二年的一次演讲中说:“环顾国中有改良中国金融业之资格者,则山西票号而已。”

历史证明,山西票号并没有能承担起这个改革重任。

经辛亥革命的冲击,山西票号从此一蹶不振了。

票号以及整个晋商,作为一种前期资本主义的经济形态,似乎应该成为封建社会的异己力量,但它却随着封建王朝的垮台而衰落了。它已经逼近了现代社会的大门,但它却终于没有能迈进这个新生之门。

这其中很有些值得我们深思的意味,我一直这样想。

专家们的看法都有各自的道理。

我却注意到,走出农村的晋商,在成为富者之后,就开始要求他们的子弟重新把读书求仕放到首位。榆次常家有“世兼儒贾为业”之称,就是很典型的例证。商家有正途中举者,似乎比一般人家要荣耀得多。走了一圈,又重新走回来了。

走出乡村,走出传统,可以说是从晋商那个时代已经开始了这个漫长历程,一直持续到了今天。

今天,我们能不能重现晋商当年的辉煌,也许并不重要,问题在于我们能不能成功,成功地走出去,走进现代社会?

写于1992年10月

晋商厚道之道

大盗有道:先入,后出,均分。这是庄子说过的吧。庄子是道家的代表人物,他自然满眼都是道。“大盗有道”,这是一个很有意思的论题。盗者,本来是无道的。但“先入,后出,均分”,这又分明是一处道德意义上的道,只是这个美好的道并不是要化解盗者的无道,而恰恰是为了使盗者升格,成为大盗。用经济学的语言说,这是一种“最大化”原则吧。

生财有道,这不是庄子说的,是我们俗人说的俗话。从伦理道德的层面上说,“生财有道”,应该是指发财不要昧心黑心,就如另一种说法:“君子爱财,取之有道”,即要发财,又要做君子。其实,“生财”既是经济上的营生,那它所追求的“有道”,就必然应该是经济层面上的“道”,或者说它同样是一种“最大化”原则。反过来说,如果“无道”也能达到发财的“最大化”,那么“生财有道”才可能真正是一种道德约束,同时它也可能是软弱的,不大可靠的。

“无道”,很可能发财,这样的例子现在似乎很多。但“无道”能实现发财的“最大化”吗?

明、清之际的晋商(或称西商、西帮),可以说成功地实现了发财的“最大化”。它长期雄踞通国商界，“南则江汉之流域，以至桂、粤；北则满州、内外蒙，以至俄之莫斯科；东则京、津，济南、徐州；西则宁夏、青海、乌里雅苏台等处，几无不有晋商足迹。”“最著名的是西北商，每年自俄、蒙贸易输入中国的金钱，约达二千余万两。经营东三省的成绩亦甚可观。国内贸易，则两江、两湖、陕、甘、鲁、豫等省的商业，有一部分是山西人专利的。”当时如顾炎武、梁启超这样一些“不言利”的著名学人，也对西商的业绩大表惊叹。梁启超就曾说：“敝人在海外十余年，对外人批评吾国商业能力，常无辞以对。独至以有历史有基础能继续发达之山西票业，敝人常以此自夸于世界人之前。”

晋商的“代表作”，或者说它的“巅峰之作”，应该是它所创建的“票号”，也就是梁启超所说“票业”。票号可以说是中国近代银行的前身，它早于也别于江南的钱庄。而票号业本身也能非常清楚地看出，晋商走向“最大化”是靠“有道”，还是“无道”。

清代一直以白银为主要通货。于是，现银的携带、调运就成了非常麻烦的事。尤其对于四处奔走做生意的商人来说，所携的巨额现银即使请教镖局帮忙，也不能称心。因为请镖师押送，不仅费用大，运期长，而且还常常会有不测发生。已有雄厚实力的晋商，慧眼独具，在乾嘉年间适时开创了现银汇兑的金融生意。客商在甲地的字号交银写票，到乙地的同号即可凭票取银，只需交付一点汇水，真是方便、快捷、经济、安全。这样专做金融汇兑生意的字号，就叫票号或票庄。货币的汇寄兑换，在现代是极其平常的事了，但在二百多年前的中国经济界，这不啻是一种革命性的创举。所以，票号一出，即受到商界的欢迎，生意很快“火”起来，越做越大。汇兑生意成了气候，票号又开了银钱的收存放贷生意，获利就更为快捷而丰厚。特别是在晚清以前，中国一直没有国家银行这类机构，公款的调度运转，诸如各地的钱粮上缴中央、中央的兵饷接济边地之类，都是由官府直接承办，既辗转延误，又不免层层克扣。而西帮票号“一纸信符遥传，百万巨银立集”，因此官方也渐渐将国库公款的调运交票号承办了。由现银汇兑而至放款存款，由张罗民间业务而至兜揽库银调运，西帮票商真可谓长袖善舞，极盛时曾有“执全国金融牛耳”的声威。当时西商各大票号的分号，不仅遍布国中重镇要邑，各大码头，而且远及海外。

晋商中几乎所有富可敌国的巨头们，都经营票号。或者可以说，晋商正是由于适时开创了票号，才走向了它的巅峰，产生了许多富可敌国的巨商大贾。名片《大红灯笼高高挂》的全部场景，几乎都在晋中祁县的“乔家大院”中拍摄的。而“乔家”，即是晋商中巨头之一，它的发迹史几乎就是包头这座城市的发祥史。现存的“乔家大院”也只是它当年的庞大房产中很小的一部分而已。乔家当年就经营着“大德通”“大德恒”等著名的票号。在与祁县比邻的太谷县博物馆里，收藏着一座火车头形状的座钟，全部由纯金制成，包括黄金、白金、乌金，重达六十多斤。这座金火车头是当年丹麦国给清王朝的贡品。在庚子事变中，据说落荒的西太后向晋商中另一巨头“曹家”借了巨债，就将这座金火车头以及其他宫中珍宝，抵押给了“曹家”。此后，清王室直到灭亡也无力（或者是无心）赎回这些珍宝。做了皇家的债权人的“曹家”，同样也经营着“锦”字号的大票号。

“执全国金融之牛耳”，“富可敌国”，这可能就是晋商经营票号所实现的“最大化”吧。这种“最大化”，很显然是通过“有道”的原则来实现的。因为票号作为一种专业化了的金融生意，它所依托的是严格的票据和契约制度；而十八世纪的中国，国家并没有法律来保障这些票据和契约的有效性，因此这种票据和契约制度的成功运作，全在于票号的可靠信用。以信用为最重要“资本”来赚钱，这应该是“有道”的原则。这种“有道”，完全是经营运作的要求，并不是外加的道德约束。

票号在具体的经营中，也有许多“无道”的劣迹。比如为了争得公款库银的大宗汇兑生意，各号在巴结官府官僚方面，都有非常高超，或者说高度专业化了的能力和水平。这也许是“无道”的。但他们在最重要的商业信用上，是没有劣迹的。事实上，晋商经营的票号，正是在晚清那种充满社会危机、社会动乱的环境中，充分显示出他们无可怀疑的商业信用，才走上了事业的峰巅。在历经甲午风云、太平天国革命、庚子事变等重大社会变故中，西帮票号在遭受重大冲击和损失之后，总是能很快恢复元气，并且还能借此机遇“跃上一个新的台阶”，就是因为无论社会环境怎样凶险，他们的“票”是永远有效的，能够如约兑现的。这真有些“沧海横溢，方显英雄本色”的意思。特别是庚子事变，对西帮票号来说可能是一个重要的转折，事变对它的打击最大，而对其走向极盛也促进最力。

在庚子事变突发前，西帮票号的营业重心已经从山西的祁（县）、太（谷）、平（遥）大本营，移到了京师北京。而一向对政局十分关心的“京号”（票号驻京城的分号）老帮（即分号经理们），这次显然对事变的突发性估计不足，特别是对“两宫”的仓皇出逃，几乎没有一点准备，无论是精神上的，还是商务上的。而在那样的时代，“两宫”西逃，京都沦陷，这简直是塌天之危，即使有所准备，作为民间商号恐怕也是无力自保的。

事发后，首先是“京号”全军覆没，几乎都落入银钱被抢，账簿被焚的绝境，好像只有极个别的老帮，将银钱藏匿起来，未被抢到。而有不少字号，在仓皇中携带号内存银和账本，企图逃回山西老号，途中也都被抢劫了。“津号”的情形同“京号”类似，也几乎是全军覆没。在当时，京津两地票号的老帮伙友能活着逃回山西，就已是万幸了。

京津两地分号的覆没，对各家票号的经济损失当然都是巨大的。但更大的危机，还是由此引发的全局性的挤兑风潮，“票商之执兑现者，云合雾集”，各地分号很快都受到了持“票”客户要求兑现的空前压力。特别是像上海、汉口以及票商的大本营山西等当时的商业金融的重镇，所受压力就更加严重。

即使在现代，由时局突变而引发的挤兑风潮，对金融业来说可能也是灾难性的。

面对这一空前的危机，西商仍然是做出了倾全力保全信用如常的决策。特别是各著名票号的大财东们，都拿出了巨额现银投入字号，支持各地分号应付挤兑。各大号之间，大号和小号之间，也做出了协调和接济。

结果是，在这场空前的危机中，西商做到了“各埠同心应付裕如”，顺利渡过了难关。

在“两宫”回銮，“京号”和“津号”复业之后，尽管遭了银失账毁的不测，各号也同样兑现了事变前所有客户所持的票券。

于是，西帮票商就在这场空前的危机中，建立起了自己空前的信用。

“自庚子之变回京后，独我西号声价大增，京中各行推重，即如官场大员无不敬服，甚至深宫之中亦知西号之诚信相符”“即洋行售货，首推票商银券最足取信，分遍于通国，名誉著于全球。日人原陈政所著之《清国商况视察书》，亦称票商处事敏捷，金融圆活，诧为得诸意外。”这是当时一位“京号”老帮在号内的商务信件中所记叙的几笔，当然不无得意。

事实上，西帮票业也正是在庚子事变之后，达到了它的全盛期。这显然是通过“有道”达到的。试想在当时他们如果采取了“无道”的路线，类似于现在的宣告破产，将一切票券作废，那似乎也不是太黑心昧心的吧。因为当时的大势是连皇帝皇太后都不能自保，整个京城都丢了，票号难道能强过朝廷吗？那是天塌了，大家都一起挨砸，谁也不能怨谁。何况，当时一是没有法律来追究他们，二是他们同官府皇家又有非常的关系，黑了心吧，你们又能怎么样？很可能，谁也怎么不了他们。但山西票业的历史，很可能就只有五十年，而不是后来的一百多年，更不可能走向它后来所达到的那种全盛局面。可见当时西商所做出的“有道”的选择，是一种商业选择，而不是道德选择。

晋商的历史也许可以告诉我们，小商可以“无道”，大商必须“有道”，而巨商一定是“厚道”的。这并非商越大，就越重义轻利，相反，商人行义的程度，正决定于它重利的程度。求大利者，才可能行大义；求利的目标很小，“无道”也可行，他当然就不仁不义了。当然这种“道”，只适用于商人，而不能施之于为政者，布道者，导师，哲人，还有文人。也许正是从这种意义上，“商”可以成为推动社会进步的力量吧。

写于1994年2月

走西口的哥哥回来否

“何为山西商人？我的回答是：走西口的哥哥回来了，回来在一个十分强健的人格水平上。”

这是余秋雨先生在《抱愧山西》中提的一个新说法。

这句话说得很形象，也很新鲜。

但晋人听了，觉得滋味有点儿不对。我虽然只是客居山西，可能因为客居久了，所以入乡随俗了吧，听了也觉得有几分隔膜。

当然也有可能是旁观者清。

这里所说的“山西商人”，是指明、清时代有“海内最富”之誉，在将近二百年中曾经“执全国金融之牛耳”的那一帮商人，当时也称“西帮商人”。

“走西口的哥哥”，则是那首著名的民歌《走西口》中的一个艺术形象。据我所知诞生《走西口》的民歌，是流行在一个特定的区域的。这就是山西、陕西、内蒙古三省交会的那一片高原地带。在晋西北这边，流行民歌叫“二人台”；在陕北那边，流行的是“信天游”；在内蒙古那边，也就是“口外”，流行的叫“爬山调”。这三种民歌虽然有细微的差别，但相类似的地方却很多。这可能是因为，这一片高原本来就是连在一起的，其间只由狭窄的黄河将三地分割，歌声依然隔河可闻，可传，可比。“二人台”的发祥地河曲县，就有“鸡鸣三省”之说。很可能，“二人台”“信天游”“爬山调”本来就是同宗同源的吧。例证之一，就是在这三种民歌中，都有《走西口》，而且都是各自重要的代表性曲目。

只是，诞生了《走西口》的这个特定区域，却没有诞生“山西商人”。

西商的发祥地，集中在山西这样几个地区。

首先是晋中的太谷、祁县、平遥、榆次一带。这里是西商最重要的发祥地，那些“富可敌国”的巨商们，大多是从这里走出去的。这里是山西最富庶的汾河谷地，也是晋文化的积淀最深厚的中心之一。晋祠中的那棵周柏也许只是传说，但李渊父子却的确是从这一带发“家”的。他们从这里走出去，建立起中国最辉煌的一个王朝。

其次是晋南的平阳，即今临汾、襄汾一带。这里是汾河下游平原，其经济、文化的发达，是在汉唐时代就越过了顶峰。平阳是悠远得难以想象的尧都。而它所在的河东地区，秦汉时代就一直是京畿的肱股重郡了。

再就是忻州、崞县（今原平市）、代县一带。这里是晋北雁门关内的唯一一片平原，属于滹沱河上游谷地，也是山西经济文化比较发达的地区之一。忻州是元好问的故乡。代县被认为是杨家将的故乡，其实古时的代州，那是比杨家将要重要得多的重镇。

这就是说，西商的故乡都在山西富庶的河谷平原，那里都有深厚的历史文化积淀，同时它的繁荣和辉煌也都早已成为过去。这些地区，还有一个共同的特点，那就是“民多而田少”。造成“民多田少”的原因，显然是因为它的富庶，而不是像余秋雨先生所推测的那样，是因为这里像大寨一样，贫瘠。这就像今日的江南，是全国“民多田少”问题最突出的地区之一，而它的富庶又无可置疑一样。

倒是诞生《走西口》的那个区域，那真是像大寨那样贫瘠，一直处于中原的“边缘”地带，无论是地理位置，还是经济、文化。

“二人台”的故乡河曲县，在过去的山西，几乎成了贫困的代名词。“河曲保德州，十年九不收，男人走口外，女人挑苦菜。”男人走口外，是在那样的穷山恶水中形成的一种生存方式。哥哥走到口外干什么呢？“揽工”，或者叫打长工，给口外的“东家”放羊，或者种地。冬去春来，走西口的哥哥是要回来的。但他回来后，仍然是一个会放羊，会种地的农民，他并没有变成一个商人。来年春天，他还要去走西口。河曲保德州的哥哥们，走西口一直走到了解放后。那里并没有出什么大商人，更没有形成压倒一切的习商风气。走西口走得好的，也只是把妹妹接到口外。在荒原上建立起一个新的村落，仍然放羊，种地。仍然唱“二人台”，仍然唱得那样高亢，凄婉，苍凉。

这些走西口的哥哥，不再回来了。

但西商是永远要回家的。

从最早到“口外”创业的那一代西商，到捐了“二品补道”，把生意从民间做到朝廷，从国中做到莫斯科、布拉格、大阪、南洋的那一代西商，他们的家都一直在自己的故乡。从借钱给西太后的财东，到那些长袖善舞的老总大掌柜，常驻各地码头的分号才帮，以及无数驻外伙友，西商中所有从业人员的家，都绝无例外地安在了山西老家。在这方面西商有极其苛严的帮规号规。

不得在外安家，这也许更多的是从商业利益考虑，比如，这样显然有利于财东和总号更有效地控制驻外分号及其从业人员。但西商的故乡，如果也像河曲保德州那样贫瘠，这样的帮规号规，能不能行得通呢？

西商到“口外”，不是去寻找新的家园，而是去寻找自己家园那份应有的富庶，去寻找那份曾经有过的繁荣的辉煌。他们在“口外”看到的，不只是地广人稀，不只是河套地区的宜农宜牧的自然条件，更看到了中原文化同那里的巨大落差。走西口的哥哥，在口外出卖的是自己的体力，而西商的创业者在那里出售的则是自己的智慧。这可能就是农和商的最重要的差别，也是走西口哥哥和西帮商人分道扬镳之处吧。那可以出卖的智慧，可以在遥远的荒原淘金的智慧，没有发达的经济和文化，可能是孕育不出来的吧。从“十年九不收”的贫瘠乡走出来的哥哥们,“掸一掸身上的尘土”,就“堂堂正正地走进了一代中国富豪的行列”,这无论如何是不可想象的。他们“坦然从商”“目光远大”“讲究信义”“严于管理”的“商业人格”,是怎样得到的呢?

从西商的衰败,似乎也可以看出它是受了中国传统文化过分熏陶。

可以说,西商在距现代历史仅咫尺之遥的地方,盛极而衰。它再迈一步,就跨进现代社会了,但它没有能跨出这历史性的一步。在本世纪初,西商随着清王朝的灭亡,也衰亡了。其中的原因,余秋雨先生提出了一个自己的新观点,“上个世纪中叶以来连续不断的激进主义的暴力冲撞,一次次阻断了中国经济自然演进的路程,最终摧毁了山西商人。”我是非常欣赏这个观点的。

不过,我仍然认为,西商作为中国最后的封建王朝所孕育出来的异己力量,而且是一种已成气候的经济力量,本来应该建立起自己的新的意识形态。但它却没有找到属于自己的思想编码,而几乎是完全复制了封建王朝的意识形态,以其无以匹敌的经济实力,居然也照例落入了中国传统文化自我修复的可怕陷阱。这真叫人感慨万千!那著名的祁县乔家大院,还有类似的太谷曹家大院,不就是一座按比例缩小了的皇家宫廷吗?

在西商的故乡,特别是晋中祁、太、平一带所形成的那个受到雍正皇帝讥笑的“乡俗”,即一等子弟习商进字号,二、三等子弟才学而求仕,对于“学而优则仕”了数千年的中国社会来说,可能是最惊世骇俗的一种变革了。据调查,这一带城乡百分之七十家庭,在解放前曾有经商史。然而,这里巨商豪门的子弟,却仍然是要“学而优则仕”的,读书中举又重新成为他们第一位的人生大事。最近,刚刚播放过的电视剧《昌晋源票号》,不就是在讲这样一个故事吗?这就是说,在致富之前,奉行经商第一,读书第二的新价值观念;在经商致富之后,就又成了读书第一,经商第二,价值观又复归到旧的传统上去了。

西商同清王朝一起衰亡,似乎也不足为怪吧。

遗憾的是，西商的“商业人格”和经商传统，并没有沉淀为山西的精神文化财富。西商之后，山西就再没有像样的商业了。孔祥熙并没有为国民党政府做好财政部部长，他也不像他后来所虚构的那样，是什么太谷富商出身，他的父亲只不过是一个潦倒的家馆教师。他还说他是孔子的多少多少代孙。阎锡山虽然在山西搞了一些实业，但他却把山西封闭起来了。封闭，是最能扼杀商业精神的了。

美国人唐纳德·G·季林所著的《阎锡山研究》一书中，曾这样说：在十九世纪，西商和他们的票号银号“每年汇回山西的款项超过四千万银圆，结果他们的家族成为中国一些最富有的家族。实际上直到一九〇〇年，金银是如此丰富，以致山西居民不去开发山西本地的资源，而输入进来他们所需要的大部粮食和绝大多数的工业品”。

在本世纪初，山西没有开发自己的资源，是不是因为太有钱，这也许应重新论证。但是，那时的山西先人，两手空空，只带一颗装了智慧的脑袋，走向三江四海，然后就把如此丰富的金银财富源源汇回故乡，这至少是让今天的山西后人抱愧万千的！今天山西的支柱产业是煤炭——我们是在源源不断向外出卖祖宗留下的不能再生资源。应该说，我们不如一百年前的先人。

除了煤炭，十多年以前，小小的贫瘠的大寨，也曾经使山西名扬天下。“大寨精神”曾经被抬高到宗教精神的地步，但那种“最大的艰苦连接着最低的消费”的精神，实在不应该是山西人的精神，至少不应该是山西人最好的精神。我们的先人已经靠智慧致富而领先于天下了，我们为什么仍然要靠憨笨的体力去感动上帝呢？

走西口的哥应该留在高亢，辽远，苍凉的民歌里。

写于1994年10月

漫话晋商

所谓晋商，并非指经商的山西人，或在山西做生意的商人。它是特指在明清两代事业成功、领先国内的一些山西商帮，其中尤其以明代盐商、清中期茶商、晚清金融票号为代表。

先说山西盐商。

明朝系取元朝而代之，但蒙古族军事势力并未覆亡，其退回祖先的蒙古草原后，又获得了新的活力。所以有明一代，始终保有庞大的常规军队。开国的洪武年间即养兵百万，重点布防于长城一线九镇边关，以防御蒙古外患。养兵，也就成为明代的沉重财政负担。朱元璋有“养兵百万，不耗百姓一粒米”的豪言，并为此实施了军屯制，即分出一定兵力，轮流在驻地垦荒事农，“边地，三分守城，七分屯种；内地，二分守城，八分屯种”，以求粮草自给。但此军屯制，实施远不如意，尤其在一些边远重镇，或不宜农垦的军事驻地，仍需指派内地官府，征粮草、征民夫，输边济军。此所谓民运法，不仅增加百姓负担，而且费力费时，高耗低效：输边的民夫，本身即需消耗大量粮草。

例如，当时九边重镇的大同，其军事粮储，即由山东陵县（今德州）粮仓起运，输至山西平定，再由山西行省转运至太和岭，后由大同府转运至边仓。其路途遥远，运期漫长，民力艰辛，耗费无算，可见一斑。

洪武三年，山西行省以此例为由，上奏朝廷："请令商人于大同仓入米一石，太原仓入米一石三斗，给淮盐一小引。商人鬻毕，即以原给引赴所在官司缴之。如此则转运费省而边储充。"此奏上达后，"帝从之。"

这便是明代著名善政"开中法"之始，也是山西盐商得以崛起的政策环境。

所谓开中法，简单说就是号召商人，购买粮草等军需物品，输送至边镇，换取相当的经营食盐的特许配额。因为明代与历代一样，对利润稳定的食盐，实行官营专卖，民商本是不许染指的。为了解边防军需之困，对民商开放食盐专卖，将盐法与边防相捆绑，应当说是一项十分高明的政策创举。用今天的话说，即是借助商业的力量，市场的力量，解决边防军需之困。所谓盐引，即是经营食盐的执照。开中法虽在宋代已有类似政策，但在明代所起作用却是十分重大的。军屯、开中以及少量的民运，成为有明一代庞大军需供给的支柱。

开中盐法，既由山西发轫，就为山西商人提供了独得的天时之利。而山西北部又处九边重心，宣府、大同、偏关、太原等诸边关，近在省境，更使山西商人占尽地利。尤为重要的，是当时山西的商业经济已相当发达，有实力与能力经营粮草输边，并远赴两淮盐区经营盐业的商帮，并不在少数。因此，山西商人才得以抓住此历史机遇，崛起为国内居先的盐商集团。无论是在弘治以前以输边纳粮为主的盐商中，还是弘治以后，客籍扬州，纳银中盐的盐业巨贾中，山西盐商都稳居其他商帮之上。

嘉靖年间的权臣严嵩，当年与客共话天下豪富，将资产五十万两以上者，列为第一等，天下共计十七家，山右三姓，徽州两姓。万历年间的谢肇淛，在其所著《五杂俎》中指出："富室之称雄者，江南则推新安，江北则推山右。……山右或盐，或丝，或转贩，或窖粟，其富甚于新安。"其中转贩，窖粟，其实都与输边纳粮的盐业相关的。徽商虽亦以盐业崛起，但直到晚明时代才对晋商形成挑战。徽商真正以盐商称雄国内,应该是在清代的中前期,道光之后随盐法大变,徽商失去盐业垄断地位,也就无可挽回地衰落了。而山西盐商从晚明起,鉴于朝政腐败,盐法大坏,已渐次退出盐业,转而另谋他业,其后才有茶商、票号接连异峰突起。

再说山西茶商。

清朝取明朝而代之,虽系异族政权,却也因此消弭了北方外患。这在中国的历朝历代,都是十分难得的。尤其清政权巧降蒙古的军事势力后,广袤的蒙古草原纳入中华版图,历史上传统的外患危境,得以与中原江南共享一统安宁。清代的北部边防,直推至远东的俄罗斯边境。

此时的俄罗斯帝国,恰逢"俄罗斯之父"彼得一世登上王位,一统"大俄、小俄、白俄",又向东扩张,夺得广袤的西伯利亚,领土横跨欧亚,急欲赶超西欧列强。对我黑龙江流域,侵吞野心强烈。不过,这时的清王朝,亦是一个新生的大帝国,因其武力起家,军事正盛,而中原江南的经济实力,也远较刚刚脱胎于农奴社会的俄国,要强大得多。尤其早于彼得大帝十年登基的康熙皇帝,是一位与之相比毫不逊色的君主,其文韬武略,正使新生的大清帝国渐入佳境。因此当时两大帝国的对话,可以说是强势对强势,傲慢对傲慢,文也来的,武也来的。

对于俄国侵扰我黑龙江流域,清廷先礼后兵,在忍让交涉无果后,康熙皇帝亲驾远征,一举击溃俄军侵犯。继而趁此优势,与俄方展开外交谈判,于康熙二十八年,即一六八九年,成功签订了中俄《尼布楚条约》。这个条约,中俄双方都得到了各自想要的东西。大清看重的,是条约"明定"了该地区的中俄边境,"以期永久和好"。因为当时清廷还在平息蒙古境内残存的叛逆部族势力,出于远交近攻的战略,与俄方缔结和约,正可预防叛逆势力与俄方结盟。而俄方看重的,是条约所写入的"准其贸易互市"。因为俄国经急剧扩张后,落后的国力正凸现出来。通过海外贸易,增强国家的经济及军事实力,这正是彼得大帝向西欧列强借鉴的强国路线。当时经济远较俄国发达的中国,自然成为俄方急欲"贸易互市"的对象。

一七二八年，即雍正五年，中俄间又签订了《恰克图条约》。此条约与《尼布楚条约》一样，中俄双方进一步得到了各自想要的东西。中方经此条约，划定了中俄在蒙古地区的边界。俄方则经此条约，细化了两国贸易互市的条款，特别是在恰克图边境两方，设定了贸易“市圈”。所谓贸易“市圈”，有些类似今日的经济特区。两国商人限定在此“市圈”内进行通商贸易，一切关贸手续，都可在此“市圈”内便利办理。

自签订此两个条约之后，俄国展开大规模的对华贸易，中国也成为俄国最大的贸易国。到一八〇〇年前后，仅恰克图“市圈”的年度进出口货值已达千万卢布的规模，其关税收入占到俄全国的三分之一。恰克图这个无名小镇，也极度繁盛起来，俄人称之为“西伯利亚的汉堡”，西欧人称之为“沙漠中的威尼斯”。

其时在中国一方，应对俄方对华贸易热浪的，主要就是山西商人，当时俗称为西商。

旧籍《黑龙江述略》记载：“汉民至江省贸易，以山西为最早，市肆有逾百年者，本巨而利亦厚……出入俄境极稔。”可见在《尼布楚条约》贸易时期，山西商人便已成为最先的入场者。

乾隆年间曾出任库伦办事大臣的松筠，在其所著的《绥服记略》中有言：“所有恰克图商民，皆晋省人。”库仑，即今蒙古国首都乌兰巴托；清廷在此置办事大臣，即为专门管理俄方的对华贸易。他所言恰克图的中方商家皆山西人，应该是最可信的。而依《恰克图条约》，俄商只准许在此边界“市圈”内交易，不得进入中方内地。也就是说，在当时规模宏大的恰克图国际贸易中，将俄商需要的种种华产货物，从内地采买、然后运输到遥远的恰克图“市圈”来的，全是山西商人。与此同时，将交易来的俄国商品，运往内地销售的，当然也是西商。

当时，俄方出口中国的商品，主要就是西伯利亚的皮裘。而中方出口俄国的商品，却要丰富得多，除少量宝石、黄金外，以江南丝绸、南京棉布、药材大黄、烟草、茶叶及其他日用杂货为大宗。这也可见，当时中俄经济的差距。到恰克图贸易期间，双方的贸易大宗，已渐渐集中到一样商品，那就是中国的茶叶。到一八〇〇年以后，华茶年贸易量已达十万普特的规模，占到中俄贸易总量的九成。俄方如此独独钟情于华茶，除了因为茶叶在俄国内有稳定的庞大市场，还因为俄方将华茶大量转而出口欧洲，换取更大利润。经恰克图陆路输入欧洲的华茶，因途经低温风霜，“茶味反佳”，被市场视为上等货，价值远高于海路输入的茶叶。

中国一方，在恰克图大规模向俄商出口华茶的，更一色是山西商人。他们从福建武夷、湖南安化、湖北蒲圻等产茶地，采买、加工优质青红砖茶，然后经穿越江南、中原、内外蒙古的万里商路，将华茶运至恰克图，再经俄输往欧洲，开辟出一条跨越亚欧的茶叶之路。这中间，无论在南方产茶地组织茶叶生产以及开辟新的产茶基地，还是在万万里商路组织茶货运输，包括在“口外”的戈壁荒原经办艰辛的驼运，特别是在恰克图茶市与俄商交易“过招”，创信誉，争利权，全部是依赖西商自身自力。当时的外部社会，没有也不可能提供交通、通讯、金融、法律、治安、人力资源等等方面的支持。其活动畛域之广，经营格局之大，商务能力之强，即便以今日视国际贸易为常事的眼光看，称之为奇迹也不为过。

后说山西票号。

票号是清代中晚期的一种金融行业，由山西商人创建，又始终以山西商帮为经营主体。它起步于金融的异地汇兑，逐渐完善为类似于今日之银行业，汇兑之外，经营数额庞大的存贷业务。因为当时清代没有官方银行，更没有央行，山西票号因其信誉卓著，更承揽了当时国库官款的调拨业务。故有“执全国金融牛耳百年”之誉。

票号创始于平遥日升昌，今已广为人知。这中间当然有偶然性，例如创始掌柜的眼光、机智等等。但其间的必然性，也是显而易见的。

迄今坊间比较可靠的看法，票号的创始年代在清道光年间。据《剑桥中国晚清史》费正清所作序言中指出的：从明代万历至清代嘉庆这二百年间，“中国的人口已经超过了三亿，几乎为包括俄国在内的欧洲的两倍，同时可以有把握地说，它的国内市场和国内贸易也远远超过了欧洲。”用当今最热的用语，当时的中国堪称世界最大的经济体，人口与GDP都是世界老大。然而当时的满清政府，远远没有觉悟到这种经济强势，以致国内经济制度仍囚于传统，极其滞后。

尤其是如此庞大的经济体，其流动的经济血液——金融的流通，却处于严重的梗阻状态。因为当时的法定货币，乃是贵金属白银及辅币铜钱，其虽有比较可靠的保值性，但流通起来却十分不便。当时的官方与商界，都没有银行、邮汇之类的金融服务业。民商赴异地做生意，资金的携带成为一大难题，雇佣保镖押送，成本高，行期长，安全仍难保证。即便官款的调拨，如各省上缴中央的“官饷”，中央拨付下去的“兵饷”等，都需委派专员，征用兵力民夫押送。成本更高，效率更低不说，期间层层克扣之类的腐败也难杜绝。

山西票号正是在当时世界第一大经济体发达上升的此一瓶颈处，创建了一个急需的行业，疏解了金融流通的梗阻。一纸票据遥传，重金立等可取，这在今日不过是寻常事，而在当时却是革命性的金融制度创新。因此票号业能迅速做火做大，使晋商再次攀上事业的高峰。

晋商能成就金融票号业，首先因为有现成的财力雄厚的大商号，国内的大码头都有它的分号，即现成的商业网络可依托；其次有良好的商业信誉。财力强，网点多，信誉好，这是做金融业的基本条件。但晋商能深谙当时的经济大势，应当是最重要的。“春江水暖鸭先知”，自明代盐商始，经其后的清代外贸茶商，晋商一直在从事着一种布局全国的宏大商贸业，对商道的彻悟，对商机的敏感，对经济大势的把握，应当是国内其他商帮难以企及的，也是当时官方主管财经的迂腐的户部所不能企及的。

“从来可大而不可久者，非良法也；能暂而不能常者，非美意也。”这是山陕商人于乾隆八年在聊城所建会馆中所刻《山陕会馆接拔厘头碑记》内的一句铭文。以上晋商最成功的三个行业，都有一共同处：大而久。

大，当然是指经营规模大，产业链条长，商业布局广。盐商的上游，是在中国最北部的边防前线，从转贩输粮，到就地雇工垦种，史称“商屯”；中游是到产盐区，将盐引兑换成食盐，面对明朝极其腐败的盐运司衙门，这成为盐商最艰难的经营阶段，盐引壅积成常态；下游是在指定的区域销售食盐。茶商集产、供、销于一身，分产茶区的“茶山”经营、万里茶路的“茶道”经营和恰克图的“茶市”经营，产业链之长，也不亚于盐商。票号做金融生意，凭借的就是雄厚的财力，全国性的网点，安全高效的资金调度，不“大”也难。

久，是指经营的年代长，都数以百年计，用当今用语，即可持续性好。盐商相伴明朝始终，从洪武三年至明末，历二百五十多年。茶商自康熙二十八年签订《尼布楚条约》始，至二十世纪初西伯利亚铁路修通，传统茶路衰落止，历二百多年。票号自道光年间创始至清末，也历百年之久。

此三大行业能做到大而久，首先如前所述，山西商人因久浸商海，能识天下大势，经济大势，及时抓住重大国策所展现的商机，开创出市场广阔、利益稳定的新兴行业。如盐商，茶商，做的都是与国防军需、外贸靖边相关的事业，当然能做大做久。而票号更是一种关乎金融制度创新的新兴产业，补救了官方制度的缺失，其急速繁盛是必然的。

其次，做大格局的事业，必然要有大的付出。也如前所述，在当时轻商的农业社会中，做如此格局的商业，几乎没有任何外部社会资源可以依托，先行者必须付出的一切艰辛，今人已难想象。山西盐商之所以集聚于当时最“肥富”的两淮盐区，就是因为要获得两淮盐引，必须往西至甘肃、固原，东至辽东等最边远、最贫瘠的边防前线输粮，而山西商人一直就是这类边镇稳定的“边商”。茶商将华茶从中国江南销往俄国、欧洲，其间的付出，就不再多言了。而票号中大户，多是最先远走荒凉的“口外”，完成初始的资本积累，然后回师中原，走向江南，布局全国的。

再者，这几大最成功的晋商行业，都具有制度创新的大智慧，而不是仅仅靠个人的商业奇才、商战中的机巧智谋之类小伎俩。胡雪岩可谓商业奇才，但他尚未来得及面对后续承传的议题，就垮台了。而晋商所创建的

“伙东制”:商号属财东,经营交掌柜,即企业所有权与经营权的分离,成功地解决了企业可持续发展的难题。创业一代是豪杰,但“富二代”无能、子孙不肖也在所难免;而不断选择贤能的掌柜,即今所谓职业经理人,全权执掌商务,却是可能的。正是这种制度安排,使晋商做大后得以做久。山西盐商,即已在扬州选任深谙盐法的当地人才,执掌经营大权,“财东过问甚少”。山西茶商,继续完善了此伙东制。到票号,即是由日升昌的大掌柜雷履泰所创建,可以说票号业就是伙东制的产物。此外,盐商在边镇创建的“商屯”制,茶商在恰克图与俄商所创建的年度定期会商制,平等议定当年华茶行情等,也都是此类制度安排。而票号在股份制度中,特设“人力股”,即依员工的才能、贡献,给予相当的股份,终身分红,在当今如微软这等超级现代企业中,也有类似制度。这种超前的制度创新,当然使票号得以长久保有充裕的优秀人才,其吸引力在当时就超过了科举选才。如此,票号岂能不做大做久!

现今常将晋商的兴盛,只简单归功于诚信二字,实在是一种愧对先人的简约。诚信是任何成熟的商业所应具的素质,不独晋商特有。在票号业中,也曾有不诚信的商号,吸收了客户存款,卷逃而去,受到官府严惩。只是这些不良商家即生即灭,难以留名罢了。史上那些虽也诚信,但做不大也做不久的小商号,同样也湮没不名了。

为商不可偷懒取巧,面对晋商的不俗遗产,同样不能做懒惰的简约。今日中国之商贸业已影响遍及全球,与晋商时代不可同日而语了。只是,似晋商当年那样领先于世的成熟商业形态,那样的创新大智慧,那样百年不衰的可持续性,在今日的商贸界还显太稀缺,这也远与我们的商贸大国地位不相称的。而我们身边时时所遭遇到的不良商家,更是躲也躲不开的。

抚今忆昔,不能不使人感慨系之。

晋商何以能做大做久

我不是研究晋商的专家，只是因为写晋商题材的小说，从一九八六年开始，即搜罗一切与晋商有关的史料、史迹以及民间口口相传的故事，及今已二十多年。这期间创作、出版过几部反映晋商历史的长篇小说，如《真迹》《白银谷》《茶道青红》等，字数在一百五十万以上。所以，自以为对晋商历史还算是熟知的。但读过曹培红先生所著的这本《忠义的资本》，却深感自己疏漏了晋商历史中多么重要的一个方面，那就是本书重点论述的晋商有关“会馆”的制度建设。在我所涉猎到的有关晋商研究的学术论著中，对晋商会馆制度的研究，也同样被遗漏了。

曹培红先生的这部著作向我们表明，晋商之所以能成为明清之际的中国第一商帮，它的会馆制度是不能或缺的。

我一向以为，晋商之所以能成为历史上的中国第一商帮，是因为它具有制度创新的大智慧，而不是仅仅靠个人的商业奇才、商战中的机巧智谋之类。我在小说《白银谷》中，第一章的题目便是“莫学胡雪岩”。胡雪岩可谓是一位难得的商业奇才。但他在爆发式做大后，为眼前一桩能获厚利的生丝生意，而不惜伤及商号的立身之本，结果落得一个速盛速衰，还未及计议承传大事，就破产了。正如本书列举的聊城“山陕会馆”中一碑记的铭文所言：“从来可大而不可久者，非良法也”。晋商的成功，即在它既能做大，更能做久，一代创业，代代承传，百年不衰。也就是说，晋商在它的发展历程中，创建了一套“可大而又可久”的“良法”，靠制度创新，而不是靠个人智慧，解决了可持续发展的大课题。比如说，它的“伙东制”的创建，即今所谓企业所有权与经营权的分离，很有效地解决了家族企业的承传难题，靠选择贤能的经理层，弥补子孙不肖。这一制度，即使在现代的企业管理中，也不落后。再比如，它的股份制的创建，特别是其中“身股制”的独创，在经理层中建立了很好的激励机制，留住了最优秀的人才。这些都是被近年屡屡论及的。而本书所论及的会馆制度，亦当是晋商之所以能做大做久的一大“良法”。可惜过去论述不多，今曹先生弥补此缺失，甚为可贵。

历史上的会馆，不独晋省设置，也不独晋商倚重。而祭拜关帝武圣之风气，在明清之际，已然炽烈有加。尤其到清代，已列入官祭，隆重程度，仅次于祭孔。晋商的智慧，正是借助了这一现成的社会良俗，创造性地转化为自己的商业良法。

首先，晋商借助在遍布全国的山西会馆中，祭拜关帝，不着痕迹地将商业诚信信仰化了。商业诚信，并不是晋商所独有，也并不是因山西人善良、厚道，才经商诚信。不良的山西商人也有的是，只是行之不远，早已倒在历史的尘埃中，不为后人所知罢了。我看到的史料中，即有卷款潜逃的山西小票号，被官府查办的记载。我以为诚信不过是商业成熟的一种标志，因为诚信是商家最能获利，最能获厚利的资本。这是那些做大做久的商家，才能取到的商道真经。晋商也好，当今的那些国际大品牌也好，莫不视诚信如生命。晋商在自己的会馆，借助供奉关帝，将诚信上升为忠义，其实也就是在守护自己的立身之本。关老爷是晋人的乡贤，本就多了天生的亲近感，又逢当时社会将武圣高度神化，晋商顺势将商道真经融入忠义信仰，实在是巧妙地利用了中国传统文化的现成资源，构建了自己的免疫系统。诚信本应该是商家的自律，晋商就这样通过会馆制度，将其变成了一种“神律”，虽有迷信色彩，但在当时的历史文化的语境中，为保晋商的长盛不衰，起到的作用实在是别的良法所不能比拟。马克斯韦伯将清教传统与西方资本主义精神相联系，而犹太商人也与它的宗教信仰不可分。晋商的忠义信仰，其内核也还是儒教精神，是它深层的文化密码。

其次，晋商的会馆制度，也是能使其成为强势商帮的重要依托。与晋商同时，在中国存在着不少大的商帮，如徽商，浙商等等。晋商之所以能强于其他商帮，与它有较为完善的会馆制度密不可分。据我所知，晋商在内部，在同业间，也存在充分的竞争，因此而保有活力，但有帮规、行规，使相互间的竞争不至沦为恶性相残。如票号的利率，多是经公议后，定一个合理的尺度，共同遵守。而遇外部危机时，又能同舟互济，合力对外。做这种落实帮规行规，聚议协调的常设机构，便是各地的会馆。这就使同业真正成为有凝聚力的“帮”，即现代意义上的商业集团。可见会馆的职能，相当于今日的行业协会，本书在这方面有精到的论述。如洛阳山西会馆一碑文所言：“一人智慧无多，纵能争利无几何，不务其大者而为之。若能时时相聚议，各抒所见，必能得巧机关，以获厚利。”一个商帮的力量，远胜于一家商号，即使是同业中的巨擘。而一个商帮的业绩和声誉，也更容易产生强势的辐射力。这也是晋商以仁义治商的表现。

再者，晋商的会馆制度，也是将其的慈善义举制度化了，这对维持商帮的良好社会信誉，亦是良法。会馆还是当时同乡、同帮、同业的商业驿站，自济组织，等等。在当时那种交通、通讯不发达的条件下，晋商将生意做遍天下，没有这种会馆制度的支持，那也是不可想象的。

以上几层意思，只是我读过本书后的粗浅感受，书中所表达的不止于此。

特别想提及的，还有本书的文体。本书不似一般的学术论著，而是以义理为纲，以生动的史实、故事、商战实例为目，行文简洁生动，读来趣味盎然，尤其于当今的为商者，办企业者，有很强的针对性。且配有荣浪先生踏遍全国，所拍摄的晋商会馆的历史遗存，与论述文字互为印证，图文并茂，更使本书的文体，别具一格。

曹培红先生及荣浪先生为本书所付出的一切，我以为是值得的。

写于2009年8月23日

汾酒贵于久

——在纪念汾酒获巴拿马博览会金奖百年高峰论坛上的演讲

首先，我想向汾酒在百年前获得巴拿马博览会白酒类金奖，表示敬意。

一百年前，正是中国积弱积贫之时，工商实业更是败落不堪。一九一二年，梁启超结束海外流亡归国不久，在“山西票商欢迎会”上曾说：“鄙人在海外十余年，对于外人批评吾国商业能力，常无辞以对。独至以有历史、有基础、能继续发达之山西票业，鄙人常以此自夸于世界人之前。”汾酒能在那时获得国际金奖，享誉“世界人之前”，理当弥足珍贵的。而获奖后的一百年，更是中国历史上社会变动最为剧烈的一个世纪，在这前所未有的大变革大转型的怒潮中，汾酒实业不仅未被吞没，反而持续发展壮大，大到百年前难以想象的程度，这更弥足珍贵。

山东聊城山陕会馆内，有一座立于乾隆八年的“建馆拔厘头”碑，内有一句碑文：“从来可大而不可久者，非良法也。”我想，“大而久”可以算作晋商最为简约的特点，应该没有疑义。凡成功的晋商，都是生意做得大，执行业牛耳，取天下之利；经营历史长，持续发达，百年不衰。这也无须多说了。只是，明清时期显赫百年、数百年的晋商大户，已成为历史陈迹，唯独汾酒这种有工商实业依托的企业，尚硕果仅存，从始至今，从未断过“香火”。如果论“大而久”，汾酒才真正堪当此誉，尤其一个“久”字，更为突出。

汾酒的产地，即晋中的汾河谷地，明清时期的太原府和汾州府，同时也是晋商中事业最成功的富商大户集中涌现的地区。仅以近年屡被论及、耳熟能详的，即有灵石的王家，介休的范家、侯家、冀家，平遥的李家、毛家，祁县的渠家、乔家，太谷的曹家、贠家，榆次的常家，等等，都是一时的超级富豪。这很耐人寻味！至少兆示，汾酒在此一方“风水宝地”产生、发达、历久不衰，应该不是偶然的。

梁启超常“自夸于世界人之前”的山西票商，更是集中涌现于晋中盆地这一方“风水宝地”。与西帮票商同时期的江南杭州，也出了一家票号大户，那就是开办了阜康票号的胡雪岩。大概因他的同乡、台湾著名作家高扬先生写了历史小说长卷《胡雪岩全传》，演绎了传主的商业传奇，使其在近二三十年间以商贾奇才名满海内外华人世界。其实，胡氏发家后是连第一代也未能善终，便垮掉了，他是大而不久。江南杭州这样一个繁华之地，出了一个胡雪岩，便被称为传奇、奇迹，那自然是小概率事件。而在晋中汾河谷地，似胡雪岩这样量级的成功商贾，不是一家两家，而是一个群体，群星灿烂。也即在别处的小概率事件，在此地变成了大概率事件，而且还“大而久”，历久不衰。这应该如何表述呢：传奇加传奇，或者奇迹的奇迹？

这里顺便提一下，胡雪岩被“炒”的最大亮点，就是所谓红顶商人，因为朝廷赏赐过黄马褂。我在写《白银谷》之前，并未听说过晋商中也有人受赐过黄马褂。这部小说出来之后，先后有书中两个人物的后代，向我反馈说他们的先人曾得到过黄马褂。一位是贾继英，在书中他是祁县乔家大德恒的省号掌柜，我写了他的一些真人真事。据说这个贾继英后来曾在大清银行任过要职。他的一位在海外的后人，看过的《白银谷》之后，辗转通过朋友，将读后感传至认识我的一位作家，读后感便提及其先人曾获赐黄马褂。另一位是梁怀文，在书中他是平遥日升昌票号的京号掌柜，也大致写了他的真人真事。他的后人自称是梁的小儿子，在哈尔滨一所大学做化学教授。那是多年前的事了，他辗转查到我的电话，亲自打过来，主要是想问我有关他父亲的更多身世。其中谈到，他已七十多岁了，是父亲的小老婆生的，母亲是普通家庭妇女，不大识字，他很小时父亲就去世了。是母亲料理的后事，把朝廷赏的一件黄马褂，放进棺材，随葬了。对这两则信息的真伪，我没有做过调查。据我对晋商的了解，他们似乎也不太愿意张扬此类亮点，如接皇差、受钦点、获赏赐等等。他们或许是太成熟老辣了，深谙张扬此类光耀的利弊。我想，这也正是晋商与胡雪岩的不同，“大而久”与“可大不可久”的不同。汾酒不愿对荣获巴拿马金奖、入选开国国宴用酒等亮点做过度的张扬，也并不奇怪，因为这是晋商的传统，是“大而久”的成熟企业应有的风度吧。

胡雪岩的发家，是缘于他成功做了一单期货生意，只是这期货不是平常货物，而是一位落魄的官员。此官员仕途发达后，为胡氏打开了官庇的财路。而在汾河谷地涌现的这个晋商群体，大部分的发家路线图是这样的：出走口外——回师乡邦——布局全国——涉足海外贸易。出走口外，都是靠做小买卖掘得第一桶金。其中不少就是靠烧锅，即造酒买酒起家。如太谷的曹家，就是于明末在今朝阳的三座塔屯卫地，靠烧锅起家。祁县的乔家，是在口外的包头靠“六陈行”起家，其中卖烧酒是大项。旅蒙商大盛魁年销烧酒以万斤计，多采买自祁县邦在归化（今呼和浩特）开设的复生泉烧酒坊，等等，不胜枚举。以做小买卖发家，这也不可能是大概率事件。发家后由小康往上走，至较为富有，能回师乡邦，置田开铺，也是小概率事件。富有再往上走，成大户巨商，布局全国，涉足海外，就更不容易。商家是靠智慧生存发达的。生意做大了，光是人才的支撑，即今所谓人力资源，就是个大问题。而晋商的用人之道，又多以同乡为限，成功的概率就更小了。再加上“大而久”，经营百年、数百年，所遭遇的风险风浪，天灾兵祸，社会动荡等等不可预测的变故，都需要充裕的财力人力支撑，更需要高超的智慧来应对,其间的难度,远远超过我们今人的想象。

晋商成功的概率之小,难度之大,汾酒体现得也许更为典型。把普通乡间都会酿造的烧酒,做成好酒,这也并不容易。再把好酒做成名酒,品质品味、酿造工艺、营销智慧等,均高档化、精致化,显然就更不容易。这一步,汾酒可能在一千多年以前就做到了:据史籍记载,它那时已经以“汾清”之名,闻名于宫廷庙堂。因为不是酒中名品,很难受宠于宫廷的。如果这一记载是可信的,那它在此后的千年岁月中之所以没有被历史湮没,很可能一直是以名品传世,承传至今的。因为只有名品才值得承传,也才可能承传下去。而能承传得这样长久,说明其名酒的品质一直得以保持和改善。在如此漫长的岁月中,若有某一时段品质败坏,承传也就中断了。这或许就是汾酒最为珍贵的那个“久”字。它在百年前能夺得巴拿马博览会国际大奖,也就一点也不奇怪了。也许正是因为千百年来能保持名酒的信誉,它才可能以一种“近悦远来”的方式,扩散、推广其独特的烧锅工艺,更引起竞相仿制“山寨”,从而深深影响了中国白酒的酿造历史。

在晋中汾河谷地,能产生晋商群星灿烂和汾酒千年不衰这样的奇迹,或许是有其地缘和人文历史因素的。

首先,这里是华夏文明发祥地的一个组成部分,文明承传太久远了,文化积累太深厚了。这里不能详说,也无须多说了。只随手举一例,最近读书读到一则学术争论:《史记》孔子弟子列传中有一句“孔子既没,子夏居西河教授,为魏文侯师。”其中“西河”一地,有论者认为是今汾阳,有论者认为在山东。不管定论如何,这也足见汾酒产地汾阳文明之古老。

其次,自古以来这里应该是富庶之地,至少是宜农宜居之地,而非贫瘠之地。刚才安介生教授已从古代地理的视角,阐明这里本是河系发达,林木繁茂之乡。史志多有这一带“人多地少”的记述,以少量土地,聚集了众多人民,有如今日的江南,应是富庶之地,贫瘠之地往往是地广人稀。贫瘠之地也难以成为一种古老文明的发祥地。

再次,山西表里山河的地缘特征,使这片汾河谷地受惠较多。东面的太行，挡住了中原的战乱；西面的吕梁，隔绝了黄河之水患。相对来说，在漫长的历史岁月中，这里还是安定多，离乱少。唐王朝能从这里孕育，宋朝一统天下最后征服的是并州，明初的大槐树移民，都与此有关。

最后，三晋自古有道术并重，义利兼顾的务实传统。史学大家钱穆先生在其名著《国史大纲》中，认为秦征服六国，首次统一中国，是运用了三晋之学。以商鞅为首助秦富国强兵的主要功臣，大多是来自三晋的人士。当时与三晋之学对应的是齐鲁之学，即后来所谓的儒家学说。儒学重道重义，即今所谓重意识形态，属务虚之学。孔子周游列国失望而归，可能因为他的政治理想，缺少具体实施的路径，不具可操作性吧。三晋之学则重道不轻术，尚义不弃利，尊崇礼义道德，又善待经济财货。因此，后起的秦国最终能胜过其他六雄，成就统一大业。这大概也是三晋历来多擅长商贾之士的原因吧。

总之，文化意蕴深厚，又是宜居的富庶之地，还有地缘屏障得以安多乱少，再加上务实重商的传统，这些因素叠加起来，就可能使任何一种工商实业或专业技能，既得到文明文化的充分滋养，又得以安稳地承传下去，更能够得以不断地精致化。尤其商业或商品的精致化，那是必须要有社会的优雅需求的。一个愚昧、贫瘠、动乱频仍的地方，还能有多少人消受名品，品尝名酒呢！

梁启超在《李鸿章传》中还说过一句话："中国人最长于商，若天授焉。"也许，我们并不需要对晋商的奇迹，汾酒的奇迹，做过多的解读。能成就这种奇迹的能力，或许真是"天授"的。套用一句网上的流行句式：不管你如何解读，奇迹就在那里。

改革开放以来，中国崛起的经济奇迹，震惊世界。因此近年复兴所谓国学，也成为一种新的潮流。只是，复兴国学还是仅止于儒家学说，甚至四书五经，也即仅限于齐鲁之学。对于我们的先人，在我们自己的华夏文化滋养下，所曾经具有的工商能力，技术专业的能力，创造经济奇迹的能力，或论及不够，或仍存自卑。因此今天纪念汾酒获得国际大奖百年，以及研究晋商曾经的奇迹，对于增强国人的经济自信，文化自信，民族自信，还是很有意义的。

谢谢大家。

略析当代骗局

你受过骗吗？

会不会受骗上当，当今似乎已经成为人们在进行社会活动时最大的担忧之一了。

你，我，他，我们大家，在购物、交际、做生意、谈朋友、办护照、写合同、买奖券、出门旅游、寻医求药、征婚觅偶、求职升学等等方面，大多有过受骗上当的遭遇。如果你正被某种潮流推动，或者正处在社会热点上，比如想发大财、发急财，想出国淘金，想成为明星，想拉来外资等等；如果你正处在困难中，压力很大，想求援、想突围，比如身负重债，身患重病，长期亏损等等，在这种比较特殊的处境中，你可能更容易受骗上当，骗局给你带来的损失和伤害无疑也更大。不过，有时候我们无意间对一个陌生人表示出稍多一点的热情，或者很放心地委托一个熟人办事，从很有威信的一张报纸看到一则很有用的广告，也就是说，有时我们在毫不经意中间也会受骗上当，使你哭笑不得。

受骗上当，无论对谁来说都不可能是一件愉快的事，不可能是一件可以一笑了之的事。经济上的损失常常会使一些善良的人倾家荡产，而精神上对我们的伤害可能更不能令人容忍。被骗就是被愚弄、被侮辱，稍有自尊的人都难以咽下这口窝囊气。

但是，人是社会动物，谁也不可能脱离社会，谁也不可能不从事社会活动，不进行社会交往。在当今随着市场经济的发达，商品交换的频繁，人们从事社会活动、社会交往的机会会越来越多，频率会越来越高，尤其是走向新领域，同陌生人打交道的机会更多了起来。与此同时，我们受骗上当的可能性也会相应增大。

打击社会上的行骗诈骗活动，当然得靠国家的法制。不过，如果我们能比骗子稍微聪明一点，稍微精明一点，就可能减少以至避免受骗上当吧。

防骗的聪明之道，即在于我们能对行骗诈骗这种社会的负面现象，有更多的、更理智的、更深入的认识，从而使自己洞察骗局骗术的眼力更锐利些。当然，你还应该有更多的社会经验。但是，取得受骗的经验，那代价可是太大了。假如经过十次受骗后，人就会变得聪明起来，但谁又能受得了呢？

我们想从社会心理学的角度，来分析构成骗局的要素，骗局生成的外部条件，尤其是受骗者上当的心理原因，以帮助你提高防骗的能力。

骗局，有一端靠你支撑

行骗诈骗与其他犯罪行为一样，涉及犯罪主体和客体双方，也就是说主要当事人是罪犯和受害者。然而诈骗行为又与其他犯罪行为有一种明显的不同之处。比如偷盗，它当然是一种加害于人的犯罪行为，但它是以极力避开受害者为作案前提的，也就是说，偷盗时必须避开财物的主人。再比如抢劫、强奸、杀人等犯罪行为，罪犯虽然直接面对受害者，但以使用强制性的暴力为前提，给受害者以人身侵犯。而诈骗行为呢，却要求犯罪的主体与客体“友好”交往，“密切”配合，也就是说，骗子以假充真，受骗者必须信假为真，诈骗行为才能实施。

因此可以说，你的受骗上当，恰恰是你与骗子“密切”合作的结果。对方采取某种手段，诱惑你“自愿”与他配合，共同来加害于你本人，这就是骗局。很明显，骗局是你和骗子共同来支撑的。如果你不给予“配合”，骗局就不可能成立；你“配合”得好坏，又决定着你受害的程度。所以，你不妨记住这样一个公式：

骗局＝骗子的骗术×受害者的“配合”

根据乘法规则，相乘的两数中任何一数为零，相乘所得的结果都是零。在这个公式中，“骗子的骗术”这一项不大可能等于零，因为任何骗子都不会希望他的骗局不能成立，这样，使骗局等于零的唯一可能性，就存在于受骗者的一方了。这也就是说，只要你愿意，你完全可以使任何针对你的骗局不能成立。

可见，防骗不仅是完全可能的，而且防骗的秘诀就在你我自身。

当然，你要做到不“配合”骗子来加害于你自己，你就必须能看穿骗术。

骗术，就是使骗术不像骗术

有一则民间故事说：

鬼谷子有两个自己最喜欢的学生，一个叫孙膑，一个叫庞涓。他们后来都成了军事家，当然孙膑的水平要比庞涓高得多了。当年他们在鬼谷子门下做学生的时候，就已经显示出这种差别来了。

有一天，鬼谷子把他们两人叫来，出了一道考题：“今天我要看看，你们两人中谁能把我从屋里骗到院子里?"

鬼谷子是在考学生"兵不厌诈"的能力,不是考他们到社会上行骗的本事。

庞涓当时抢先欺骗老师说:院子里蹿来一只老虎,冒出一个魔鬼,刮了一阵妖风……乃至天崩地陷。

但老师始终没有上当。

轮到孙膑施展骗术的时候,他说:"我像庞涓一样,也无法把你从屋里骗到院子里,但我有办法把您从院子里骗回屋里来。"

鬼谷子来了兴趣,想看看孙膑怎样把自己从院子里骗回屋里。他走出了屋子,来到了院子里,说:"你开始骗吧。"

孙膑说:"老师,我已经把您从屋子里骗到院子里来了。"

谁都得承认,在这个故事中,孙膑的骗术要比庞涓高明得多了。应该说,孙膑的这个骗术是很"经典"的。庞涓的骗术为什么发生不了作用?因为他的骗术,很容易让人一眼就能看穿是骗术。已经知道他在骗人,谁还肯上当?而孙膑就不同了,他首先说,"我无法把您从屋里骗到院子里",让人觉得他此刻还没有行骗,所以你也就放松了警惕;接着他又说,"我有办法把您从院子里骗到屋里",让人觉得他过一会儿才开始行骗,也就是说,他仍然是在让你相信他此刻并没有在行骗。其实,这整个过程就是在行骗。

使骗术显得不像骗术,这就是骗术的最基本的特征。

应该说,骗术所凭借的是智力,而不是暴力。因此,对付骗子,我们得发挥自己的聪明才智。一些"经典"的骗局,有些像是智力的杰作。不过,我们一般人在日常的社会交往中所误入的骗局,大多并没有什么智力水平。在我们将要剖析的这些发生在九十年代的百例骗案中,你将会看到,许多骗局骗术简直就是"庞涓式"的,很容易让人一眼就看穿。但是,我们许多善良的人却上当了,甚至一些大单位、大经理、大学生居然也上了当。

这并不是说，我们一般人，我们善良的好人没有骗子们的智力高。我们之所以会受骗上当，除了我们警惕性不高，缺少识别的经验，还存着影响我们做出正确判断的外部社会因素。

不要轻易以为你自己傻

我们还是先讲一个故事：

突然，一个人跑了起来。也许是他猛然想起了与情人的约会，现在已经过时很久了。不管他想些什么吧，反正他在大街上跑了起来，向东跑去。另一个人也跑了起来，这可能是个兴致勃勃的报童。第三个人，一个有急事的胖胖的绅士，也小跑了起来……十分钟之内，这条大街上所有的人都跑了起来。嘈杂的声音逐渐清晰了，可以听到“大堤”这个词。

“决堤了！”

这充满恐怖的声音，可能是电车上的一位老妇喊的，或许是一个交通警说的，也可能是一个男孩说的。没有人知道究竟是谁说的，也没有人知道真正发生了什么事。但是两千多人突然溃逃起来。

“向东！”

人群喊了起来——东边远离大河，东边安全。

“向东去！向东去！”

这是美国的E·阿伦森在他的社会心理学著作《社会性动物》一书中，所列举的一则例证。在这一故事中，并没有人施骗术，设骗局，最初跑起来的那三个人，都有自己奔跑的原因，他们并不想欺骗谁。但这条大街上的其余两千多人为什么也都跑起来了呢？原因很简单：因为别人在跑。当后来大家终于弄清楚大堤根本没有决口时，谁都感到自己非常傻。但是，如果他们不遵从别人,也就是不随大流参加人们的奔跑,而大堤真的决口了,他们就会感到自己更傻。

人们的这种心理,在社会心理学上叫作从众心理。从众心理是人的重要社会属性,因此不能说人从众就不好,不从众就好。比如,人缘好的人,可能常常是从众的人;孤僻的人,可能往往是不从众的人。不过,从上面的例子可以看出,从众心理常常容易导致我们受骗上当。而许多骗局骗术,也在利用人们的这种从众心理。

在近年的出国热、经商热、倒爷热、发财热、股票热、集邮热、古董热、名牌热、旅游热、享乐热等等潮流中,有多少人怀着美好的梦想,匆匆忙忙就掉进了别人的骗局。这时候他们觉得太傻了。但是当初他们看到别人出国,发财,享受,就不免觉得自己太没本事了,可能被社会潮流抛弃了,也就是说,认为自己太傻了。于是,就鲁莽而急迫地投入了潮流,挤进了热点,不久发现自己受骗了。

你当然应该跟上潮流。如果你有条件,你为什么不能出国?如果你有本领,你为什么不能发财?如果你有了钱,为什么不可以去享受?但你如果不想受骗,你在潮流面前就轻易不要认为自己傻。

走出熟人社会

有一则案例:

一个农民,带了三百块钱,打算去某大城市闯天下。他刚上火车,就上了骗子的当。一个西装革履的青年,把一个在城里随处都可以买到的小工艺品,说成是价值无比的祖传玉兔。这个农民很轻易地就相信了,结果被骗去了近二百元。他在恼怒之余,又想同样的骗术去诈骗别人,以弥补自己的损失。有一个人似乎也是很容易地就上了他的当,他哪里知道人家装作上当的样子,其实也是在对他施展骗术,他又被骗去近百元。

这位农民兄弟，还没有来得及到达目的地，闯天下的本钱就给骗光了。

这位农民兄弟可能太善良了，他犯了过分轻信的错误。他为什么会这样轻信？很可能是因为他在自己那个“熟人社会”中生活得太久了。

在一个村子里，一个镇子里，乃至一个小城里，人们七拉八扯都是亲戚。即使不沾亲也会带故，几代人、多少年就生活在这有限的热土上。在这里不可能有“陌生人”。在这种“熟人社会”里，显然也很难行骗：谁不知道谁的根底！

在改革开放以前的城市中，人们也差不多是生活在这种“熟人社会”里。因为人们之间的直接经济交往很少，工作的流动性就更少，基本上都是固定在一个封闭的单位里，活动在一个比较熟悉的小圈子里，人们所交往的对象，也基本上是知根知底的。

改革开放之后，这种“熟人社会”很快就动摇了。商品经济的大潮，把越来越多的“陌生人”推到了人们的面前，同时也把人们召唤到了遥远的陌生的“外面世界”。如果你仍然像在“熟人社会”那样，想借沾亲带故来保护自己，或者听几句亲近的热乎的话，轻信了对方，那当然就容易受骗了。

农耕社会是一种“熟人社会”，它基本上是靠带血缘的宗法关系来维持的。商品社会是一种“契约社会”，因为大家都是“陌生人”，相互交往不能靠“人情”，得依靠共同遵守的法律来保护自己。

近年许多骗子，就是利用了人们在“熟人社会”里所形成的习惯心理，以人情交情、哥们爷们之类做保护色，把你诱入骗局。

我们应当在观念上、心理上，及早走出“熟人社会”。

骗子靠好人和傻瓜养活

有这样一则发生在落后乡村的骗案：

有一个年轻的丈夫，请来一个“神汉”，为自己的妻子治病。“神汉”见这个妇人生得漂亮，就动了“凡心”了。他说病人是有鬼妖附身了，很严重，必须由他施展“法术”来捉拿。他借“做法”，在女人身上摸来摸去，又以“吹仙气”为名，同女人亲嘴，最后以“下仙药”为名，将女人奸污。而那个丈夫，居然相信这一切都是为了治病！而且，还把“神汉”留在家中十多天，天天由人家这样给妻子治疗，直到最后妻子被拐走。

这个丈夫，显然就属于那种养活天下骗子的傻瓜。

不过，对于我们大多数人来说，受骗不是因为傻，而是因为你太善良，也就是说，因为你是好人。但好人不一定就得去养活骗子，这可能是毫无疑义的吧。因此，好人也应该精明，或者说更应该精明些。这样，才不会成为那种养活骗子的好人。

傻瓜也可能是好人，但好人绝不能做傻瓜。做一个既善良又精明的好人，可能更适合我们今天所面对的这个快速发展的开放竞争的社会。

谁也希望天下没有骗子，同时谁也知道这仅仅是一种美好的希望。但我们可能做到的，是尽力不去“养活”骗子。如果天下的好人都是精明强悍的，很难以被欺骗的，那骗子的日子就不大好过了。当然这也只是一种美好的希望。

写于1992年8月

创作谈

负起责任来

——参加全国短篇小说评奖归来

在《人民文学》杂志社举办的一九七八年全国优秀短篇小说评选活动中，我的习作《顶凌下种》被评选为得奖作品之一。这对于我这样一个业余文学爱好者来说，是太大的奖励了。我的习作在思想性和艺术性上都是很幼稚的。党和人民给了这样的荣誉和鼓励，我感到非常不安。因此，得奖后我考虑最多的，是怎样在今后的文学创作中，对党，对人民，对我们的时代，对新时期沸腾的生活，负起无产阶级文艺战士应负的责任来。

我是在党和人民的培养和教育下成长起来的。我是在我国无产阶级文艺前辈的文学成就的熏陶和吸引下，对文学产生兴趣和热爱的。但是，过去爱好文学，有时甚而试着搞点习作，对于为什么搞文学却是不很明确，不很自觉的。更多的是把它当作一种个人偏爱。这次评奖后，我认真回想了自己爱好文学、搞文学习作的过程。过去阅读、欣赏我们革命文学前辈的作品，并不仅仅是得到艺术享受，更多的是在文学欣赏中获得莫大思想教益，帮助自己树立革命信念，确立美好理想，认识生活，学会做人。革命文学，不仅使我们这一代人受到文学艺术的熏陶，更使我们在思想、信仰、道德等多方面受到一种特殊的教育。因为我们的社会主义文学并不是为艺术而艺术的，而是有所为的，为无产阶级政治，为社会主义事业，为共产主义理想而斗争的。不明确这一点，就很难真正投身于革命文学事业。

现在，回想《顶凌下种》的习作过程，也使我更明确了这一点。在此习作之前，我也曾试着写过几篇东西，但由于创作思想模糊，所以不能成功。而这篇习作，则是在同农村基层干部多年的交往中，被他们那种对党的忠诚，辨别是非的敏锐，丰富的智慧和幽默所深深激动。所以，在粉碎“四人帮”之后，就异常强烈地想表现他们，歌颂他们。而写出来后，虽然还很幼稚，却受到他们的欢迎。原因恐怕主要是它是多少有利于他们的斗争和事业的。自己虽然还不很自觉，但毕竟是用文学形式参加了揭批“四人帮”的斗争，为斗争中的革命者唱了颂歌。所以，能写出这篇习作，首先是农村的斗争生活滋养、激励了自己。由此我深深感到，要真正踏上革命文学的道路，必须对哺育、教养自己的党、人民和社会主义战斗的生活，负起责任来，自觉地用文艺为党和人民的事业服务，自觉地去努力反映我们战斗的生活。我想，这次评奖中，党和人民期望于自己的正在于此。

周扬同志在这次评选发奖大会上要求我们，要写自己所看到的、所感受到的和所相信的。同时，又对党，对人民，对自己都要负责任。这些年来，自己较多地接触了农村生活，所见、所感并不是很少的。由于林彪、“四人帮”的严重破坏，农民群众所遭受的困苦、不幸和创伤，是令人悲愤的；农村干部群众在这场斗争中所表现的觉悟、勇气和智慧，更是可歌可泣的。特别是他们在这场灾难中，始终不曾动摇对党的信赖，不曾动摇走社会主义道路的决心。他们是最讲现实的，是实践检验真理论者，对林彪、“四人帮”的罪行和极左理论，始终是深恶痛绝的。粉碎“四人帮”之后，党逐步纠正了农村政策方面的错误，他们很快就焕发出新的热情，克服困难，满怀希望，并不过分去计较过去的遭遇，并不提非分的希求。他们质朴、淳厚、勤奋、乐观。这是多么好的人民！然而，自己过去为他们说话,反映他们的悲愤与欢乐,表现他们的斗争和业绩,却是太少,太无力了。之所以如此,除了写作技巧上的困难,就主要是缺少勇气去反映农村生活的真实,也就是没有真正去写自己的所见、所感和所信。由于往往避开生活的真实,总是感到可写的不多。而之所以避开生活的真实,是由于有时觉得自己的所见、所感和所信与当时的"宣传口径"不尽相符。因此,周扬同志的上述意见,就对我启示极大。要为革命写作,就一定要既忠实于生活,写自己的所见、所感、所信,又要对党,对人民,也对自己负责。既不能粉饰现实,做虚假和欺骗的文字,又要努力提高自己正确地、全面地认识生活的能力,也就是努力学会用马列主义、毛泽东思想去观察生活,研究生活,认识生活。我们的党是代表人民的。人民的生活真实同党的正确路线、方针、政策应当是相一致的。我们只要对党负责,就不会对人民战斗的生活无动于衷,就不会不去忠实地传达人民的喜怒哀乐,就不会没有勇气去替人民说出心里话。我们只要对党对人民负责,就应当能够把政治性和真实性统一起来,把歌颂与暴露统一起来,无论写光明,还是写黑暗,表现悲愤,还是表现欢乐,都能够起到振奋人心、坚定向前的作用。我要努力提高自己的思想水平,深入生活,认识生活,从农村广大干部群众的战斗生活中吸取更多的思想营养和创作宝藏,努力反映好实现农业现代化的伟大斗争。

明确了革命文学的使命,也使我更感到了认真地、刻苦地练习写作能力和艺术技巧的重要性。文学作品是通过文学欣赏来实现它的教育作用的。写作的愿望再好,技巧上不去,作品也是无人去读的。在这方面,我自己就更加薄弱了。因此,我决心在艺术技巧方面,加倍刻苦努力,学到过硬的真功夫,而不以花拳绣腿为满足。有利的是,我省老一辈的作家,在农村题材的文学创作上。有很深的艺术造诣,很强的观察生活的能力,有独特的艺术风格,为农村广大读者所喜闻乐见。这是很值得我们文学习作者学习、借鉴和继承的。

当前,我们正处在一个伟大转折的重要历史时期。全党全民一心一意搞四化。社会生活的各个方面都在发生着深刻变化。有多少新的问题要我们去思考,研究,回答;有多少新人新事要我们去歌颂,去表现。我们应当无负于这个伟大的时代。我决心把党和人民的鼓励,化为向前的动力,努力当好社会主义时代的哨兵和侦察兵,更好地运用短篇小说的形式,去为实现四个现代化,做出自己力所能及的贡献。

写于1979年4月

有一棵绿树

我是一个胆怯的人。我不知道怎样竟敢迷上了文学。我只知道我是不该迷上文学的。在我生长的那狭小的天地里,文学被视为“闲事”,文学作品便被唤作“闲书”了。大人们为了生计,忙得很。他们没有闲情逸致,也没有闲暇来管闲事,看闲书。我们呢,有了闲暇便得去做做活儿,帮大人的忙,同时陪他们愁这愁那,是不该“有闲”的。但我还是着了文学的闲魔了。

不过,迷上文学之后,我仍然是胆怯的。我只不过是悄悄地贪婪吞食文学的馔肴而已。所食虽不尽精美,更不丰裕,也不受谁人的鼓励,我还是很快乐的,像偷吃了仙果。我看到了一个新的世界。它热闹,神奇,净洁,辽远。我也依稀看到了一种神秘而又神圣的闪光。那是生活的闪光吧?我开始对生活产生幻想了。但我却不敢幻想文学。我只想安分地做一个文学的食客,不敢幻想去做文学的厨子。只是,有时不能按捺自己,在作作文,写日记时,羞怯地添加几抹从文学中偷来的色彩,也写写小诗给自己看。及至后来,能够有机会尝到文学的精品,知道了文学之林原是一株株须仰视才见的大树,我是更胆怯了。这便是我对文学的“初恋”吧,只敢爱它,却不敢幻想得到它的"初恋"。这胆怯的"初恋",却也给我留下了温馨的记忆。我对文学的体验,我对文学的热情,我对文学的执着,似乎再也没有像在这"初恋"中获得的那么多了。

好像是在升入高中不久,我作了一篇作文。已经记不得是写什么了,大约也是多添加了一些偷来的色彩。批改作文的老师,一个写诗的脱帽"右派",竟觉得像篇小说,鼓励投稿出去。我慌恐地照办了。自然不久是退回来了。但我倒很有点儿为自己竟可以投一投稿而窃喜。难道我也可以做厨子吗?我第一次敢这样想了。不过也只是自个儿想想罢了。从这第一次投稿,到我正式发表第一篇习作《顶凌下种》,这中间过去了十七八年。这许多年中,我不但没有再向什么地方投稿,就是除了作作文,写日记,诌几行小诗给自己看之外,几乎也再没有写过什么习作了。不是不想,是依旧胆怯着。不但胆怯,后来简直是望而生畏,退避三舍了。

高中毕业后,我考入大学中文系了。那原因,与其说是由于对文学的爱,不如说是因为视力色弱的限制,不得已而如此的。我还没有做厨子的自信。而入学之后,便很快明白:这里也并不是培训文学厨子的地方。我只好同大家一起,把文学当作一门艰深的学问去啃。啃食文学作品,终于成了自己的正经功课了,我却奇怪地没有了那"初恋"的热情。而未及修成正果,便来了"文化革命",忽然又欲将文学之林夷为平地。我呢,也革命了,也很疑心自己吞食的仙果真可能有毒汁渗入。于是,我便击碎了文学的童梦,参加了对文学的讨伐。讨伐之后,我走了。到了社会的一隅,劳动,下乡,写材料,全不与文学相干了。我也很少想到文学。除了在寂寥时偶尔拣起几枚童梦的碎片,玩耍玩耍,便是专诚地安分地沉落进平俗的生活中。漫长的十年过去了。我也常常为自己碌碌终日,毫无所获而苦恼。但我也渐渐觉得,自己似乎又看到了一个新的世界。它是那么具体,又是那么深邃;它是那么平常,又是那么生动。它几乎没有神奇的色彩,却又那么不能掩盖地发着活的闪光。我不再幻想生活了,却是那么奇怪地慢慢幻想起文学来,同时,我也恍惚感觉到,自己似乎有点儿壮大起来,胆大起来了。所以,当文学重新涨潮的时候,我竟不揣浅陋,学着写起小说来。写了,竟也能发表出来。这在我,亦是不曾料想到的。

从第一次投稿到第一次发表习作,或许可以算作是我的文学第一步吧。只是,这第一步竟迈了十七八年,是太旷日持久了,而且,在这漫长的时日里,我是几乎要将文学淡忘了。但我也想过:假若不是如此,我会迈出这第一步吗?恐怕就难说了吧。

我到底有些晓得了:文学原是生活这株大树上结出的果子。它不是仙果。谁想摘取到它,谁就该懂得生活,谁就该是生活的强者。而首先恐怕应该是生活中的一个生者,活者。除了吞食文学的馔肴,更该吃生活的五谷杂粮,尝人间的甜酸苦辣,从广大深沉的社会中吸取营养,壮大自己。也许应该多愁善感些吧,可更该有一个生活在社会中的正常人的正常神经呢。对文学的爱,应该是一种博大的爱,而不可太迂,太痴了吧,应当去爱生活,而不必只痴爱那颗果子。当真的有了一株生活之树,还用得着去为摘不到文学之果而忧愁吗?况且,生活的大树也并非只结文学一果。有一株生活的绿树, 自会有硕果收获,亦自会有快乐受用。是的,生活的绿树才是最令人痴爱的。

所以,至今我仍旧是胆怯的。我懂得的生活还是太浅薄了,我还不是生活的强者,我还没有一株真正属于自己的生活之树,我还没有彻底从对文学的痴迷中超脱出来,投入到生活的大海中去畅游,我不过是被文学的涨潮偶然卷来了。因而我对文学的幻想也依然是并不大胆的。我只得勤勉一些,不断从生活中偷点儿色彩来,尽力把自己的习作涂抹得不那么呆死,不那么浅陋,不那么可笑。只是,这在我,也并不是轻易可得的。

写于1982年2月

在省作协创作五日谈上的发言

我讲话的能力不行,而且,所能谈的也都是些平常道理。

一、感受生活的能力

把生活化为艺术,就是创作的能力吧。有人把这种能力分解为四方面的"力",即对生活的感受力、观察力、想象力、表现力。我觉得,我们好像对观察力,表现力比较注重,而对感受力、想象力则有些不够注重,或者说注意得不够自觉。想象力很重要,没有想象便没有艺术。而感受力似乎还要更重要一些。所谓感受力就是把生活中的一些东西不断地吸收到我们的头脑里,随着生活的变化不断地感受到一些什么。文学主要是通过感情的传达,通过读者的审美活动达到认识、教育作用的。我们感受生活便是最初的审美活动。你对生活中的一些东西感兴趣,或者是一个人物,或者是一个细节,或者是一种情绪,或者是几句话,或者是一点别的什么,它激发了你,它感动了你,它引起你思考,它在你的脑袋里留下了不同于一般的印象。这可以说就是创作的开始。有人说我们的大脑应该像雷达一样,把一些有用的信息很快感受到;也有人说应该像海绵一样,不断地吸收有用的水分。不管怎么说,是要求我们对生活始终保持灵敏的感受力。在搞创作的人来说，这可以说是一种职业要求，职业素质。对生活无所感，观察呀，想象呀，表现呀，就都谈不上了。

要做到这一点，首先是要热爱生活，对生活有兴趣。不是有人常常这样诉苦吗：“我生活的那地方太枯燥，太单调、太平凡了，没有一点写头！”好像是说他写不出什么东西，是因为他生活的那地方没意思。我觉得这里面最主要的问题是他对自己的生活没有兴趣。不要老想一些不切实际的事情，比如到一个什么奇特的环境里去经历一番奇特的生活，这是不现实的。生活中大量的东西还是很平凡的，节奏比较平缓，色调比较平淡。对生活冷漠，就不可能从中发现可写的东西。我从大学毕业后被分配到原平县，当时觉得这地方很荒漠、落后，特别那时是被工宣队“处理”下去的，灰溜溜地去的。可是现在对原平的生活就有了兴趣，有了感情，舍不得离开它了。虽然这里生活也很平常，但我总不时感到在这平常的生活下面，是有激流、热流、潜流、逆流在涌动，它牵动你，激动你，推动你。不管生活有时是怎样令人烦恼、痛苦，有些事情是如何叫人看不惯，还有些问题是怎样叫人觉得无聊，等等，但我觉得这都是生活对我们的“恩赐”，它竟提供了这么多东西叫我们思索、感受。没有这些，你怎么能进行创作呢？文学是一种热爱，对生活的博大的热爱。不能只爱文学而不爱生活。有些人很热爱文学，爱到痴迷的程度。从事业上来讲这是可贵的。但搞创作，光有这种痴迷还不行，还要热爱生活，懂得生活，是一个生活中的活生生的人。对自己周围的生活不感兴趣不行，不能光钻到读名著、练写作里面。有了这一点，对生活的感受就不一样了。你不仅可以从生活中不断捕捉到创作的素材，而且可以不断产生创作的激情。

其次，就是要像苗挺同志那天说到的，对生活的认识和思考要有一种整体观。巴尔扎克晚年把他的九十多部小说编成一个《人间喜剧》。每部小说，每个人物，都在这宏大的“人间喜剧”中占有自己的位置。如果我们对生活的认识也能有一个较为深广、宏阔而又是有机的整体观，那么对具体的人物、事件、问题等也就能给它们在历史、社会、人间等这类大的框架中安排一个恰当的位置。也就是说,你对生活中的现象感受起来就会深刻一些,兴趣更多一些。作品写得深刻,并不是一个技巧问题,首先是人家对生活的感受深刻,就是能从一个比较深广的范围去认识生活。如果仅仅把创作局限于一种写作过程,下去跑跑,看哪里能写个东西,这样反而会常常感到没有什么可写的。光靠碰上有趣的事情是不行的。有时即使碰上了,你也不一定会感到它有趣。可靠的办法,还是努力提高自己认识生活的能力。搞农村题材,同样也有一个从哲学、经济、历史等各个角度研究农村、农业、农民的问题。看看中国农民是怎样走过几个历史时期的,身上有什么善美的东西,有什么弱点负担,等等。也要看看马克思是怎样讲农民的,鲁迅是怎样写农民的,赵树理、柳青又是怎样写农民的,就连托尔斯泰、屠格涅夫、巴尔扎克等等是怎样写农民的,也都应该晓得些。总之,尽量扩大、加深、丰富我们对农民的认识。这样,你再到农村,感受力也就会强得多了。

再就是恐怕还得提高我们的艺术修养,艺术感受力。我们这一代人,在艺术修养方面比前人差得多。远的不说,就是看看五四以来现代文学史上的一些大作家,有多么深厚渊博的艺术修养!在他们面前,我们该是文盲、艺盲了。然而社会发展到今天,不管搞什么都必须用最先进的方法去搞。需要具备什么条件,就一定要努力具备。当代人应有这么一种素质。否则,就只能停留在低水平上。要想在创作上有所长进,有所突破,不从这方面努力不行。不仅生活视野要开阔,艺术视野也要开阔。不仅对古今中外的各种流派的文学要涉猎,而且对其他艺术门类、艺术形式,对生活中、大自然中一切美的东西都要感兴趣。在艺术的熏陶下,培养自己对艺术的感受力,对美的感受力。热爱生活,更深广地认识生活和提高艺术修养,这几方面加起来,就会提高我们感受生活的能力。

二、"切入"生活的角度

怎样选择表现生活的角度,我常常很苦恼。短篇小说对角度的要求比较严格。找不到一个较好的角度,作品就很难成功。选择角度,是构思的开始。开始寻找那么一个点，把许多素材聚合起来，焊接起来，形成一个有机的整体。

好的角度，应该是“口小洞大”的。口不能开得大，但通过这个小口，能看到一个大的洞天。鲁迅的《风波》，只是写江南一个农村关于辫子的争论，却表现了张勋复辟那么一个大的政治背景，就是从一个小小的角度“切入”生活，表现了一个很大的社会洞天。我在写《仲夏的爆竹》时，最先的感受是听说一个领导干部被调走时，当地群众高兴得放了鞭炮这件事引起的。我很有一点感触。干部当到这个程度，就很可悲了。不管群众是多么偏激，不管你可能怎样不被理解，有怎样的苦衷，等等，也还是有些可悲的。感受是从这里引起的。但小说并不是为了表现这个，而是在表现干部中存在的一种人身依附关系。生活中，有些干部就靠人身依附关系升上去了。但正面铺开写这个就没有多少意思，他们也是受害者。想来想去，就想到了放爆竹。抓住了这个角度，就把许多东西弄到一起来了，想表现的都较顺利地表现出来了。当然这篇习作亦写得不好。

选取角度，还要从自己的条件出发，扬长避短，而不是光去追求奇巧。你在哪方面比较擅长，比较熟悉，能更多地写出“戏”来，就选取哪一方面。《本家主任》这篇习作，我曾考虑过，它可以从三个不同的角去写，可以从书记的角度去写，也可以从主任的角度去写，而我为什么选取了从老伙夫这个角度呢？就因为我对这种人物比较熟悉，也比较愿意写人物的心理活动。这就选取了这么一个旧人眼里看新人的角度，新旧人物在对比中都得到了较细致的刻画。

当然，没有深厚的生活积累，也就不可能有较多的余地去选择了。没有较多的角度可供选择，哪件事引起冲动就写哪件事，发挥不了想象，调动不起积累，无从挑选，无从比较，作品多半是写不好的。现在我们的作品没有较好的角度，恐怕同生活积累不厚实有些关系吧。

三、把握人物性格

我想，文学作品中的人物性格，应该具有两个重要的特点。一是它必须是具体的，个别的，越具体，越个别，越特殊越好。二是，在这具体的个别的人物性格中所包含的本质则是越具有普遍意义越好。

要达到这两点的统一，使自己的人物尽量能算得上文学性格，文学典型，很要紧的一条，就是必须从生活的全部复杂性出发，把握住人物的多面性、复杂性、丰满性等等。只从主题出发，就写人物的一面，很容易概念化。写出了人物性格的复杂性，也就写出人物的具体性、个别性、独特性等等，同时这人物也才可能蕴涵着比较普遍的意义。就是写新人吧，既要写他具有常人、旧人达不到的地方，也要写他具有常人所共有的东西。《远天远地》中的两个人物，我都努力写了他们的多面性，这样，人物就似乎不那么呆板，生硬了。那个村支书一方面比较廉正，一方面又有一点儿讲迷信。那个地委书记，一方面有点儿官僚主义、脱离群众，一方面又有一种自责感。这样，人物是不是更真实一些，更生活化一些呢？《本家主任》里的几个人物也是注意写出了性格的几个方面。新主任是新人啦，可他似乎也有些软弱；老金贵是旧人，有令人痛苦的精神负担，可老汉毕竟是个好人；书记呢，有些牢骚不满，但也并没有真正回家去种自留地。他们显得真实一些，对于通过他们所表现出来的矛盾、问题、社会意义是不是也就比较真实可信一些呢？这并不是说写了好的一面，又得写坏的一面，而是说怎样尽量把人物写得比较复杂，比较丰满，比较真实一些，比较生活化一些。《战争与和平》中，库图佐夫是打败拿破仑、拯救了俄国的大人物呀，可托尔斯泰却写了他的老态龙钟，爱流泪，开军事会议打瞌睡等等。我们写大英雄，就常常不敢或不屑去写这些。但这些东西并没削弱了库图佐夫的英雄色彩，倒是使人觉得这老头儿很可爱起来。这都是值得我深思的问题。

我还觉得，要写好人物的多面性，每一面都应当寻找到它的特征性。也就把它具体化，形象化。我常因此而伤脑筋，恐怕也是因为自己生活底子不深厚吧。写《绿色的山岗》，想给那个玉柱寻找到能表现他性格特征的东西，却始终未能尽如人意，这人物终于还是比较单薄。找到具有性格特征的东西不容易。常常是人物有了，性格的多方面也考虑好了，但是没有恰当的从生活中来的、沾着生活露珠那样的细节，因而人物也还是出不来。

四、内心描写

加强心理描写是我在习作中遇到一个问题。因交代、叙述部分自己把握不好，过场戏多，自己就觉得不吃劲。这样就转向了人物心理的描写，通过写人物的心理达到既交代情节又刻画人物。心理描写，我也只是学习继承一些传统的手法。"五四"以来的新文学中心理描写是极普通的，并不是什么新东西。

人的内心世界是比较丰富、复杂的。人的内心，可以说也是一个小的宇宙。这为我们提供了一个"用武"的天地。但是，内心世界又是受外面世界的制约的，它是外部世界的投影。因此，写人物的内心世界也是为了反映人生，反映社会，反映外在的客观世界。这样，也就达到了刻画人物的目的了。我就是把握住了这一点，通过心理描写来达到刻画人物的目的，而并不敢赶时髦，要花枪。一方面写心理就得像心理活动，像特定人物的心理活动，不是作者在那里讲解、介绍、评论。另一方面，又不是写些不自觉的、没意义的意识活动，而是写外部世界的影响，写有社会意义的思维活动。《人样儿》这篇习作的立意比较浮浅，只是在写法上侧重于人物的心理活动。

写内心世界，我觉得还应当把握的一点，就是必须注意到特定人物的心理特点，也就是必须注意到我们民族的气质、心理习惯、思维特点等等。艺术手法可以引进，民族的气质等等恐怕就不好引进了。特别是写农民的心理，就必须像地道的中国农民的心理。过去写人物心理，写知识分子较多。其实，农民的心理世界也是极其丰富的。但这个丰富性有他自己的特点。用心理描写手法写中国农民，就不能像外国什么人，也不能像中国的知识分子。写中国农民写得像，读者就不大去追究你的手法是什么"流"了。不像，叫人感到迷乱，莫名其妙，就要找你的毛病了：呵，你原来是用的什么意识流呀！手法总是为内容服务的。你说手法再先进，但服务不好，人家也不会认可。

写人物的内心世界，并不是不需要生活素材、好的细节等等啦，相反，它对细节的运用是要求更严格更丰富了。因为一些叙述性的语言省略了，你直接去写人物的心理感觉，就必须写出那些引起特定心理波动的由特定环境所规定的特定细节。这就要求有更多的生活积累。如果你光写抽象的思想活动，不带形象性的东西，就会失去吸引人的力量，读者也会看不惯了。

在这方面，我也仍有苦恼。由于心理描写多了，节奏缓慢，故事性不强，不吸引人。我正在想办法克服这些弱点，也希望大家指点帮助。

五、亮“底”

作品有个“底”，好像是老舍的说法，别的作家似乎还有其他一些叫法。不管怎么叫吧，都是说你的作品最后要露出个什么东西来，或者是藏着个什么东西要人家去寻思。你通过刻画人物、情节细节、这个描写那个手法，最后总要有个什么东西亮给读者，引起读者的审美活动。因此，这个底就首先要有点意思，耐人咀嚼。如果亮出来的底是尽人皆知的，没味儿，不管你怎样费了劲去刻画描写，读者也会失望。所谓有意思，我想应当是真正属于你自己对生活的一点什么发现。一个好的“底”，在生活中是不容易找到的，真是千呼万唤始出来。可只有这样呼唤出来的东西，才有些意思。你随便从报纸上或别人的作品中拾一个来，那还有谁愿意去咀嚼它！既然这个“底”得来不易，你在亮它的时候，也就须珍惜它。不要随便地扔出去，也不要激动得不得了，反复地公开地向读者讲解。应该是像你在生活的深处把它挖掘出来一样，要把它再隐藏到作品的深处，留给读者去发现，去挖掘。读者自己发现了，挖出来了，就会很高兴，很满足。所以亮底要亮得隐蔽。同时，还要有分寸感。不要表现得过分，过火，努力避去表面上的热情，而要有一种内在的激情。总怕人家理解不了，表现得太过火，就非常败人胃口。

上面扯的这五点，都是大家知道的平常道理。不过是我自己在习作中多了些感受，便乱说出来。这几方面的努力，是不是能使我们的作品既能像生活那样真实，又不要太像生活而不像文学作品。这两方面的“像”，就是既像生活那样真实，又像艺术品那样有色彩，正是需要我们努力追求的境界，要突破的方向，也就是努力提高我们把生活化为艺术的能力吧。

我写农村题材多一些，对农民问题也想得多了一点。农民身上有许多可敬可爱的东西，也有不少弱点、负担。前几年，刚粉碎“四人帮”，农民生活那么苦，你去批评他们身上的弱点，在感情上也过不去。现在，农村形势好了，农民生活也改善了。我们用一种温厚的态度去提醒一下他们身上的弱点，我想还是可以的吧。基于这种想法，我还是把《高高的戏台》拿出来发了。吴大楼是个好农民，但他身上也有许多可笑的东西。这些东西应当去掉。更重要的是，产生这些可笑东西的土壤，就应当得到改良。我很愿意得到大家对这篇习作的指教。

就扯这些吧，耽误了大家许多时间。

写于1982年6月

跟着生活探索

这些年来，一直生活在基层。创作题材，也主要是农村生活。写作实践叫自己愈来愈明了了：生活是文学创作的源泉。置身于其中的当代生活，使我们不断产生创作激情，不断获得创作素材，不断受到许多人物的召唤，不断被许多矛盾、问题和诗情画意所困扰。于是，就写了点什么。这是一方面，是我们常常谈到的一面。另一面，我觉得，生活，当代如此丰富而如此复杂，如此充满转机又如此充满挑战，如此富有旋律而又如此多色多元的生活，还在要求我们更充分地、更逼真地、更和谐地来表现它。生活也在要求、推动和促成文学的表现形式、表现方法、表现技巧有所提高、有所创新。这一方面，似乎也是不容忽视的。在技巧上，我们也应当跟着生活前进。

我也是在粉碎“四人帮”之后才开始文学习作的。特殊的时代，特殊的生活，促使自己执笔从文。而从事文学创作所应当具备的各方面的准备是很不充分的。艺术方面的准备，就更加不足。这几年的写作，更多的是从生活中获取作品所要表现的内容，获取文学的素材，解决写什么的问题，而不大注意从当代生活中吸取艺术营养，以丰富自己的表现手段，解决好怎样写的问题。前进着、变化着的生活呢,却是越来越分明地呈现出它新的节奏,新的色彩,新的韵味。自己便越来越感到了表现生活的困难。当然,这里面有如何正确认识、正确理解生活的问题。但同时有没有我们在艺术上如何适应新生活的问题呢?我认为是有的。要走出这一困境,对于我们来说,学习、借鉴、继承文学传统,包括古今中外文学传统中的艺术财富,是十分重要的。在此基础上,我认为恐怕还得从当代生活中吸取一点新的东西。

文化是一种积累。而积累首先便要有一个基础。每一个时代的文学艺术,都在原有的基础上添加了自己新的东西。这新的东西,是从哪里来的呢?是从当代生活中来的,是从当代生活中吸取了新的营养、新的素质、新的活力,当然还有外来文化的影响。但外来文化中那些新的东西,也是从彼地的当代生活中萌育的吧。而且,也只是影响而已,只是在适合此地的文化需求时才发生影响。而这种需求,是生活本身提出来的。

我省在现代和当代农村题材的创作上有比较深厚的文学传统。老一代作家有自己独特的艺术风格。这些风格又形成了一个鲜明的文学流派。他们的这些艺术成就,吸引、影响、教化着我们这些后来者,使我们在农村题材的习作中比较顺当地迈开了最初的几步。而要继续朝前走,也仍然需要从他们的艺术成就中学习、借鉴、继承更多的东西。他们几十年的艺术实践和艺术探索,是一份宝贵的财富。继承这份财富,只能使我们更加富有。而且,有了这个继承,也才可能有创新的希望。这个继承,我认为有两个方面。一方面是学习、借鉴、继承他们的具体艺术成果,如浓厚的乡土气息和鲜明的地方特色,简练的白描手法,朴质、刚健、清新,幽默的格调,群众化、民族化的文学语言等等。这方面的学习继承,我们做得仍然不够。另一方面,便是继承他们取得这些艺术成就的探索精神,即注重从当代生活中吸取新的营养,新的素质,新的活力。山西作家的艺术风格和文学流派的形成,也是进行艺术探索、艺术创新的结果。而这探索和创新,是深深地植根于当代生活,基于反映新生活的需要。赵树理四十年代的作品,在艺术上是真正独树一帜的。在当时它的奇特,恐怕也有些像现在我们一些人之视“意识流”。老赵在赶时髦吗?他是从生活中获取了奇特。到了五六十年代,山西作家的艺术特色更趋成熟,如果说,四十年代还可以看出他们从民间文学中吸取营养的痕迹,那么这时就分明地是在当代生活中革新了艺术。马烽作品中那突出的幽默格调,分明是山西农村生活特色的升华。西戎作品中那种质朴而又清秀的韵味,也是来自生活。这与他们四十年代的作品已有明显不同。这不同,是从生活中获取了新意。因而,他们的探索和创新,都达到了更和谐地反映当代生活的效果。我认为,这也是应当学习、借鉴、继承的一面。

现在的农村生活,已经、正在和还将发生巨大的复杂的变化。面对这种变化,我们在反映它的时候,艺术形式、艺术方法、艺术技巧是理所当然地也应当有所提高,有所变化,有所创新。啤酒,过去只是城里人喝的饮料。而这几年,即便如我所在的那样的小地方,也渐渐时兴起来,畅销起来了。那么,我们在艺术上可不可以也来点儿啤酒呢?当然,这啤酒要叫人喝得舒服。对于农村题材的创作来说,艺术上似乎也应当做更多的探索。农村是三中全会以来发生了最为显著、最为深广的变化的领域。特别是生产责任制的实行,使农村生活比以往任何时候都更趋于多样化、多色彩、多层次。我们反映现实生活的艺术手段,是否也应该趋于多样化、多色彩,多层次呢?现在农民在经济上有了更多的自主权,他们分明更成了生活的主体。艺术是否也应该给予他们更多的关注,更逼真地来反映他们自身,更直接地深入他们的内心世界呢?现在农民的自由更多了,他们活动的天地扩大了,对外面的世界也更关注了。艺术是否也应该有一些新的东西,给人们带来更广阔一些的世界呢?如此等等。这是生活向艺术提出的要求。创作要进一步繁荣,不能不回答这些问题。我们自己要成熟起来,也不能不回答这些挑战。我们在遵循文艺的外部规律,即正确处理文艺同政治的关系,文艺同社会、同读者的关系等等的同时,也应该遵循文艺的内部规律,使艺术跟着时代前进。

我自己是一个平庸的习作者。这几年在农村题材的中短篇小说习作中，主要是学习、继承我们的传统。在这个基础上，出于表现现实生活的需要，在艺术手法上，也试图做些小小的探索，想使自己的习作与时代谐调，不仅坚持生活的真实，也达到艺术上的真实。

近年农村在朝好的方向变化，这是主旋律。在这变化中，生活呈现出多样、多色、多元、多义的格局。而传统的手法，常常是从其中抽出一样、一色、一元、一义来写。可不可以更近似生活的本来样子呢？我在一些习作中，尝试着把过去可以写成两篇小说的素材、人物、主题，叠合成一篇来写，像是双主人公、双主线、双主题似的。如一九八〇年发表的《远天远地》，八一年发表的《本家主任》，以及八二年发表的中篇《高高的戏台》等。《远天远地》本可以写成两篇东西：有官僚主义毛病的地委书记，在新形势下有了一点自责心理；边远的山村党支书是个廉正的干部，但又有一些讲迷信。这可以写成两篇东西。我把它们叠合在一起来写，原来的两个人物、两个主题都写出来了，而这两个主题合起来，似乎又显现了一些新的意思。《本家主任》也本可以写成两篇东西，一是写一个有专业知识、作风正派，但又有些软弱的公社主任，一是写一个有农民意识的公社伙夫。把它们叠合起来写，不仅使新人旧人在对比中显得鲜明些，而且使两者相加，又多了些东西。生活中许多东西，原本就不是孤立存在的，彼此相加相减相乘相除，会有不同的结果。只抽出一个来写，分明是分明了，却往往失去了生活的丰满性。自然，这种方式对于中短篇，也许并不足取。

心理描写，是近年比较流行的写法，可以算是啤酒吧。写农村题材，可不可以也来点儿啤酒呢？我也试了试。其实，这也算不得赶时髦。心理描写是五四以来的新文学中极普遍的手法，只是大多用于城市生活、知识分子。农民的心理就不丰富吗？丰富得很。特别是这些年，农民几经折腾，多不如意，更缩回到内心世界里去了。近年的突变，越发在他们心里激起了复杂的回响。这里是一个异常丰富的世界。我们的笔不直接深入到这个世界，实在是丢掉了许多极富表现力的东西。所以，在这方面，我也做了些尝试。运用心理描写,可以把焦点更集中于人物,但情节就简化了,特别是农村题材传统的乡土气息容易被冲淡。为了避这个短,我在运用心理描写的过程中,练习着直接写作品中特定人物的心理感受,避免做静态的心理分析。这样,引起人物心理感受的事物、细节是乡土化的,人物思维的概念也是农民自己的,感受思维的习惯也是中国农民式的。这样写法,仍然能使作品具有乡土气息,而且,写农民的心理像农民,读者就不大挑剔你的手法了。我的一些习作由于侧重于使用这种手法而又没有达到上述效果,所以,有的使读者感到沉闷、枯燥。这是需要努力解决的。

农村题材的小说,在语言的群众化、民族化方面是有好传统的。我自己是学生出身,这几年侧重于继承这一传统,努力从农民群众中吸收语言营养。同时,也想在乡土语言的基础上,糅合进其他成分的文学语言,使小说语言更适合于表现当代生活。

自己知道,这些探索并没有取得什么成效。但是,既然已经走上了文学道路,便有责任努力去更好地反映当代生活的风貌。正是基于此,我谈了上述一些浅薄之见。我愿意得到大家的指点,也愿意跟上时代的脚步,不仅在思想上,而且在艺术上,能逐渐成熟起来。

写于1982年9月

努力表现变革着的农村生活

——在河南省第二次青年文学创作会议上的发言

我是河南济源人。我从大学出来便在县里生活了十六年。在县委工作主要是跑农村，和农村干部，和农民打交道比较多。粉碎“四人帮”之后，文学出现了涨潮。这时我写了一篇东西，后来发表了，一九七八年被评上了奖。于是自己就走了这样一条道路。但是，自己适合不适合走这条路，我是一直在思考着，是在不断地战胜自己，认识自己的。

我主要是写农村题材的。农村是我们国家变化最大的一个领域。今年四月份在涿县开会的时候，一些感受现在就已经有些陈旧了。我在县里十几年所熟悉的几部分人，他们都离开了原来的生活轨道。一般农民，过去他们的生活是很苦的。一个农民，一个庄稼汉劳动一年养活不了他自己和他的亲人。他们也没有过高的要求，就是口粮够吃，咸盐能买回来，过年能给孩子们做一身新衣服，就行了。我就想，农民处于这样一种状态，他怎么能有一种主人公的感觉，或者有种对自我力量的认识呢。当时我觉得要改变这种情况是十分困难的。中国这么大，问题这么复杂。但是到了现在，特别这两年，这个问题就突然不成问题了。现在谁也不会再有口粮不够吃的问题了，这是一种很急剧的变化。他们对于自己这突然迸发出来的力量，有时也不曾认识清楚，一些专业户他们对于自身的力量甚至有一种恐惧感。他想，我怎么会有这么大的力量呢？发了财，出了名，办了那么大的事业，这几乎是在一夜之间的事情啊！这是农民对自身的认识，这个变化很大。这些有能力的农民，他们对于自己的认识，也不是自觉的。再一部分就是农村干部。我对他们还是有感情的，我在农村十几年和他们一起跑，这部分人现在变化也很大。他们有很多人，有很多老干部，为他那个大队，为他那个事业，献出了自己的一生。当然也有一些人不好，多吃多占等，但确也有一些干部是忠心耿耿的。他们热爱自己所开创的事业，但现在突然什么都分掉了。他们过去曾决定别人的命运，而现在却突然显得不那么重要了。他们不仅仅是对现在改革不理解，在心理上，他们也是不适应的。他们这种心理的变化，确实是值得文学来深入挖掘的。另一部分人，就是县里的中层干部，县里的部长，局长，公社书记这些人，掌握县里的命运是他们。由于县委书记，县长经常调动，他们干三年五年，七年八年就调出了。但是中层干部则始终就在这里，他们现在也有一种不值钱的感觉。现在强调文凭，什么专业化呀，知识化呀。所以他们的心理变化也是很复杂的。他们不少就是解放初期，匆匆忙忙，连学也没有上就参加工作了，辛辛苦苦地熬，熬到个副局长，办公室主任。现在回头一看，他们突然觉得他们的经历是时代给他们开了个玩笑；好像把他们丢下了，不管了。再一批，像县里的老干部，像县长，书记们，他们觉得六十岁一刀切，一调整班子，没有他们了。在这种突变中，我在十几年里跟踪着的人，现在都突然离开了他们原来的轨道。当然，也有一些人，譬如我们这些大学生，在过去虽然也做了一些工作，却不被重视，但是，现在又突然从各个角落里把他们都挖了出来，都安排到了各个领导岗位上，有的当然是有能力的，可有的也是带着一种战战兢兢的心情去上任的，这样一个突变是我们文学值得庆幸的东西，是生活赐给我们的极其宝贵的东西。这几年，各种人物心理变化浓缩了极为丰富的历史内容，他们的这种种变化是我们文学的富矿，很值得我们的文学去开掘，去描写。我们现在一些改革的作品其所以失之于浅薄，就是只注意了人们表面的变化，过去农村怎么苦，现在政策变了，农民怎么挺起腰来了，后来又是怎么承包了，怎么发财了。有的写钱不知道该怎么花，什么四处藏钱。现在这些东西也不是不可以写，但是引起这些变化的，在它的深层有什么值得我们开掘的？对于写合作化的作品不管现在怎样评价，但是当时的老作家他们写那场改革时，特别是柳青的《创业史》，写出了农民的心理历程。他们这种心理历程，不仅是那几年的历程，而是通过几年的心理变化表现出中国农民几百年来的心理沉淀，写得很深入。当然，现在这个时代要比那个时代丰富得多。我们应该注意那些在生活的表层下面深厚的沉淀了历史内容的东西。

近几年来，人们之所以对表现农村变革的作品不满意，就是公式化、概念化的阴影总是伴随着我们的一些文学作品。一个好的作品出来以后，大家老是跟着学。这样的模式化，我想，是不是由于我们经济生活乃至政治生活模式化所造成的。就是我们过去的生活，模式都差不多，都是生产队，生产大队，会计，记分员，谁写也离不开这一套。但是，现在这场变革，使农村生活呈现出多样化，复杂化。这种生活状态就是生活本来应该有的状态。一种经济的模式和政治上的模式被冲破了。虽然都是责任制，但是要复杂得多。这种生活一开始出现的时候，自己也有一种不太适应的感觉。过去我觉得把握我生活的那个县的状况还不是很困难的，而最近几年突然觉得很难把握了，就像长期生活在山西这样的内地突然去看海一样，过去我们看天地，总是有山来做界限的，但去看海，就突然觉得它是没有边际的。除了一种开阔感，还有一种恐慌感。这种复杂的生活，实质上对我们搞创作的人来说是一种有利的条件。现在写东西，就要看自己的本事了，看自己对这段生活的认识和把握了，现成的模式不存在了。

这场变革太伟大了。如果我们站得太近，不会看得很清楚，就像看一个高大的建筑，或者是看一个巨人一样，如果我们站得太近，就只看到一些局部的东西，只看到一个扇门，一个窗户一个纽扣。只有我们拉开距离，才会看到它是多么伟大的。但是从现在拉开这个距离也还不是那么容易的。这场变革起码是在这个世纪内要长期进行下去的。我们怎样去评价，看出它的伟大意义，还需要深入它，跟踪它，还需要一段时间，而现在所写的一些东西，我总感觉到还是一种即席之作的东西，改变刚刚开始：这一巨大的建筑还刚刚奠基，一个高大的树木刚刚萌芽，我们可以预见它的远景和意义，但是说它现在已经多么宏大了，那还需要时间。农民刚刚解决了温饱问题，但是发展商品生产，农民还需要到商品市场上进行锻炼，去增长才干。

当这场变革兴起的时候，我总感觉我们文学的力量太软弱了。前几年，我们的作品也曾写过我们的农民怎样的苦，为他们呼吁，但是，这种呼吁是太软弱了。而中央的政策，两个一号文件一下，整个面貌就大变了。文学有自己的作用和自己的力量，文学要反映这场伟大的变革，应该有自己的命题，完成文学自己应该完成的任务。

我们应该努力开掘我们的民族性格。近些年来有些作品是写得好的，但是也有一些显然是从别的民族的作品中去寻找一些东西，譬如，从俄罗斯文学，从美国杰克·伦敦所写的那种男子汉性格里吸取的东西，还有艾特玛托夫的一些东西。这些东西借鉴当然是可以的，但是，这些人物的某些气质、精神是外域的东西。而我们民族自己的东西需要开掘。北方比较起南方来说是落后的，但对于文学来说也是富矿，它有两个很大的历史反差，优秀的文化遗产和落后的现状之间的反差，再一种是近代的落后和现在改革起飞之间的反差。这就能写出一些带有历史感的东西，例如雁北地区是我们省最落后的地方，但这几年的变化也是极大的，我们希望有一些有力度的作品，能够对于我们振兴经济起到作用。

这两年写农民，除了写他们的美德，对于他们的弱点也应该准确地把握。我们的农民有着长期历史沉淀下来的可敬东西。他们是真诚的。并没有因为我们的失误失去对我们的感情。我写东西时，也总带着对他们的尊敬和感激。但另一方面，在农民身上也确有一些弱点，有一些封建的东西，有的还有一种奴隶性。这些弱点如果放大了，就是整个“文化大革命”的土壤。过去鲁迅曾经表现过农民的这些弱点。近年高晓声等都写过。在当前这种新的历史时期，农民身上的这些弱点，他们怎么在经济起飞的变革中克服。注意这些，才能写出比较真实的东西。农民成为一个企业家，他是怎么走过来的，他们昨天是什么样的，他的今天又是什么样的。我们今天的农民刚刚开始走这样的道路，要抓住这样一个好机会，多观察、多积累，这是一种长期的投资。

农村题材作品的文学形式，也应该随着变革的时代而进行变革。在现代文学史上，最早而且也是最深刻地表现农民的，应该是鲁迅、茅盾这些文学巨人。但是，鲁迅的作品，茅盾的作品真正到了农民中间的不是很多的。而真正到了农民中间的，还是赵树理。为什么赵树理的作品能够深入到农民中间。一个重要的原因，就是有为农民自己所喜爱的一种形式，不管是叫通俗化，大众化，或是山药蛋派也好。当时农民刚刚在经济上、政治上、文化上做了主人，或者将要做主人，他们在心理上觉得那些洋的东西，好像不是自己的东西，而老赵的东西才是我们自己的东西。再加上赵树理的作品用群众的语言，用群众的思维方式，用群众喜爱的故事，所以群众喜爱。我们现在怎样满足农民的需要，山药蛋派还能不能流下去，山药蛋会不会蜕化了。我觉得现在毕竟是一个新的时代，农民毕竟是已经做了主人了。他们有一种求新的心理。农民现在也不喜欢那些很土气的作品。他们想，对那些洋的东西，我们为什么不可以沾一点边哩，享受一下哩。这些青年农民的心理，我们不能不重视。他们对城市题材的作品也很感兴趣。除了形势要求有新的形式来表现新的生活，读者也是一个方面。我觉得读者也是文学创作很重要的力量，没有读者的配合，任何文学创作的探索是不可能成功的。描写农村题材的作品我们还是应该坚持现实主义的。在坚持现实主义的前提下，也可以开放一点，吸收一点或者融合一点其他的东西，譬如一点浪漫的色彩，一点象征的东西。这种新的东西，为描写我们的生活增添了新的色彩，可以满足读者新的要求。当前写工业题材，城市题材，爱情题材的新东西比较多，我们写农村题材也可以有一些新的东西。表现一种新的生活色彩，读者就会感兴趣。我希望能引进一些新的形式和方法以便更逼真、更协调地展现我们当代的新的生活。现在搞创作有一种悲哀感，就是通俗文学的冲击。我觉得随着时代的发展，人们文学水平的提高，那些文学性强的作品还是有前途的。就好像民间文学是老奶奶传给老奶奶的，当人们年幼时对老奶奶的故事还是很感兴趣的，但是当他大学毕业了，他就未必再对老奶奶的故事感兴趣了。目前，我们农村的读者，文学水平还比较低，喜欢通俗文学的还是一个人数颇多的层次，但是通过我们的努力，提高群众的文化水平，这是具有开拓意义的。

写于1984年11月16日

关于历史

我不知道《太原日报》副刊怎么会组到这样好的文章(对我来说,这肯定是我在一九九三年的报刊上读到的最好的文章了):为王富仁先生开了一个名为“现代作家印象”的专栏,大致每周一文,每文专“说”一位“五四”以来比较著名的作家,每“说”都不长,一两千到三四千字。我陆续看了十来篇,可以说是篇篇都“说”得精彩。之所以是“说”,因为既不同于“论”,也不是“记”,自由挥洒,妙“议”纷呈,特别是“说话人”的风度魅力亦历历可见。他说,胡适是新文化揭幕时的剪彩人,不像看起来那么重要,但没有他这么一剪刀,新文化开不了幕。他说,郁达夫在精神上是一个孩子,受了委屈就哭,结果哭出了一部《沉沦》。他说,刘半农一直在雅俗之间徘徊,想离俗及雅,终了还是半雅半俗。他说,钱玄同是新文化运动的扩音器。他说,郑振铎是文学界的老黄牛。他说,叶圣陶是我们的好老师。

王先生还说,茅盾是企图捉住历史发展脉搏的人。说“企图”,就是说没有捉得住。听了王先生这个“说法”,除了替茅盾先生惋惜,我自己倒是受到了一点安慰。因为我也曾经有过类似的企图,但早早地就放弃了。幸亏早早地放弃了。茅盾先生这样的大家都没有能实现了这种企图,何况我等?

但我有这样的企图,实在也不是受了茅盾先生的影响。六十年代,在大学读中文的时候,就读不出巨著《子夜》的兴趣,倒是比较喜欢他的短篇。我是在七十年代末才企图写小说的,当时比较喜欢柳青,而且主要是喜欢他的长篇《创业史》。我从写农村写短篇开始写小说,又在山西,本来应该比较喜欢赵树理,但我在当时的确是更喜欢柳青。那时我认为,柳的小说似乎更“大”,有中国文学界很看重的史诗味道,写法上也新:由“心理历程”(现在似乎又叫“心路历程”)来写农民,写史诗;而赵的小说显然就不够“大”,没有史诗味,写法也太传统,小说全由故事支撑着。赵似乎完全“化”在他的小说里了,所以,他就显得和他小说里的人物一样,在“历史”面前不是那么受宠,那么意气飞扬。柳就不同,他始终雄踞于他的小说之上,一边指挥着又一边评论着小说里的人物,有大家气象,所以他显得“捉住”了历史,而且是由农民的“心路”“捉住”了历史。那时候,我羡慕柳的这种气概和风度。

那时,我一直也由“心路”一途写农民,所以也企图“捉住”历史。但我发现这条“心路”不是那么好走,在艰难的行程中,我总是“跳”不出来,顾不上去“接近”历史,就像在自己的生活中,常常顾不上“接近”领导一样。“接近”尚不可及,“捉住”就只能是一种遥远的企图了。当时,我把原因归结到中短篇的局限上了。

于是,我想:我得写长篇。大约在一九八三年,我真的构思好了一个长篇:一个北方的农村,一个农民的家庭,家里有能干的母亲和不能干的父亲,有四个当然是性格各异的儿子,还有四个通过不同方式娶回来的媳妇——从买卖人口到自由恋爱;这个家庭周围还得有许多关系,也就是次要人物吧;不要很强的故事,在一段平常的生活之上,要负载点历史感、历史意义之类的分量;背景当然也得放在具有“历史性”的时期——当时的中国农村也正好在发生又一次大变革。

但是,当我用我计划凭借的这个“历史性”,同柳所构建的那部史诗做比较的时候，我泄气了。历史在一九八三年对柳说：你一边指挥一边评论着那一段创业史，其实不过是一次浪漫的排练，现在排练已经结束了，你和你的人物们都可以回家去了。梁生老汉可以喂自己的牲口了，梁生宝也可以做一点小买卖。我感到了历史的残酷。柳青肯定无法回家了，他已经义无反顾地献身于他的史诗了。他的梁生宝恐怕也回不去了，他不会从小买卖中发现历史意义。也许梁生老汉还可以回家，但是他已经太老迈了吧。

由柳我又想到了赵。历史在一九八三年似乎并没有同赵进行那样残酷的对话。赵用自己的故事防御了历史的残酷。这就仿佛是，谁更接近历史，历史倒对谁更无情似的。

王富仁先生在“说”茅盾的那篇文章里说：“社会这个玩意儿，历史这个玩意儿，说是好说，但要真的把握它，可并不是一件容易的事儿。在西方，有多少人为它苦思冥想，但越是苦思冥想，越是感到对它困惑莫解，理不出个明确的头绪来。”

我在一九八三年是知难而退，将构思好的那个长篇“切开零卖”了，写了八个中短篇，像系列小说似的。其实在一九八二年我还没有读福克纳。我只是不再企图“接近”历史了。

我是在一九八四年读到福克纳的。福克纳好像也是喜欢写乡村，他的写法也好像常常走“心路”一途。他的作品也很“大”，很有历史感，但不是我们所看重的那种史诗似的“大”，是另一种“大”。他“一辈子处在人类精神的痛苦和烦恼中”，用十五部长篇和近百部短篇构筑了“一个自己的天地”。他说：“作家只对他的艺术负有责任。他如果是个好作家，那就会是完全冷酷无情的。”他的这种冷酷无情是对荣誉、自尊、面子、金钱等个人幸福而言，但我看他对“历史”也采取了冷酷无情的态度。他从来不企图讨好历史，也没有企图“捉住”历史。《喧哗与骚动》的最后一行文字是：“他们艰辛地活着”，译者在另外一篇文章中把这行文字译成了“他们在苦熬”。《喧哗与骚动》也发生在历史性的时刻，美国南方蓄奴制崩溃的时刻，旧南方崩溃了，新南方开始了，但“他们在苦熬”。“他们”就是人类。人类要为旧的历史付出代价，也要为新的历史付出代价，人类在历史中苦熬着。《我弥留之际》中本德伦一家的那次送葬，一路充满了来自自然的种种灾难，同时也充满了由于送葬者自身的愚蠢、自私、野蛮所造成的种种磨难，这是一次苦行。人类为了某种理性目的，总是要忍受非理性的折磨。人类在历史中苦行。历史在福克纳那里不再是神圣的，神圣只是人类苦熬苦行的能力。

我们中国人，也许是人类中苦熬苦行能力最强的民族了。但在我们这里，神圣的一直是历史，而不是我们中国人苦熬苦行的能力。因为我们的历史太悠久了，太灿烂了，人的苦熬苦行只是为了保持这一份悠久和灿烂。所以，我们也一直为没有一部我们民族自己的史诗而遗憾。但我想似乎也不应该太遗憾，因为在我们神圣的历史中，中国人除了有很顽强的苦熬苦行的能力，还有很高明的将苦熬苦行化为艺术，化为娱乐的能力。林语堂先生就此写了好几本书，总结中国人生活的艺术，在国内外都很畅销。我们有这样高明的生活艺术，随时随地将生活“诗化”了，不把苦难和悲壮积累起来，没有史诗就不难理解，历史成为神圣的“道”也就很自然。我不知道这是否就是“中国文化的固有特性和中国文化自我修复的顽强性”？但我知道，我们也很难学福克纳。

将苦熬苦行化为艺术，我想了很久，总觉得其中有游戏的意味。于是我就写了一本《游戏》。这是部长篇小说，又放在了一个“历史性”的时刻（“文革”时期），但我对历史已经没有任何“企图”了，只是写了农村里一个女人和三个男人，在苦熬苦行中所做的一些游戏，不是政治游戏，也不是风流游戏。

后来，我在写《真迹》的时候，却又不得不面对历史，因为这是一部“历史小说”似的长篇。虽然不很“历史”，只是写了民国初年山西商人的一个小故事，但我对这不很“历史”的历史，也取敬畏的态度，承认它已深不可测，没有澄明它的企图，也没有重视它的企图，更没有“捉住”它的企图。我借鉴了赵树理的策略，捉住了故事。写晋商的故事，我是从一九八六年开始准备的，那时还不见商潮汹涌。离开（也许是暂时离开？）农民而写商人，并且是大商人，我可能是想远离苦熬苦行的那一个“苦”字。但写完发现，还是陷入了一种“无解”的痛苦中。但愿这只是我的痛苦，而不是历史上晋商的痛苦。

我想，我们的“历史”已经足够我们痛苦和烦恼了，因为它常常是“无解”的。但我们能够逃避它吗？“鲁迅似乎一直热衷于写小玩意儿，他没有从短篇转向中、长篇，而是由小说逐渐转向了散文诗和杂文，越写越向短的东西发展。”但在他的“小玩意儿”中，中国历史给予他的痛苦和烦恼，显然更为沉重，并不比《狂人日记》中那“吃人”的历史轻松，也没有多了娱乐性。

现在的文学，对付历史的招数比鲁迅那时多得多了，还流行邀请历史做轻松或不轻松的风流“游戏”。现在时代不同了。但我不知道现在“历史”是否还设置着“自我修复”的陷阱，随时请我们入内“卡拉OK”？

我真不知道。

写于1994年7月

丢失的通灵宝玉

解放初(或者是解放前),梅兰芳给河北某地的农民唱过一次戏。梅兰芳出场的时候,台下黑压压一片农民观众,一齐都把头上系着的“白羊肚手巾”解下来了。他意识到这是冀中农民向自己表示的一种敬意,很感动。那一次,他的戏唱得特别好。而听了梅先生戏的农民们,一直把这一夜作为非常珍贵的记忆,长久保留着,传说着。

我听到这个传说,也是很久以前了。

这个事件或者这个传说,我们可以把它“解读”为:梅兰芳以自己独树一帜的京剧艺术,为农民做了一次极受欢迎的“服务”。从这次成功的服务中,我们至少可以看出这样两条。

一是,梅先生这次为农民演出的剧目,并不是“新编现代戏”,更不是“新编农村题材现代戏”,而仍然是他最拿手的那类剧目,仍然是他在城里、京都、大码头的戏园里最被喝彩的那类剧目。他如果不是拿自己最能出彩的剧目向农民献艺,农民观众大概也不会向他表达那样一种敬意了。这些农民观众,一辈子可能也只有这样一次机会看梅先生的戏,他们想看到的是梅大师的“真玩意儿”,是他最高水准的艺术表演。梅先生的最高艺术水准，就保留在他的那类最拿手的剧目里，如《贵妃醉酒》《黛玉葬花》《霸王别姬》等等。事实上这些梅派的保留剧目，也都是经过梅先生“新编”的。只是这种“新编”，并不是为了听命于谁，也不是为了赶什么时髦，而完全是为了他自己。为使传统剧目适应于“我”而“新编”，或者为在传统的剧目中加进“我”的东西而“新编”，这就叫创新吧。这种“新编”，是缘于一种艺术自身创新的需要。所以，这种“新编”的程度愈高，它所产生的新魅力就愈强。梅兰芳之所以成为大师，就因为他几乎把京剧艺术整个地“新编”了一次。他给农民唱的虽然是“帝王将相、才子佳人”题材的剧目，但因为在艺术上有大师级的“真玩意儿”，农民还是被他征服了，被征服得一塌糊涂。可见在农民那里，艺术也是高于题材的。能把他们征服的，并不是帝王将相，而是真正的艺术。

二是，梅先生在这次演出中，显然也没有使用一种有别于城市演出的“农村话语”，或者是推出一种适合农民欣赏口味的《霸王别姬》的“农村版本”，他仍然像给城里那些戏迷，那些达官贵人，那些视头系“白羊肚手巾”为“土”的都市观众唱戏一样，把他独创的梅派艺术，做了高水平的发挥。如果他出于照顾农民欣赏习惯的良好愿望，将他的唱腔、道白、做功都做了“通俗”的简化，那农民观众一定会产生受辱之感的。如果他把他独创的“兰花指”，给农民变换成很“劳动化”的“铁叉指”，那农民肯定会给他喝倒彩的。这也可见，农民同样希望欣赏到真正的艺术，最好的艺术。他们不会因为平时难以欣赏到最好的艺术，就可以将就着看名角儿糊弄人的表演。直到现在，农村请城里的大剧团去演出，最担心的，从来不是怕艺术水平太高而看不懂，恰恰是那些大牌演员们不像在城里演出那样卖力，那样原汁原味，那样拿出绝活。

综合这两条，似乎还应该澄清一个概念，那就是上面所说的“农民”“农民观众”，更确切地说应该是“农村戏迷”。因为即使是梅兰芳的戏，对于一个对京剧毫不感兴趣，或者是一窍不通的人来说，他大概是会看得很累，也会感到索然无味。他或许会去看“热闹”，比如看一看梅兰芳长的是什么样子，京城来的戏班子是怎样一种排场，等等，但他不会在该喝彩的时候忘形地喝彩，该表示敬意的时候由衷地表示敬意，更不会将这次看戏的经历长久地传说下去。这就是说，在农村和在城市一样，爱听梅先生京剧的，也是那些喜欢京剧、懂得京剧、痴情于京剧的戏迷。由于同是戏迷，那在京剧艺术面前，农村戏迷和城市戏迷就当然是平等的。我想，梅先生是明白这一点的。只要请他去唱戏，无论城市农村，那都是出于喜爱他的艺术，他也就一样献艺。不像现在“走穴”的一些明星、大腕，城市小一点的场子，就敢糊弄他们的观众，这些观众还大都是崇拜他们的“追星族”一类。

如果说以上的“解读”还有道理，那么，用同样的道理来看今天的“农村题材小说”，我想，至少有这样几个问题，是值得深思的。

一是，“农村题材小说”无论它“写什么”，作为一件艺术作品，要紧的还是它在艺术上有没有“真玩意儿”。有“真玩意儿”，才可能有读者“迷”它。赵树理的“农村题材小说”之所以受它的读者欢迎，也是因为他在艺术上有“真玩意儿”，他也把小说艺术整个“新编”了一遍，而不仅是因为他写了农村农民。现在的“农村题材小说”也是继续写农村农民，为什么倒走入了“低谷”？原因很多，但其中要紧的恐怕还是“新编”的成分太少，也就是作家加进自己的东西太少。有些虽貌似“新潮”，其实也还是些舶来的花拳绣腿。还有，则是把像赵树理这样的作家所独创的路数、“新编”的“语码”，当成了“农村题材小说”的规范、必须遵守的规矩，也就是把成功作家的艺术个性当成一种艺术共性去推行，求“同”太多，创“异”太少。京剧界都说，梅葆玖现在的表演水准已经不在乃父鼎盛时的水准之下。但他也仍然只是梅派的一位出色传人，而不是横空出世的又一位“新编”了京剧艺术的大师。

从大的方面说，现在的中国大众都开始追求“个性化”（其实是时髦化、流行化），而包括文学在内的艺术却在忙于追赶“潮流”。一潮才去，一潮又来，潮去潮来，差不多把艺术家的通灵宝玉——个人的原创性涤荡一尽了。这种读者大众与作家艺术家的相悖(或者相似)追寻,正是文学跌入低谷的深层原因吧。

二是,"农村题材小说"如果真是一件艺术作品,它的读者也不应该只在农村。梅兰芳的京剧艺术,不可谓不高雅,但它在农村依然有众多的戏迷。同样,赵树理的"农村题材小说",都说很通俗,但它在城市,在知识界,在国外的汉学界,也有许多迷它的读者。由此,我感到在"农村题材小说"的议论中,有一个常见的误区。那就是,我们总是把"雅"送给了城市,而把"俗"留给了乡村,又常常夸大了"雅"与"俗"的差别。在雅俗之间好像有一个难以逾越的鸿沟,于是,我们只好(或者只能)避"雅"就"俗"。这一就"俗",常常导致了艺术水准的降低。好像农村的文学爱好者,就比城市的文学读者低多少个档次似的。通"俗"的名义,是为了更好地为农民"服务",而为了实现这种"服务",反倒必须对农村的文学读者低一等看待。这形成一个悖论。文学读者,我们可以把他们称为"文迷"。正像戏迷、歌迷、球迷一样,"文迷"也必须具备一定的条件和素养。比如,识字,有一定的文化知识,爱读书,爱好文学,因而也具有了相当的文学素养,等等。而这样的条件,城市的"文迷"也是同样需要具备。或者说,无论城乡,作为"文迷"应具备的条件,城市的"文迷"也是同样需要具备。或者说,无论城乡,作为"文迷"应具备的条件,是相等的。所以,在文学艺术面前,城乡"文迷"也完全是平等的。因为要成全"农村题材小说",就歧视农村的"文迷",这在道义上和道理上都是说不通的。现在的农村"文迷"不爱读"农村题材小说",我想这是其中一个不小的原因。其实不能以题材来划分读者,正像不能以城乡来划分雅俗是一样的常识。"农村题材小说"中那些高雅的杰作,如福克纳、鲁迅、沈从文等大家的小说,早已成了人类的文学财富。城市题材小说中,也同样有庸俗不堪的文字垃圾。

现在文学的跌入低谷,最要紧的原因,是文学读者的大面积消失。这就像早于文学衰落的京剧,是缘于戏迷的大面积消失一样。我们不去说它的原因,也不要企图去遏止这一趋势。但有一点,这种"阅读族"(包括文学读者）消失的趋势，城市是要远远烈于农村的。农村的文学读者，在整个八亿农民中是一个不成比例的极小极小的数目，但他们并没有消失。可惜这些农村的文学读者，却是“杂食”的，他们看各种各样的文学，或者说，在现代流风的吹拂下，它们更爱阅读的反倒是非“农村题材”的文学。文学只能为爱它的读者服务。那种为八亿农民写作的说法，实在也不过是一种过去的神话，或者是一种非文学的表态而已。现在，“农村题材小说”能够征服的读者，倒可能是现代都市的那些“怀乡族”。

三是，以题材来划分艺术，对艺术本身实在也没有多大的意义。京剧也有现代戏和传统戏的划分法，但这种划分并不是能决定京剧艺术本身的优劣高下。江青以政治高压推行的现代题材的京剧样板戏，最终也没有把梅派艺术“封杀出局”。八十年代中期以来，中国当代的小说艺术进入一个剧变期。那一系列急剧的变化，差不多都发生在小说艺术内部。从艺术内部发生的这种剧变，早已将过去外加的一些概念“撑”破了。“农村题材小说”可能就是被较早“撑”破的概念之一。八十年代前期的“知青小说”，后期的“新写实小说”，九十年代的“先锋小说”，其中都有写农村农民的重要作品，但无论是读者，还是评论界，已经不再有人把这些作品当作“农村题材小说”了。如果把这些小说也算作“农村题材小说”，那“低谷”说恐怕也难以成立。

我感到现在应该忧虑的，倒不是类似于“农村题材小说”这样一些概念的存亡，而是中国小说在近十多年的剧变期里将可能丢失了它的“通灵宝玉”——艺术的独创性、原创性、想象力，甚至包括汉语文字的原有魅力。近十多年来中国小说艺术所呈现的种种变化，大多是缘于一种受外来的刺激所产生的“落伍情结”，一种急于求得西方认同的“接轨冲动”。所以，这种种变化虽然是发生在艺术内部，但大多是以从外部输血，甚至整个换血所支撑的。在过去政治高压下长期贫血的小说艺术，经历了这个相对宽松的剧变期，却没有很好发育自己的造血功能。文学的原创性萎缩了，文学的从众性、“追潮”性、模仿性却从来没有像现在这样发达，这样被推崇。

只是，外表的花枝招展，到底不能掩饰肌体的虚弱。也许，正是这种虚弱，使文学的读者大面积消失了。比如，从现在时髦的小说中，你已经不大可能读到像样的汉语文字了。这才是令人忧虑的。

梅兰芳在“新编”京剧艺术的时候，并没有想同斯坦尼斯拉夫斯基或布莱希特接轨，但他还是把自己的京剧表演艺术弄成了一个被洋人惊叹的新体系。他可能就是在求新的时候，守住了自己的通灵宝玉。

写于1996年9月

关于小说创作

——在太钢作协晋祠笔会上的讲话

近来我总在想一个问题，小说，为什么读者越来越少。

理论界有一种说法，说小说有生存危机了。为什么会出现今天这样一种局面呢？当然本身这种说法有它比较偏执的一面，但是中国现在的小说，他不吸引人，这也可以说是一个现实。像现在的刊物大家不愿意去读了，就是说它不像过去吸引人了。我最近也在想这事儿：为什么我们的小说不太吸引人了？理论界还引入了西方的一些说法，说小说快死亡了。西方也有一种理论，但我看西方的小说概念是特指的某一种小说，基本上它指的就是我们所说的那种批判现实主义。以前浪漫主义的他们不叫小说，叫罗曼史。到后现代社会，产生这种小说的社会条件已经没有了，所以他们说小说是要死亡了。人家是从这个角度出发的，而我们现在就像我今天说的是没有什么人读了。我们只要回顾一下中国小说的历史就能看出来，小说到了这样一个局面实际上和它所经历的道路有很大关系。

比如说，我写小说，那是刚刚粉碎"四人帮"，"文革"时期整个文艺是一片荒原，任何人什么话都不能说了，所有的真话都不能说，所有的作家都是黑的，中国只有八个样板戏和一个作家。八亿人，整个文坛就这个状况。所以改革开放以后，像我们那样稍微带点儿文学性的东西大家看了觉得非常新鲜，就觉得和那种帮派语言不一样，像李锐刚说的那种伤痕文学就是这样的。卢新华的第一篇小说《伤痕》，写一个青年出身不好，然后插队怎么受气，过去这种话是根本不能说的，出身不好你还能说你受了多少气？你就没权力说这个东西，你出身不好天生你就应该受人歧视，你父亲是被管制，没有任何权利，子女就没有任何社会地位。等着招工？你就没有权利。但是这篇小说开始在《文汇报》以整版发表出来，这本身在当时就是一个惊天动地的事情。所以一下子风行开这类作品。也出现了批判"四人帮"的文艺理论，加上我们国家的政策调整了，所以这类小说它就很风行。但实际上那时小说受到那么多的关注，文学成为一个热点和当时的社会有关。就像在荒漠上，有一棵野草也是很悦目的，大家看了以后也是很高兴的。但是整个森林都长得很好的话，那你这棵野草也就很逊色了。这是很简单的道理。当时刚刚粉碎"四人帮"，文化又封闭又落后，如何唤醒民众开启民智，如何解放思想，小说它是一个最方便的东西。因为小说是民众都在读的东西，写一些学术论文，理论性太强普通老百姓读不懂。

完全意义上的中国小说和我们现在的小说完全是另外一回事。我们的小说是那种三言两拍、演义体小说、章回小说，而我们现在的小说是移植过来的。

这个移植就是从梁启超办《新小说》开始的，一九〇二年，整整一百年了。他流亡日本，他所办起来的《新小说》那本杂志打的旗号就是用小说开启民智，这种用文艺作品来开启民智本身是文学作品的一种功能，但不是全部功能。新小说承担了这样一种重大的任务，所以那个时期的一些作家他都是传播一些西方的新思想，民主、科学、自由恋爱、个性解放，他把一些新思想带进来。当然这是作品可以完成的，但是文学他承担了中国从封建社会、非现代到现代，从前现代到后现代，这样一个过重的任务，就是启蒙。启蒙这个东西在西方它不仅仅是通过文学来实现的。

有大批文化界的人这样做。后来经过“五四”新文学成长起来，出现了一批优秀的经典的文学作品，在承担了启蒙、文以载道的这一功能之外，在艺术上有了很高艺术鉴赏价值。而文学这个特长，由于中国历史没有给它很好的发展条件，中国新文学，我觉得在中国二十世纪一百年中，它没有一个很好的环境使它成长起来，特别是小说的文学性，没得到充分的成长。新文学是梁启超的新小说运动，清末提倡的，到正式的新文化运动是一九一九年，然后到二十年代三十年代前期，这个是我们现在所说的现代文学的一个成长期。在这个时候出现了一些我们今天所说的大家，文学巨匠。也就是十多年的时间，鲁迅、沈从文、胡适、老舍、梁实秋等等，就是在抗战前的一九三六年以前，就是二十年代十年和三十年代的一半，一共也就十几年的时间，就是我们今天讲现代文学的那些大部分辉煌的东西都是这十几年间产生的。

到三十年代以后，抗日战争一爆发，上海成了孤岛，然后解放区文学出现了。这个时候文学负载了“民族解放”这样一个更重的文学必须承担的任务。抗日救亡这是最大的任务，所以文学的艺术性强不强又退为次要，首先必须宣布抗日、宣传抗日。你要写风花雪月什么的，在当时就受到排斥，说当时抗日救亡运动这么激烈，还有这种心情。所以当时那些文学虽然很粗，但他写的是抗日，是民族救亡，就行。所以这个时候文学他又承担起了文以载道这一部分更繁重的任务。

这个任务一直到抗日战争、解放战争，都是宣传这个东西，然后到了解放初期。社会逐渐稳定下来，留下很多的文化名人，像老舍呀、郭沫若啊，他们抱着一种很美好的愿望，希望出现一种文学的新的局面。但是没有多长时间，到五七年反右，然后接连不断地运动，到“文革’对文学又承担了无产阶级专政。

就是粉碎“四人帮”以后，那个时候文学也还是承担着解放思想这样的任务。一直到八五年以后文学才提出了这样的观点：文学它应该不仅仅是一种宣传，它自身还有一种品质。另一方面文学要达到它最好的宣传效果，也必须有很高的艺术价值。所以从八十年代、九十年代改革开放取得成就，社会发展繁荣，不需要文学承载太多的突出的社会政治任务的这个时候，文学才真正地发展起来。

但是到了更多的人更多地要求有一种审美的作用的时候，我们的作品跟不上，这个是今天小说衰落的重要原因。中国一百年以来，文学自身艺术性那方面没有得到很好的成长。

再一个就是由此培养起来的读者阅读习惯、阅读取向。大家看小说好像就是想要看一些中心事件，就是有社会热点的时候他才看小说。今天也是这样，你比如说，反腐小说读者很多，那就是小说承载的这种启蒙也好宣传也好这种功能，培养起来的读者，他对贪官很仇恨，作者把这个贪官的不好都揭露出来，大家看了很过瘾。但是这个东西呢，如果说新闻很发达的话，大家在读报纸等接触新闻媒体的过程中就可以了解到这个东西。热点小说大家都爱看，但由于重点是揭露腐败分子，所以在艺术性上，就相对弱一些。也有很优秀的，但风行之下，也形成了一种模式、一种套路，所以真正爱好文学的想通过读书得到一种精神抚慰，得到一种更高雅的文学的艺术享受，在看了这样的作品以后，得不到这样的满足。所以慢慢地也不怎么看了。

文学它是一种文雅的事情。看了这个作品他得到了一种美感，他感到了一种对精神的抚慰，或者得到了一种对生命的更深刻的体验，或者什么吧，这些属于文学自身的一些东西。在今天文学不承担很重的社会性的话题以后，他本身的艺术性跟不上，所以作品就没人看。现代小说文字的功夫，特别是汉语经过几千年，他本身那种美，或者说表达的那种韵味是非常独到的。现在一般这种讲究文字功夫的作品也不是很多。

所以我觉得现在写小说第一要有兴趣。就说在今天这种情况下，在小说不能给你带来很大的功利的情况下，你确实喜欢这个东西，当别人去卡拉OK、炒股的时候，我看书写点东西，我有这方面的兴趣。

兴趣是做任何事情的前提，但兴趣也不是一厢情愿的。谈到兴趣，我想起一个物理学家丁肇中,他做报告的时候说,他要培养他的学生第一必须有兴趣,搞实验物理很枯燥的。第二要有创新精神。他对兴趣的解释是:他小的时候最喜欢物理、数学、中国历史。为什么有兴趣呢,因为这三门功课他回回都考一百,不怎么下功夫也考一百,所以就有兴趣。就是说能一直保持一种兴趣是因为兴趣对它有一定的回报。你比方写小说吧,别人都写不出来,我写得比别人强,我不怎么费劲,《太钢文学》发表了、《山西文学》发表了,这样就越写越有兴趣,你老写不出来的话,兴趣可能也就慢慢淡了,我觉得要是写不成的话,也不一定去追求。以前我在原平待过很长时间,我写的小说发了,有很多人来找我指点。有些人那真是很有兴趣,他三四十岁了吧,生活很潦倒,在村里给人担茅粪呢。担茅粪的空闲也是想写小说,但是老写也写不成。家里的日子过得也不行,有时候稿纸也没有,把孩子的练习本偷偷地就给拿来写了。孩子哭了你把我的本拿走,我怎么写作业啊。找我来了,就向我要稿纸。过两天又说我的笔也没了,说写文章的时候小孩闹得老写不成,气得"咔"把笔给摔了。那么我就给他支笔。但是他送来的稿子,老是不像那么一回事儿。你说写了一辈子了,咱也不能说你就不是那块料,你干点儿别的吧。怎么说呢?我就说,首先呢你在队里好好干活,挣点工分,让老婆娃娃跟上你起码能生活了,其次你再写小说。不听!可拗了。还有一个人也不爱说话,一到星期天就去了,坐在那儿拿个稿子让我看。我说两句吧,他也不说话。然后说完也不走,不走我给他吃饭,吃完饭也不走,反正是看着也就是喜欢这东西。但他表达也不行,写作也不行。所以有兴趣起码像咱们在座的是太钢的业余作者这样的,首先生活有保障的再写。

所以我说首先要有兴趣,这个兴趣我觉得要能回报你的时候,你就把他保留下来。你比如你喜欢文物,首先要考虑有没有回报,比方说你老是买一些假的东西,上当,那这种兴趣最好不要的好。这是我讲的写小说首先要有兴趣。

第二呢,写小说必须找那些适合小说来表达的题材。

生活也好，材料也好，过去不讲究这个东西。因为我当编辑看了很多作者写的小说，有些也拿来请我润色什么的。有些东西确实不是很适合小说来表达。这是一个非常重要的问题，特别像过去，大家坐在一起讨论，为什么工业题材的小说写好的不多，就是因为工业它本身是一个生产过程，里面车间、机器、产量，加班加点什么的，这些东西不一定适合小说来表达。我最近看了钱穆的一些著作，他说三国为什么大家都知道，三国它在历史上并不是一个很重要的朝代，但就因为有了这个小说，中国人都知道三国，都知道诸葛亮、刘备、曹操。那么为什么这个小说写得这么好，因为这个题材本身很适合写小说，本身有他的传奇性，虽然在大的历史背景上，它并不一定是个很重要的部分，但对文学来讲它是一个适合小说表达的题材，所以它就成了中国文学名著。他有一个观点，衰世、乱世它可以出好小说的。老韩也曾说过，女人、小孩、美景这样的东西可以入诗入画，也适合文艺表达。这就是说，写小说人物也好、情节也好，他本身要有自己的小说元素。

西方小说进来以后，我们传统的这种小说等于是丢了。现在写短篇小说追求于平淡的生活中能见到艺术的功力，但是这个是艺术功力特别强的才能达到。就好像小风景大画家画，大风景是小画家画一样。我们就好比小画家，那我们选一个大风景来画可能会画得好些。如果只有一棵树，那只有大画家才能把它画好，必须是一个大画家才能于平淡之中见功夫。所以我觉得写小说在选择题材方面是非常重要的。

第三，小说应该有一个友好的界面，好读。

现在很多小说没人读，很重要的一个原因就是不好读，现在学院派出来那种小说，弄得很深，难懂。和读者交流的那个界面弄得迷迷茫茫，好像智力迷宫似的，能钻进去可能会品出些味道，但一般人他不愿意那么费劲儿，不钻了。我也写过这种改变一种表达方式的小说，有现代意味的，当然我觉得这样写也不错，表达了其他一些写法不能表达的东西，但是他的读者有限。小说毕竟要被人阅读。小说写出来只完成了一半，还有一半要靠阅读来完成。它有再深的思考也传达不出去,影响面很有限。也许,我现在是上了年纪了,就喜欢读一些比较简单,有尊重读者这么一个观念的作品。

中国旧小说把读者叫看官,非常尊重读者。现代小说总是弄得云山雾罩,读者自然要远去。所以我写《白银谷》首先要把故事交代清楚,让人家首先能读下去。所以写小说不管重大题材也好,闲情逸致也好,首先要建立一种友好的界面,让人能读。

现在我读到一些这样的东西,他把自己放得特别高,把读者当傻瓜,你读他作品就像受他侮辱一样。当然你要写小说肯定要懂得知道很多东西,但你不要在行文中处处流露出这个来。人家花钱读你的小说,还要受你的侮辱,觉得和你有差别,你看你多聪明我多傻。你说谁还愿意读你的小说。所以我觉得应该善待读者。过去说书的特别尊重读者,叫他们看官,就是这个意思。我就讲这三点:一要有兴趣,二要找适合小说表达的题材,三要善待读者。

写于2001年8月

十问成一

一、据我所知,《白银谷》是目前有关晋商的规模最为庞大的小说。请问您为什么想到以晋商作为题材?

答:可以说,我是以写“农村题材”起家的。但我在农村生活的时间很有限,除了学生时代下乡劳动,主要是在原平工作时跑农村写材料。所以,写完《游戏》后,感到再难写出新意。而我生在河南济源小城;幼年到上大学前,又生活在晋中的太谷县城。一九八六年决定“弃农从商”,关注晋商题材,实在是由自己的经历决定,也即转向写自己更熟悉的生活,并不是一种刻意的选择。那时,“商”依然卑下,并不是热点。

二、任何题材本身都不能决定小说的成功,小说的价值在“题材”以外。那么,您试图在“晋商”之外表现什么?挖掘什么?

答:在我转向关注晋商历史时,“题材”对于我,已不具有重要意义,重要的是自己怎样写出更好的小说。所以,也不是想在晋商的史实中“挖掘”出什么,而是它的秘史性似乎更适宜写出别人未写过的小说。青少年时代感受到的那一切,背后似乎隐藏了一个神秘的世界。尤其是晋商衰落以后留下的种种遗痕,透着许多值得复原的诱惑。现在人们去观览的晋商大院，我从小就在那种大院中上小学、读中学。那种大院里，曾有怎样的生活，做这种猜想时，实际上就有了所谓创作冲动。在成为一个职业写小说的人以后，回望青少年时生活过的“大院”，那诱惑是不可抗拒的。

三、《白银谷》作为一部历史小说，无疑具备一定程度的史诗性，而史诗正是新时期以来不少小说家的热烈追求。请问这是否也是您的写作追求？

答：其实，我对“史诗”性的小说，并不特别偏爱。尤其到一九八五年以后，我甚至觉得“史诗”性往往容易遮蔽作家的艺术个性。《白银谷》我并未当“史诗”去写，它的“所括”很具体，很“窄”。我只是更尊重史实而已，即我的艺术想象力不能超越晋商的历史可能性。小说的篇幅较大，只是因为内容较“偏窄”，交代清楚颇费笔墨；晋商的事业活动时空也大，没有必要的篇幅，难以放置得下。而直到现在，我也并未把“史诗”当作自己的追求。

四、您在《白银谷》后记中说：“希望于这部小说的，首先还是好看，其次读后也还有益。”把趣味性当成主要的追求目标，这是否忽略了作品的审美价值？趣味性和审美价值能不能和谐地统一在一部作品中？

答：我所说的“好看”，其实和“趣味性”并不等同。写了许多年小说后，发现自己的小说多数并不“好看”。自己是以小说为先的人，但老伴、孩子们并不喜欢读自己的小说，老同学，甚至是中文系的老同学也读不出许多兴致。很专业的评论家也只是为研究才读。这正是促使我反思小说“好看”的原因。小说创作出来，只完了一半，被人阅读后，才算完成了另一半。而中国小说以“小”字当头，本来是最易被人阅读的“闲书”。自己走上文学道路，正是小时候读小说读得入了迷。如果是很艰深，很沉重，少年时代怎么可能入迷？所以我才想把《白银谷》写得“好看”。审美价值，也只有在被人阅读后，才可能实现。其实，审美价值也应该包括小说的文本是优美的。审美价值和可读性在许多名著中是和谐统一的。正是基于此，有些“先锋”小说，才反其道行之，以呼唤新的和谐。

五、《白银谷》出版后受到众多作家、批评家和读者的好评。“文章千古事,甘苦寸心知”,您自己对它的评价怎样?

答:对文学作品的评价,是读者的权利,作者只是尽力把作品写好。我对《白银谷》,只能说是很用功的一部作品,从产生创作欲望,到搜集素材,酝酿构思,到写作过程,是迄今费时费力最多的一部作品,也是写作心态比较好的一次写作过程。如此而已。写出作品,别人还愿意读,这对作家是最高的奖赏了。像《白银谷》这样的大部分,读一遍,就要占去别人一周左右的时间,读完不后悔,对我已是很高的奖励了。

六、中国八十年代的众多先锋派作家在九十年代都不约而同地放弃了“先锋”与“探索”,重归于传统。请问这是作家的成熟还是作家创造力的衰退?您的《白银谷》极端重视故事和情节,注重人物的塑造,这里是不是也有着对“传统”的妥协与屈服?

答:恕我直言,既为“先锋”,就不能“众多”。在八十年代,我是很敬重“现代派”“先锋作家”的,自己从中吸收了不少营养。当时的“先锋”,有一片模式化的平庸写作做对立面,所以它能被托起来,显出先锋的意义。到九十年代,“先锋”写作也成为一种新模式,甚至有些时尚化了。所以有些人弃“先锋”就“传统”,并不是一种妥协,倒有一种新的反叛意味。而我写《白银谷》,采取现在这种写法,主要是内容决定,即生冷的晋商历史,首先必须交代清楚,把读者引入一个陌生的语境。这是小说的一种写法。文坛应当有各种各样的小说;一个作家也应当允许写不同的小说。先锋也好,传统也好,并不能决定小说的优劣。任何小说的评价标准,都只能是优劣,也即自身的艺术品质,而不是外在属性。这应当是今天文学应有的成熟。

七、《白银谷》构成了一幅全景式的关于晋商的生存图像。为写作这部书您搜集了许多材料,阅读了大量文献,但对于小说,这些只是基础性的工作。请问您在《白银谷》的写作中,是怎样发挥自己“重构历史”的想象力呢?

答:你提了一个很难回答的问题。从一九八六年起,我开始带着写小说的动机，开始留意与晋商有关的一切，包括活的素材和散见于各种文献的死的文字。每有所得，就存放在一个“大筐”中，日积月累，在这个“大筐”中就不断发生了一些孕育生命似的变化。到一九九三年写《真迹》，已大概成型。这次写《白银谷》，只是“解放”了一下，不受篇幅限制，也不在乎传统还是新潮，犯不犯宏大叙事的忌，更不比照任何名著去写，甚至将来能不能出书也不多想，总之是放手去写就是了。而每章每节每天的几千字，力争有即兴发挥；自觉发挥不好，就停下来不写。就是这样写作吧。作家的想象力，其实是已具备的一种写作能力，写作过程，只能发挥出来而已。重构历史，我也并没有这样的动机，只是想把历史遗弃的这一部分，尽力呈现出来。小说，小说，也该做这样的“小”事。古人的笔记小说，不就被称为野史吗？

八、请结合具体作品谈谈您不同时期不同的创作倾向。

答：这也是难以由自己说的问题。不同时期，写不同的作品，就像人在不同时期生理会发生不同变化一样。外部环境不同，内在心态不同，阅历不同，写出的作品自然不同。我写小说二十多年，主观去选择，好像也不多，只是能写出什么样，就写出什么样吧。开始写农村，手法写实，内容也关注现实问题，这在当时也只能如此；后来写农民的心理，想弄“心理写实”，这受了现代派影响，但主要是自己的性格决定，自己就内向，与外界交往少，爱琢磨事，写心理就比较顺手。九十年代，开始注意小说的可读性，《真迹》《西厢纪事》两个长篇做了探索，但有几个中篇仍保持了不直白的反嘲性，后来就转向了《白银谷》，大概就是这样吧。年轻时写《白银谷》这种小说，也不太可能。年轻时，有朝气，远望未来，有无限可能，多做些探索，追追新潮，还是很必要的。

九、您最崇敬的作家是谁？您受影响最大的作家是谁？给《白银谷》以直接启示的作家是谁？

答：这样的问题，在初写作时还容易回答，现在就难以简单指认了。写了几十年，到年近花甲了，也知道写小说是怎么一回事了，对崇敬的作家也自有不同感受。中国作家,我还是最崇敬鲁迅先生,当然不是学他那样写小说,而是一种精神上的敬仰。外国作家,真是说不上最崇敬谁,美国的福克纳,日本的川端康成,我算比较喜欢了,但也没有效法他们的写作。成为以写小说为生的人以后,对中外作家的作品,读得多,也似乎职业化了,就像结识更多的师友,也像寻对手过招,特别崇拜某人,似乎也没有那样容易了。所以,受谁影响最大,真是难以说清。可以说清的,是《白银谷》至少不曾有意识受谁影响,也即没有直接受谁启示。台湾高阳的《胡雪岩》,是很早看过的,我喜欢他的文笔,但作为小说,我觉其中“水”的部分也太多了。

十、《白银谷》的完成,对于您既是一个终点,又是一个新的起点。请您谈谈下一个时期的写作计划。

答:以后的写作计划,还没有认真考虑。《白银谷》写了两年四个月,跨四个年头,有些累了。想先恢复一下,休息休息。现在毕竟不年轻了。人生渐入老境,当然想依然保持写作能力不衰退,还会写东西的。暂时不会再写大部头,或许会写些小文章,保持笔力吧。

写于2001年11月19日

当代小说的处境

我讲的题目是《当代小说的处境》。听起来有点像理论，其实不是，只是我近年来写小说的一些体会和感想。我的一些观点、体会，和前面七位讲的可能不一样。因此，先谈点题外话。

一、几句题外话

我们搞创作的人，参加这样的会议，或是读一些创作谈，向一些名人请教，应该保持什么心态，用一种什么方法？八十年代有人提出文学的“二律背反”，就是一个问题正着对，反过来说也是对的。创作上的许多问题都是这样，这里指的是艺术问题，不是政治理论。

比如说，有生活才能写出好作品。我们可以举出好多例子来。像沈从文，湘西土家族出身，当过兵，又去北京求学。在北京大学旁听时，因为穷，就快饿死了，又给郁达夫写信，被郁达夫嘲笑。后来成了著名的作家。解放前在北京大学任教，后来一解放，因为没有学历，人家不要他，就到了历史博物馆。在历史博物馆又成了一个研究古代服装的专家。所以，他的生活是非常丰富的。这就证明了一个命题，就是生活丰富可以创作出好作品，成为大作家。

相反的例子也有很多，比如像卡夫卡。他是个自闭性很重的人，不愿意和众人交往。他有一个小说，说他的理想是挖一个洞，自己能在那里生活，储备足了水和食物，然后就在那里写作。但他写出了好东西，也成了现代派的经典作家。

还有法国的普罗斯特。他是个哮喘病人，出不了门，虽然生活很优裕，但接触的人很有限。他还是创作出了一部七卷本的长篇小说。他这部长篇小说在法国文学中的意义，就是给从雨果到巴尔扎克这些大家所创造的浪漫主义和现实主义的法国古典文学，划了一条界线。从他开始，法国文学进入了现代文学。从他以后，出现了许多现代派，包括余先生讲的法国的新小说。这从反面证明了没有生活也可以写出巨著。

这种命题可以找出很多。比如说，语言精练可以写出好小说，像鲁迅，孙犁，包括汪曾祺。但是，语言不精练，像莫言，他是那种有血有水，泥沙俱下的语言，都有一种充盈繁茂的气势。用这种语言，也写出了好小说。这种例子可以举出很多。

这就是说，如果我们只是听文学创作的经验或理论，像听社论一样，听信人家所谓只有怎么样怎么样，才能写出好作品，结果，对有些人可能就写不出好作品。文学，特别是小说、散文这样的叙事文体，更接近于生活的原生态。生活的原生态，实际上什么都包含着。理论家们在描绘一个生活原生态的时候，他一定要采取他自己的一个理论体系，或者话语体系，或是他的视角，他想强调的一种东西。而另一些人肯定要强调另一种东西。任何理论都是要简略掉一种东西，省掉一种东西，而强调一种东西。

对搞理论的人，肯定得选择一种理论好好学。而对搞创作的人，可以听各种各样的作家给你讲课，或者看各种各样的理论书籍，只要你在这种理论中有一点觉得好，你只吸收这一点就可以了，而不一定照他的体系去做。包括鲁迅也说：不要读那些小说写法。而现在有些理论家，特别是现在的新潮理论家，很爱说：我这是最好的，按我这个才能写出什么什么大师级的作品。尤其爱说，如果你按传统艺术写，这是一种死亡的文学。可现在按传统路子写的，还有的是好东西。

所以搞文学艺术创作的和搞理论的，它是两个行当。我们需要呈现生活的原生态，尽可能去呈现生活的各种可能性，而他们是尽量地去简约这些东西。有些理论对有些人是有用的，相反的理论可能对另一些人是有用的。所以，听这种报告，前面的七个人就呈现了这种状况：韩石山说，《红楼梦》有什么好？而蒋韵说最好的作家是谁？那肯定是曹雪芹。这就是作家的特点。

搞理论的不是这样，顶多是分成几个学派，大家肯定说《红楼梦》是部巨著，四大家族的一派是说什么，阶级斗争学说的又是什么，在前提上承认这是一部巨著。而搞创作的，对别人说得再好的作品，他读了之后认为不好，就说不好。因为他不是研究，他读这个作品先是审美享受，然后吸收一些好的创作经验。在这种相反的意见中，对我们搞创作的是最有启示的。所以尽量地要听听各方面的，自己在这里面做一种选择。

由此，想到现在学界很流行的"反现代化叙事"。当然不是向大家推荐这种理论，是这种理论提供的思路，值得我们思考，或反思各种文学理论。

我写了《白银谷》之后，罗岗在评论的时候，就说我这是反现代化叙事。清朝的历史，我们习惯的说法就是中国落后挨打，因为中国没有坚船利炮，所以，人家打我们，我们也没有办法。中国在加入WTO以后，有些学者就说，中国在那时候就丧失了一个和国际接轨的机会，融入国际经济主流的机会。罗岗在分析的时候，他指出，这就是一种现代化叙事。他说在乾隆皇帝的时候，清朝是世界上比较发达的国家，英国当时刚刚开始工业革命，就是圈地运动也还没有完成。所以它当时不可能有坚船利炮。我们把它描绘成那时候就是坚船利炮，是用现代化的语境，去描绘过去的历史。在西方没有现代化以前就把它描绘得很强大，是为了证明欧美资本主义的正确，但把非西方国家当时还算发达的多种经济形态，都给覆盖和遮蔽了，甚至是歪曲了。

具体理论我们先不去多管它，它里面的思路很有意思，我姑且借用一下。我们可以反思一下文学的各种“理论叙事”，我们会面对各种各样的关于文艺创作的理论，任何一个理论，他为了强调自己的正确，就说，从古到今的任何一部文学作品、都是在我的体系中，都能证明我的规律。实际上不是这样。

比如说我们对文学的描述，对文学的体裁，可以把它叫小说，散文，诗歌，戏剧，这实际上都是我们现代人，特别在受了西方文艺理论影响的一种分类。就像那天刘毓庆教授讲的，在战国出思想家，唐朝出诗人。实际上这都是一种现代化叙事。在春秋战国时候，知识分子没有这么细的社会分工，它只有一个“士”。中国只有很大的士的体系。春秋战国时期，社会上只有这样一个很大的体系，叫文人或是士。当时的文化，没有文史哲的分类，更没有文学的小说、散文这些分类。当时的士们，既会文，又能提供一些兵法战略。战国在分裂状态下，需要一种怎么能打败对方的办法，这些士，就给统治集团提供一种思想。所以当时就显得出了很多的思想家。他们的文章写得很漂亮，也可以说他们是散文作家。他们也会诗书琴画，比如说孔子修改诗经，他是懂诗歌的；孔子修改《春秋》，那么他是历史学家？他还是思想家？在当时那个状态下，实际上没有这么严格的区分。《文心雕龙》我们都看过，它那个文学分类是什么分类法？反正与现在很不相同。到了今天这种分类，对我们来说是有一种叙述上的方便，也使我们学习很清晰。但为了达到这种目的，却歪曲了许多文学原生态的东西。

写小说也是这样，经典的小说理论分几大要素，人物、语言、情节……到了新小说派，又把这些打乱了。我们在写小说的时候，就不会考虑这么多，如果要考虑情节怎么符合理论的标准，人物会怎么样，那就写不出小说了。我只有受到生活的一些触动，把一些刻骨铭心的记忆表达出来，就寻找一种最好的形式，或者在情绪最好的时候，把它写出来。没有想什么情节，起承转合，哪是高潮，哪是铺垫。没有这些东西。

所以我们要学习一些理论，因为理论毕竟把一些不大清晰的东西或经验，很清晰地告诉给我们。但是它也有它的局限，文艺理论也出现了各个派和各种矛盾。所以搞创作的人在学习理论和学习经验的时候,和搞理论的人应该有不同的思维和思路。

我说这些题外话,主要是针对这次研修班,我们请来了有不同观点和不同实践的理论家和作家,给大家讲课,希望给大家提供更多的选择,进行对比、思考。

二、"久在庙堂"

小说的处境,在近年是一个热门话题。之所以热,与当前的社会环境有关。但我想,更与它的历史处境有关。中国现代小说的历史处境,我概括了三句形象的话,不一定准确。一是"久在庙堂",二是"早登课堂",三是"走进市场"。先说"久在庙堂"。现在讲"小说的处境"这个话题,好像比较沉重。但我讲它不是让大家更沉重,因为我写小说,所以我的看法不像社会上的一些看法那么悲观。比如说,什么文学边缘化了,什么小说将要死了。首先我觉得,这是我们这个时代浮躁的一种表现,特别是媒体,商业化的媒体,为了以此吸引人。因为文学以前很引人注目,小说那时候人们都在读,现在说小说快死了,会引人注意。就比如说"狗咬人"这不是新闻,而说"人咬狗"这就是新闻。我们搞创作的要看透这些把戏。

另外,确实我们国家在八十年代和九十年代,社会处于一个大的转型期,文学不像八十年代那样受人注意了。大家也有钱了,生活压力也更重了,娱乐的方式也更多了。这都是客观存在的东西。但是,你说文学的冷落,它有个参照系,就是参照八十年代,有些甚至是参照"文革"以前。比如说《欧阳海之歌》印了上千万册,人们在那个时代都看那个。但这中间有很多非文艺的因素。

在经过了文革那样一个禁锢的状态之后,虽然改革开放慢慢松开了,各方面都平反了,一个个禁区都打开了,但是,当时那个"打开禁区"本身就是一种非正常状态。像刘心武最早写了《班主任》之后,他第二个写的是《爱情的位置》,就是写了两个人谈恋爱。现在看起来很生硬,就像教科书,教给大家很生硬的东西。但当时很受欢迎。为什么？在"文革"期间,在革命样板戏时，是不能谈爱情的。改革开放以后，一个一个禁区，包括爱情的禁区打开了，这个前提在西欧也就相当于中世纪的时代。包括可以写人性了。所以那时候，社会上都很注意。包括伤痕文学的开端。文汇报整版的位置发表了卢新华的《伤痕》，而且是写出身不好的这些家伙，怎么受到冷遇。这还能写吗？过去出身不好的，你就是管制对象，干部想骂你就骂你，你的子女不要说是招工当兵上学，在村里也是受歧视的。你还不能说，一说就是要反攻倒算。当时就是这样的氛围，突然在报纸上整版的篇幅，黑五类来诉他的苦。这在整个社会生活中是个很大的事情。据卢新华说，收到很多的信，说“这就是写我，那细节和我一模一样”。所以它的轰动，不是文学本身的繁荣。今天再写一个谁理你？现在绝对发表不了。

再和文革以前来比较。像《红岩》《青春之歌》《红旗谱》《创业史》，一发行就是几百万册。但当时长篇小说全国一年才出十几部，像梁斌这样的大作家出小说，还得组织上审查。丁玲的《太阳照在桑干河上》，还是胡乔木这样高层的人物审查之后才出的。像柳青，是延安过来的几级干部。那时候能出一部长篇简直就是奇迹。那时候书少，新华书店就那么几本书，所以发行量特别大。在这种状况下，没有市场，只有计划。我上高中的时候，《红岩》出版，人家给我读的时间是一天半，之后就得传给另一个人。出版几百万册，读到它还这么困难，这在今天是不可想象的。

这也可见，当时的小说是进了“政治庙堂”的。

中国小说进“政治庙堂”，实际上要比这久远得多，一九〇二年，梁启超办《新小说》杂志，就把小说拉进“政治庙堂”了。他主张用小说“开启民智”，改良社会。为什么选了小说？因为小说最能到达国民大众中间，小说的艺术性，使它拥有最广大的读者。这个传统，经“五四”新文化运动，抗日战争，一直到解放后，“文革”中，延续下来。但同时，中国小说也越来越承载了它不堪承载的政治任务，到“文革”中走向极端，变成了搞极左，搞动乱的专政工具。小说也离开了它的艺术规律，变得像社论，像新闻，像理论的图解。也就是说，小说已不再可能到达国民大众之中，失去了大众读者。改革开放，拨乱反正，新的“二为”“双百”方针，强调了小说的大众性，艺术性，大众性其实也就是艺术性。同时，随着国家政治生活的正常化，小说也不再被要求承载它不可能完成的任务。这样一来，小说好像边缘化了，不在“庙堂”了。其实，小说、文学，现在是回归了一种正常状态。不能由此说小说衰落了。

三、“早登课堂”

我在大学是念中文系。中文系主要念文学，文学中小说又占大头。我一直认为，在西方，小说也早进了大学课堂，成为学术研究的对象。其实不是这样，中国小说进大学课堂，居然比西方还早。

我看过一本美国学者写的《当代叙事学》，它讲的是，小说在欧美真正进入大学是在战后。二战以前在大学里是不教小说的，人家不承认它有美学价值。当时流行的能够进入大学课堂的艺术是脱离了它的内容以后，它的形式有价值。当时能够进入大学文学史和文学课的，首先是史诗，西方就是从史诗开始的，然后，是戏剧，因为有个莎士比亚。还有诗歌，诗歌本身的形式的美学意义，而小说和叙事的那些东西讲主题意义，只有社会意义，而没有艺术价值。

在二次大战的时候，社会题材的小说特别多，社会动荡不定，大家都很困难，生活的动荡不定，大部分作家还是写社会性的小说，讲究主题，讲究深刻，讲究人物。战后渐渐安定下来以后，有些文艺理论家们，为了使小说进入大学课堂，采取了一种策略，就是强调小说的技巧。为什么在西方特别重视小说的技巧和小说的形式呢？就是当时的美学家和理论家这批搞学问的人，为了使小说进入大学课堂。因为小说社会量太大，影响也太大，应进入大学课堂。怎么进入呢？就说小说在形式上脱离它的意义，脱离它的题材，脱离故事主题，它本身的形式，在叙事这个层面上，也是有它美学价值的。所以这个理论后来就推动了一批专门搞小说研究的，研究形式的变化和形式的转换。后来大学就接受了它，进入了大学的课堂。但是，讲技巧的有些小说，也是让人看不懂，也卖不了多少。另外一些批评家就说，小说还是要讲它的社会性，要讲它的意义，还要有它的主题，还要让更多的人看懂。在西方，小说讲技巧的一派和讲意义的一派始终在循环。有时候，讲形式的这一派过头了，又反过来讲它的意义，像一个钟摆。

但中国的小说进入大学要早得多。新文化运动中最早的新式大学堂，就有国文系，外国文学系，就讲中外小说。鲁迅当时讲《中国小说史略》。我翻过金陵大学的一些讲义，在三十年代，在那个时候，小说就进入了大学就讲《小说概论》。你研究小说可以拿硕士、博士。"五四"以来小说突然提高到了这样一个高的位置，至今不衰，这也是中国独有的。这与中国小说的庙堂地位有关。

二十世纪以前，就是清朝灭亡以前，小说是没有地位的，课堂庙堂都进不了。像明清是小说最发达的时期，当时《红楼梦》只是文人互相传抄，那也不过是文人雅士的闲情雅趣。当时最发达的还是科举，那是主流，文人们只是在读经著书之余，看看《红楼梦》，闲聊一下。与小说对立的"大"说，就是经史子集。经，是大说，就是政治经典。史，就是正史，是官方的，司马迁的，司马光的，皇帝派的官员写的，很重要。还有子，是个人写的政治学说。集，是最接近现在的文学。实际上人家收的是诗集，比较大的文人的诗集。而小说只是散落在民间的一些东西，根本进入不了正统的地方。那时候，小说才是真正的边缘化，但还是有传世的小说产生了。所以说，小说的兴衰，不一定全看它的外部环境。

我在大学念文学，读小说，接受的是两个教义：一是为政治服务，强调小说的"庙堂"地位。二是西洋小说比中国小说现代，高级。所以我年轻时候写小说，比较喜欢西洋小说的写法。我也写农村题材，赵树理在山西，而柳青在陕西，我却更喜欢柳青。因为柳青带些洋味，而赵树理太土了。到八十年代，农村发生很大变化以后，我才觉得，赵树理比柳青要高明些。

柳青是用西洋小说的一种写法。而他为了写《创业史》，把他整个生命，包括他整个的艺术才华都投进去了。他确实对农民充满一种爱。他对那场社会实验,确实是当成了自己伟大的理想。所以他写创业史是完全真诚的。他最大的特点就是写人物对话的时候,是用农民的土语,写得很传神。但在对话之外,在叙述的时候,完全用西方的写法,而且经常跳出来评点人物。对一个事件也爱跳出来评点,总是居高临下的一种态势。在当时,《创业史》比《三里湾》要影响大。但到了八十年代人民公社解散,包产到户以后,就是说社会实践证明这场实验失败以后,柳青连同他投入生命的创业史,也被证明是失败的。一个那么有才华的作家,用他全身心去写一个后来被证明是不可能的实验,也就证明了他的失败。现在再去读创业史,真是为柳青惋惜。他是一个理想主义者,但他对中国农民的能力、中国农村实情的基本判断,却不是很高明的。

赵树理不一样,他的生命是和农民融在一起的。在官方、知识分子和农民三个立场之间,他始终站在民间的立场上。也就说,如果官方的立场包括官方的政策、措施,和农民合拍的时候,他是拥护官方立场的。当知识分子立场是替农民说话,正确对待农民的时候,他也是拥护知识分子的。但是,当官方在一定时期的政策伤害农民的时候,他仍然是站在民间的立场为农民说话、抗争。而柳青就不同,他是完全地站在官方的立场上。在当时几个大作家写合作化的作品中,赵树理的《三里湾》实际上是对合作化最低调的一个。我们现在看《三里湾》,看赵树理塑造的人物,仍然是有文学的欣赏性。他用那么好的语言把农民写出来,上升到了美学的文学欣赏的层次中,而不单单是宣扬一种政治热情。就是说,赵树理的文学性超越了当时政治的局限性。

我讲这个体会,是想说大学教授的文学讲义,也不一定管用,也有局限性。话说回来,小说在今天大学的地位还是很可观的。在大学的教学中吃小说饭的,恐怕超过任何一个时期,大学里教小说的、读博士硕士的有多少!连最不好的大学也有中文系,近年扩招,中文系可能扩得最多。而中文系不是只教中文的,它的名字叫中国语言文学系,实际上是教文学,文学中的大头还是小说。吃小说这碗饭的,是历史上最多的一个时期,你说,在这种情况下小说怎么可能死亡?

四、“走进市场”

现在感到文学受冷落,一个重要原因,恐怕还是受到市场经济的冲击。其实,文学,尤其是小说,本身就是在市场中存在的。有读者,就是有市场。

我曾经买过一本《七千年历史大事记》,是美国人写的。它没有按社会发展分章节,而是按门类分了七项,其中有一类就是文学。它按时间,比如说,在七千年中某一年在世界上出现的最好的文学是什么。我看那七千年的格都填满了,一直填到今天。说明文学在历史上起码存在了七千年,我们不可能在改革开放的二十年中就叫它死去。现在因为生活秩序正常了,经济发展了,社会更开放了,更开明了,文学也回到了它的正常状态。如果说因为市场经济文学就要死亡的话,世界上最好的文学作品恰恰是出现在一直搞市场经济的国家。欧美出现了那么多大师,可欧美一直没有搞过计划经济。

现在中国的市场还不完善,特别是文化市场。但现在一年全国出版几百部长篇小说,你到书店去看,任何一本小说放进去,都会淹没在书的海洋中。可以说,现在也是出版小说最多的一个历史时期。现在有这么多的刊物、出版社在出版小说,现在有这么一个庞大的体系,在生产小说、研究小说,吃小说的饭。大家却说小说不行了,实际上是一种炒作。

还有一个市场处境,就是中央提出“文化产业”。过去是没有这种说法的。因为入世,西方的出版社看到中国的市场太大了,包括台湾的出版社,都想进来发财。所以各个出版社和书商都要应对。这就有了文化产业。

西方的文化产业怎样产生的?在二十世纪四十年代,美国的一些学者发现一个问题,在他们的国家里,每五个人生产的农业和工业必需品,就能满足一百个人的生活必需。那剩下的九十五个人干什么呢?这是第一个问题。第二个问题是二十世纪七十年代日本提出来的,就是日本人在六十年代的人均收入是一千美元。而到了七十年代人均收入已经是一万美元了，他有一千美元物质消费就够了，那剩下的九千美元往哪消费？后来他们研究的成果就是：九十五个人去生产文化，那九千美元也是消费文化。所以在发达国家，文化产业占国民生产总值的比值已经达到百分之五十到八十。好莱坞的片子就是这样，它的产值远远超过钢铁、汽车。

可见，经济的发展，市场的发达，不会消灭文学，不会消灭小说，它反而要把小说拉进市场，刺激它膨胀发展，为资本牟利。按他们的说法，文学、包括小说，是文化产业中的源泉性产品。你写了一部小说，在进入市场过程中，出版社，造纸厂，印刷厂，邮局书店，都要因此创出产值，分取利润，形成产业链。你的作品，是这个产业链中最开头的部分。所以，市场发达起来，文化产业发达起来，小说可能也死不了。

需要警惕的，是市场对文学，对小说品质的改造和伤害。就像小说当年在极"左"的"政治庙堂"，被推向极端，失去小说应有的艺术品质。当然我们也不妨偶尔写一些故事性强的畅销的东西，增加一点收入。外国作家也是这样的，像福克纳，得过诺贝尔奖，但他终生很困窘的，用许多时间给好莱坞写流行本子。但他在集子里从来不收这些东西。

总之，现在小说的外部处境，其实还是可以的，甚至是比较好的。起码没有解放前的战乱，也没有"文革"时的动乱，没有极左时期的政治高压。我们个人的物质生活，也比以前好多了。

其实小说要说有危机，是小说本身的品质。高品质的小说太少。高品质的小说，得不到认可和推广。炒作的所谓佳作，先锋，品质并不高，败坏了读者的胃口。

我一直有个观点，认为中国现代小说不是由中国的古典小说"长"出来的，而是从西洋小说"仿"出来的。五四新文化的小说大家，如鲁迅、郁达夫等，他们"仿"得比较成功。他们本身的三种素质，也是后来者难以企及的。一是中国古典文学的深厚底子，他们就是从那个旧营垒中杀出来的。二是西洋文学的修养，他们留过洋，能直接进入西洋文学。三是主动向民间大众的学习。所以在他们,中国古典文学、西洋文学,中国民间文学,三方面其实是打通的。所以他们开创新文学,能有比较大的建树。但后来,在文学革命的方式下,中国古典文学的通道,关闭了。西洋文学的通道,也只是通过翻译小说,间接开通,已经等而下之。民间的通道,受泛政治化的影响,也很窄了,形式多于实质。所以,一直走不出"仿"的阶段,跃升不到生命自身的"长"的境界。

这是大题目,不能细说了。

就是这样吧,可能浪费了大家的时间,我说得不对的,请批评。对文学院办的这次研修班,有什么意见,好的建议,也欢迎提出来。

写于2002年6月

跋

退而求其次

我今年满七十岁了。旧称古稀之年，在今天已是很平常的年纪。我这七十年，过得也很平常，而且，很容易简约：这一生从未离开一个“文”字，一直就靠手中的一支笔吃饭。从大学学文，到就业后即从事新闻报道、文字秘书等工作，再到不惑之年成为专业作家，之后就一直“专业”到退休，又退而未休，从文至今。文字写作，尤其文学写作，是我喜欢的职业。一生能从事自己喜欢的职业，当然是一种莫大的幸运。从文一生，不敢说有多大的成就，不过其间所历所获，还是远远高于自己当初的预期。因为我这以文为生的一路选择，多数为退而求其次的结果。

天生色弱 改学文科

中学时候，我的各科成绩，都还不错。到高中时期，数理化及外语的成绩，常常高于文史。当然，我的语文成绩一直也不错，尤其写作文，从未犯愁，稍认真，即可获优。但再好的作文，也难获满分，而数理化得满分、高分，却相对容易些。那是一九六〇年至一九六三年期间，高中教育的应试气压远不及今日高，不过学校、老师还是希望我们这些“好学生”，能考上大学，为母校争光。当时全国的大学录取率很低，仅有百分之十几。能考上大学已属不易，能考上好大学，那就是拔尖了。我就读的太谷中学，之前历届倒都有拔了尖的：考上了名校，清华、北大都有过，只是每年仅寥寥数人而已。而能拔尖的，又几乎都是考理工科的。我虽算是好学生，但也仅仅对能考上大学有几分信心，未敢有拔尖的野心。报考志向，也当然是理工科了。

选理工科，除了数理化易得高分，还有一个重要的原因，那就是当时的政治气候。我是一九五七年升入初中的，而自那年“反右”之后，政治运动频仍，学文从文被视为易犯错误的畏途，已成当时私下流行的共识。而我的整个中学时代，就有许多位“右派”老师给我们授课。他们都是因言论、文字不当，被打成“右派”，由大城市下放到太谷这个小县城的。他们的授课很有水平，但他们的遭遇也不能不影响我们。

然而，这样的预期到高二时候，就落空了。那年体检，我得知自己的视力有红绿色弱的缺陷：这是天生的，无法逆转。而视力色弱者，大学理工及医农的绝大多数专业，都对其关闭了招生之门。这就意味着，我数理化得分再高，也会被大学理工科拒之门外的。我当然有些沮丧：这就是命运吧？好在当时毕竟年轻，有些“少年不识愁滋味”，沮丧也就很快过去了。不能考理工医农，那就只好报考文科了。畏途也好，坦途也好，也不是你一人去走。何况，我对学文也不犯愁的。倒是教数理化的老师们，对我的改科，有些惋惜和失望。尤其是做我们班主任的数学老师，他本希望我能考取“好大学”的，改考文科，那肯定希望不大了。我自己的预期，当然也降格了：在考取与落榜之间。

高考的结果，出乎我的预料，也出乎老师及学校的预料：考取了我所投报的一类院校的第一志愿——南开大学中文系。考取文科名校，在当时的母校还是比较少见的。

我后来回想高考的成功，显然与不得不降格改考文科有关。没有命运的眷顾了，争先拔尖的期望和压力也没有了，只是尽力去争取一个不至于出局的结果。所以虚火退去，平静沉着下来，有些超常的发挥吧。当然，我的作文优势，在高考中也获益不小。

放弃考研 试写小说

考取了南开中文系，我也正式做起了自己的文学梦。当初在文科中选了中文系，就是因为听说了大学中文系的作业，就是看小说。不料，大学的第一课，就给自己的文学梦泼了冷水。

这入学的第一课，是由当时的系主任、鲁迅研究资深专家、一级教授李何林先生亲自给我们上的。李先生讲的第一句话就是："大学中文系，不是培养作家的。"他宛若一位慈祥的家长，劝导我们安下心来，逐步学会做学问。他具体教我们如何做读书卡片，如何到图书馆检索资料。他还讲解午休的重要性，吃水果、西红柿前如何消毒，等等，唯独不提倡学生搞文学创作。现在想来，李先生是对的：应当珍惜大学的专业学习机会。当时听了，却有几分失望。

大一开的现代文学课，是最早以读小说为课外作业的课程。只是，新文学早期的一些长篇小说，当时读来，真有些艰涩，了无兴味。而课堂的解析，更少了引人入胜的生气。这就是学问吗？中小学时候，读小说可是欲罢不能的乐事，家长老师严禁而不能止，废寝忘食偷读而不觉苦。当时就觉得，进了大学课堂的小说，似乎失去了它的灵性与魅力。这也可能是自己还不适应大学的学习方式吧。

可惜，时势并没有给我们带来多少适应大学生活的氛围。我是一九六三年秋季进入大学，那已是"文革"的前夕。课外的主旋律，就是批"白专"，"白专"即重专业学习，不突出政治。我们这些学生，在专业上几乎还是白丁、白纸，何以谈得上"白专"？但那是当时的政治语境，无可辩驳。那时大学是五年制，前三年，还大体能读书上课，期间课程也几经中断，不是下农场劳动，就是去农村参加运动；后两年，“文革”爆发，就停课闹革命了，前三年所学的功课，也都被判定为“封资修”，悉数勾销。大学五年，政治上是“红”是“白”，不是能由自己认定的，但学业专业上的一片“灰白”，自己却是深知的。担了一个名校毕业生的名头，肚子里的学业学问却远远不相符，这是自己一直深为遗憾的心事。

就业走上社会后，这种名不副实的身份压力，也一直如影相随。

我们的毕业分配，是在一九六八年“文革”的高峰期，由占领了大学“上层建筑”的“工宣队”主持的。知识分子被列为“臭老九”，就是从那一年姚文元发表的一篇讨伐知识分子的檄文肇始。我们学业一片“灰白”，但还是被列为知识分子之流。我的毕业分配表上，赫然写着六字：“到山西当农民”，俨然是发配囚犯。其实，我也没有犯什么错误，大家都是这样被发配的。

不过，到了发配地——山西的原平县，倒没有受到什么虐待。接待我们，即与我相似的这批大学生的，是县革委政工组的干部，他们分明还相当兴奋：县里从来还没有分配来这么多的名校大学生。至于当农民么，他们说，上级也没有具体文件，还是按“文革”前的政策，先劳动锻炼一年，然后就是正式的国家干部了。真是天高皇帝远。我们本来已有了接受严酷改造的心理准备，面对如此的宽松，真感到了一份温暖。劳动锻炼的一年多，也很愉快，未受什么管束。那是在县里的“五七干校”，一个水库建设工地，与县里的下放干部编在一起，主要任务还不是劳动，而是组织领导工地的民工。我们这群学生，还是努力参加了工地劳动，有时也一起去爬爬山，聚聚餐，到城里逛逛，都得到宽容。显然，“文革”的高调，传至这里的干部民众中，似乎已衰变得所剩无几，大学生还是被高看一眼的。

只是，这种高看，也是一种负担。一年后，我与一位毕业于复旦大学的“校友”——五七干校的校友，被分到县革委通讯报道组。通讯组的领导及当地同事，对我们喜欢有加，关心多多。这分明也是看重我们的名校出身，我们也渐渐知道，这种看重还是寄希望于我们能干活漂亮，写文章有水平。可通讯组日常写的两种文章,即对外的新闻报道和县内的先进典型材料,在当时都有“文革”八股的铁定模式,不容违犯的。我们最多也不过在文字方面弄得干净一些,哪里能出水平?再说,我们又能有什么水平!好在我当时也没有什么非分之想了,既以写文章为饭碗,就尽量将文章写得能过关吧。通讯组的新闻稿子,能上省报就是最大成绩了,我写的稿子,有上了省报的,但大多做了无用功。我写的典型材料,初期也是领导及被采写单位满意的少。而这中间,凡是所写文章有好结果的,人家就认为是应该如此;凡不成功乃至平常结果,则少不了被议论:名校毕业也不过如此。

这就是名校效应吧,优秀是应该的,平庸就受讥笑。当然,我也从中体会到了母校在社会上的影响之深广。

一九七二年,原平县所在的忻县地区,遭遇了罕见的大旱灾。秋天,地委召开全区“天大旱,人大干”表彰先进大会。县里将两份参会的典型材料交给我采写。那时,典型材料的八股写法还是“学毛著式”的,即先引一条毛著语录,再说据此解决了什么问题,或是遇到什么困难,通过学毛著,难题迎刃而解。我对这种八股写法,真是写腻了,于是就小心做了改变:这两份材料未用“学毛著式”,而是仿照大寨人讲话,通篇用当地农民口语,讲述旱情如何严重,全大队如何抗旱,收效如何。审阅材料的县领导,倒还觉得我这两份材料挺清新,生动,有农村味道,篇幅也不长,就是怕人家说引用语录不多。我说:陈永贵就是这样讲话的。报到区里,也通过了。大会上,先进大队的两位支书分别照我的材料发言后,竟引起不小的轰动。

此后不久,我就被调到县委办公室,做起文字秘书的营生。

文字秘书,就只写一种文章了:公文,如县委上呈下发的文件、县委领导人的正式讲话稿等。这种公文写作,有更严格的格式模式,也更少需要文采,更不能有个人色彩,相比新闻稿子和典型材料,连一点活泼的气息也不能有了。但那是领导的重用,我没有什么可选择的余地。而这一写就是许多年,期间我还写成了县里的"第一支笔",重要文件,一把手的讲话稿,对上对外的重要材料,似乎非我莫属了。

在同事们看来,我似乎还混得不错,起码是在领导近侧工作。但我却有隐忍的苦楚。我虽然喜欢写作,但这种公文写作也实在太缺少兴味了。我又生性不喜欢热闹,常年身处权力近侧,很难过自己所向往的那种安静的,有书可读的,能独立思考钻研点什么的生活。尤其常年给别人写讲话稿,自我意识都快没有了,自己的爱好,趣味,志向,似乎都被封闭了。那时年轻,真有一种志向难以淡化:好歹也是读书多年,上过南开,总不能以此八股写作为满足吧!

一九七六年"四人帮"倒台,接着"文革"结束,一切都在发生出乎预料的变化。我也希望改变自己。先是听说我们这些"文革"期间的大学生,俗称"老五届"的,可能要"回炉",即回校完成未修的学业,以救济当时大学教育多年断层之急。我听了真是满心的欢喜,一则可以脱离这种乏味的公文写作,再则终于可以一补自己名不副实的学业遗憾。可惜这一消息再没有了下文。后来,有同学联络,我们可以回母校考研,老师也更愿意招收我们这些本系的"老五届"。这个信息是确切的。然而,我将此意愿报之领导之后,被断然否决。这领导又是县里的最高领导,你无法再去争取。那时,你想调动工作真是难之又难!我在通讯组的时候,省报曾想调我去一记者站,为此,报社一位高层领导出面与县委书记说项,两人还是往昔的老战友,竟也未说成。县里反而因此发现了我的"价值"似的,再不想放人。

我当然也不甘心,就开始暗中另谋出路。自己所长无几,唯有手中这支笔,工具性写作之外,就想到了文学写作。一九七七年夏天,趁下乡之机,我试写了一篇小说《顶凌下种》。写农村基层干部,如何阳奉阴违抵制"四人帮"时期只抓运动而不顾农事的故事。当时文学开始复苏,有揭批"四人帮"的小说出现,可大多不是血泪控诉,就是硬碰硬式的反抗斗争。以我在基层多年的经验,觉得即使像我们这种天高皇帝远的地方,与"四人帮”做硬碰硬式的正面斗争，也是不可想象的。在基层，尤其是农村基层，对来自上面有违农事的政策、运动、命令等等，最高超的回应办法，就是阳奉阴违。这种现象，我不但见得太多了，也常参与其中：在县一级政府，那时应对上面的有违实际的部署，也不得不如此。我就是从这点感触出发，写出了《顶凌下种》。

这不是我试写的第一篇小说。一九七二年，为纪念毛泽东《在延安文艺座谈会上的讲话》发表三十周年，上面给县里下发了文艺创作的任务。政工组的领导就对我说：“你是学中文的，给咱写篇小说吧！”此前，我还真没有写过小说。学生时代爱好文学，只是爱读小说，习写不多，仅私下写写小诗，也未求发表而去投稿。领导给了写小说的任务，我倒是愿意接受，毕竟比写报道稿子、典型材料之类，要自由一些，活泼一些。只是当时“文革”高压就在头顶，禁忌多多，费了一番心思，才写成一篇，起名《梨乡春色》。内容是写历来以出产梨果为主的大队，如何巧妙顶住“以粮为纲”的压力，保住了梨果的生产力。在大搞农田建设的学大寨场景中，暗含了些许纠“左”的意思。这倒不是我想冒险，而是当时原平同川梨乡的真实现状。上呈到地区，区里主持此事的杨茂林兄，不久召见了我，鼓励一番后，提了不少修改意见，讲解了什么是“三突出”。我很感动，遵照杨兄指教做了修改。后被收入地区纪念《讲话》作品选集，又被推荐到省里唯一尚存的文学刊物——省文化馆主办的《革命文艺》上，发表出来。来年，还被省人民出版社收入一个小说选集。初写小说，也算有一个不错的结果。无奈此后就难以为继了。一则，公务写作不允许，再就是“三突出”也不好弄。

不管怎样，《顶凌下种》之前，也算有一点写小说的实践。这篇自己主动写的小说，寄给了省作协的《汾水》编辑部。不久，即收到回信，是当时的编辑部主任李国涛老师亲笔写的，说小说“写得很好”，也没有提修改意见，只告知要在来年即一九七八年刊物的第一期上发表，因为《汾水》要在来年恢复为月刊。这时还是夏末，距发表尚有半年时间，但我已是喜出望外了。刊物出来，才知还发了头条。随后，又不断受到好评，还被选入公开出版的各种文集以及小范围印行的小册子一类。这大大出乎我的意料。

这篇小说，后来竟然获得了由《人民文学》主办的首届全国优秀短篇小说奖。这更出乎我的意料了。

这一次的意外成功，当然要归因于当时的时势。经“文革”浩劫后，文艺涨潮期勃兴而至，我的这篇习作偶逢其时，被潮水漂浮起来而已。此作所写，还不能算是文学命题，文字表达上更谈不上什么艺术水平。占了便宜的，只是因写了农村基层阳奉阴违式的反抗，引起了人们的一种真实共鸣。此外，我因考研不成而想另觅一条出路，改变自己，也是一种很大的动力。这不是遵命之作，也不是替别人而作，是属于自己的一次写作。

脱离官场 回到作协

写小说获奖后，县里也未因此允许我另谋出路。对这件事，领导以为不过是一件你自己的事，与公事不相关的，只是被要求把精力依旧放在公文写作上，勿影响正业。

不过，此次获奖对我的前途所产生的影响，还是渐渐显现出来。先是省内外有不少文学刊物，接连发来约稿信、赠寄刊物、邀请外出参加笔会，有的还派出编辑，远路风尘地跑来原平这个地方，登门约稿。这其中还有《人民文学》及京津沪等地的文学大刊。文坛的大门，好像突然向我打开了，我一时有些惊恐而难以适应。当然我受惠最多的，还是来自省作协及《汾水》编辑部。我被列为基层的重点作者，不时出函向县委请假，邀我赴省里参加创作会、研讨会、采风活动等，开眼界，见世面，结识文友。这中间，不仅得以与我心怀感激和敬意的李国涛老师熟悉起来，而且与久负盛名的马烽、西戎、孙谦、胡正等这些山西的老一代作家也熟悉起来。他们也宛若慈祥的家长，毫不吝啬地夸奖你的一点小成绩，还关心你方方面面的生活，倾力帮助你解决困难。我即是在这几位老作家的帮助下，终于得以从乏味的公文写作中，脱身出来。

一九七九年底，我有幸与这几位老作家一起赴京参加第四次全国文代会。在太原集合的时候，马烽和西戎老师问我："在下面，生活上有什么困难没有?"我就说："生活上倒没有什么，就是我的工作与创作冲突太大，写公文接连不断，写得筋疲力尽，想写的小说没时间写。能不能跟县里说一下，少给我分配些任务……"我提的要求近乎无理，少干本职工作，这怎么可能？两位老师听了，倒也没有说什么，只是问了问县里区里的领导是谁。说来也巧，就像小说情节似的！到北京后，山西代表团的驻地在宣武门宾馆，而会议期间，忻县地区专员刘耀同志来京公干，恰巧也住到这家宾馆。两位老师与刘专员本是老相识，在京巧遇，不免一起叙旧，中间就提起了我的事。等我会后回到原平，办公室的领导就通知我："以后就不用写材料了，专心搞你的创作吧。"原来，刘耀专员回到区里，即给原平的县委书记打了电话，希望照顾一下我的创作。当时的县委书记虽到任不久，但还是很开通，很宽厚，指示办公室安排我专心搞创作，编制待遇都不变。我喜出望外，又一次难忘的喜出望外。

一九八〇年到一九八四年，是我在原平度过的最惬意的五年，也是我文学创作的第一个丰收期。而这五年，也恰逢新时期文学从复苏走向兴盛的时候。卸下了公文写作的重压，文学写作成了主业，一开始就像做梦似的。没有上下班的刻板限制了，无须参加无尽的会议了，而外出参加文学活动也自由了，安静地读书，找文友交流，也都可以自己安排了。真是觉得很惬意。当然，我还是很珍惜这样的日子。我的数十篇农村题材短篇小说，就是在这个时期写出来的。差不多每年有作品在《人民文学》及《北京文学》《上海文学》、天津《新港》等当时较热门的文学刊物上发表。当然发表作品最多的，还是《汾水》(一九八二年后改为《山西文学》)。这其中包括了我影响比较大的短篇小说，如发表于《人民文学》的《柳主任》《蓝色的童岭》，发表于《北京文学》的《绿色的山岗》，发表于《新港》的《远天远地》，发表于《汾水》的《本家主任》《诱人的枣花香气》等。我的两部短篇小说集《远天远地》和《外面的世界》，所收入的都是这个时期的作品。

我这种惬意而又充实的写作生活，终于也继续不下去了。

起因是原平新来了一位县委书记。对这位书记，我一直是心存敬意的。他有改革大志，是我在原平十多年中所见过的最有作为的县委书记。在上世纪八十年代的改革大潮中，他后来成为闻名省内外的风云人物。只是，他为原平带来的改革浪潮，有些打破了我来之不易的宁静的写作生活。

那时候，选拔干部刚刚开始强调"四化"，其中又以年轻化和知识化最为显眼，最富改革的色彩。这位新书记与我一样，同是"文革"期间的"老五届"大学生，比我还要年轻。年龄不到四十岁，又有大学本科学历，年轻化与知识化都占了。这在当时的县委书记中，已经是很"前卫"的了。由于"文革"中大学教育的中断，八十年代改革时期，干部中够得上年轻化和知识化这两条的，主要就是我们这一批"老五届"。新书记到任之前，县里就纷纷传言：新书记要组建一个高学历的县委班子，即所有成员都要年轻化又有大学学历。若如此，在当时也颇具改革的"前卫"色彩。

县里有"老五届"学历的一些干部同事及其他单位的朋友，就有点"蠢蠢欲动"：因上了一回大学，就被发落到基层，做了多年"臭老九"，当然想有"出头"的机会。其中就不时有人来找我联络，打探消息。当时，我正沉浸在自己的文学写作中，对上述消息也不大关心。再则，我已"脱产"好几年，对于县委中枢的消息，早不灵通了。未来的新书记，我也不认识的。我的这种冷漠，很叫一些朋友不悦：你已经"出名"了，不愿管老伙计们了。其实，我也真是不大知晓奔走的门道。

后来就又有传言了：新书记要选拔我进入他的新班子，因为我不仅有大学学历，还是名校学历，又出了点名，在县委办公室也工作多年，云云。

我当然不相信，此传言穿耳过去，没有当一回事。

然而，新书记到任后的第二天，即亲自光临敝人寒舍，做探访。不巧，那几天我外出参加文学活动，未能见面。

我回到原平，听内人说到此不寻常之事，我才醒悟了似的：难道此前传言有几分是真的？

之所以说不寻常，是因为我在县委办公室工作多年，先后"伺候"过六七位县委书记，还没有一位屈尊来过我的寒舍。那些书记，大多属于"老八路"式的基层干部，质朴，率真，倒也没有多大的官架子，但也不会对下属有礼贤下士之举。我听说新书记来寒舍探访的消息后，第一反应就是礼贤下士，知识化的书记就是风度不同。可转念一想，这不是太把自己当人物了吗？原平是一个大县，该受礼遇的贤达多多，自己不可能排在前面。这就使我不能不联系到此前的传言。周围的朋友也都主张我尽快去见见新书记，起码从礼貌上也应如此。

我却迟迟未去。我真不是有些人以为的那样：孤傲，清高，而是还拿不定主意。

在不惑之年，我就这样突然又面临了对前程的选择：是在政界接受一官半职，还是继续专心于文学创作。

当时，以我在县委工作十多年的经验与不算多的创作实践，归结出：走前一条路，即在政界做官，是准入难，一旦进入，此后日子不难混下去的；后一条路，准入相对容易些，但前面的路，每一步都无法马虎，智力与才华不济，在文学写作的道路上，是难以远行的。那时原平各级党政机关的在编干部有上千人，能得到晋升的比率相当小，一个人的职位即使升级半格，也是难之又难。能力之外，各种因缘际会真是无迹可寻。可一旦占得一个位子，因平庸被撤下来的真是少之又少。而文坛却完全不同，写几首好诗，或发表一篇像样的小说，文学之门就会向你打开。之后，能不能远行，只能靠你自己的脚力了，谁也帮不了忙的。

以当时的情形，走前一条路，对我来说似乎正天赐良机，准入似已不难，在原平十多年的人脉，也不至被丢弃。那时候，虽然"官本位"的风气远不及今天这样浓厚，但对于混迹县委机关多年的我，官职的诱惑不可能一丝没有。而走后一条路，虽为自己所喜爱，实在说对此后靠智力与才华吃饭，真没有十足的自信。记得获全国奖后，省作协领导就曾问过我："想不想回咱作协来？搞创作，终归还是回来比较好。”当时，我做了一个冠冕堂皇的回答：“我还想在下面多待几年。”其实，我那时是对自己吃文学饭还相当信心不足。

好在，经一番前思后想，我终于还是选择了后一条路。这并不是我忽然对自己从文多了信心，而是难以减去自己从政的短板。就像有色弱的天生缺陷一样，我生性不喜多言，也就不擅多言；不喜驱使别人，也就不擅驱使别人；不喜欢出头露面，不喜欢场面上的热闹，不喜欢拘束太多的生活……这些都是与官场格格不入的。这与我的生性有关，或许也与太久的公文写作有关。我真是厌倦了党政机关那种模式化的生活了，不想再回去。再者，已到不惑之年的我，既无官场所重的背景、关系，也依然身无长技，唯有手中这支已经握熟了的笔。靠它去开拓属于自己的新路，较之依附他人，还是要踏实、安心一些。与驱使别人相比，我更喜欢驱使自己手中的这支笔。我为他者执笔已经太久，真渴望继续为自己执笔！新路能走多远，也先不去多想了。难以预测的前途，或许也是一种诱惑？

于是，我委婉向新书记表达了自己的意愿。毕竟是新派书记，对我的志向不仅表示了理解，还有所祝愿，并要尽可能为我创造好的条件。

同时，我也利用赴省城参加文学活动之便，向省作协的领导，即马烽、西戎、胡正等老师，诉说了我的近况。老师们就说：“那你就回来吧。”之后没有多久，省里的调令就下来了：调回省作协从事专业创作。

当时省里已经给作协批了新的专业作家的编制，但一直没有落实到具体人选。此前，我也不敢相信自己就一定能占其中一席。原平的改革之风，倒促成了此事。我与韩石山兄，可能是最先以年轻专业作家人选调回省作协的。

这份调令，是在一九八三年秋天下达的，这一年我四十岁。它给我带来的转折，对我的文学生涯是相当重要的：从此，我在这条新路上，已难以回头，难以再做择业性的选择了。不过如今回望，倒也没有什么可后悔的。

只是，当时调离已生活十多年的原平时，我真有些不舍。这是我的发配之地，也是我的再生之地，尤其是我文学创作的起飞之地。大学毕业后，走入社会由此始；深入了解社会，尤其是农村生活，更有赖于此。从宏观到微观，从行政运作到农户生存，从经济物产到文化风俗，对一个县域的了解，我再无甚于原平者，包括自己的故乡和度过青少年时代的晋中。在这里的阅历，已使我的文学写作受惠多多。

辞职主编 挂职祁县

办过调离手续后，我仍在原平待了将近一年。这一年，因为已经完全安下心来，几乎没有任何外来的干扰，我开始写一部系列小说，即由若干独立的短篇与中篇小说组合而成，其中几个人物贯穿始终，名为《陌生的夏天》。内容是写农村在改革深入的大势下，所呈现的变与不变的社会生活状态。这是我在小说写作中，向更加文学化所做的又一步努力。

我此前所写的农村题材的短篇小说，尤其是第一部小说集《远天远地》收入的作品，较多侧重于表现官方政策变动在农村引发的变化。第二部集子《外面的世界》，虽然对此有所弱化，对所谓农民身上"因袭的重负"有所深化，但还是有些离不开政策变动这个"轴心"。虽然在现实的层面，那时中国改革的重头戏是在农村，因政策变化引发的变易，影响到农村所有的方面，但我也渐渐觉察到，自己必须尽快完成自我身份的变易，才可能进入真正的文学写作。即从长期置身于党政机关所形成的看待社会的视角、思维习惯、判断准则等等的束缚中，解脱出来，去寻找你自己的视角，发现新颖的命题，呈现别致的表达。政治的表达是要求一致而庄严，文学的表达则应该独特而有趣。所以在这部系列小说的写作中，我力图能呈现出当时农村生活的原生状态。在农村改革的大势下，对发生的变易，不再做刻意的礼赞和张扬；对不变的状态，也不再做过度的责难和剖析。作家不能像县委书记那样，要求社会生活执行这个，禁止那个。生活就那样发生了，能把它鲜活地呈现出来，对于文学似乎已经够了。

《陌生的夏天》只写了四个短篇和四个中篇，就终结了，比起初设想的篇目要少。开篇为短篇《洼地》，发表在《人民文学》一九八四年七月号上。当时王蒙出任《人民文学》主编，亲自来山西组稿。组稿会上，向我约稿，手头只有这一短篇，就交出了。此篇并不是系列中最好的短篇。中篇《云中河》，发表在《当代》一九八五年第二期。同期还有李锐兄等共四位山西作家的中篇作品，编辑按语中有"晋军崛起，令人瞩目"字句。或因《当代》杂志为国家级的人民文学出版社所主办，这句话也成为"晋军崛起"呼声的起始。我对此倒是比较淡然，一则这个中篇也不能算是我的满意之作，再则，八十年代的"晋军崛起"，是由省内老中青几代人组成的一个作家群体所推动，不是哪几位作家所能代表。

这部系列作品之所以未能按预想完成，是因为在八四年夏天，被作协领导召回单位，压了一副担子：筹办《黄河》杂志。当时省作协与文联"分家"已毕，胡正老师出任新独立出来的省作协党组书记，主持工作。胡老师有卓越的领导能力，也有改革气魄，新任不久即推出诸多新举措，打开了作协的新局面。其中一项，就是创办省内的第一份大型文学期刊《黄河》杂志。当时，国内的小说创作出现了一个新现象：中篇小说这种并不规范的文学样式，异常繁盛，空前未有。而省内文学期刊都以发短篇作品为主，创办容量更大的文学刊物就是为适应这种新需求。但我没有想到，胡老师主政的作协领导层，会将筹办这份新刊物的担子，交给我和韩石山兄等几个刚调回作协的年轻人。这当然是领导对我们的重用，也是年轻化的举措吧。

只是，我好不容易闯过两关：从公文写作中脱身出来，又脱离了官场，刚刚投入一部较大篇幅的小说写作，而且正是写到渐入佳境的时候，就再次被分身分心，当然有些不忍。我将此想法向胡老师做了倾诉，他一句话就叫我无言以对了："作家承担作协的工作，这是南华门的传统。我和老西也想专心写东西，可工作总得有人做吧？"当时西戎老师是作协主席，也

用小说替农民说话，企图改善他们的命运，力量是何其微薄！文学没有那么大的力量，可能因为这本来就不是文学应有的力量。之后剖析农民身上“因袭的重负”“国民性”，可这类所谓劣根性，自己身上又何尝没有？到《陌生的夏天》，试图写农村的原生态，可极尽努力，呈现出来的，还是“他者”眼中的世界。鲜活不足倒也罢了，这“他者”有意无意间总站在优于笔下人物的立场上，如置身于道德高地。因此，作品离原生态总显得有些“隔”，好像缺少了一块“通灵宝玉”。

我的出生地河南济源是一个小县城，青少年时代又生活在晋中太谷这样一个小县城，就业后工作最久的晋北原平还是一个小县城。这几个小县城都离农村很近，近在咫尺，但我就是没有以主人的身份在农村生活过。对农村的深入了解，也仅限于在原平工作的那段经历：以公家干部的身份，下乡工作。虽然历时十多年，跑遍了全县的乡镇及重要村庄，但一直是“他者”，典型的“他者”。当然，并不是非农村出身的作家，就写不好乡土文学，我只是感到自己仿佛陷入一种困境，难以突围。

大约是在一九八五年，我应邀去了一趟祁县的乔家大院。当时，它刚刚由原来的县委党校，改建为民俗博物馆，尚默默无闻，十分冷清。可那一片深宅大院，忽然触动了我的许多记忆：我在太谷读书的小学和中学的校园，即是这样的深宅大院——据说是在明代已成富室的孙家旧宅；我生活了将近二十年的太谷县城中，类似的宅院可以说随处可见，只是规模不同；还有与这些宅院相关的真真假假的传说；祖辈在太谷的商旅生涯……在太谷的时候，对这一切都习以为常了，可离别二十多年后忽然重逢，一种莫名的感触，涌动难止，同时也就生出一个念头：如果将这类深宅大院中原有的生活场景重现出来，那可能会更像小说的吧？

就是这一次的乔家大院之行，引发了我的“弃农从商”的文学转型，即由农村题材转向晋商历史题材的写作。当时估计自己在农村题材的写作上，不太可能有更大的突破，便想在一个新的领域去做尝试。这也是一次退而求其次的选择，从熟练而又小有所成的领域退出，迈进一个未知的冷门领域。当时社会上虽然改革风潮涌动，可商业还依然是等而下之的行业，“晋商”更是一个早已被深深湮没的史迹。我根本没有预想到，日后的中国会有无人不言商的局面出现。那时只是被一种更像小说的题材所诱惑，难以离去。

在祁县挂职的职务，是县委副书记。这与我在原平时传言中的职务相同，不过这一次是票友式的，所以我乐于接受。到任后，书记问我：想分管什么工作？我表示：什么也不分管，可以吗？于是，我什么也没有分管，自由自在地探访晋商遗迹逸事，也可称惬意。

走出“纯”文学 走近《白银谷》

在祁县挂职三年多时间，除了探访晋商遗迹逸事，还写出了我的第一部长篇小说《游戏》。

这部长篇是我对农村题材创作的一个“了结”，也是为求更上层楼的最后努力。主要是写农村——天高皇帝远的偏僻乡村中，社会与人性的常态冲突。人性与社会的冲突，是每个人都会时时面临的，因此也是文学中常新的母题。我将小说的背景放在了“文革”期间，但呈现出来的“文革”，是那种传导至乡野已经衰变了的社会波动，回应它的男女乡人，尽管是认真的，却有了些游戏的意味。小说没有通常所认知的“文革”色彩，没有血泪，没有高压，有些荒诞，似也情有可原。我如此的用意，即是想呈现常态，或者说永恒一些的故事，而去除“运动”“政策”这一类“轴心”。笔法上，更多采用了人物心理自白式的叙事。这是为消去自己的“他者”痕迹。

《游戏》先在《收获》杂志一九八九年第一期全文发表。后由作家出版社收入“当代小说文库”，于一九九〇年四月出版。在国内，《收获》一直被文学界认为是最难发表作品的大型期刊。作家出版社的“当代小说文库”，给入选的作品出精装本，当时这在国内好像也是独一无二的。这部长篇，也算是“华丽”面世。

它出来之后，得到两种不同的反响。一种是肯定、褒奖吧，认为这样写农村生活，这样写“文革”，都是未曾有过的，内容和形式都有创新。《文艺报》《当代作家评论》《小说评论》等都有此方面的评论文章刊出。有评论家还表示了激赏，曾想写一本研究专著。另一种则是觉得不好读，其中还有将之归类为“现代派”，好像可读性差的就是“现代派”。

此前，我有少数短篇小说，如《外面的世界》，也曾有可读性差的反应。当时以为自己是在做艺术探索，没有十分在意。这一次《游戏》可读性差的反应，我就不敢轻视了，因为这是长篇！十几万、几十万字的长篇，如果不好读，谁还愿意读下去呢？此作是我的第一部长篇，又是我最后一部农村题材的小说，所以写时很认真，很投入，自我感觉也不错，常觉有神来之笔似的，尤其是颇为传神的生活细节，不断涌向笔端。这一切辛苦之处与得意之处，读者只有阅读过，才有意义。长篇小说，是文学创作中的较大工程，只得到圈内、业内的专家欣赏，似乎也实现不了它的应有价值。

我以写小说为职业，业外的亲朋旧友不免来索求新作，以当解闷的闲书来读。《游戏》也不例外，但他们的反应就差不多全是“不好读”。尤其是大学同学，中文系出身，居然也反映说：写得太深刻，真还不能全部理解云云。这对我的触动很大：如果连大学中文系出身的读者，都觉不好读，那我目标读者还能有多少呢？这也使我想到大学时为功课所迫，读那种艰涩作品的感受。

正是这部《游戏》，促使我对小说的可读性产生了深刻的反思。甚至开始对所谓纯文学，包括对现代派的评价标准，是否与一般读者的欣赏需求有所脱节，产生了质疑。当然，主要还是反思自己的作品何以不好读。

一九九一年，我写出了晋商题材的第一部长篇小说《真迹》。是以晋商大户康家发生的一件窃案及其侦破过程，为小说的架构，展现了清末民初晋商衰相毕现的历史场景。仿侦探小说的路子，来架构这部长篇，显然是我为使小说好读而做的尝试。

开篇的部分，以《灯光冻》为名，发表在《人民文学》一九九一年七、八期合刊上。当时是《人民文学》的小说组长朱伟来组稿,我已很久未写短篇了,他就要看看我正在写的《真迹》。因为是老朋友了,也不好回绝,给他看了开头几章。他觉得还“蛮有味道”云云,要拿去发表。我说,这部分难以单独成章吧?他说,没有关系。我也只好答应。朱伟的赏识,我当然高兴:自己加强可读性的努力,是否有点见效了?但朱伟是文坛评判纯文学的老手,他的赏识也未见得是自己的所求吧。

在李锐兄的促进下,台湾的《联合文学》杂志于一九九二年七月号推出一期“山西作家作品专号”,选登了李锐、蒋韵、吕新、曹乃谦及我的小说新作。我发表的也还是《真迹》的节选,选了中间的四章。

一九九二年底,《黄河》杂志全文发表了《真迹》。上海文艺出版社将《真迹》收入“小说界文库”,于一九九三年八月出版,之后多次再版。

《真迹》的反响中,可读性方面似乎已意见不大,但作品的分量似乎有些不足。

之后,我还写了表现城市生活的长篇《西厢纪事》、儿童题材的长篇《回家的路》以及一些中篇小说。这些作品不是农村题材,也不是晋商题材,写法上也做了多种尝试,可读性都加强了,作品的分量却依然显得不足。

这一时期的写作实践,促使我不断思考:小说这种叙事文体,“叙”与“事”如何谐调。从以前“左”的“题材决定”论中解脱出来,不必把“写什么”放在第一位,而要在“怎样写”上体现作家个人的特色与价值,这当然是文学创作所必需的拨乱反正。不过,似乎也不应该滑向轻“事”重“叙”。反观自己自《游戏》以来的作品,无论好读不好读,好像多多少少都存在一个因“叙”伤“事”的毛病。即对所叙之事缺少必要的尊重,只为追求所谓艺术特色,有些过度地扩张了叙说的“霸权”,过度“解构”了小说所要再现的对象。再现即是一种重构,而重构的前提就是对原构的解构。自己是不是过度运用了这个权力?

在这个时期,随着对晋商考察研究的逐步深入,或者说是逐步被其引入胜境,我对解构的兴趣也淡薄了。历史上的晋商,既不像民间一些传说那样神秘，也不是主流语境判定的“封建保守”所能抹杀。我的兴趣，从起初的探寻晋商衰亡的原因，逐渐转向了发掘其历史全貌。这一发掘十分不易：无论是过去的正史，还是现代的新历史典籍，都对包括晋商在内的传统商业、商家，做了歧视性的遮蔽。但也唯其如此，更激发了我发掘的兴趣。

恰逢在这时期，我偶然购得一套商务印书馆再版的钱穆先生的《国史大纲》。这套大部头的历史著作，我居然读得十分入迷，连自己都感到意外。使我入迷的是书中所呈现的中国历史的概貌，与自己此前在历史教科书及各家通史中所习见的，大不相同。尤其书中侧重所展现的中国历史文化的优长之处，既不同于历朝正史的歌功颂德，也不同于新史家的西方视角。这使我很受启示，写历史题材小说，在歌功颂德与批判解构之间，还有很宽阔的空间可以选择自己的路子。钱穆先生在此书前言所昭示的治史信念，更对我触动颇深：对本国以往历史，必附随一种“温情与敬意”；不能将当前之落后，“当身种种罪恶与弱点，一切诿卸于古人”。这对我发掘晋商历史以及后来的历史题材写作，产生了不小的影响，

所以，在动手写《白银谷》前，我不时感到自己似乎发现了一片久被历史遮蔽的世界，很想把它表达出来；不时感到自己已经囤积了太多的传奇人事，很想把他们叙说出来。已经不像以往那样，有意选择平常习见的人事，试图来表现自己不平常的叙事功力。在我写作《白银谷》时，对经过自己深耕的这片世界和好像已有深交的人事，就只是一门心思，极尽所能，将其叙述出来。没有做歌颂或批评的选择，无论是豪门深似海的内幕，还是炉火纯青的商技，都一样展现。写法上也无暇去顾及传统“范”还是现代派，心理推动还是外在写实，现实主义还是新历史主义，等等，什么也没有特意为之，真也顾不及特意为之。

《白银谷》是写晋商最成熟的行业——金融票号，在庚子事变期间，如何成功穿过时局的惊涛骇浪。从一九九八年底动笔，耗时两年多，完成时已是近九十万字的长卷。期间感受，如我在“后记”中所说：比预想的累

人，又比预想的迷人，倦意与快意相伴始终。但这样的篇幅，能出版吗？当今出版社已都是企业化运作，一般够水准而市场预期拿不准的作品，尚难以出版，何况我这部题材冷僻的大部头？

作家出版社的资深编辑姜琳女士，得知我写出这样一部书稿后，专程赴晋，并未犹豫地将之带走了。不久，她就电话告我：稿子她读得很入迷，剩下的部分什么时候寄来？她急于想知道书中人物最后的命运。当时她带走的，是我已修改好的大部分章节，尚有最后的一小部分还在修改之中。姜琳的电话，是那两年多来我听到的最好消息了。我写这部小说，为自己定的艺术追求，就是两个字：好看。姜琳的反应，使我放下心来。随后，她又以相当的勇气，推动了这部大部头的出版：因为作家出版社的激励机制，责任编辑与其选定的书稿，是有经济关联的。因此，我对姜琳女士的编辑水准怀有敬意，更对她推动《白银谷》出版的勇气，感激难忘。

此作在二〇〇一年九月出版，读者的反应也大大超过了我的预期。从我得到的有限回馈中，读者就面广人杂，远远溢出了专业圈和行业圈，而他们的读后感不仅是能读下去，还并不觉得长，甚而欲罢不能，重历了“已多年未有过的阅读体验”。还有陌生的“好事者”，在网上开了“《白银谷》吧”，聚拢了不少人在那里说三道四。这一切对我来说，已经是最高奖赏了。作品能被更多的人阅读，毕竟是令作者愉快的事。

这部小说，作家社多次加印再版，成为长销书。

二〇〇二年，台湾尖端出版社出版了《白银谷》繁体字版的三卷本。

这部小说还先后被改编为四十五集的同名电视连续剧和电影《白银帝国》，在国内外播出放映。虽改编都不尽如我意，毕竟也扩大了作品的影响。

二〇〇三年，我从专业作家岗位退休。不过，这并不影响我继续耕耘商业历史题材，反倒是可以更从容，更自在了。

二〇〇七年，我写出了将近四十万字的长篇小说《茶道青红》，二〇〇九年一月仍由作家出版社出版。此长篇是写晋商中的茶商，在清朝乾隆年间，自辟万里茶道，独营对俄国出口贸易的故事。

我耕耘已久的写作素材，尚有晋商中的盐商，于明代时在扬州鹤立一方的史迹；从财经的视角，再现宋代名相王安石理政理财的变革风云。只是自己毕竟已经不再年轻，精力与心境都今非昔比，不争朝夕了，唯从容图之。什么时候能写出这两部计划中的新长篇，自己也未做预期。

忆昔抚今，看自己手中这支笔，经数十年磨砺，似已有一技之长，即写小说的功力或可得心应手。然当今已是网络时代，小说本已有些边缘化了，又得网络便利，小说的发表几乎没有难度，良莠似已无碍，一味海量涌出。这常令人感慨系之。不过，我也看出，这或许正可为真正的小说，留下一条生路。就如洋快餐在中国风行二三十年后，国人，尤其是往昔洋快餐的主力食客都市小白领，终于也渐渐看清了它那“垃圾食品”的本相，开始追寻“舌尖上的中国”。耐心待以时日，文学的良莠分野，或可逐渐分明吧。吾老矣，但对文学，对小说的“温情与敬意”，未有稍减。即唯于此处，不敢退而求其次。

2013年11月于京东寓所

成一主要作品一览表

短篇小说

《顶凌下种》，发表于《汾水》1978年1月号，收入人民文学出版社《1949—1979短篇小说选》、上海文艺出版社《中国新文学大系1976—1982短篇小说选》等十多种选集。获1978年全国首届优秀短篇小说奖。

《柳主任》，发表于《人民文学》1979年8月号，收入湖南人民出版社《乔厂长上任记》作品选集。

《绿色的山岗》，发表于《北京文学》1980年4月号，被《新华月报》《小说月报》转载，收入《小说年鉴》（江西人民出版社）、宝文堂出版的《农村短篇小说选》、《中国小说农村大观》（农村读物出版社）等十多种选集。获1980年“北京文学奖”“山西省首届文学艺术创作奖”“1979—1983年度赵树理文学奖”等。

《远天远地》，发表于《新港》1980年7月号，《小说月报》转载。获“1979—1983年度《新港》优秀小说奖”。

《人样儿》，发表于《汾水》1980年10月号。获1980年“山西文学奖”。

《请放宽心》，发表于《上海文学》1981年2月号。

《门面》，发表于《云冈》1980年6期，收入《中国小说农村大观》。

《诱人的枣花香气》，发表于《汾水》1981年3月号，《小说月报》转载，收入中国青年出版社《青年佳作》作品选集。

《正月里》，发表于《北京文学》1981年8月号。

《本家主任》，发表于《汾水》1981年9月号，《小说月报》转载，收入安徽人民出版社《水东流》作品选集。获1981年“山西文学奖”。

《外面的世界》,发表于《山西文学》1982年7月号,《作品与争鸣》转载。

《蓝色的童岭》,发表于《人民文学》1982年12月号。

《陈家轶事》,发表于《山西文学》1983年8月号,被日本小林荣先生译为日文,编入《中国农村百景》(四)。

《洼地》,发表于《人民文学》1984年7月号。

《雪路》,发表于《天津文学》1987年2月号。

中篇小说

《高高的戏台》,发表于《山西文学》1982年3月号。

《云中河》,发表于《当代》1985年2期。

《磁力场》,发表于《小说家》1985年3期,《小说拔萃》转载。

《千山》,发表于《黄河》1988年1期。

《商家风景》,发表于《黄河》1991年2期。

《灯光冻》,发表于《人民文学》1991年7、8期合刊。

《悬挂滑翔》,发表于《上海文学》1992年10月号。

《历史试点》,发表于《天津文学》1993年8月号,《中华文学选刊》转载。

《麦子画家》,发表于《北京文学》1993年11月号。

《矿泉溪水》,发表于《作品》1993年12月号。

小说集

《远天远地》,短篇小说集,山西人民出版社1981年3月出版。

《外面的世界》,短篇小说集,天津百花文艺出版社1984年8月出版。

《千山》,中篇小说集,北岳文艺出版社2001年9月出版。

长篇小说

《苦夏恋情》(即《陌生的夏天》系列小说),北岳文艺出版社1990年12月出版。

《游戏》,全文发表《收获》1989年1期,作家出版社收入《当代小说文库》,于1990年4月出版。1999年入选《山西省文艺创作五十年精品选》,由北岳文艺出版社于同年8月出版。

《真迹》,全文发表于《黄河》1992年6期,台湾《联合文学》1992年7月号节选刊登,上海文艺出版社收入《小说界文库》于1993年8月出版。

《西厢纪事》,作家出版社编入"都市系列"于1997年1月出版。

《回家的路》,河北少年儿童出版社编入"金太阳丛书"于1998年12月出版。

《白银谷》(上下册),作家出版社于2001年9月出版,2004年再版发行。获2001—2003年度赵树理文学奖。

《白银谷》(繁体字三卷本),台湾尖端出版社于2002年9月出版,发行海外。

《茶道青红》,作家出版社于2009年1月出版。获2007—2009年度赵树理文学奖。

《白银谷》(国内三卷本),中国戏剧出版社于2011年出版发行。